第一卷 散文

丰子恺集

人民文学出版社

图书在版编目（CIP）数据

丰子恺集：1—10卷/丰子恺著．—北京：人民文学出版社，2022
ISBN 978-7-02-016140-9

Ⅰ．①丰… Ⅱ．①丰… Ⅲ．①丰子恺（1898—1975）—全集 Ⅳ．①C52

中国版本图书馆CIP数据核字（2020）第038768号

责任编辑	刘　伟　杜　丽　徐广琴
	陈彦瑾　温　淳　陈　悦
装帧设计	刘　静
责任校对	罗翠华　杨益民
责任印制	苏文强
出版发行	人民文学出版社
社　　址	北京市朝内大街166号
邮政编码	100705
印　　刷	北京盛通印刷股份有限公司
经　　销	全国新华书店等
字　　数	3987千字
开　　本	850毫米×1168毫米　1/32
印　　张	179.875　插页32
版　　次	2022年2月北京第1版
印　　次	2022年2月第1次印刷
书　　号	978-7-02-016140-9
定　　价	990.00元（全十册）

如有印装质量问题，请与本社图书销售中心调换。电话：010-65233595

费新我为丰子恺造像

丰子恺（1898—1975）

文学家、现代画家、美术和音乐教育家、翻译家，浙江桐乡人。早年曾从李叔同学习绘画、音乐。五四运动后，即进行漫画创作。1921年去日本。回国后先后在上海、浙江、重庆等地从事音乐和美术教学。画风朴实，别具风格，影响深远。绘画作品有：《子恺漫画》《子恺画集》《护生画集》等。二十世纪二十年代开始散文创作，长达五十余年，散文集有：《缘缘堂随笔》《随笔二十篇》《车厢社会》《缘缘堂再笔》《率真集》等。翻译作品有《源氏物语》等。

作者像

1919年丰子恺夫妇新婚时于上海

约1934年在缘缘堂廊下看书

1937年春在缘缘堂二楼书房

《丰子恺集》编辑工作委员会

主　编／钟桂松
成　员／杨子耘　杨朝婴　宋雪君　马永飞
　　　　臧永清　应　红　孔令燕　刘　伟
　　　　杜　丽　徐广琴　陈彦瑾　温　淳
　　　　陈　悦

出版说明

丰子恺（1898—1975），文学家、现代画家、美术和音乐教育家、翻译家，浙江桐乡人。早年曾从李叔同学习绘画、音乐。五四运动后，即进行漫画创作。1921年去日本。回国后先后在上海、浙江、重庆等地从事音乐和美术教学。画风朴实，别具风格，影响深远。绘画作品有：《子恺漫画》《子恺画集》《护生画集》等。二十世纪二十年代开始散文创作，长达五十余年，散文集有：《缘缘堂随笔》《随笔二十篇》《车厢社会》《缘缘堂再笔》《率真集》等。艺术评论集有：《西洋美术史》《西洋画派十二讲》等。翻译作品有：《源氏物语》等。

《丰子恺集》收入丰子恺创作的文学作品，共分10卷：散文3卷，艺术评论5卷，书信、日记、诗词、歌词等2卷。附卷收录作者代表性漫画、插图等作品。

按照学术惯例，作者生前编定的集子按照作者排序收录，散篇按照创作时间排序，没有创作时间的按照发表时间排序。作品原文为句读，依据现代汉语规范增加标点。文本进行校勘，改正错、漏、衍、倒置等以及标点错误，无法辨认的字，用□替代。保留异体字，保留带有作家个人风格与时代印记的用语。每篇皆有题注,交代原载、文本改动等版本信息,保留作者原注。

出版作家文集,是一项艰辛的编辑工作,限于编辑力量与水平,肯定还存在种种不足之处,敬请读者指正。

人民文学出版社编辑部
2022年1月

散文卷说明

此三卷，收入作者创作的散文集《缘缘堂随笔》《随笔二十篇》《车厢社会》《缘缘堂再笔》《子恺近作散文集》《漫文漫画》《率真集》《博士见鬼》《儿童故事连载》《缘缘堂新笔》《缘缘堂续笔》及155篇散篇。

目录

/缘缘堂随笔

剪网___3

渐___6

立达五周年纪念感想___10

自然___13

颜面___18

儿女___23

闲居___28

从孩子得到的启示___31

天的文学___36

东京某晚的事___38

楼板___41

姓___44

忆儿时___46

华瞻的日记___53

阿难___59

晨梦___62

艺术三昧___65

缘___68

大帐簿___71

秋___77

/ 随笔二十篇

吃瓜子　84

读书　91

邻人　94

蝌蚪　97

给我的孩子们　105

作父亲　110

儿戏　114

旧地重游　117

两场闹　121

梦痕　126

两个"？"　132

怜伤　137

爱子之心　139

梦耶真耶　141

新年　146

春　149

五月　153

九日　156

随感五则　158

随感十三则　161

/ 车厢社会

车厢社会___173

故乡___180

作客者言___183

画友___193

穷小孩的跷跷板___197

肉腿___201

送考___205

市街形式___210

野外理发处___212

三娘娘___217

看灯___221

鼓乐___225

荣辱___228

蜜蜂___231

杨柳___234

惜春___238

放生___244

素食以后___248

米叶艺术颂___252

纪念近世音乐的始祖罢哈___255

学画回忆___261

比较___269

闲___275
劳者自歌___286
送阿宝出黄金时代___296
云霓___301
都会之音___304
谈自己的画___311
我的书：《芥子园画谱》___323
半篇莫干山游记___329

/ 缘缘堂再笔

物语___341
午夜高楼___351
生机___355
实行的悲哀___359
梧桐树___363
山中避雨___366
纳凉闲话___369
记音乐研究会中所见之一___374
记音乐研究会中所见之二___383
记乡村小学所见___389
大人___397
手指___403

西湖船___409

钱江看潮记___415

初冬浴日漫感___419

无常之恸___422

新年怀旧___430

音语___437

"带点笑容"___440

清晨___444

缘缘堂随笔

([上海]开明书店1931年1月初版)[1]

---

[1] 《缘缘堂随笔》共收随笔20篇。其中12篇曾由作者加以修饰（有的有删改）后编入1957年人民文学出版社出版的《缘缘堂随笔》中。今基本上采用其修饰之处。有的文章中被删改的文句和段落，仍据旧版予以恢复，并加注说明。

子愷

剪　网[1]

大娘舅[2]白相了"大世界"[3]回来。把两包良乡栗子在桌子上一放，躺在藤椅子里，脸上现出欢乐的疲倦，摇摇头说：

"上海地方白相真开心！京戏，新戏，影戏，大鼓，说书，变戏法，甚么都有；吃茶，吃酒，吃菜，吃点心，由你自选；还有电梯，飞船，飞轮，跑冰……老虎，狮子，孔雀，大蛇……真是无奇不有！唉，白相真开心，但是一想起铜钱就不开心。上海地方用铜钱真容易！倘然白相不要铜钱，哈哈哈哈……"

我也陪他"哈哈哈哈……"。

大娘舅的话真有道理！"白相真开心，但是一想起铜钱就不开心"，这种情形我也常常经验。我每逢坐船，乘车，买物，不想起钱的时候总觉得人生很有意义，对于制造者的工人与提供者的商人很可感谢。但是一想起钱的一种交换条件，就减杀了一大半的趣味。教书也是如此：同一班青年或儿童一起研

---

[1] 本篇原载 1928 年 1 月《一般》杂志第 4 卷第 1 号，署名：子恺。

[2] 大娘舅，指作者之妻徐力民之大哥，这里是按照儿女们的称呼。

[3] "大世界"，当时上海一个著名游乐场。

究，为一班青年或儿童讲一点学问，何等有意义，何等欢喜！但是听到命令式的上课铃与下课铃，做到军队式的"点名"，想到商贾式的"薪水"，精神就不快起来，对于"上课"的一事就厌恶起来。这与大娘舅的白相大世界情形完全相同。所以我佩服大娘舅的话有道理，陪他一个"哈哈哈哈……"。

原来"价钱"的一种东西，容易使人限制又减小事物的意义。譬如像大娘舅所说："共和厅里的一壶茶要两角钱，看一看狮子要二十个铜板。"规定了事物的代价，这事物的意义就被限制，似乎吃共和厅里的一壶茶等于吃两只角子，看狮子不外乎是看二十个铜板了。然而实际共和厅里的茶对于饮者的我，与狮子对于看者的我，趣味决不止这样简单。所以倘用估价钱的眼光来看事物，所见的世间就只有钱的一种东西，而更无别的意义，于是一切事物的意义就被减小了。"价钱"，就是使事物与钱发生关系。可知世间其他一切的"关系"，都是足以妨碍事物的本身的存在的真意义的。故我们倘要认识事物的本身的存在的真意义，就非撤去其对于世间的一切关系不可。

大娘舅一定能够常常不想起铜钱而白相大世界，所以能这样开心而赞美。然而他只是撤去"价钱"的一种关系而已。倘能常常不想起世间一切的关系而在这世界里做人，其一生一定更多欢慰。对于世间的麦浪，不要想起是面包的原料；对于盘中的橘子，不要想起是解渴的水果；对于路上的乞丐，不要想起是讨钱的穷人；对于目前的风景，不要想起是某镇某村的郊野。倘能有这种看法，其人在世间就像大娘舅白相大世界一样，能常常开心而赞美了。

我仿佛看见这世间有一个极大而极复杂的网,大大小小的一切事物,都被牢结在这网中,所以我想把握某一种事物的时候,总要牵动无数的线,带出无数的别的事物来,使得本物不能孤独地明晰地显现在我的眼前,因之永远不能看见世界的真相,大娘舅在大世界里,只将其与"钱"相结的一根线剪断,已能得到满足而归来。所以我想找一把快剪刀,把这个网尽行剪破,然后来认识这世界的真相。

艺术,宗教,就是我想找求来剪破这"世网"的剪刀吧!

丁卯〔1927〕年十月[1]

---

[1] 本文篇末原未署日期。这里所署的日期是发表在《一般》杂志时篇末所署。

渐[1]

使人生圆滑进行的微妙的要素，莫如"渐"；造物主骗人的手段，也莫如"渐"。在不知不觉之中，天真烂漫的孩子"渐渐"变成野心勃勃的青年；慷慨豪侠的青年"渐渐"变成冷酷的成人；血气旺盛的成人"渐渐"变成顽固的老头子。因为其变更是渐进的，一年一年地、一月一月地、一日一日地、一时一时地、一分一分地、一秒一秒地渐进，犹如从斜度极缓的长远的山坡上走下来，使人不察其递降的痕迹，不见其各阶段的境界，而似乎觉得常在同样的地位，恒久不变，又无时不有生的意趣与价值，于是人生就被确实肯定，而圆滑进行了。假使人生的进行不像山坡而像风琴的键板，由 do 忽然移到 re，即如昨夜的孩子今朝忽然变成青年；或者像旋律的"接离进行"地由 do 忽然跳到 mi，即如朝为青年而夕暮忽成老人，人一定要惊讶、感慨、悲伤，或痛感人生的无常，而不乐为人了。故可知人生是由"渐"维持的。这在女人恐怕尤为必要：

---

[1] 本篇原载 1928 年 6 月《一般》杂志第 5 卷第 2 号，署名：婴行。建国后作者收入自编的《缘缘堂随笔》（人民文学出版社 1957 年 11 月初版）时，文末略有改动。

歌剧中，舞台上的如花的少女，就是将来火炉旁边的老婆子，这句话，骤听使人不能相信，少女也不肯承认，实则现在的老婆子都是由如花的少女"渐渐"变成的。

人之能堪受境遇的变衰，也全靠这"渐"的助力。巨富的纨绔子弟因屡次破产而"渐渐"荡尽其家产，变为贫者；贫者只得做佣工，佣工往往变为奴隶，奴隶容易变为无赖，无赖与乞丐相去甚近，乞丐不妨做偷儿……这样的例，在小说中，在实际上，均多得很。因为其变衰是延长为十年二十年而一步一步地"渐渐"地达到的，在本人不感到什么强烈的刺激。故虽到了饥寒病苦刑笞交迫的地步，仍是熙熙然贪恋着目前的生的欢喜。假如一位千金之子忽然变了乞丐或偷儿，这人一定愤不欲生了。

这真是大自然的神秘的原则，造物主的微妙的功夫！阴阳潜移，春秋代序，以及物类的衰荣生杀，无不暗合于这法则。由萌芽的春"渐渐"变成绿阴的夏；由凋零的秋"渐渐"变成枯寂的冬。我们虽已经历数十寒暑，但在围炉拥衾的冬夜仍是难于想象饮冰挥扇的夏日的心情；反之亦然。然而由冬一天一天地、一时一时地、一分一分地、一秒一秒地移向夏，由夏一天一天地、一时一时地、一分一分地、一秒一秒地移向冬，其间实在没有显著的痕迹可寻。昼夜也是如此：傍晚坐在窗下看书，书页上"渐渐"地黑起来，倘不断地看下去（目力能因了光的渐弱而渐渐加强），几乎永远可以认识书页上的字迹，即不觉昼之已变为夜。黎明凭窗，不瞬目地注视东天，也不辨自夜向昼的推移的痕迹。女儿渐渐长大起来，在朝夕相见的父母全不觉得，难得见面的远亲就相见不相识了。往年除夕，我们曾在红蜡烛底下守候水仙花的开放,真是痴态!倘水仙花果真当面开放给我们看,便是大自然的原则的破坏,宇宙的根本的摇动,世界人类的末日临到了!

"渐"的作用,就是用每步相差极微极缓的方法来隐蔽时间的过去与事物的变迁的痕迹,使人误认其为恒久不变。这真是造物主骗人的一大诡计!这有一件比喻的故事:某农夫每天朝晨抱了犊而跳过一沟,到田里去工作,夕暮又抱了它跳过沟回家。每日如此,未尝间断。过了一年,犊已渐大,渐重,差不多变成大牛,但农夫全不觉得,仍是抱了它跳沟。有一天他因事停止工作,次日再就不能抱了这牛而跳沟了。造物的骗人,使人留连于其每日每时的生的欢喜而不觉其变迁与辛苦,就是用这个方法的。人们每日在抱了日重一日的牛而跳沟,不准停止。自己误以为是不变的,其实每日在增加其苦劳!

我觉得时辰钟是人生的最好的象征了。时辰钟的针,平常一看总觉得是"不动"的;其实人造物中最常动的无过于时辰钟的针了。日常生活中的人生也如此,刻刻觉得我是我,似乎这"我"永远不变,实则与时辰钟的针一样地无常!一息尚存,总觉得我仍是我,我没有变,还是留连着我的生,可怜受尽"渐"的欺骗!

"渐"的本质是"时间"。时间我觉得比空间更为不可思议,犹之时间艺术的音乐比空间艺术的绘画更为神秘。因为空间姑且不追究它如何广大或无限,我们总可以把握其一端,认定其一点。时间则全然无从把握,不可挽留,只有过去与未来在渺茫之中不绝地相追逐而已。性质上既已渺茫不可思议,分量上在人生也似乎太多。因为一般人对于时间的悟性，似乎只够支配搭船乘车的短时间；对于百年的长期间的寿命，他们不能胜任，往往迷于局部而不能顾及全体。试看乘火车的旅客中，常有明达的人，有的宁牺牲暂时的安乐而让其座位于老弱者，以求心的太平（或博暂时的美誉）；有的见众人争先下车，而退在后面，或高呼"勿要轧，总有得下去的！""大家都要下去的！"然而在乘"社会"或"世界"的大火车的"人生"的长期的旅客中，就少有这样的明达之人。所以我觉得百年的寿命，定得太长。像现在的世界上的人，倘定他们搭船乘车的期间的寿命，也许在人类社会上可减少许多凶险残惨的争斗，而与火车中一样地谦让，和平，也未可知。

然人类中也有几个能胜任百年的或千古的寿命的人。那是"大人格""大人生"。他们能不为"渐"所迷，不为造物所欺，而收缩无限的时间并空间于方寸的心中。故佛家能纳须弥于芥子。中国古诗人（白居易）说："蜗牛角上争何事？石火光中寄此身。"英国诗人（Blake[1]）也说："一粒沙里见世界，一朵花里见天国；手掌里盛住无限，一刹那便是永劫。"

一九二八年芒种[2]

---

[1] 即布莱克（1757—1827）。

[2] 本文篇末原未署日期。这里所署的日期是发表在《一般》杂志时篇末所署。作者在建国后自编的《缘缘堂随笔》（人民文学出版社 1957 年 11 月初版）中，篇末误署为：1925 年作。

立达五周年纪念感想

立达五周年纪念了。在五周年纪念的时节,我便想起五年前立达诞生的光景。

现在全学园中,眼见立达诞生的人,已经很少。据我算来,只有匡先生、陶先生、练先生[1]、我,和校工郭志邦五个人。下面的旧话,可在我们五个人的心中唤起同样的感兴。

一九二四年的严冬,我们几个飘泊者在上海老靶子路租了两幢房子,挂起"立达中学"的招牌来。那时我日里[2]在西门另一个学校中做教师,吃过夜饭,就搭上5路电车,到老靶子路的两幢房子里来帮办筹备工作。那时我们只有二三张板桌,和几只长凳,点一盏火油灯。我喜欢喝酒,每天晚上一到立达,从袋中摸出两只角子来,托"茶房"(就是郭志邦君,我们只有唯一的校工,故不称他郭志邦,而用"茶房"这个普通名词称呼他)去打黄酒。一面喝酒,一面商谈。吃完了酒,"茶房"烧些面给我们当夜饭吃。夜半模样,我再搭了5路电车回到我的寄食处去睡觉。——这样的日月,度过了约有三四个礼

---

[1] 即匡互生、陶载良、练为章。
[2] 日里,江南一带方言,意即白天。

拜。正是这几天的天气。

不久我们为了房租太贵,雇了一辆榻车[1],把全校迁到了小西门黄家阙的一所旧房子内,就开学了。在那里房租便宜得多,但房子也破旧得多。楼下吃饭的时候,常有灰尘或水渍从楼板上落在菜碗里。亭子间下面的灶间,是匡先生的办公处兼卧室。教室与走道没有间隔,陶先生去买了几条白布来挂上,当作板壁。……在那房子里上了半年课,迁居到江湾的自建的校舍——就是现在的立达学园——里,于兹四年半了。

讲起这种旧话,现在只有我们五个人心中有具象的回忆。我们五个人,对于立达这五岁的孩子,仿佛是接生的产婆。这孩子的长育,虽然全靠后来的许多乳母的功劳,但仅在这五周年纪念的一天,回想他的诞生的时候,我们五个人脸上似乎有些风光。

但讲到风光,五人中我最惭愧了。我看他诞生以后,五年之中,实在没有好好地抚育他,近来更是疏远。匡先生、陶先生、练先生对他的操心比我深厚得多;然而三位先生还不及郭志邦君的专一。五年间始终不懈地、专心地、出全力地为他服劳的,实在只有郭志邦君一人。

他在五年前给我打酒,为我们烧面,招呼我们搬家。在五年的一千八百天中,不断地看守门房,收发信件,打钟报时。经过他的手的信件,倘以平均每日收发一百封计,已有十万零八千封。他的打钟,倘以平均每天二十次计,已有三万六千

---

[1] 榻车,一种用人力拖拉的载货车。

次。但他的态度未尝稍变,他的服务未尝稍懈,五年如一日。苦患的时候——例如前年的兵灾——他站在前面;享乐的时候——例如开同乐会——他退在后面。而他所得的工资,又常是微薄得很的。青年的园友们,试想想看:这种刻苦、坚忍、谦虚、知足的精神,我们应该如何钦佩!在五周年纪念会的席上,我们应该赠他"立达元勋"的尊号呢。

我在立达五周年纪念节所起的感想,只有这一点对志邦君的惭愧心。

一九三〇年作[1]

---

[1] 本文篇末原未署日期。这里所署的日期是建国后作者自编的《缘缘堂随笔》(人民文学出版社 1957 年 11 月初版)中篇末所署。

自　然[1]

"美"都是"神"的手所造的。假手于"神"而造美的，是艺术家。

路上的褴褛的乞丐，身上全无一点人造的装饰，然而比时装美（？）女美得多。这里的火车站旁边有一个伛偻的老丐，天天在那里向行人求乞。我每次下了火车之后，迎面就看见一幅米叶〔米勒〕（Millet）的木炭画，充满着哀怨之情。我每次给他几个铜板——又买得一幅充满着感谢之情的画。

女性们煞费苦心于自己的身体的装饰。头发烫也不惜，胸臂冻也不妨，脚尖痛也不怕。然而真的女性的美，全不在乎她们所苦心经营的装饰上。我们反在她们所不注意的地方发见她们的美。不但如此，她们所苦心经营的装饰，反而妨碍了她们的真的女性的美。所以画家不许她们加上这种人造的装饰，要剥光她们的衣服，而赤裸裸地描写"神"的作品。

画室里的模特儿虽然已经除去一切人造的装饰，剥光了衣服；然而她们倘然受了画学生的指使，或出于自心的用意，而装腔做势，想用人力硬装出好看的姿态来，往往越装越不自

---

[1]　本篇原载 1929 年 1 月 10 日《小说月报》第 20 卷第 1 号。当时题名《自然颂》。

然,而所描的绘画越无生趣。印象派以来,裸体写生的画风盛于欧洲,普及于世界。使人走进绘画展览中,如入浴堂或屠场,满目是肉。然而用印象派的写生的方法来描出的裸体,极少有自然的、美的姿态。自然的美的姿态,在模特儿上台的时候是不会有的;只有在其休息的时候,那女子在台旁的绒毡上任意卧坐,自由活动的时候,方才可以见到美妙的姿态,这大概是世间一切美术学生所同感的情形吧。因为在休息的时候,不复受人为的拘束,可以任其自然的要求而活动。"任天而动",就有"神"所造的美妙的姿态出现了。

人在照相中的姿态都不自然,也就是为此。普通照相中的人物,都装着在舞台上演剧的优伶的神气,或南面而朝的王者的神气,或庙里的菩萨像的神气,又好像正在摆步位的拳教师的神气。因为普通人坐在照相镜头前面被照的时候,往往起一种复杂的心理,以致手足无措,坐立不安,全身紧张得很,故其姿态极不自然。加之照相者又要命令他"头抬高点!""眼睛看着!""带点笑容!"内面已在紧张,外面又要听照相者的忠告,而把头抬高,把眼钉住,把嘴勉强笑出,这是何等困难而又滑稽的办法!怎样教底片上显得出美好的姿态呢?我近来正在学习照相,因为嫌恶这一点,想规定不照人物的肖像,而专照风景与静物,即神的手所造的自然,及人借了神的手而布置的静物。

人体的美的姿态,必是出于自然的。换言之。凡美的姿态,都是从物理的自然的要求而出的姿态,即舒服的时候的姿态。这一点屡次引起我非常的铭感。无论贫贱之人,丑陋

（？）之人，劳动者，黄包车夫，只要是顺其自然的天性而动，都是美的姿态的所有者，都可以礼赞。甚至对于生活的幸福全然无分的，第四阶级以下的乞丐，这一点也决不被剥夺，与富贵之人平等。不，乞丐所有的姿态的美，屡比富贵之人丰富得多。试入所谓上流的交际社会中，看那班所谓"绅士"，所谓"人物"的样子，点头，拱手，揖让，进退等种种不自然的举动，以及脸的外皮上硬装出来的笑容，敷衍应酬的不由衷的言语，实在滑稽得可笑，我每觉得这种是演剧，不是人的生活。作这样的生活，宁愿作乞丐。

被造物只要顺天而动，即见其真相，亦即见其固有的美。我往往在人的不注意，不戒备的时候，瞥见其人的真而美的姿态。但倘对他熟视或声明了，这人就注意，戒备起来，美的姿态也就杳然了。从前我习画的时候，有一天发现一个朋友的pose〔姿态〕很好，要求他让我画一张sketch〔速写〕，他限我明天。到了明天，他剃了头，换了一套新衣，挺直了项颈危坐在椅子里，教我来画。……这等人都不足与言美。我只有和我的朋友老黄[1]，能互相赏识其姿态，我们常常相对坐谈到半夜。老黄是画画的人，他常常嫌模特儿的姿态不自然，与我所见相同。他走进我的室内的时候，我倘觉得自己的姿势可观，就不起来应酬，依旧保住我的原状，让他先鉴赏一下。他一相之后，就会批评我的手如何，脚如何，全体如何。然后我们吸烟煮茶，晤谈别的事体。晤谈之中，我忽然在他的动作中发见了

---

[1] 即作者的好友、口琴家黄涵秋。

一个好的pose，"不动！"他立刻石化，同画室里的石膏模型一样。我就欣赏或描写他的姿态。

不但人体的姿态如此，物的布置也逃不出这自然之律。凡静物的美的布置，必是出于自然的。换言之，即顺当的，妥帖的，安定的。取最卑近的例来说：假如桌上有一把茶壶与一只茶杯。倘这茶壶的嘴不向着茶杯而反向他侧，即茶杯放在茶壶的后面，犹之孩子躲在母亲的背后，谁也觉得这是不顺当的，不妥帖的，不安定的。同时把这画成一幅静物画，其章法（即构图）一定也不好。美学上所谓"多样的统一"，就是说多样的事物，合于自然之律而作成统一，是美的状态。譬如讲坛的桌子上要放一个花瓶。花瓶放在桌子的正中，太缺乏变化，即统一而不多样。欲其多样，宜稍偏于桌子的一端。但倘过偏而接近于桌子的边上，看去也不顺当，不妥帖，不安定。同时在美学上也就是多样而不统一。大约放在桌子的三等分的界线左右，恰到好处，即得多样而又统一的状态。同时在实际也是最自然而稳妥的位置。这时候花瓶左右所余的桌子的长短，大约是三与五，至四与六的比例。这就是美学上所谓"黄金比例"。黄金比例在美学上是可贵的，同时在实际上也是得用的。所以物理学的"均衡"与美学的"均衡"颇有相一致的地方。右手携重物时左手必须扬起，以保住身体的物理的均衡。这姿势在绘画上也是均衡的。兵队中"稍息"的时候，身体的重量全部搁在左腿上，右腿不得不斜出一步，以保住物理的均衡。这姿势在雕刻上也是均衡的。

故所谓"多样的统一"，"黄金律"，"均衡"等美的法则，都不外乎"自然"之理，都不过是人们窥察神的意旨而得的定律。所以论文学的人说，"文章本天成，妙手偶得之"；论绘画的人说，"天机勃露，独得于笔情墨趣之外。""美"都是"神"的手所造的，假手于"神"而造美的，是艺术家。

一九二八年十月十二日[1]

---

[1] 本文篇末原未署日期。这里所署的日期是发表在《小说月报》时篇末所署。在建国后作者自编的《缘缘堂随笔》（人民文学出版社1957年11月初版）中，篇末误署为：1926年作。

颜　面[1]

我小时候从李叔同先生学习弹琴，每弹错了一处，李先生回头向我一看。我对于这一看比什么都害怕。当时也不自知其理由，只觉得有一种不可当力，使我难于消受。现在回想起来，方知他这一看的颜面表情中历历表出着对于音乐艺术的尊敬，对于教育使命的严重，和对于我的疏忽的惩诫，实在比校长先生的一番训话更可使我感动。古人有故意误拂琴弦，以求周郎的一顾的，我当时实在怕见李先生的一顾，总是预先练得很熟，然后到他面前去还琴。

但是现在，李先生那种严肃的慈祥的脸色已不易再见，却在世间看饱了各种各样的奇异的脸色。——当作雕刻或纸脸具看时，倒也很有兴味。

在人们谈话议论的座中，与其听他们的言辞的意义，不如看他们的颜面的变化，兴味好得多，且在实际上，也可以更深切地了解各人的心理。因为感情的复杂深刻的部分，往往为理义的言说所不能表出，而在"造形的"（plastic）脸色上历

---

[1] 本篇原载 1929 年 2 月 10 日《小说月报》第 20 卷第 2 号，署名：子恺。本文首二段在 1957 年版《缘缘堂随笔》中被删去，文末最后一句亦删。

历地披露着。不但如此，尽有口上说"是"而脸上明明表出"非"的怪事。聪明的对手也能不听其言辞而但窥其脸色，正确地会得其心理。然而我并不想做这种聪明的对手，我最欢喜当作雕刻或纸脸具看人的脸孔。

　　看惯了脸，以为脸当然如此。但仔细凝视，就觉得颜面是很奇怪的一种形象。同是两眼，两眉，一口，一鼻排列在一个面中，而有万人各不相同的形式。同一颜面中，又有喜，怒，哀，乐，嫉妒，同情，冷淡，阴险，仓皇，忸怩……等千万种表情。凡词典内所有的一切感情的形容词，在颜面上都可表演，正如自然界一切种类的线具足于裸体中一样。推究其差别的原因，不外乎这数寸宽广的浮雕板中的形状与色彩的变化而已。

　　就五官而论，耳朵在表情上全然无用。记得某文学家说，耳朵的形状最表出人类的兽相。我从前曾经取一大张纸，在其中央剪出一洞，套在一个朋友的耳朵上，而单独地观看耳朵的姿态，久之不认识其为耳朵，而越觉得可怕。这大概是为了耳朵一向躲在鬓边，素不登颜面表情的舞台的原故。只有日本文学家芥川龙之介对于中国女子的耳朵表示敬意，说玲珑而洁白像贝壳。然耳朵无论如何美好，也不过像鬓边的玉兰花一类的装饰物而已，与表情全无关系。实际，耳朵位在脸的边上，只能当作这浮雕板的两个环子，不入浮雕范围之内。

　　在浮雕的版图内，鼻可说是颜面中的北辰，固定在中央。眉，眼，口，均以它为中心而活动，而作出各种表情。眉位在上方，形态简单；然与眼有表里的关系，处于眼的伴奏者的地位。演奏"颜面表情"的主要旋律的,是眼与口。二者的性质又不相同:照顾恺之的意见,"传神写照,正在阿堵之中",故其画人常数年不点睛,说"点睛便欲飞去",则眼是最富于表情的。然而口也不差:肖像画的似否,口的关系居多;试用粉笔在黑板上任意画一颜面,而仅变更其口的形状,大小,厚薄,弯度,方向,地位,可得各种完全不同的表情。故我以为眼与口在颜面表情上同样重要,眼是"色的",口是"形的"。眼不能移动位置,但有青眼白眼等种种眼色,口虽没有色,但形状与位置的变动在五官中最为剧烈。倘把颜面看作一个家庭,则口是男性的,眼是女性的,两者常常协力而作出这家庭生活中的诸相。

然更进一步,我就要想到颜面构造的本质的问题。神造人的时候,颜面的创作是根据某种定理的,抑任意造出的?即颜面中的五官的形状与位置的排法是必然的,抑偶然的?从生理上说来,也许是合于实用的原则的,例如眉生在眼上,可以保护眼,鼻生在口上,可以帮助味觉。但从造形上说来,不必一定,苟有别种便于实用的排列法,我们也可同样地承认其为颜面,而看出其中的表情。各种动物的颜面,便得按照别种实用的原则而变更其形状与位置的。我们在动物的颜面中,一样可以看出表情,不过其脸上的筋肉不动,远不及人面的表情的丰富而已。试仔细辨察狗的颜面,可知各狗的相貌也各不相同。我们平常往往以"狗"的一个概念抹杀各狗的差别,难得有人尊重狗的个性,而费心辨察它们的相貌。这犹之我小时候初到上海,第一次看见西洋人,觉得面孔个个一样,红头巡捕尤其如此。——我的母亲每年来上海一二次，看见西洋人总说"这个人又来了"。——实则西洋人与印度人看我们，恐怕也是这样。这全是黄白异种的原故，我们看日本人或朝鲜人就没有这种感觉。这异种的范围推广起来，及于禽兽的时候，即可辨识禽兽的相貌。所以照我想来，人的颜面的形状与位置不一定要照现在的排法，不过偶然排成这样而已。倘变换一种排法，同样地有表情。只因我们久已看惯了现在状态的颜面，故对于这种颜面的表情，辨识力特别丰富又精细而已。

至于眼睛有特殊训练的艺术家，尤其是画家，就能推广其对于颜面表情的辨识力，而在自然界一切生物无生物中看出种种的表情。"拟人化"（personification）的看法即由此而生。在桃花中看出笑颜，在莲花中看出粉脸，又如德国理想派画家Bocklin〔勃克林〕，其描写波涛，曾画一魔王追扑一弱女，以象征大波的吞没小浪，这可谓拟人化的极致了。就是非画家的普通人，倘能应用其对于颜面的看法于一切自然界，也可看到物象表情。有一个小孩子曾经发见开盖的洋琴〔钢琴〕（piano）的相貌好像露出一口整齐而洁白的牙齿的某先生，Waterman[1]的墨水瓶姿态像邻家的肥胖的妇人。我叹佩这孩子的造形的敏感。孩子比大人，概念弱而直观强，故所见更多拟人的印象，容易看见物象的真相。艺术家就是学习孩子们这种看法的。艺术家要在自然中看出生命，要在一草一木中发见自己，故必推广其同情心，普及于一切自然，有情化一切自然。

---

[1] 华特门，一种墨水的牌子名（原系人名）。

这样说来，不但颜面有表情而已；无名的形状，无意义的排列，在明者的眼中都有表情，与颜面表情一样地明显而复杂。中国的书法便是其一例。西洋现代的立体派等新兴美术又是其一例吧？

一九二八年耶稣圣诞前十日在江湾缘缘堂[1]

---

[1] 本文篇末原未署日期。这里所署的日期是发表在《小说月报》时篇末所署。在建国后作者自编的《缘缘堂随笔》（人民文学出版社 1957 年 11 月初版）中，篇末误署为：1929 年作。

儿　女[1]

回想四个月以前,我犹似押送囚犯,突然地把小燕子似的一群儿女从上海的租寓中拖出,载上火车,送回乡间,关进低小的平屋中。自己仍回到上海的租界中,独居了四个月。这举动究竟出于什么旨意,本于什么计划,现在回想起来,连自己也不相信。其实旨意与计划,都是虚空的,自骗自扰的,实际于人生有什么利益呢?只赢得世故尘劳,做弄几番欢愁的感情,增加心头的创痕罢了!

当时我独自回到上海,走进空寂的租寓,心中不绝地浮起这两句《楞严》经文:"十方虚空在汝心中,犹如白云点太清里,况诸世界在虚空耶!"

晚上整理房室,把剩在灶间里的篮钵、器皿、余薪、余米,以及其他三年来寓居中所用的家常零星物件,尽行送给来帮我做短工的、邻近的小店里的儿子。只有四双破旧的小孩子的鞋子(不知为什么缘故),我不送掉,拿来整齐地摆在自己的床下,而且后来看到的时候常常感到一种无名的愉快。直到好几天之后,邻居的友人过来闲谈,说起这床下的小鞋子阴气迫

---

[1]　本篇原载 1928 年 10 月 10 日《小说月报》第 19 卷第 10 号。

人,我方始悟到自己的痴态,就把它们拿掉了。

朋友们说我关心儿女。我对于儿女的确关心,在独居中更常有悬念的时候。但我自以为这关心与悬念中,除了本能以外,似乎尚含有一种更强的加味。所以我往往不顾自己的画技与文笔的拙陋,动辄描摹。因为我的儿女都是孩子们,最年长的不过九岁,所以我对于儿女的关心与悬念中,有一部分是对于孩子们——普天下的孩子们——的关心与悬念。他们成人以后我对他们怎么样?现在自己也不能晓得,但可推知其一定与现在不同,因为不复含有那种加味了。

回想过去四个月的悠闲宁静的独居生活,在我也颇觉得可恋,又可感谢。然而一旦回到故乡的平屋里,被围在一群儿女的中间的时候,我又不禁自伤。因为我那种生活,或枯坐、默想,或钻研、搜求,或敷衍、应酬,比较起他们的天真、健全、活跃的生活来,明明是变态的,病的,残废的。

有一个炎夏的下午,我回到家中了。第二天的傍晚,我领了四个孩子——九岁的阿宝、七岁的软软、五岁的瞻瞻、三岁的阿韦——到小院中的槐荫下,坐在地上吃西瓜。夕暮的紫色中,炎阳的红味渐渐消减,凉夜的青味渐渐加浓起来。微风吹动孩子们的细丝一般的头发,身体上汗气已经全消,百感畅快的时候,孩子们似乎已经充溢着生的欢喜,非发泄不可了。最初是三岁的孩子的音乐的表现,他满足之余,笑嘻嘻摇摆着身子。口中一面嚼西瓜,一面发出一种像花猫偷食时候的"ngam ngam"的声音来。这音乐的表现立刻唤起五岁的瞻瞻的共鸣,他接着发表他的诗:"瞻瞻吃西瓜,宝姐姐吃西瓜,软软吃西瓜，阿韦吃西瓜。"这诗的表现又立刻引起了七岁与九岁的孩子的散文的、数学的兴味：他们立刻把瞻瞻的诗句的意义归纳起来，报告其结果："四个人吃四块西瓜。"

于是我就做了评判者，在自己心中批判他们的作品。我觉得三岁的阿韦的音乐的表现最为深刻而完全，最能全般表出他的欢喜的感情。五岁的瞻瞻把这欢喜的感情翻译为（他的）诗，已打了一个折扣；然尚带着节奏与旋律的分子，犹有活跃的生命流露着。至于软软与阿宝的散文的、数学的、概念的表现，比较起来更肤浅一层。然而看他们的态度全部精神没入在吃西瓜的一事中，其明慧的心眼，比大人们所见的完全得多。天地间最健全的心眼，只是孩子们的所有物，世间事物的真相，只有孩子们能最明确、最完全地见到。我比起他们来，真的心眼已经被世智尘劳所蒙蔽，所斯丧，是一个可怜的残废者了。我实在不敢受他们"父亲"的称呼，倘然"父亲"是尊崇的。

我在平屋的南窗下暂设一张小桌子，上面按照一定的秩序而布置着稿纸、信笺、笔砚、墨水瓶、浆糊瓶、时表和茶盘等，不喜欢别人来任意移动，这是我独居时的惯癖。我——我们大人——平常的举止，总是谨慎，细心，端详，斯文。例如磨墨，放笔，倒茶等，都小心从事，故桌上的布置每日依然，不致破坏或扰乱。因为我的手足的筋觉已经由于屡受物理的教训而深深地养成一种谨惕的惯性了。然而孩子们一爬到我的案上，就捣乱我的秩序，破坏我的桌上的构图，毁损我的器物。他们拿起自来水笔来一挥，洒了一桌子又一衣襟的墨水点；又把笔尖蘸在浆糊瓶里。他们用劲拔开毛笔的铜笔套，手背撞翻茶壶，壶盖打碎在地板上……这在当时实在使我不耐烦，我不免哼喝他们，夺脱他们手里的东西，甚至批他们的小颊。然而我立刻后悔：哼喝之后立刻继之以笑，夺了之后立刻加倍奉还，批颊的手在中途软却，终于变批为抚。因为我立刻自悟其非：我要求孩子们的举止同我自己一样，何其乖谬！我——我们大人——的举止谨惕，是为了身体手足的筋觉已经受了种种现实的压迫而痉挛了的缘故。孩子们尚保有天赋的健全的身手与真朴活跃的元气，岂像我们的穷屈？揖让、进退、规行、矩步等大人们的礼貌，犹如刑具，都是戕贼这天赋的健全的身手的。于是活跃的人逐渐变成了手足麻痹、半身不遂的残废者。残废者要求健全者的举止同他自己一样，何其乖谬！

儿女对我的关系如何？我不曾预备到这世间来做父亲，故心中常是疑惑不明，又觉得非常奇怪。我与他们（现在）完全是异世界的人，他们比我聪明、健全得多；然而他们又是我所生的儿女。这是何等奇妙的关系！世人以膝下有儿女为幸福，希望以儿女永续其自我，我实在不解他们的心理。我以为世间人与人的关系，最自然最合理的莫如朋友。君臣、父子、昆弟、夫妇之情，在十分自然合理的时候都不外乎是一种广义的友谊。所以朋友之情，实在是一切人情的基础。"朋，同类也。"并育于大地上的人，都是同类的朋友，共为大自然的儿女。世间的人，忘却了他们的大父母，而只知有小父母，以为父母能生儿女，儿女为父母所生，故儿女可以永续父母的自我，而使之永存。于是无子者叹天道之无知，子不肖者自伤其天命，而狂进杯中之物，其实天道有何厚薄于其齐生并育的儿女！我真不解他们的心理。

近来我的心为四事所占据了：天上的神明与星辰，人间的艺术与儿童。这小燕子似的一群儿女，是在人世间与我因缘最深的儿童，他们在我心中占有与神明、星辰、艺术同等的地位。

戊辰〔1928〕年韦驮圣诞作于石湾[1]

---

[1] 本文篇末原未署日期。这里所署的日期是发表在《小说月报》时篇末所署。

闲　居[1]

闲居，在生活上人都说是不幸的，但在情趣上我觉得是最快适的了。假如国民政府新定一条法律："闲居必须整天禁锢在自己的房间里"，我也不愿出去干事，宁可闲居而被禁锢。

在房间里很可以自由取乐；如果把房间当作一幅画看的时候，其布置就如画的"置陈"了。譬如书房，主人的座位为全局的主眼，犹之一幅画中的 middle point〔中心点〕，须居全幅中最重要的地位。其他自书架、几、椅、惶床、火炉、壁饰、自鸣钟，以至痰盂、纸篓等，各以主眼为中心而布置，使全局的焦点集中于主人的座位，犹之画中的附属物，背景，均须有护卫主物，显衬主物的作用。这样妥帖之后，人在里面，精神自然安定，集中，而快适。这是谁都懂得，谁都可以自由取乐的事。虽然有的人不讲究自己的房间的布置，然走进一间布置很妥帖的房间，一定谁也觉得快适。这可见人都会鉴赏，鉴赏就是被动的创作，故可说这是谁也懂得，谁也可以自由取乐的事。

我在贫乏而粗末[2]的自己的书房里，常常欢喜作这个玩意

---

[1] 本篇原载 1927 年 7 月 10 日《小说月报》第 18 卷第 7 号。
[2] 日语中有此词，意即粗陋、不精致。

儿。把几件粗陋的家具搬来搬去，一月中总要搬数回。搬到痰盂不能移动一寸，脸盆架子不能旋转一度的时候，便有很妥帖的位置出现了。那时候我自己坐在主眼的座上，环视上下四周，君临一切。觉得一切都朝宗于我，一切都为我尽其职司，如百官之朝天，众星之拱北辰。就是墙上一只很小的钉，望去也似乎居相当的位置，对全体为有机的一员，对我尽专任的职司。我统御这个天下，想象南面王的气概，得到几天的快适。

　　有一次我闲居在自己的房间里，曾经对自鸣钟寻了一回开心。自鸣钟这个东西，在都会里差不多可说是无处不有，无人不备的了。然而它这张脸皮，我看惯了真讨厌得很。罗马字的还算好看；我房间里的一只，又是粗大的数学码子的。数学的九个字，我见了最头痛，谁愿意每天做数学呢！有一天，大概是闲日月中的闲日，我就从墙壁上请它下来，拿油画颜料把它的脸皮涂成天蓝色，在上面画几根绿的杨柳枝，又用硬的黑纸剪成两只飞燕，用浆糊黏住在两只针的尖头上。这样一来，就变成了两只燕子飞逐在杨柳中间的一幅圆额的油画了。凡在三点二十几分，八点三十几分等时候，画的构图就非常妥帖，因为两只飞燕适在全幅中稍偏的位置，而且追随在一块，画面就保住均衡了。辨识时间，没有数目字也是很容易的：针向上垂直为十二时，向下垂直为六时，向左水平为九时，向右水平为三时。这就是把圆周分为四个 quarter〔一刻钟〕，是肉眼也很容易办到的事。一个 quarter 里面平分为三格，就得长针五分钟的距离了，虽不十分容易正确，然相差至多不过一两分钟，只要不是天文台、电报局或火车站里，人家家里上下一两分钟本来是不要紧的。倘眼睛锐利一点,看惯之后,其实半分钟也是可以分明辨出的。这自鸣钟现在还挂在我的房间里,虽然惯用之后不甚新颖了,然终不觉得讨厌,因为它在壁上不是显明的实用的一只自鸣钟,而可以冒充一幅油画。除了空间以外,闲居的时候我又欢喜把一天的生活的情调来比方音乐。如果把一天的生活当作一个乐曲,其经过就像乐章(movement)的移行了。一天的早晨,晴雨如何?冷暖如何?人事的情形如何?犹之第一乐章的开始,先已奏出全曲的根柢的"主题"(theme)。一天的生活,例如事务的纷忙,意外的发生,祸福的临门,犹如曲中的长音阶〔大音阶〕变为短音阶〔小音阶〕的,C 调变为 F 调,adagio〔柔板〕变为 allegro〔快板〕,其或昼永人闲,平安无事,那就像始终 C 调的 andante〔行板〕的长大的乐章了。以气候而论,春日是孟檀尔伸〔门德尔松〕(Mendelsson),夏日是斐德芬〔贝多芬〕(Beethoven),秋日是晓邦〔肖邦〕(Chopin)、修芒〔舒曼〕(Schumann),冬日是修斐尔德〔舒伯特〕(Schubert)。这也是谁也可以感到,谁也可以懂得的事。试看无论甚么机关里,团体里,做无论甚么事务的人,在阴雨的天气,办事一定不及在晴天的起劲、高兴、积极。如果有不论天气,天天照常办事的人,这一定不是人,是一架机器。只要看挑到我们后门头来卖臭豆腐干的江北人,近来秋雨连日,他的叫声自然懒洋洋地低钝起来,远不如一月以前的炎阳下的"臭豆腐干!"的热辣了。

从孩子得到的启示[1]

一

晚上喝了三杯老酒，不想看书，也不想睡觉，捉一个四岁的孩子华瞻来骑在膝上，同他寻开心。我随口问：

"你最喜欢什么事？"

他仰起头一想，率然地回答：

"逃难。"我倒有点奇怪："逃难"两字的意义，在他不会懂得，为什么偏偏选择它？倘然懂得，更不应该喜欢了。我就设法探问他：

"你晓得逃难就是什么？""就是爸爸、妈妈、宝姐姐、软软……娘姨，大家坐汽车，去看大轮船。"

啊！原来他的"逃难"的观念是这样的！他所见的"逃难"，是"逃难"的这一面！这真是最可喜欢的事！

一个月以前，上海还属孙传芳的时代，国民革命军将到上海的消息日紧一日，素不看报的我，这时候也定一份《时事新报》，每天早晨看一遍。有一天，我正在看昨天的旧报，等候今

---

[1] 本篇原载 1927 年 7 月 10 日《小说月报》第 18 卷第 7 号。

天的新报的时候，忽然上海方面枪炮声起了，大家惊惶失色，立刻约了邻人，扶老携幼地逃到附近的妇孺救济会里去躲避。其实倘然此地果真进了战线，或到了败兵，妇孺救济会也是不能救济的。不过当时张皇失措，有人提议这办法，大家就假定它为安全地带，逃了进去。那里面地方很大，有花园、假山、小川、亭台，曲栏、长廊、花树、白鸽，孩子们一进去，登临盘桓，快乐得如入新天地了。忽然兵车在墙外轰过，上海方面的机关枪声、炮声，愈响愈近，又愈密了。大家坐定之后，听听，想想，方才觉到这里也不是安全地带，当初不过是自骗罢了。有决断的人先出来雇汽车逃往租界。每走出一批人，留在里面的人增一次恐慌。我们结合邻人来商议，也决定出来雇汽车，逃到杨树浦的沪江大学。于是立刻把小孩子们从假山中，栏杆内捉出来，装进汽车里，飞奔杨树浦了。

所以决定逃到沪江大学者，因为一则有邻人与该校熟识，二则该校是外国人办的学校，较为安全可靠。枪炮声渐远渐弱，到听不见了的时候，我们的汽车已到沪江大学。他们安排一个房间给我们住，又为我们代办膳食。傍晚，我坐在校旁的黄浦江边的青草堤上，怅望云水遥忆故居的时候，许多小孩子采花、卧草，争看无数的帆船、轮船的驶行，又是快乐得如入新天地了。

次日，我同一邻人步行到故居来探听情形的时候，青天白日的旗子已经招展在晨风中，人人面有喜色，似乎从此可庆承平了。我们就雇汽车去迎回避难的眷属，重开我们的窗户，恢复我们的生活。从此"逃难"两字就变成家人的谈话的资料。

这是"逃难"。这是多么惊慌、紧张而忧患的一种经历！

然而人物一无损丧,只是一次虚惊,过后回想,这日好似全家的人突发地出门游览两天。我想假如我是预言者,晓得这是虚惊,我在逃难的时候将何等有趣!素来难得全家出游的机会,素来少有坐汽车、游览,参观的机会。那一天不论时,不论钱,浪漫地、豪爽地,痛快地举行这游历,实在是人生难得的快事!只有小孩子真果感得这快味!他们逃难日来以后,常常拿香烟簏子来叠作栏杆、小桥、汽车、轮船、帆船,常常问我关于轮船、帆船的事,墙壁上及门上又常常有有色粉笔画的轮船、帆船、亭子,石桥的壁画出现。可见这"逃难",在他们脑中有难忘的欢乐的印象。所以今晚无端地问华瞻最喜欢什么事,他立刻选定这"逃难"。原来他所见的,是"逃难"的这一面。

不止这一端:我们所打算,计较,争夺的洋钱,在他们看来个个是白银的浮雕的胸章,仆仆奔走的行人,血汗涔涔的劳动者,在他们看来个个是无目的地在游戏,在演剧,一切建设,一切现象,在他们看来都是大自然的点缀,装饰。

唉!我今晚受了这孩子的启示了:他能撤去世间事物的因果关系的网,看见事物的本身的真相。他是创造者,能赋给生命于一切的事物。他们是"艺术"的国土的主人。唉,我要从他学习!

二 [1]

两个小孩子,八岁的阿宝与六岁的软软,把圆凳子翻转,

---

[1] 此第二文在 1957 年版《缘缘堂随笔》中被删去,现仍予恢复。

叫三岁的阿韦坐在里面。他们两人同他抬轿子。不知哪一个人失手，轿子翻倒了。阿韦在地板上撞了一个大响头，哭了起来。乳母连忙来抱起。两个轿夫站在旁边呆看。乳母问："是谁不好？"

阿宝说："软软不好。"

软软说："阿宝不好。"

阿宝又说："软软不好，我好！"

软软也说："阿宝不好，我好！"阿宝哭了，说："我好！"软软也哭了，说："我好！"

他们的话由"不好"转到了"好"。乳母已在喂乳，见他们哭了，就从旁调解：

"大家好，阿宝也好，软软也好，轿子不好！"

孩子听了，对翻倒在地上的轿子看看，各用手背揩揩自己的眼睛，走开了。

孩子真是愚蒙。直说"我好"，不知谦让。

所以大人要称他们为"童蒙""童昏"，要是大人，一定懂得谦让的方法：心中明明认为自己好而别人不好，口上只是隐隐地或转弯地表示，让众人看，让别人自悟。于是谦虚，聪明，贤慧等美名皆在我了。

讲到实在，大人也都是"我好"的。不过他们懂得谦让的一种方法，不像孩子地直说出来罢了。谦让方法之最巧者，是不但不直说自己好，反而故意说自己不好。明明在谆谆地陈理说义，劝谏君王，必称"臣虽下愚"。明明在自陈心得，辩论正义，或惩斥不良、训诫愚顽，表面上总自称"不佞""不慧"，或"愚"。习惯之后，"愚"之一字竟通用作第一身称的代名词，凡称"我"处,皆用"愚"。常见自持正义而赤裸裸地骂人的文字函牍中,也称正义的自己为"愚",而称所骂的人为"仁兄"。这种矛盾,在形式上看来是滑稽的;在意义上想来是虚伪的,阴险的。"滑稽""虚伪""阴险",比较大人评孩子的所谓"蒙""昏",丑劣得多了。

对于"自己",原是谁都重视的。自己的要"生",要"好",原是普遍的生命的共通的大欲。今阿宝与软软为阿韦抬轿子,翻倒了轿子,跌痛了阿韦,是谁好谁不好,姑且不论,其表示自己要"好"的手段,是彻底地诚实,纯洁而不虚饰的。

我一向以小孩子为"昏蒙"。今天看了这件事,恍然悟到我们自己的昏蒙了。推想起来,他们常是诚实的,"称心而言"的,而我们呢,难得有一日不犯"言不由衷"的恶德!

唉!我们本来也是同他们那样的,谁造成我们这样呢?

一九二六年作[1]

---

[1] 本文篇末原未署日期。这里所署的日期是建国后作者自编的《缘缘堂随笔》(人民文学出版社1957年11月初版)中篇末所署,比发表于《小说月报》的年代——1927年早一年。从第一则逃难(1927年北伐战争)的年代来看,从第二则中三个孩子的年龄(当时用虚年龄)来看,此文的写作年代应为1927年。

天的文学 [1]

晚上九点半钟以后，孩子们都已熟睡，别人不会再来找我，便是我自己的时间了。

照例喝过一杯茶，用大学[2]眼药擦过眼睛，点起一支香烟，从书架上抽了一张星座图，悄悄地到门前的广场上去看星。

一支香烟是必要的。星座位置认不清楚的时候，可以把它当作灯，向图中探索一下。

看到北斗沉下去，只见斗柄的时候，我回到房间里，拿一册《天文学》来一翻。用铅笔在纸上试算：地球一匝为七万二千里，光每秒钟绕地球七匝，即每秒钟行五十万四千里；一小时有三千六百秒，一天有八万六千四百秒，一年有三万一千一百零四万[3]秒；光走一年的路长，为五十万四千乘三万一千一百零四万里，即一"光年"之长。自地球到织女星的距离为十光年，到牵牛星的距离为十四光年，到大熊星的星云要一千万光年！……我算到这里，忽然头痛起来，手里的铅

---

[1] 本篇原载 1927 年 7 月 10 日《小说月报》第 18 卷第 7 号。
[2] 大学是日本大阪参天堂药铺产销的一种眼药牌子。
[3] 计算有误。应为三千一百五十三万六千。

笔沉重得不能移动，没有再算下去的精神了。于是放下铅笔，抛弃纸头，倒在床里了。

我躺在床上，从枕上窥见窗外的星，如练的银河，"秋宵的女王"的织女，南王的热闹。啊，秋夜的盛妆！我忘记了我的头痛了。我脑中浮出朝华的诗句来："织女明星来枕上，了知身不在人间。"立刻似乎身轻如羽，翱翔于星座之间了。

我俯视银河之波澜，访问织女的孤居，抚慰卡丽斯德神女的化身的大熊……"地球，再会！"我今晚要徜徉于银河之滨，牛女北斗之间了。

第二天早晨起来，我脑中历历地残留着昨夜的星界漫游的记忆；可是昨夜的头痛，也还保留着一些余味。

我想：几万万里，几千万年，算它做什么？天文本来是"天的文学"，谁教你们算的？

〔1927年〕

东京某晚的事 [1]

我在东京某晚遇见一件很小的事,然而这件事我永远不能忘记,并且常常使我憧憬。

有一个夏夜,初黄昏时分,我们同住在一个"下宿"[2]里的四五个中国人相约到神保町去散步。东京的夏夜很凉快。大家带着愉快的心情出门,穿和服的几个人更是风袂飘飘,徜徉徘徊,态度十分安闲。

一面闲谈,一面踱步,踱到了十字路口的时候,忽然横路里转出一个伛偻的老太婆来。她两手搬着一块大东西,大概是铺在地上的席子,或者是纸窗的架子吧,鞠躬似的转出大路来。她和我们同走一条大路,因为走得慢,跟在我们后面。

我走在最先。忽然听得后面起了一种与我们的闲谈调子不同的日本语声音,意思却听不清楚。我回头看时,原来是老太婆在向我们队里的最后的某君讲什么话。我只看见某君对那老太婆一看,立刻回转头来,露出一颗闪亮的金牙齿,一面摇头,一面笑着说:

---

[1] 本篇原载 1927 年 7 月 10 日《小说月报》第 18 卷第 7 号。
[2] 下宿,日文,意即旅馆。

"Iyada，iyada."（不高兴，不高兴！）

似乎趋避后面的什么东西，大家向前挤挨一阵，走在最先的我被他们一推，跨了几脚紧步。不久，似乎已经到了安全地带，大家稍稍回复原来的速度的时候，我方才探问刚才所发生的事情。

原来这老太婆对某君说话，是因为她搬那块大东西搬得很吃力，想我们中间哪一个帮她搬一会。她的话是：

"你们哪一位替我搬一搬，好不好？"

某君大概是因为带了轻松愉快的心情出来散步，实在不愿意替她搬运重物，所以回报她两个"不高兴"。然而说过之后，在她近旁徜徉，看她吃苦，心里大概又觉得过意不去，所以趋避似的快跑几步，务使吃苦的人不在自己眼睛面前。我探问情由的时候，我们已经离开那老太婆十来丈路，颜面已经看不清楚，声音也已听不到了。然而大家的脚步还是有些紧，不像初出门时那么从容安闲。虽然不说话，但各人一致的脚步，分明表示大家都有这样的感觉。

我每次回想起这件事，总觉得很有意味。我从来不曾从素不相识的路人受到这样唐突的要求。那老太婆的话，似乎应该用在家庭里或学校里，决不是在路上可以听到的。这是关系深切而亲爱的小团体中的人们之间所有的话，不适用于"社会"或"世界"的大团体中的所谓"陌路人"之间。这老太婆误把陌路当作家庭了。

这老太婆原是悖事的，唐突的。然而我却在想象：假如真能像这老太婆所希望，有这样的一个世界：天下如一家，人们如家族，互相亲爱，互相帮助，共乐其生活，那时陌路就变成家庭，这老太婆就并不悖事，并不唐突了。这是多么可憧憬的世界！

楼　板[1]

记得我小时的事：我们家里那只很低小的厅上正在供起香烛，请六神菩萨。离开蜡烛火焰两尺就是单薄的楼板，楼板上面正是置马桶的地方，有人在便溺的时候，楼下历历可闻其声。当时我已经从祖母及母亲的平日的举动言语间习知菩萨与便溺的相犯。这时候看见了在马桶声底下请六神的情形，就责问母亲，母亲用一个"呸"字批掉我的责问，继续又说："隔重楼板隔重山。"

当时我并不敢确信"板"的效用如是其大，只是被母亲这"呸"字压倒了。后来我在上海租住房子，才晓得这句古典语的确是至理名言。"隔重楼板隔重山"，上海的空间的经济，住家的拥挤，隔一重板，简直可有交通断绝而气候不同的两个世界，"板"的力竟比山还大。

五六年之前，我初到上海，曾在上海的西门的某里租住人家的一间楼底。楼面与楼底分住两份人家，这回是我初次经验。在我们的故乡，楼上总是卧房，楼下总是供家堂六神的厅，决没有楼上楼下分住两份人家的习惯。我托人找到了这房

---

[1]　本篇原载 1927 年 7 月 10 日《小说月报》第 18 卷第 7 号。

子，进屋的前两天，自己先去看一次。三开间的一座楼屋，楼上三个楼面是二房东自己住的，楼下左面一间已另有一份人家租住，中央一间正面挂着一张朱柏庐先生治家格言，两壁挂着书画，是公用的客堂，右面一间空着，就是我要租住的。在初到上海的我看来，这实在是一家，我们此后将同这素不相识的两份人家同居，朝夕同堂，出入同门，这是何等偶然而奇妙的因缘。将来我们对这两份人家一定比久疏的亲戚同族要亲近得多，我们一定从此添了两家新的亲友，这是何等偶然而奇妙的因缘。我独自起了这样的心情，就请楼上的二房东下来，预备同他接洽，并作初见的谈话。

一个男子的二房东从楼窗里伸出头来，问我有什么事。我走到天井里，仰起头来回答他说，"我就是来租住这间房间的，要和房东先生谈一谈。"那人把眉头一皱对我说：

"你租房子？没有什么可谈的。你拿出十二块钱，明天起这房子归你。"

那头就缩了进去。随后一个娘姨出来，把那缩进去的头所说的话对我复述一遍。我心中有点不快，但想租定了也罢，就付他十二块钱，出门去了。

后来我们搬进去住了。虽然定房子那一天我已经见过这同居者的颜色，但总不敢相信人与人的相对待是这样冷淡的，楼板的效用这样大的。偶然在门间或窗际看见邻家的人的时候，我总想招呼他们，同他们结邻人之谊。然而他们的脸上有一种不可侵犯的颜色，和一种拒人的力，常常把我推却在千里之外。尽我们租住这房子的六个月之间，与隔一重楼板的二房东家及隔一所客堂的对门的人家朝夕相见，声音相闻，而终于不相往来，不相交语，偶然在里门口或天井里交臂，大家故意侧目而过，反似结了仇怨。

那时候我才回想起母亲的话，"隔重楼板隔重山"，我们与他们实在分居着空气不同的两个世界，而只要一重楼板就可隔断。板的力比山还大！

〔1927年〕

姓[1]

我姓丰。丰这个姓，据我们所晓得，少得很。在我故乡的石门湾里，也"只此一家"，跑到外边来，更少听见有姓丰的人。所以人家问了我尊姓之后，总说"难得，难得！"

因这原故，我小时候受了这姓的暗示，大有自命不凡的心理。然而并非单为姓丰难得，又因为在石门湾里，姓丰的只有我们一家，而中举人的也只有我父亲一人。在石门湾里，大家似乎以为姓丰必是举人，而举人必是姓丰的。记得我幼时，父亲的用人褚老五抱我去看戏回来，途中对我说："石门湾里没有第二个老爷，只有丰家里是老爷，你大起来也做老爷，丰老爷！"

科举废了，父亲死了。我十岁的时候，做短工的黄半仙有一天晚上对我的大姐说："新桥头米店里有一个丰官，不晓得是什么地方人。"大姐同母亲都很奇怪，命黄半仙当夜去打听，是否的确姓丰？哪里人？意思似乎说，姓丰会有第二家的？不要是冒牌？

黄半仙回来，说："的确姓丰，'养鞠须丰'的'丰'，说

---

[1] 本篇原载 1927 年 7 月 10 日《小说月报》第 18 卷第 7 号。

是斜桥人。"大姐含着长烟管说:"难道真的?不要是'酆鲍史唐'的'酆'吧?"但也不再追究。

后来我游杭州,上海,东京,朋友中也没有同姓者。姓丰的果然只有我一人。然而不拘我一向何等自命不凡地做人,总做不出一点姓丰的特色来,到现在还是与非姓丰的一样混日子,举人也尽管不中,倒反而为了这姓的怪僻,屡屡打麻烦:人家问起"尊姓?"我说"敝姓丰",人家总要讨添,或者误听为"冯"。旅馆里,城门口查夜的警察,甚至疑我假造,说"没有这姓"!

最近在宁绍轮船里,一个钱庄商人教了我一个很简明的说法:我上轮船,钻进房舱里,先有这个肥胖的钱庄商人在内。他照例问我"尊姓?"我说:"丰,咸丰皇帝的丰。"大概时代相隔太远,一时教他想不起咸丰皇帝,他茫然不懂。我用指在掌中空划,又说:"五谷丰登的丰。"大概"五谷丰登"一句成语,钱庄上用不到,他也一向不曾听见过。他又茫然不懂,于是我摸出铅笔来,在香烟篓上写了一个"丰"字给他看,他恍然大悟似的说:"啊!不错不错,汇丰银行的丰!"

啊,不错不错!汇丰银行的确比咸丰皇帝时髦,比五谷丰登通用!以后别人问我的时候我就这样回答了。

〔1927 年〕

忆儿时[1]

一

我回忆儿时,有三件不能忘却的事。

第一件是养蚕。那是我五六岁时、我祖母在日的事。我祖母是一个豪爽而善于享乐的人,良辰佳节不肯轻轻放过。养蚕也每年大规模地举行。其实,我长大后才晓得,祖母的养蚕并非专为图利,叶贵的年头常要蚀本,然而她喜欢这暮春的点缀,故每年大规模地举行。我所喜欢的,最初是蚕落地铺。那时我们的三开间的厅上、地上统是蚕,架着经纬的跳板,以便通行及饲叶。蒋五伯挑了担到地里去采叶,我与诸姐跟了去,去吃桑葚。蚕落地铺的时候,桑葚已很紫而甜了,比杨梅好吃得多。我们吃饱之后,又用一张大叶做一只碗,采了一碗桑葚,跟了蒋五伯回来。蒋五伯饲蚕,我就以走跳板为戏乐,常常失足翻落地铺里,压死许多蚕宝宝,祖母忙喊蒋五伯抱我起来,不许我再走。然而这满屋的跳板,像棋盘街一样,又很低,走起来一点也不怕,真是有趣。这真是一年一度的难得的

---

[1] 本篇原载 1927 年 6 月 10 日《小说月报》第 18 卷第 6 号。

乐事！所以虽然祖母禁止，我总是每天要去走。

　　蚕上山之后，全家静默守护，那时不许小孩子们吵了，我暂时感到沉闷。然而过了几天，采茧，做丝，热闹的空气又浓起来了。我们每年照例请牛桥头七娘娘来做丝。蒋五伯每天买枇杷和软糕来给采茧、做丝、烧火的人吃。大家认为现在是辛苦而有希望的时候，应该享受这点心，都不客气地取食。我也无功受禄地天天吃多量的枇杷与软糕，这又是乐事。

　　七娘娘做丝休息的时候，捧了水烟筒，伸出她左手上的短少半段的小指给我看，对我说：做丝的时候，丝车后面，是万万不可走近去的。她的小指，便是小时候不留心被丝车轴棒轧脱的。她又说："小囡囡不可走近丝车后面去，只管坐在我身旁，吃枇杷，吃软糕。还有做丝做出来的蚕蛹，叫妈妈油炒一炒，真好吃哩！"然而我始终不要吃蚕蛹，大概是我爸爸和诸姐都不要吃的原故。我所乐的，只是那时候家里的非常的空气。日常固定不动的堂窗、长台、八仙椅子，都收拾去，而变成不常见的丝车、匾、缸。又不断地公然地可以吃小食。

　　丝做好后，蒋五伯口中唱着"要吃枇杷，来年蚕罢"，收拾丝车，恢复一切陈设。我感到一种兴尽的寂寥。然而对于这种变换，倒也觉得新奇而有趣。

　　现在我回忆这儿时的事，常常使我神往！祖母、蒋五伯、七娘娘和诸姐都像童话里、戏剧里的人物了。且在我看来，他们当时这剧的主人公便是我。何等甜美的回忆！只是这剧的题材，现在我仔细想想觉得不好：养蚕做丝，在生计上原是幸福的，然其本身是数万的生灵的杀虐！《西青散记》里面有两句仙人的诗句:"自织藕丝衫子嫩,可怜辛苦赦春蚕。"安得人间也发明织藕丝的丝车,而尽赦天下的春蚕的性命!

我七岁上祖母死了[1],我家不复养蚕。不久父亲与诸姐弟相继死亡,家道衰落了,我的幸福的儿时也过去了。因此这回忆一面使我永远神往,一面又使我永远忏悔。

二

第二件不能忘却的事,是父亲的中秋赏月,而赏月之乐的中心,在于吃蟹。

我的父亲中了举人之后,科举就废,他无事在家,每天吃酒,看书。他不要吃羊、牛、猪肉,而喜欢吃鱼、虾之类。而对于蟹,尤其喜欢。自七八月起直到冬天,父亲平日的晚酌规定吃一只蟹,一碗隔壁豆腐店里买来的开锅热豆腐干。他的晚酌,时间总在黄昏。八仙桌上一盏洋油灯,一把紫砂酒壶,一只盛热豆腐干的碎瓷盖碗,一把水烟筒,一本书,桌子角上一只端坐的老猫,我脑中这印象非常深刻,到现在还可以清楚地浮现出来。我在旁边看,有时他给我一只蟹脚或半块豆腐干。然我喜欢蟹脚。蟹的味道真好,我们五个姊妹兄弟,都喜欢吃,也是为了父亲喜欢吃的原故。只有母亲与我们相反,喜欢吃肉,而不喜欢又不会吃蟹,吃的时候常常被蟹螯上的刺刺开手指,出血;而且抉剔得很不干净,父亲常常说她是外行。父

---

[1] 作者祖母卒于1902年5月,当时作者五岁。

亲说：吃蟹是风雅的事，吃法也要内行才懂得。先折蟹脚，后开蟹斗……脚上的拳头（即关节）里的肉怎样可以吃干净，脐里的肉怎样可以剔出……脚爪可以当作剔肉的针……蟹螯上的骨头可拼成一只很好看的蝴蝶……父亲吃蟹真是内行，吃得非常干净。所以陈妈妈说："老爷吃下来的蟹壳，真是蟹壳。"

蟹的储藏所，就在天井角落里的缸里，经常总养着十来只。到了七夕、七月半、中秋、重阳等节候上，缸里的蟹就满了，那时我们都有得吃，而且每人得吃一大只，或一只半。尤其是中秋一天，兴致更浓。在深黄昏，移桌子到隔壁的白场[1]上的月光下面去吃。更深人静，明月底下只有我们一家的人，恰好围成一桌，此外只有一个供差使的红英坐在旁边。大家谈笑，看月亮，他们——父亲和诸姐——直到月落时光，我则半途睡去，与父亲和诸姐不分而散。

这原是为了父亲嗜蟹，以吃蟹为中心而举行的。故这种夜宴，不仅限于中秋，有蟹的节季里的月夜，无端也要举行数次。不过不是良辰佳节，我们少吃一点，有时两人分吃一只。我们都学父亲，剥得很精细，剥出来的肉不是立刻吃的，都积受在蟹斗里，剥完之后，放一点姜醋，拌一拌，就作为下饭的菜，此外没有别的菜了。因为父亲吃菜是很省的，而且他说蟹是至味，吃蟹时混吃别的菜肴，是乏味的。我们也学他，半蟹斗的蟹肉，过两碗饭还有余，就可得父亲的称赞，又可以白口吃下余多的蟹肉，所以大家都勉力节省。现在回想那时候，半

---

[1] 白场，作者家乡话，即家门前的空地。

条蟹腿肉要过两大口饭,这滋味真好!自父亲死了以后,我不曾再尝这种好滋味。现在,我已经自己做父亲,况且已经茹素,当然永远不会再尝这滋味了。唉!儿时欢乐,何等使我神往!

然而这一剧的题材,仍是生灵的杀虐!因此这回忆一面使我永远神往,一面又使我永远忏悔。

三

第三件不能忘却的事。是与隔壁豆腐店里的王囡囡的交游,而这交游的中心,在于钓鱼。

那是我十二三岁时的事,隔壁豆腐店里的王囡囡是当时我的小侣伴中的大阿哥。他是独子，他的母亲、祖母和大伯，都很疼爱他，给他很多的钱和玩具，而且每天放任他在外游玩。他家与我家贴邻而居。我家的人们每天赴市，必须经过他家的豆腐店的门口，两家的人们朝夕相见，互相来往。小孩们也朝夕相见，互相来往。此外他家对于我家似乎还有一种邻人以上的深切的交谊，故他家的人对于我特别要好，他的祖母常常拿自产的豆腐干、豆腐衣等来送给我父亲下酒。同时在小侣伴中，王囝囝也特别和我要好。他的年纪比我大，气力比我好，生活比我丰富，我们一道游玩的时候，他时时引导我，照顾我，犹似长兄对于幼弟。我们有时就在我家的染坊店里的榻上玩耍，有时相偕出游。他的祖母每次看见我俩一同玩耍，必叮嘱囝囝好好看待我，勿要相骂。我听人说，他家似乎曾经患难，而我父亲曾经帮他们忙，所以他家大人们吩咐王囝囝照应我。

　　我起初不会钓鱼，是王囝囝教我的。他叫他大伯买两副钓竿，一副送我，一副他自己用。他到米桶里去捉许多米虫，浸在盛水的罐头里，领了我到木场桥头去钓鱼。他教给我看，先捉起一个米虫来，把钓钩由虫尾穿进，直穿到头部。然后放下水去。他又说："浮珠一动，你要立刻拉，那么钩子钩住鱼的颚，鱼就逃不脱。"我照他所教的试验，果然第一天钓了十几头白条，然而都是他帮我拉钓竿的。

　　第二天，他手里拿了半罐头扑杀的苍蝇，又来约我去钓鱼。途中他对我说："不一定是米虫，用苍蝇钓鱼更好。鱼喜欢吃苍蝇！"这一天我们钓了一小桶各种的鱼。回家的时候，他把鱼桶送到我家里,说他不要。我母亲就叫红英去煎一煎,给我下晚饭。

自此以后,我只管欢喜钓鱼。不一定要王囡囡陪去,自己一人也去钓,又学得了掘蚯蚓来钓鱼的方法。而且钓来的鱼,不仅够自己下晚饭,还可送给店里的人吃,或给猫吃。我记得这时候我的热心钓鱼,不仅出于游戏欲,又有几分功利的兴味在内。有三四个夏季,我热心于钓鱼,给母亲省了不少的菜蔬钱。

后来我长大了,赴他乡入学,不复有钓鱼的工夫。但在书中常常读到赞咏钓鱼的文句,例如什么"独钓寒江雪",什么"渔樵度此身",才知道钓鱼原来是很风雅的事。后来又晓得有所谓"游钓之地"的美名称,是形容人的故乡的。我大受其煽惑,为之大发牢骚:我想"钓鱼确是雅的,我的故乡,确是我的游钓之地,确是可怀的故乡"。但是现在想想,不幸而这题材也是生灵的杀虐!

我的黄金时代很短,可怀念的又只有这三件事。不幸而都是杀生取乐,都使我永远忏悔。

一九二七年梅雨时节[1]

---

[1] 本文篇末原未署日期。这里所署的日期是发表在《小说月报》时篇末所署。

华瞻的日记[1]

一

隔壁二十三号里的郑德菱，这人真好！今天妈妈抱我到门口，我看见她在水门汀上骑竹马。她对我一笑，我分明看出这一笑是叫我去一同骑竹马的意思。我立刻还她一笑，表示我极愿意，就从母亲怀里走下来，和她一同骑竹马了。两人同骑一枝竹马，我想转弯了，她也同意；我想走远一点，她也欢喜；她说让马儿吃点草，我也高兴；她说把马儿系在冬青上，我也觉得有理。我们真是同志和朋友！兴味正好的时候，妈妈出来拉住我的手，叫我去吃饭。我说："不高兴。"妈妈说："郑德菱也要去吃饭了！"果然郑德菱的哥哥叫着"德菱！"也走出来拉住郑德菱的手去了。我只得跟了妈妈进去。当我们将走进各自的门口的时候，她回头向我一看，我也回头向她一看，各自进去，不见了。

我实在无心吃饭。我晓得她一定也无心吃饭。不然，何以分别的时候她不对我笑，而且脸上很不高兴呢？我同她在

---

[1] 本篇原载 1927 年 6 月 10 日《小说月报》第 18 卷第 6 号。

一块，真是说不出的有趣。吃饭何必急急？即使要吃，尽可在空的时候吃。其实照我想来，像我们这样的同志，天天在一块吃饭，在一块睡觉，多好呢？何必分作两家？即使要分作两家，反正爸爸同郑德菱的爸爸很要好，妈妈也同郑德菱的妈妈常常谈笑，尽可你们大人作一块，我们小孩子作一块，不更好吗？

这"家"的分配法，不知是谁定的，真是无理之极了。想来总是大人们弄出来的。大人们的无理，近来我常常感到，不止这一端：那一天爸爸同我到先施公司去，我看见地上放着许多小汽车、小脚踏车，这分明是我们小孩子用的；但是爸爸一定不肯给我拿一部回家，让它许多空摆在那里。回来的时候，我看见许多汽车停在路旁；我要坐，爸爸一定不给我坐，让它们空停在路旁。又有一次，娘姨抱我到街里去，一个掮着许多小花篮的老太婆，口中吹着笛子，手里拿着一只小花篮，向我看，把手中的花篮递给我；然而娘姨一定不要，急忙抱我走开去。这种小花篮，原是小孩子玩的，况且那老太婆明明表示愿意给我，娘姨何以一定叫我不要接呢？娘姨也无理，这大概是爸爸教她的。

我最欢喜郑德菱。她同我站在地上一样高，走路也一样快，心情志趣都完全投合。宝姐姐或郑德菱的哥哥，有些不近情的态度，我看他们不懂。大概是他们身体长大，稍近于大人，所以心情也稍像大人的无理了。宝姐姐常常要说我"痴"。我对爸爸说，要天不下雨，好让郑德菱出来，宝姐姐就用指点着我，说："瞻瞻痴！"怎么叫"痴"？你每天不来同我玩耍，夹了书包到学校里去，难道不是"痴"吗？爸爸整天坐在桌子前，在文章格子上一格一格地填字，难道不是"痴"吗？天下雨，不能出去玩，不是讨厌的吗？我要天不要下雨，正是近情合理的要求。我每天晚快听见你要爸爸开电灯，爸爸给你开了，满房间就明亮；现在我也要爸爸叫天不下雨，爸爸给我做了，晴天岂不也爽快呢？你何以说我"痴"？郑德菱的哥哥虽然没有说我什么，然而我总讨厌他。我们玩耍的时候，他常常板起脸，来拉郑德菱，说"赤了脚到人家家里，不怕难为情"！又说"吃人家的面包，不怕难为情"！立刻拉了她去。"难为情"是大人们惯说的话，大人们常常不怕厌气，端坐在椅子里，点头，弯腰，说什么"请，请""对不起""难为情"一类的无聊的话。他们都有点像大人了！

啊！我很少知己！我很寂寞！母亲常常说我"会哭"，我哪得不哭呢？

二

今天我看见一种奇怪的现状：

吃过糖粥，妈妈抱我走到吃饭间里的时候，我看见爸爸身上披一块大白布，垂头丧气地朝外坐在椅子上，一个穿黑长衫的麻脸的陌生人，拿一把闪亮的小刀，竟在爸爸后头颈里用劲地割。啊哟！这是何等奇怪的现状！大人们的所为，真是越看越稀奇了！爸爸何以甘心被这麻脸的陌生人割呢？痛不痛呢？

更可怪的，妈妈抱我走到吃饭间里的时候，她明明也看见这爸爸被割的骇人的现状。然而她竟毫不介意，同没有看见一样。宝姐姐夹了书包从天井里走进来，我想她见了一定要哭。谁知她只叫一声"爸爸"，向那可怕的麻子一看，就全不经意地到房间里去挂书包了。前天爸爸自己把手指割开了，他不是大叫"妈妈"，立刻去拿棉花和纱布来吗？今天这可怕的麻子咬紧了牙齿割爸爸的头，何以妈妈和宝姐姐都不管呢？我真不解了。可恶的，是那麻子。他耳朵上还夹着一支香烟，同爸爸夹铅笔一样。他一定是没有铅笔的人，一定是坏人。

后来爸爸挺起眼睛叫我："华瞻，你也来剃头，好否？"

爸爸叫过之后，那麻子就抬起头来，向我一看，露出一颗闪亮的金牙齿来。我不懂爸爸的话是什么意思，我真怕极了。我忍不住抱住妈妈的项颈而哭了。这时候妈妈、爸爸和那个麻子说了许多话，我都听不清楚，又不懂。只听见"剃头""剃头"，不知是什么意思。我哭了，妈妈就抱我由天井里走出门外。走到门边的时候，我偷眼向里边一望，从窗缝窥见那麻子又咬紧牙齿，在割爸爸的耳朵了。

门外有学生在抛球，有兵在体操，有火车开过。妈妈叫我不要哭，叫我看火车。我悬念着门内的怪事，没心情去看风景，只我恨那麻子，这一定不是好人。我想对妈妈说，拿棒去打他。然而我终于不说。因为据我的经验，大人们的意见往往与我相左。他们往往不讲道理，硬要我吃最不好吃的"药"，硬要我做最难当的"洗脸"，或坚不许我弄最有趣的水，最好看的火。今天的怪事，他们对之都漠然，意见一定又是与我相左的。我若提议去打，一定不被赞成。横竖拗不过他们，算了吧。我只有哭！最可怪的，平常同情于我的弄水弄火的宝姐姐，今天也跳出门来笑我，跟了妈妈说我"痴子"。我只有独自哭！有谁同情于我的哭呢？

到妈妈抱了我回来的时候，我才仰起头，预备再看一看，这怪事怎么样了？那可恶的麻子还在否？谁知一跨进墙门槛，就听见"拍，拍"的声音。走进吃饭间，我看见那麻子正用拳头打爸爸的背。"拍，拍"的声音，正是打的声音。可见他一定是用力打的，爸爸一定很痛。然而爸爸何以任他打呢？妈妈何以又不管呢？我又哭。妈妈急急地抱我到房间里，对娘姨讲些话，两人都笑起来，都对我讲了许多话。然而我还听见隔壁

打人的"拍,拍"的声音,无心去听她们的话。

爸爸不是说过"打人是最不好的事"吗?那一天软软不肯给我香烟牌子,我打了她一掌,爸爸曾经骂我,说我不好;还有那一天我打碎了寒暑表,妈妈打了我一下屁股,爸爸立刻抱我,对妈妈说"打不行"。何以今天那麻子在打爸爸,大家不管呢?我继续哭,我在妈妈的怀里睡去了。

我醒来,看见爸爸坐在披雅娜〔钢琴〕旁边,似乎无伤,耳朵也没有割去,不过头很光白,像和尚了。我见了爸爸,立刻想起了睡前的怪事,然而他们——爸爸、妈妈等——仍是毫不介意,绝不谈起。我一回想,心中非常恐怖又疑惑。明明是爸爸被割项颈,割耳朵,又被用拳头打,大家却置之不问,任我一个人恐怖又疑惑。唉!有谁同情于我的恐怖?有谁为我解释这疑惑呢?

一九二七年初夏[1]

---

[1] 本文篇末原未署日期。这里所署的日期是发表在《一般》杂志时篇末所署。在建国后作者自编的《缘缘堂随笔》(人民文学出版社 1957 年 11 月初版)中,篇末误署为:1926 年作。

阿　难[1]

往年我妻曾经遭逢小产的苦难。在半夜里，六寸长的小孩辞了母体而默默地出世了。医生把他裹在纱布里，托出来给我看，说着：

"很端正的一个男孩！指爪都已完全了，可惜来得早了一点！"我正在惊奇地从医生手里窥看的时候，这块肉忽然动起来，胸部一跳，四肢同时一撑，宛如垂死的青蛙的挣扎。我与医生大家吃惊，屏息守视了良久，这块肉不再跳动，后来渐渐发冷了。

唉！这不是一块肉，这是一个生灵，一个人。他是我的一个儿子，我要给他起名字：因为在前有阿宝，阿先，阿瞻，又他母亲为他而受难，故名曰"阿难"。阿难的尸体给医生拿去装在防腐剂的玻璃瓶中；阿难的一跳印在我的心头。

阿难！一跳是你的一生！你的一生何其草草？你的寿命何其短促？我与你的父子的情缘何其浅薄呢？

然而这等都是我的妄念。我比起你来，没有什么大差异。数千万光年中的七尺之躯，与无穷的浩劫中的数十年，叫做"人生"。自有生以来，这"人生"已被反复了数千万遍，都像

---

[1] 本篇原载 1927 年 11 月 10 日《小说月报》第 18 卷第 11 号，署名：子恺。

昙花泡影地倏现倏灭，现在轮到我在反复了。所以我即使活了百岁，在浩劫中，与你的一跳没有什么差异。今我嗟伤你的短命，真是九十九步的笑百步！

阿难！我不再为你嗟伤，我反要赞美你的一生的天真与明慧。原来这个我，早已不是真的我了。人类所造作的世间的种种现象，迷塞了我的心眼，隐蔽了我的本性，使我对于扰攘奔逐的地球上的生活，渐渐习惯，视为人生的当然而恬不为怪。实则坠地时的我的本性，已经斲丧无余了。《西青散记》里史震林的《自序》中的这样的话：

"余初生时，怖夫天之乍明乍暗，家人曰：昼夜也。怪夫人之乍有乍无，曰：生死也。教余别星，曰：孰箕斗；别禽，曰：孰鸟鹊，识所始也。生以长，乍暗乍明乍有乍无者，渐不为异。间于纷纷混混之时，自提其神于太虚而俯之，觉明暗有无之乍乍者，微可悲也。"

我读到这一段，非常感动，为之掩卷悲伤，仰天太息。以前我常常赞美你的宝姐姐与瞻哥哥，说他们的儿童生活何等的天真，自然，他们的心眼何等的清白，明净，为我所万不敢望。然而他们哪里比得上你？他们的视你，亦犹我的视他们。他们的生活虽说天真，自然，他们的眼虽说清白，明净；然他们终究已经有了这世间的知识，受了这世界的种种诱惑，染了这世间的色彩，一层薄薄的雾障已经笼罩了他们的天真与明净了。你的一生完全不着这世间的尘埃。你是完全的天真,自然,清白,明净的生命。世间的人,本来都有像你那样的天真明净的生命,一入人世,便如入了乱梦,得了狂疾,颠倒迷离,直到困顿疲毙,始仓皇地逃回生命的故乡。这是何等昏昧的痴态!你的一生只有一跳,你在一秒间干净地了结你在人世间的一生,你坠地立刻解脱。正在中风狂走的我,更何敢企望你的天真与明慧呢?

我以前看了你的宝姐姐瞻哥哥的天真烂漫的儿童生活,惋惜他们的黄金时代的将逝,常常作这样的异想:"小孩子长到十岁左右无病地自己死去,岂不完成了极有意义与价值的一生呢?"但现在想想,所谓"儿童的天国""儿童的乐园",其实贫乏而低小得很,只值得颠倒困疲的浮世苦者的艳羡而已,又何足挂齿?像你的以一跳了生死,绝不撄浮生之苦,不更好吗?在浩劫中,人生原只是一跳。我在你的一跳中,瞥见一切的人生了。

然而这仍是我的妄念。宇宙间人的生灭,犹如大海中的波涛的起伏。大波小波,无非海的变幻,无不归元于海,世间一切现象,皆是宇宙的大生命的显示。阿难!你我的情缘并不淡薄,你就是我,我就是你;无所谓你我了!

一九二七年九月十七日[1]

---

[1] 本文篇末原未署日期。这里所署的日期是发表在《小说月报》时篇末所署。在建国后作者自编的《缘缘堂随笔》(人民文学出版社 1957 年 11 月初版)中,篇末误署为:1926 年作。

晨　梦[1]

我常常在梦中晓得自己做梦。晨间，将醒未醒的时候，这种情形最多，这不是我一人独有的奇癖，讲出来常常有人表示同感。

近来我尤多经验这种情形：我妻到故乡去作长期的归宁，把两个小孩子留剩在这里，交托我管。我每晚要同他们一同睡觉。他们先睡，九点钟定静，我开始读书，作文，往往过了半夜，才钻进他们的被窝里。天一亮，小孩子就醒，像鸟儿地在我耳边喧聒，又不绝地催我起身。然这时候我正在晨梦，一面隐隐地听见他们的喧聒，一面作梦中的遨游。他们叫我不醒，将嘴巴合在我的耳朵上，大声疾呼"爸爸！起身了"！立刻把我从梦境里拉出。有时我的梦正达于兴味的高潮，或还没有告段落，就回他们话，叫他们再唱一曲歌，让我睡一歇，连忙蒙上被头，继续进行我的梦游。这的确会继续进行，甚且打断两三次也不妨。不过那时候的情形很奇特：一面寻找梦的头绪，继续演进，一面又能隐隐地听见他们的唱歌声的断片。即一面在热心地做梦中的事，一面又知道这是虚幻的梦。有梦游的假

---

[1] 本篇原载 1927 年 11 月 10 日《小说月报》第 18 卷第 11 号，署名：子恺。

我，同时又有伴小孩子睡着的真我。

但到了孩子大哭，或梦完结了的时候，我也就毅然地起身了。披衣下床，"今日有何要务"的真我的正念凝集心头的时候，梦中的妄念立刻被排出意外，谁还留恋或计较呢？

"人生如梦"，这话是古人所早已道破的，又是一切人所痛感而承认的。那末我们的人生，都是——同我的晨梦一样——在梦中晓得自己做梦的了。这念头一起，疑惑与悲哀的感情就支配了我的全体，使我终于无可自解，无可自慰。往往没有穷究的勇气，就把它暂搁在一旁，得过且过地过几天再说。这想来也不是我一人的私见，讲出来一定有许多人表示同感吧！

因为这是众目昭彰的一件事：无穷大的宇宙间的七尺之躯，与无穷久的浩劫中的数十年，而能上穷星界的秘密，下探大地的宝藏，建设诗歌的美丽的国土，开拓哲学的神秘的境地。然而一到这脆弱的躯壳损坏而朽腐的时候，这伟大的心灵就一去无迹，永远没有这回事了。这个"我"的儿时的欢笑，青年的憧憬，中年的哀乐，名誉，财产，恋爱……在当时何等认真，何等郑重；然而到了那一天，全没有"我"的一回事了！哀哉，"人生如梦！"

然而回看人世，又觉得非常诧异：在我们以前，"人生"已被反复了数千万遍，都像昙花泡影地倏现倏灭。大家一面明明知道自己也是如此，一面却又置若不知，毫不怀疑地热心做人。——做官的热心办公，做兵的热心体操，做商的热心算盘，做教师的热心上课，做车夫的热心拉车，做厨房的热心烧饭……还有做学生的热心求知识，以预备做人——这明明是自杀,慢性的自杀!

这便是为了人生的饱暖的愉快,恋爱的甘美,结婚的幸福,爵禄富厚的荣耀,把我们骗住,致使我们无暇回想,流连忘返,得过且过,提不起穷究人生的根本的勇气,糊涂到死。

"人生如梦!"不要把这句话当作文学上的装饰的丽句!这是当头的棒喝!古人所道破,我们所痛感而承认的。我们的人生的大梦,确是——同我的晨梦一样——在梦中晓得自己做梦的。我们一面在热心地做梦中的事,一面又知道这是虚幻的梦。我们有梦中的假我,又有本来的"真我"。我们毅然起身,披衣下床,真我的正念凝集于心头的时候,梦中的妄念立刻被置之一笑,谁还留恋或计较呢?

同梦的朋友们!我们都有"真我"的,不要忘记了这个"真我",而沉酣于虚幻的梦中!我们要在梦中晓得自己做梦,而常常找寻这个"真我"的所在。

〔1927年〕

艺术三昧 [1]

有一次我看到吴昌硕写的一方字。觉得单看各笔划,并不好。单看各个字,各行字,也并不好。然而看这方字的全体,就觉得有一种说不出的好处。单看时觉得不好的地方,全体看时都变好,非此反不美了。

原来艺术品的这幅字,不是笔笔,字字,行行的集合,而是一个融合不可分解的全体。各笔各字各行,对于全体都是有机的,即为全体的一员。字的或大或小,或偏或正,或肥或瘦,或浓或淡,或刚或柔,都是全体构成上的必要,决不是偶然的。即都是为全体而然,不是为个体自己而然的。于是我想象:假如有绝对完善的艺术品的字,必在任何一字或一笔里已经表出全体的倾向。如果把任何一字或一笔改变一个样子,全体也非统统改变不可;又如把任何一字或一笔除去,全体就不成立。换言之,在一笔中已经表出全体,在一笔中可以看出全体,而全体只是一个个体。

所以单看一笔一字或一行,自然不行。这是伟大的艺术的特点。在绘画也是如此。中国画论中所谓"气韵生动",就是这

---

[1] 本篇原载 1927 年 8 月 10 日《小说月报》第 18 卷第 8 号。

个意思。西洋印象画派的持论:"以前的西洋画都只是集许多幅小画而成一幅大画,毫无生气。艺术的绘画,非画面浑然融合不可。"在这点上想来,印象派的创生确是西洋绘画的进步。

这是一个不可思议的艺术的三昧境。在一点里可以窥见全体,而在全体中只见一个体。所谓"一有多种,二无两般"(《碧岩录》)就是这个意思吧!这道理看似矛盾又玄妙,其实是艺术的一般的特色,美学上的所谓"多样的统一",很可明了地解释,其意义:譬如有三只苹果,水果摊上的人把它们规则地并列起来,就是"统一"。只有统一是板滞的,是死的。小孩子把它们触乱,东西滚开,就是"多样"。只有多样是散漫的,是乱的。最后来了一个画家,要写生它们,给它们安排成一个可以入画的美的位置,——两个靠拢在后方一边,余一个稍离开在前方,——望去恰好的时候,就是所谓"多样的统一",是美的。要统一,又要多样;要规则,又要不规则;要不规则的规则,规则的不规则;要一中有多,多中有一。这是艺术的三昧境!

宇宙是一大艺术。人何以只知鉴赏书画的小艺术,而不知鉴赏宇宙的大艺术呢?人何以不拿看书画的眼来看宇宙呢?如果拿看书画的眼来看宇宙,必可发现更大的三昧境。宇宙是一个浑然融合的全体,万象都是这全体的多样而统一的诸相。在万象的一点中,必可窥见宇宙的全体;而森罗的万象,只是一个个体。勃雷克〔布莱克〕的"一粒沙里见世界",孟子的"万物皆备于我",就是当作一大艺术而看宇宙的吧!艺术的字画中,没有可以独立存在的一笔。即宇宙间没有可以独立存在的事物。倘不为全体，各个体尽是虚幻而无意义了。那末这个"我"怎样呢？自然不是独立存在的小我，应该融入于宇宙全体的大我中，以造成这一大艺术。

缘 [1]

这是前年秋日的事：弘一法师云游经过上海，不知因了什么缘，他愿意到我的江湾的寓中来小住了。我在北火车站遇见他，从他手中接取了拐杖和扁担，陪他上车，来到江湾的缘缘堂，请他住在前楼，我自己和两个孩子住在楼下。

每天晚快天色将暮的时候我规定到楼上来同他谈话。他是过午不食的，我的夜饭吃得很迟。我们谈话的时间，正是别人的晚餐的时间。他晚上睡得很早，差不多同太阳的光一同睡着，一向不用电灯。所以我同他谈话，总在苍茫的暮色中。他坐在靠窗口的藤床上，我坐在里面椅子上，一直谈到窗外的灰色的天空衬出他的全黑的胸像的时候，我方才告辞，他也就歇息。这样的生活，继续了一个月。现在已变成丰富的回想的源泉了。

内中有一次，我上楼来见他的时候，看他脸上充满着欢喜之色，顺手向我的书架上抽一册书，指着书面上的字对我说道：

"谢颂羔居士。你认识他否？"

我一看他手中的书，是谢颂羔君所著的《理想中人》。这书他早已送我，我本来平放在书架的下层。我的小孩子欢喜火

---

[1] 本篇原载 1929 年 6 月 10 日《小说月报》第 20 卷第 6 号。

车游戏，前几天把这一堆平放的书拿出来，铺在床上，当作铁路。后来火车开毕了，我的大女儿来整理，把它们直放在书架的中层的外口，最容易拿着的地方。现在被弘一法师抽着了。我就回答他说：

"谢颂羔君是我的朋友，一位基督教徒……"

"他这书很好！很有益的书！这位谢居士住在上海吗？"

"他在北四川路底的广学会中当编辑。我是常常同他见面的。"

说起广学会，似乎又使他感到非常的好意。他告诉我，广学会创办很早，他幼时，住在上海的时候，广学会就已成立。又说其中有许多热心而真挚的宗教徒，有一个外国教士李提摩太曾经关心于佛法，翻译过《大乘起信论》。说话归根于对《理想中人》及其著者谢颂羔居士的赞美。他说这种书何等有益，这著者何等可敬。又说他一向不看我书架上的书，今天偶然在最近便的地方随手抽着了这一册。读了很感激，以为我的书架上大概富有这类的书。检点一下，岂知别的都是关于绘画，音乐的日本文的书籍。他郑重地对我说：

"这是很奇妙的'缘'！"

我想用人工来造成他们的相见的缘，就乘机说道：

"几时我邀谢君来这里谈谈，如何？"

他说，请他来很对人不起。但他脸上明明表示着很盼望的神色。

过了几天，他写了一张横额，"慈良清直"四字，卷好，放在书架上。我晚快上去同他谈话的时候，他就拿出来命我便中送给谢居士。

次日我就怀了这横额来到广学会,访问谢君,把这回事告诉他,又把这横额转送他。他听了,看了,也很感激,就对我说:

"下星期日我来访他。"

这一天,邻人陶载良君备了素斋,请弘一法师到他寓中午餐。谢君和我也被邀了去。我在席上看见一个虔敬的佛徒和一个虔敬的基督徒相对而坐着,谈笑着,我心中不暇听他们的谈话,只是对着了目前的光景而瞑想世间的"缘"的奇妙:目前的良会的缘,是我所完成的。但倘使谢君不著这册《理想中人》,或著而不送我,又倘使弘一法师不来我的寓中,或来而不看我书架上的书,今天的良会我也无从完成。再进一步想,这书原来久已埋在书架的下层,倘使我的小孩子不拿出来铺铁路,或我的大女儿整理的时候不把它放在可使弘一法师随手抽着的地方,今天这良会也决不会在世间出现。仔细想来,无论何事都是大大小小,千千万万的"缘"所凑合而成,缺了一点就不行。世间的因缘何等奇妙不可思议!——这是前年秋日的事。

现在谢君的《理想中人》要再版了,嘱我作序。我听见《理想中人》这一个书名,不暇看它的内容,心中又忙着回想前年秋日的良会的奇缘。就把这回想记在这书的卷首。

一九二九年劳动节子恺记于江湾缘缘堂[1]

---

[1] 本文篇末原未署日期。这里所署的日期是发表在《小说月报》时篇末所署。

大 帐 簿 [1]

我幼年时,有一次坐了船到乡间去扫墓。正靠在船窗口出神观看船脚边层出不穷的波浪的时候,手中拿着的不倒翁失足翻落河中。我眼看它跃入波浪中,向船尾方面滚腾而去,一刹那间形影俱杳,全部交付与不可知的渺茫的世界了。我看看自己的空手,又看看窗下的层出不穷的波浪,不倒翁失足的伤心地,再向船后面的茫茫白水怅望了一会,心中黯然地起了疑惑与悲哀。我疑惑不倒翁此去的下落与结果究竟如何,又悲哀这永远不可知的命运。它也许随了波浪流去,搁住在岸滩上,落入于某村童的手中;也许被鱼网打去,从此做了渔船上的不倒翁;又或永远沉沦在幽暗的河底,岁久化为泥土,世间从此不再见这个不倒翁。我晓得这不倒翁现在一定有个下落,将来也一定有个结果,然而谁能去调查呢?谁能知道这不可知的命运呢?这种疑惑与悲哀隐约地在我心头推移。终于我想:父亲或者知道这究竟,能解除我这种疑惑与悲哀。不然,将来我年纪长大起来,总有一天能知道这究竟,能解除这疑惑与悲哀。

---

[1] 本篇原载 1929 年 5 月 10 日《小说月报》第 20 卷第 5 号。

后来我的年纪果然长大起来。然而这种疑惑与悲哀,非但依旧不能解除,反而随了年纪的长大而增多增深了。我偕了小学校里的同学赴郊外散步,偶然折取一根树枝,当手杖用了一会,后来抛弃在田间的时候,总要对它回顾好几次,心中自问自答:"我不知几时得再见它?它此后的结果不知究竟如何?我永远不得再见它了!它的后事永远不可知了!"倘是独自散步,遇到这种事的时候我更要依依不舍地留连一会。有时已经走了几步,又回转身去,把所抛弃的东西重新拾起来,郑重地道个诀别,然后硬着头皮抛弃它,再向前走。过后我也曾自笑这痴态,而且明明晓得这些是人生中惜不胜惜的琐事;然而那种悲哀与疑惑确实地充塞在我的心头,使我不得不然!

在热闹的地方,忙碌的时候,我这种疑惑与悲哀也会被压抑在心的底层,而安然地支配取舍各种事物,不复作如前的痴态。间或在动作中偶然浮起一点疑惑与悲哀来;然而大众的感化与现实的压迫的力非常伟大,立刻把它压制下去,它只在我的心头一闪而已。一到静僻的地方,孤独的时候,最是夜间,它们又全部浮出在我的心头了。灯下,我推开算术演草簿,提起笔来在一张废纸上信手涂写日间所谙诵的诗句:"春蚕到死丝方尽,蜡炬成灰……"没有写完,就拿向灯火上,烧着了纸的一角。我眼看见火势孜孜地蔓延过来,心中又忙着和各个字道别。完全变成了灰烬之后,我眼前忽然分明现出那张字纸的完全的原形;俯视地上的灰烬,又感到了暗淡的悲哀:假定现在我要再见一见一分钟以前分明存在的那张字纸,无论托绅董、县官、省长、大总统,仗世界一切皇帝的势力,或尧舜、孔子、苏格拉底、基督等一切古代圣哲复生，大家协力帮我设法，也是绝对不可能的事了！——但这种奢望我决计没有。我只是看看那堆灰烬，想在没有区别的微尘中认识各个字的死骸，找出哪一点是春字的灰，哪一点是蚕字的灰。……又想象它明天朝晨被此地的仆人扫除出去，不知结果如何：倘然散入风中，不知它将分飞何处？春字的灰飞入谁家，蚕字的灰飞入谁家？……倘然混入泥土中，不知它将滋养哪几株植物？……都是渺茫不可知的千古的大疑问了。

吃饭的时候，一颗饭粒从碗中翻落在我的衣襟上。我顾视这颗饭粒，不想则已，一想又惹起一大篇的疑惑与悲哀来：不知哪一天哪一个农夫在哪一处田里种下一批稻，就中有一株稻穗上结着煮成这颗饭粒的谷。这粒谷又不知经过了谁的刈、谁的磨、谁的舂、谁的粜，而到了我们的家里，现在煮成饭粒，而落在我的衣襟上。这种疑问都可以有确实的答案；然而除了这颗饭粒自己晓得以外，世间没有一个人能调查，回答。

袋里摸出来一把铜板，分明个个有复杂而悠长的历史。钞票与银洋经过人手，有时还被打一个印；但铜板的经历完全没有痕迹可寻。它们之中，有的曾为街头的乞丐的哀愿的目的物，有的曾为劳动者的血汗的代价，有的曾经换得一碗粥，救济一个饿夫的饥肠，有的曾经变成一粒糖，塞住一个小孩的啼哭，有的曾经参与在盗贼的赃物中，有的曾经安眠在富翁的大腹边，有的曾经安闲地隐居在毛厕的底里，有的曾经忙碌地兼备上述的一切的经历。且就中又有的恐怕不是初次到我的袋中，也未可知。这些铜板倘会说话，我一定要尊它们为上客，恭听它们历述其漫游的故事。倘然它们会纪录,一定每个铜板可著一册比《鲁滨逊飘流记》更奇离的奇书。但它们都像死也不肯招供的犯人,其心中分明秘藏着案件的是非曲直的实情,然而死也不肯泄漏它们的秘密。

现在我已行年三十,做了半世的人,那种疑惑与悲哀在我胸中,分量日渐增多;但刺激日渐淡薄,远不及少年时代以前的新鲜而浓烈了。这是我用功的结果。因为我参考大众的态度,看他们似乎全然不想起这类的事,饭吃在肚里,钱进入袋里,就天下太平,梦也不做一个。这在生活上的确大有实益,我就拼命以大众为师,学习他们的幸福。学到现在三十岁,还没有毕业。所学得的,只是那种疑惑与悲哀的刺激淡薄了一点,然其分量仍是跟了我的经历而日渐增多。我每逢辞去一个旅馆,无论其房间何等坏,臭虫何等多,临去的时候总要低徊一下子,想起"我有否再住这房间的一日"?又慨叹"这是永远的诀别了"!每逢下火车,无论这旅行何等劳苦,邻座的人何等可厌,临走的时候总要发生一种特殊的感想:"我有否再和这人同座的一日?恐怕是对他永诀了!"但这等感想的出现非常短促而又模糊,像飞鸟的黑影在池上掠过一般,真不过数秒间在我心头一闪,过后就全无其事。我究竟已有了学习的功夫了。然而这也全靠在老师——大众——面前,方始可能。一旦不见了老师,而离群索居的时候,我的故态依然复萌。现在正是其时:春风从窗中送进一片白桃花的花瓣来,落在我的原稿纸上。这分明是从我家的院子里的白桃花树上吹下来的,然而有谁知道它本来生在哪一枝头的哪一朵花上呢?窗前地上白雪一般的无数的花瓣,分明各有其故枝与故萼,谁能一一调查其出处,使它们重归其故萼呢?疑惑与悲哀又来袭击我的心了。

总之,我从幼时直到现在,那种疑惑与悲哀不绝地袭击我的心,始终不能解除。我的年纪越大,知识越富,它的袭击的力也越大。大众的榜样的压迫越严,它的反动也越强。倘一一记述我三十年来所经验的此种疑惑与悲哀的事例,其卷帙一定可同《四库全书》《大藏经》争多。然而也只限于我一个人在三十年的短时间中的经验;较之宇宙之大,世界之广,物类之繁,事变之多,我所经验的真不啻恒河中的一粒细沙。

我仿佛看见一册极大的大帐簿,簿中详细记载着宇宙间世界上一切物类事变的过去、现在、未来三世的因因果果。自原子之细以至天体之巨,自微生虫的行动以至混沌的大劫,无不详细记载其来由、经过与结果,没有万一的遗漏。于是我从来的疑惑与悲哀,都可解除了。不倒翁的下落,手杖的结果,灰烬的去处,一一都有记录;饭粒与铜板的来历,一一都可查究;旅馆与火车对我的因缘,早已注定在项下;片片白桃花瓣的故萼,都确凿可考。连我所屡次叹为永不可知的、院子里的沙堆的沙粒的数目,也确实地记载着,下面又注明哪几粒沙是我昨天曾经用手掬起来看过的。倘要从沙堆中选出我昨天曾经掬起来看过的沙,也不难按这帐簿而探索。——凡我在三十年中所见、所闻、所为的一切事物,都有极详细的记载与考证;其所占的地位只有书页的一角,全书的无穷大分之一。

我确信宇宙间一定有这册大帐簿。于是我的疑惑与悲哀全都解除了。

一九二九年清明过了写于石湾[1]

---

[1] 本文篇末原未署日期。这里所署的日期是发表在《小说月报》时篇末所署。在建国后作者自编的《缘缘堂随笔》(人民文学出版社 1957 年 11 月初版)中,篇末误署为:1927 年作。

秋[1]

我的年岁上冠用了"三十"二字,至今已两年了。不解达观的我,从这两个字上受到了不少的暗示与影响。虽然明明觉得自己的体格与精力比二十九岁时全然没有什么差异,但"三十"这一个观念笼在头上,犹之张了一顶阳伞,使我的全身蒙了一个暗淡色的阴影,又仿佛在日历上撕过了立秋的一页以后,虽然太阳的炎威依然没有减却,寒暑表上的热度依然没有降低,然而只当得余威与残暑,或霜降木落的先驱,大地的节候已从今移交于秋了。

实际,我两年来的心情与秋最容易调和而融合。这情形与从前不同。在往年,我只慕春天。我最欢喜杨柳与燕子。尤其欢喜初染鹅黄的嫩柳。我曾经名自己的寓居为"小杨柳屋",曾经画了许多杨柳燕子的画,又曾经摘取秀长的柳叶,在厚纸上裱成各种风调的眉,想象这等眉的所有者的颜貌,而在其下面添描出眼鼻与口。那时候我每逢早春时节,正月二月之交,看见杨柳枝的线条上挂了细珠,带了隐隐的青色而"遥看近却无"的时候,我心中便充满了一种狂喜,这狂喜又立刻变成焦

---

[1] 本篇原载 1929 年 10 月 10 日《小说月报》第 20 卷第 10 号。

虑，似乎常常在说："春来了！不要放过！赶快设法招待它，享乐它，永远留住它。"我读了"良辰美景奈何天"等句，曾经真心地感动。以为古人都太息一春的虚度，前车可鉴！到我手里决不放它空过了。最是逢到了古人惋惜最深的寒食清明，我心中的焦灼便更甚。那一天我总想有一种足以充分酬偿这佳节的举行。我准拟作诗，作画，或痛饮，漫游。虽然大多不被实行；或实行而全无效果，反而中了酒，闹了事，换得了不快的回忆；但我总不灰心，总觉得春的可恋。我心中似乎只有知道春，别的三季在我都当作春的预备，或待春的休息时间，全然不曾注意到它们的存在与意义。而对于秋，尤无感觉：因为夏连续在春的后面，在我可当作春的过剩；冬先行在春的前面，在我可当作春的准备；独有与春全无关联的秋，在我心中一向没有它的位置。

自从我的年龄告了立秋以后，两年来的心境完全转了一个方向，也变成秋天了。然而情形与前不同：并不是在秋日感到像昔日的狂喜与焦灼。我只觉得一到秋天，自己的心境便十分调和。非但没有那种狂喜与焦灼，且常常被秋风秋雨秋色秋光所吸引而融化在秋中，暂时失却了自己的所在。而对于春，又并非像昔日对于秋的无感觉。我现在对于春非常厌恶。每当万象回春的时候，看到群花的斗艳，蜂蝶的扰攘，以及草木昆虫等到处争先恐后地滋生蕃殖的状态，我觉得天地间的凡庸，贪婪，无耻，与愚痴，无过于此了！尤其是在青春的时候，看到柳条上挂了隐隐的绿珠，桃枝上着了点点的红斑，最使我觉得可笑又可怜。我想唤醒一个花蕊来对它说："啊！你也来反复这老调了！我眼看见你的无数的祖先，个个同你一样地出世，个个努力发展，争荣竞秀；不久没有一个不憔悴而化泥尘。你何苦也来反复这老调呢？如今你已长了这孽根，将来看你弄娇弄艳，装笑装颦，招致了蹂躏，摧残，攀折之苦，而步你的祖先们的后尘！"

　　实际，迎送了三十几次的春来春去的人，对于花事早已看得厌倦，感觉已经麻木，热情已经冷却，决不会再像初见世面的青年少女地为花的幻姿所诱惑而赞之，叹之，怜之，惜之了。况且天地万物，没有一件逃得出荣枯，盛衰，生灭，有无之理。过去的历史昭然地证明着这一点，无须我们再说。古来无数的诗人千篇一律地为伤春惜花费词，这种效颦也觉得可厌。假如要我对于世间的生荣死灭费一点词，我觉得生荣不足道，而宁愿欢喜赞叹一切的死灭。对于前者的贪婪，愚昧，与怯弱，后者的态度何等谦逊，悟达，而伟大！我对于春与秋的舍取，也是为了这一点。

　　夏目漱石三十岁的时候，曾经这样说："人生二十而知有生的利益；二十五而知有明之处必有暗；至于三十的今日，更知明多之处暗亦多，欢浓之时愁亦重。"我现在对于这话也深抱同感；有时又觉得三十的特征不止这一端，其更特殊的是对于死的体感。青年们恋爱不遂的时候惯说生生死死，然而这不过是知有"死"的一回事而已，不是体感。犹之在饮冰挥扇的夏日，不能体感到围炉拥衾的冬夜的滋味。就是我们阅历了三十几度寒暑的人，在前几天的炎阳之下也无论如何感不到浴日的滋味。围炉，拥衾，浴日等事，在夏天的人的心中只是一种空虚的知识，不过晓得将来须有这些事而已，但是不能体感它们的滋味。须得入了秋天，炎阳逞尽了威势而渐渐退却，汗水浸胖了的肌肤渐渐收缩，身穿单衣似乎要打寒噤，而手触法郎绒觉得快适的时候，于是围炉，拥衾，浴日等知识方能渐渐融入体验界中而化为体感。我的年龄告了立秋以后，心境中所起的最特殊的状态便是这对于"死"的体感。以前我的思虑真疏浅！以为春可以常在人间，人可以永在青年，竟完全没有想到死。又以为人生的意义只在于生，而我的一生最有意义，似乎我是不会死的。直到现在，仗了秋的慈光的鉴照，死的灵气钟育，才知道生的甘苦悲欢，是天地间反复过亿万次的老调，又何足珍惜？我但求此生的平安的度送与脱出而已。犹之罹了疯狂的人，病中的颠倒迷离何足计较？但求其去病而已。

我正要搁笔，忽然西窗外黑云弥漫，天际闪出一道电光，发出隐隐的雷声，骤然洒下一阵夹着冰雹的秋雨。啊！原来立秋过得不多天，秋心稚嫩而未曾老练，不免还有这种不调和的现象，可怕哉！

一九二九年秋日[1]

---

[1] 本文篇末原未署日期。这里所署的日期是发表在《小说月报》时文末所署。

随笔二十篇

（〔上海〕天马书店 1934 年 8 月初版）[1]

---

[1] 《随笔二十篇》中的 8 篇曾由作者加以修订后编入 1957 年 11 月人民文学出版社出版的《缘缘堂随笔》中，今基本上采用其修饰之处。有的文章中被删改的文句和段落，仍据旧版予以恢复，并加注说明。

子愷

付 印 记

此集中所收随笔,大部分是最近二三年间应各杂志的征稿而作的。往往在限期将到的一二天中,临渴掘井地想出题目来,作出文章来,匆忙地封好了,寄出去。其中唯有两篇——《给我的孩子们》和《随感五则》——是七八年前自动地作的。前者为《子恺画集》的序文,后者无端地写在一册英文抄本里,后来被人见了,拿去登在从前的《一般》杂志里作补白。

前月天马书店托陈之佛兄来信向我索书稿,说要我把近来在各杂志里所发表的随笔结集起来,归他出版。我搜集旧稿,觉得只有二十篇聊可应付。就把它们修改一下,编排一下,使成了一册的样子,寄给之佛兄去。

廿三〔1934〕年七月一日下午,寒暑
表上九十八度的时候,丰子恺记

吃 瓜 子[1]

从前听人说：中国人人人具有三种博士的资格：拿筷子博士、吹煤头纸博士、吃瓜子博士。

拿筷子，吹煤头纸[2]，吃瓜子，的确是中国人独得的技术。其纯熟深造，想起了可以使人吃惊。这里精通拿筷子法的人，有了一双筷，可抵刀锯叉瓢一切器具之用，爬罗剔抉，无所不精。这两根毛竹仿佛是身体上的一部分，手指的延长，或者一对取食的触手。用时好像变戏法者的一种演技，熟能生巧，巧极通神。不必说西洋了，就是我们自己看了，也可惊叹。至于精通吹煤头纸法的人，首推几位一天到晚捧水烟筒的老先生和老太太。他们的"要有火"比上帝还容易，只消向煤头纸上轻轻一吹，火便来了。他们不必出数元乃至数十元的代价去买打火机，只要有一张纸，便可临时在膝上卷起煤头纸来，向铜火炉盖的小孔内一插，拔出来一吹，火便来了。我小时候看见我们染坊店里的管帐先生，有种种吹煤头纸的特技。我把煤头纸高举在他的额旁边了，他会把下唇伸出来，使风向上吹；我

---

[1] 本篇原载 1934 年 5 月 16 日《论语》第 41 期。

[2] 煤头纸，指卷成纸筒后用以引火的一种薄纸。

把煤头纸放在他的胸前了，他会把上唇伸出来，使风向下吹；我把煤头纸放在他的耳旁了，他会把嘴歪转来，使风向左右吹；我用手按住了他的嘴，他会用鼻孔吹，都是吹一两下就着火的。中国人对于吹煤头纸技术造诣之深，于此可以窥见。所可惜者，自从卷烟和火柴输入中国而盛行之后，水烟这种"国烟"竟被冷落，吹煤头纸这种"国技"也很不发达了。生长在都会里的小孩子，有的竟不会吹，或者连煤头纸这东西也不曾见过。在努力保存国粹的人看来，这也是一种可虑的现象。近来国内有不少人努力于国粹保存。国医、国药，国术、国乐，都有人在那里提倡。也许水烟和煤头纸这种国粹，将来也有人起来提倡，使之复兴。

但我以为这三种技术中最进步最发达的，要算吃瓜子。近来瓜子大王的畅销，便是其老大的证据。据关心此事的人说，瓜子大王一类的装纸袋的瓜子，最近市上流行的有许多牌子。最初是某大药房"用科学方法"创制的，后来有什么"好吃来公司""顶好吃公司"……等种种出品陆续产出。到现在差不多无论哪个穷乡僻处的糖食摊上，都有纸袋装的瓜子陈列而倾销着了。现代中国人的精通吃瓜子术，由此盖可想见。我对于此道，一向非常短拙，说出来有伤于中国人的体面，但对自家人不妨谈谈。我从来不曾自动地找求或买瓜子来吃。但到人家作客，受人劝诱时，或者在酒席上、杭州的茶楼上，看见桌上现成放着瓜子盆时，也便拿起来咬。我必须注意选择，选那较大、较厚而形状平整的瓜子，放进口里，用臼齿"格"地一咬，再吐出来，用手指去剥。幸而咬得恰好，两瓣瓜子壳各向两旁扩张而破裂,瓜仁没有咬碎,剥起来就较为省力。若用力不得其法,两瓣瓜子壳和瓜仁叠在一起而折断了,吐出来的时候我就担忧。那瓜子已纵断为两半,两半瓣的瓜仁紧紧地装塞在两半瓣的瓜子壳中,好像日本版的洋装书,套在很紧的厚纸函中,不容易取它出来。这种洋装书的取出法,现在都已从日本人那里学得,不要把指头塞进厚纸函中去力挖,只要使函口向下,两手扶着函,上下振动数次,洋装书自会脱壳而出。然而半瓣瓜子的形状太小了,不能应用这个方法,我只得用指爪细细地剥取。有时因为练习弹琴,两手的指爪都剪平,和尚头一般的手指对它简直毫无办法。我只得乘人不见把它抛弃了。在痛感困难的时候,我本拟不再吃瓜子了。但抛弃了之后,觉得口中有一种非甜非咸的香味,会引逗我再吃。我便不由地伸起手来,另选一粒,再送交臼齿去咬。不幸而这瓜子太燥,我的用力又太猛,"格"地一响,玉石不分,咬成了无数的碎块,事体就更糟了。我只得把粘着唾液的碎块尽行吐出在手心里,用心挑选,剔去壳的碎块,然后用舌尖舔食瓜仁的碎块。然而这挑选颇不容易,因为壳的碎块的一面也是白色的,与瓜仁无异,我误认为全是瓜仁而舔进口中去嚼,其味虽非嚼蜡,却等于嚼砂。壳的碎片紧紧地嵌进牙齿缝里,找不到牙签就无法取出。碰到这种钉子的时候,我就下个决心,从此戒绝瓜子。戒绝之法,大抵是喝一口茶来漱一漱口。点起一支香烟,或者把瓜子盆推开些,把身体换个方向坐了,以示不再对它发生关系。然而过了几分钟,与别人谈了几句话,不知不觉之间,会跟了别人而伸手向盆中摸瓜子来咬。等到自己觉察破戒的时候，往往是已经咬过好几粒了。这样，吃了非戒不可，戒了非吃不可；吃而复戒，戒而复吃，我为它受尽苦痛。这使我现在想起了瓜子觉得害怕。

但我看别人，精通此技的很多。我以为中国人的三种博士才能中，咬瓜子的才能最可叹佩。常见闲散的少爷们，一只手指间夹着一支香烟，一只手握着一把瓜子，且吸且咬，且咬且吃，且吃且谈，且谈且笑。从容自由，直是"交关写意"！他们不须拣选瓜子，也不须用手指去剥。一粒瓜子塞进了口里，只消"格"地一咬，"呸"地一吐，早已把所有的壳吐出，而在那里嚼食瓜子的肉了。那嘴巴真像一具精巧灵敏的机器，不绝地塞进瓜子去，不绝地"格""呸""格""呸"……全不费力，可以永无罢休。女人们、小姐们的咬瓜子，态度尤加来得美妙：她们用兰花似的手指摘住瓜子的圆端，把瓜子垂直地塞在门牙中间，而用门牙去咬它的尖端。"的，的"两响，两瓣壳的尖头便向左右绽裂。然后那手敏捷地转个方向，同时头也帮着了微微地一侧，使瓜子水平地放在门牙口，用上下两门牙把两瓣壳分别拔开，咬住了瓜子肉的尖端而抽它出来吃。这吃法不但"的，的"的声音清脆可听，那手和头的转侧的姿势窈窕得很，有些儿妩媚动人。连丢去的瓜子壳也模样较好，有如朵朵兰花。由此看来，咬瓜子是中国少爷们的专长，而尤其是中国小姐、太太们的拿手戏。

在酒席上、茶楼上，我看见过无数咬瓜子的圣手。近来瓜子大王畅销，我国的小孩子们也都学会了咬瓜子的绝技。我的技术，在国内不如小孩子们远甚，只能在外国人面前占胜。记得从前我在赴横滨的轮船中,与一个日本人同舱。偶检行箧,发见亲友所赠的一罐瓜子。旅途寂寥,我就打开来和日本人共吃。这是他平生没有吃过的东西,他觉得非常珍奇。在这时候,我便老实不客气地装出内行的模样,把吃法教导他,并且示范地吃给他看。托祖国的福,这示范没有失败。但看那日本人的练习,真是可怜得很!他如法将瓜子塞进口中,"格"地一咬,然而咬时不得其法,将唾液把瓜子的外壳全部浸湿,拿在手里剥的时候,滑来滑去,无从下手,终于滑落在地上,无处寻找了。他空咽一口唾液,再选一粒来咬。这回他剥时非常小心,把咬碎了的瓜子陈列在舱中的食桌上,俯伏了头,细细地剥,好像修理钟表的样子。约莫一二分钟之后,好容易剥得了些瓜仁的碎片,郑重地塞进口里去吃。我问他滋味如何,他点点头连称 umai, umai!(好吃,好吃!)我不禁笑了出来。我看他那阔大的嘴里放进一些瓜仁的碎屑,犹如沧海中投以一粟,亏他辨出 umai 的滋味来。但我的笑不仅为这点滑稽,半由于骄矜自夸的心理。我想,这毕竟是中国人独得的技术,像我这样对于此道最拙劣的人,也能在外国人面前占胜,何况国内无数精通此道的少爷、小姐们呢?

发明吃瓜子的人,真是一个了不起的天才!这是一种最有效的"消闲"法。要"消磨岁月",除了抽鸦片以外,没有比吃瓜子更好的方法了。其所以最有效者,为了它具备三个条件:一、吃不厌;二、吃不饱;三、要剥壳。

俗语形容瓜子吃不厌,叫做"勿完勿歇"。为了它有一种非甜非咸的香味,能引逗人不断地要吃。想再吃一粒不吃了,但是嚼完吞下之后，口中余香不绝，不由你不再伸手向盆中或纸包里去摸。我们吃东西，凡一味甜的，或一味咸的，往往易于吃厌。只有非甜非咸的，可以久吃不厌。瓜子的百吃不厌，便是为此。有一位老于应酬的朋友告诉我一段吃瓜子的趣话：说他已养成了见瓜子就吃的习惯。有一次同了朋友到戏馆里看戏，坐定之后，看见茶壶的旁边放着一包打开的瓜子，便随手向包里掏取几粒，一面咬着，一面看戏。咬完了再取，取了再咬。如是数次，发见邻席的不相识的观剧者也来掏取。方才想起了这包瓜子的所有权。低声问他的朋友："这包瓜子是你买来的吗？"那朋友说"不"，他才知道刚才是擅吃了人家的东西，便向邻座的人道歉。邻座的人很漂亮，付之一笑，索性正式地把瓜子请客了。由此可知瓜子这样东西，对中国人有非常的吸引力，不管三七二十一，见了瓜子就吃。

俗语形容瓜子吃不饱，叫做"吃三日三夜，长个屎尖头"。因为这东西分量微小，无论如何也吃不饱，连吃三日三夜，也不过多排泄一粒屎尖头。为消闲计，这是很重要的一个条件。倘分量大了，一吃就饱，时间就无法消磨。这与赈饥的粮食，目的完全相反。赈饥的粮食求其吃得饱，消闲的粮食求其吃不饱。最好只尝滋味而不吞物质。最好越吃越饿，像罗马亡国之前所流行的"吐剂"一样，则开筵大嚼，醉饱之后，咬一下瓜子可以再来开筵大嚼。一直把时间消磨下去。

要剥壳也是消闲食品的一个必要条件。倘没有壳，吃起来太便当，容易饱，时间就不能多多消磨了。一定要剥，而且剥的技术要有声有色，使它不像一种苦工，而像一种游戏，方才适合于有闲阶级的生活，可让他们愉快地把时间消磨下去。

具足以上三个利于消磨时间的条件的，在世间一切食物之中，想来想去，只有瓜子。所以我说发明吃瓜子的人是了不起的天才。而能尽量地享用瓜子的中国人，在消闲一道上，真是了不起的积极的实行家！试看糖食店、南货店里的瓜子的畅销，试看茶楼、酒店、家庭中满地的瓜子壳，便可想见中国人在"格，呸""的，的"的声音中消磨去的时间，每年统计起来为数一定可惊。将来此道发展起来，恐怕是全中国也可消灭在"格，呸""的，的"的声音中呢。

我本来见瓜子害怕，写到这里，觉得更加害怕了。

廿三〔1934〕年四月廿日

读　书[1]

《中学生》杂志社出了一个关于"书"的题目来,命我写一篇随笔。倘要随我的笔写出,我新近到杭州去医眼疾,独游西湖,看了西湖上的字略有所感,让我先写些关于字的话吧。

以前到杭州,必伴着一群人,跟着众人的趋向而游西湖。走马看花地巡行,于各处皆不曾久留。这回独自来游,毫无牵累。又是为求医而来,闲玩似属天经地义,不妨于各处从容淹留。我每在一个寻常惯到的地方泡一碗茶,闲坐,闲行,闲看,闲想,便可勾留半日之久。

听了医生的话,身边不带一册书。但不幸而识字,望见眼前有文字的地方,会不期地睁着病眼去辨识。甚至于苦苦地寻认字迹,探索意味。我这回才注意到:西湖上发表着的文字非常之多,皇帝的御笔,名人士夫的联额,或勒石,或刻木,冠冕堂皇地,金碧辉煌地,装点在到处的寺院台榭中。这些都是所谓名笔,将与湖山同朽,千古留名的。但寺院台榭内的墙壁上,栋柱上,甚至门窗上,还拥挤着无数游客的题字,也是

---

[1] 本篇原载 1933 年 11 月《中学生》第 39 号。后由作者加以删改,改名《独游西湖》,发表在 1947 年 7 月 7 日《天津民国日报》上。

想留名于湖山的。其文字大意不过是"某年某月某日某人到此"而已,但表现之法各人不同:有的用炭条写,有的用铅笔写,有的带了(或许是借了)毛笔去写,又有的深恐风雨侵蚀他的芳名,特用油漆涂写。或者不是油漆,是画家的油画颜料。画家随身带着永不退色的法国罗佛朗制的油画颜料,要在这里留名千古,是很容易的。写的形式,又各人不同:有的字特别大,有的笔划特别粗,皆足以牵惹人目。有的在别人直书的上面故用横行、斜行的文字,更为显著而立异。又有的引用英文、世界语,使在满壁的汉字中别开生面。我每到一处地方,不论碑上的、额上的、壁上的、柱上的,凡是文字,都喜观玩。但有的地方实在汗牛充栋,尽半日淹留之长,到底不能一一读遍所有各家的大作。我想,倘要尽读全西湖上发表着的所有的文字,恐非有积年累月的闲工夫不可。

我这回仅在惯到的几处闲玩二三日。但所看到的文字已经不少。推想别处,也不过是同样性质的东西增加分量罢了。每当目瞑意倦的时候,便回想关于所见的所感。勒石的御笔和金碧的名人手迹中,佳作固然有,但劣品亦处处皆是。它们全靠占着优胜的地位,施着华美的装潢,故能掩丑于无知者之前。若赤裸裸地品起美术的价值来,不及格的恐怕很多。壁上的炭条文字中,涂鸦固然多,但真率自然之笔亦复不少。有的似出于天真烂漫的儿童之手,有的似出于略识之无的工人之手。然而一种真率简劲的美,为金碧辉煌的作品中所不能见。可惜埋没在到处的暗壁角里,不易受世人的赏识,长使笔者为西湖上无名的作家耳。假如湖山的管领者肯选拔这些文字来,勒在石上，刻在木上，其美术的价值当比御笔的石碑高贵得多呢。

  我的感想已经写完，但终于没有写到本题。倘读书与看字有共通的情形，就让读者"闻一以知二"吧。不然，我这篇随笔文不对题，让编辑先生丢在字纸笼里吧。

廿二〔1933〕年九月

邻 人[1]

前年我曾画了这样的一幅画：两间相邻的都市式的住家楼屋，前楼外面是走廊和栏杆。栏杆交界处，装着一把很大的铁条制的扇骨，仿佛一个大车轮，半个埋在两屋交界的墙里，半个露出在檐下。两屋的栏杆内各有一个男子，隔着那铁扇骨一坐一立，各不相干。画题叫做"邻人"。

这是我从上海回江湾时，在天通庵附近所见的实景。这铁扇骨每根头上尖锐，好像一把枪。这是预防邻人的逾墙而设的。若在邻人面前，可说这是预防窃贼的蔓延而设的。譬如一个窃贼钻进了张家的楼上，界墙外有了这把尖头的铁扇骨，

---

[1] 本篇原载 1933 年 1 月《良友》图书月刊第 73 期，当时题名为《羞耻的象征》，收入《随笔二十篇》时有改动。

他就无法逾墙到隔壁的李家去行窃。但在五方杂处,良莠不齐的上海地方,它的作用一半原可说是防邻人的。住在上海的人有些儿太古风,"打牌猜拳之声相闻,至老死不相往来。"这样,邻人的身家性行全不知道,这铁扇骨的防备原是必要的了。

我经过天通庵的时候,觉得眼前一片形形色色的都市的光景中,这把铁扇骨最为触目惊心。这是人类社会的丑恶的最具体,最明显,最庞大的表象。人类社会的设备中,像法律,刑罚等,都是为了防范人的罪恶而设的,但那种都不显露形迹。从社会的表面上看,我们只见锦绣山河,衣冠文物之邦,一时不会想到其间包藏着人类的种种丑恶。又如城、郭、门、墙,也是为防盗贼而设的。这虽然是具体而又庞大的东西,但形状还文雅,暗藏。我们看见了似觉这是与山岭、树木等同类的东西,不会明显地想见人类中的盗贼。更进一步,例如锁,具体而又文明地表示着人类互相防备的用意,可说是人类的丑恶的证据,羞耻的象征了。但它的形象太小,不容易使人注意;用处太多,混迹在箱笼门窗的装饰纹样中,看惯了一时还不容易使人明显地联想到盗窃。只有那把铁扇骨,又具体,又明显,又庞大地表示着它的用意,赤裸裸地宣示着人类的丑恶与羞耻。所以我每次经过天通庵,这件东西总是强力地牵惹我的注意,使我发生种种的感想。造物主赋人类以最高的智慧,使他们做了万物之灵,而建设这庄严灿烂的世界。在自称文明进步的今日,假如造物主降临世间,一一地检点人类的建设,看到锁和那把铁扇骨而查问它们的用途与来历时,人类的回答将何以为颜?对称的形状,均齐的角度,秀美的曲线,是人类文化最上乘的艺术的样式。把这等样式应用在建筑上，家具上，汽车上，飞机上，原足以夸耀现代人生活的进步，但应用在锁和这铁扇骨上，真有些儿可惜。上海的五金店里，陈列着各式各样的"四不灵"[1]锁。有德国制的，有美国制的；有几块钱一把的，有几十块钱一把的；有方的，有圆的，有作各种玲珑的形状的。工料都很精，形式都很美，好像一种徽章。这确是一种徽章，这是人类的丑恶与羞耻的徽章！人类似嫌这种徽章太小，所以又在屋上装起很大的铁扇骨来，以表扬其羞耻。使人一见就可想起世间有着须用这大铁扇骨来防御的人，以及这种人的产生的原因。

我在画上题了"邻人"两字，联想起了"肯与邻翁相对饮，隔篱呼取尽余杯"的诗句。虽然自己不喝酒，但想象诗句所咏的那种生活，悠然神往，几乎把画中的铁扇骨误认为篱了。

廿一〔1932〕年十二月十四日

---

[1] "四不灵"，英文 spring（弹簧）的音译，指弹簧锁。

蝌　蚪 [1]

一

每度放笔，凭在楼窗上小憩的时候，望下去看见庭中的花台的边上，许多花盆的旁边，并放着一只印着蓝色图案模样的洋瓷 [2] 面盆。我起初看见的时候，以为是洗衣物的人偶然寄存着的。在灰色而简素的花台的边上，许多形式朴陋的瓦质的花盆的旁边，配置一个机械制造而施着近代风图案的精巧的洋瓷面盆，绘画地看来，很不调和，假如眼底展开着的是一张画纸，我颇想找块橡皮来揩去它。

一天，二天，三天，洋瓷面盆尽管放在花台的边上。这表示不是它偶然寄存，而负着一种使命。晚间凭窗欲眺的时候，看见放学出来的孩子们聚在墙下拍皮球。我欲知道洋瓷面盆的意义，便提出来问他们。才知道这面盆里养着蝌蚪，是春假中他们向田里捉来的。我久不来庭中细看，全然没有知道我家新近养着这些小动物；又因面盆中那些蓝色的图案，细碎而繁

---

[1] 本篇原载 1934 年 5 月 20 日《人间世》第 4 期。

[2] 洋瓷，即搪瓷。

多，蝌蚪混迹于其间，我从楼窗上望下去，全然看不出来。蝌蚪是我儿时爱玩的东西，又是学童时代在教科书里最感兴味的东西，说起来可以牵惹种种的回想，我便专诚下楼来看它们。

洋瓷面盆里盛着大半盆清水，瓜子大小的蝌蚪十数个，抖着尾巴，急急忙忙地游来游去，好像在找寻什么东西。孩子们看见我来欣赏他们的作品，大家围集拢来，得意地把关于这作品的种种话告诉我：

"这是从大井头的田里捉来的。"

"是清明那一天捉来的。"

"我们用手捧了来的。"

"我们天天换清水的呀。"

"这好像黑色的金鱼。"

"这比金鱼更可爱！"

"他们为什么不绝地游来游去？"

"他们为什么还不变青蛙？"

他们的疑问把我提醒，我看见眼前这盆玲珑活泼的小动物，忽然变成一种苦闷的象征。

我见这洋瓷面盆仿佛是蝌蚪的沙漠。它们不绝地游来游去，是为了找寻食物。它们的久不变成青蛙，是为了不得其生活之所。这几天晚上，附近田里蛙鼓的合奏之声，早已传达到我的床里了。这些蝌蚪倘有耳，一定也会听见它们的同类的歌声。听到了一定悲伤，每晚在这洋瓷面盆里哭泣，亦未可知！它们身上有着泥土水草一般的保护色，它们只合在有滋润的泥土，丰肥的青苔的水田里生活滋长。在那里有它们的营养物，有它们的安息所,有它们的游乐处,还有它们的大群的伴侣。现在被这些孩子们捉了来,关在这洋瓷面盆里,四周围着坚硬的洋铁,全身浸着淡薄的白水,所接触的不是同运命的受难者,便是冷酷的珐琅质。任凭它们镇日急急忙忙地游来游去,终于找不到一种保护它们,慰安它们,生息它们的东西。这在它们是一片渡不尽的大沙漠。它们将以幼虫之身,默默地夭死在这洋瓷面盆里,没有成长变化,而在青草池塘中唱歌跳舞的欢乐的希望了。

这是苦闷的象征,这是象征着某种生活之下的人的灵魂!

二

我劝告孩子们:"你们只管把蝌蚪养在洋瓷面盆中的清水里,它们不得充分的养料和成长的地方,永远不能变成青蛙,将来统统饿死在这洋瓷面盆里!你们不要当它们金鱼看待!金鱼原是鱼类,可以一辈子长在水里;蝌蚪是两栖类动物的幼虫,它们盼望长大,长大了要上陆,不能长居水里。你看它们急急忙忙的游来游去,找寻食物和泥土,无论如何也找不到,样子多么可怜!"

孩子们被我这话感动了,颦蹙地向洋瓷面盆里看。有几人便问我:"那么,怎么好呢?"

我说:"最好是送它们回家——拿去倒在田里。过几天你们去探访,它们都已变成青蛙,'哥哥,哥哥'地叫你们了。"

孩子们都欢喜赞成,就有两人抬着洋瓷面盆,立刻要送它们回家。

我说:"天将晚了,我们再留它们一夜明天送回去罢。现在走到花台里拿些它们所欢喜的泥来,放在面盆里,可以让它们吃吃,玩玩。也可让它们知道,我们不再虐待它们,我们先当作客人款待它们一下,明天就护送它们回家。"

孩子们立刻去捧泥,纷纷地把泥投进面盆里去。有的人叫着:"轻轻地,轻轻地!看压伤了它们!"

不久,洋瓷面盆底里的蓝色的图案都被泥土遮掩。那些蝌蚪统统钻进泥里,一只也看不见了。一个孩子寻了好久,锁着眉头说:"不要都压死了?"便伸手到水里拿开一块泥来看。但见四个蝌蚪密集在面盆底上的泥的凹洞里,四个头凑在一起,尾巴向外放射,好像在那里共食什么东西,或者共谈什么话。忽然一个蝌蚪摇动尾巴,急急忙忙地游了开去。游到别的一个泥洞里去一转,带了别的一个蝌蚪出来,回到原处。五个人聚在一起,五根尾巴一齐抖动起来,成为五条放射形的曲线,样子非常美丽。孩子们呀呀地叫将起来。我也暂时忘记了自己的年龄,附和着他们的声音呀呀地叫了几声。

随后就有几人异口同声地要求:"我们不要送它们回家,我们要养在这里!"我在当时的感情上也有这样的要求;但觉左右为难,一时没有话回答他们,踌躇地微笑着。一个孩子恍然大悟地叫道:"好!我们在墙角里掘一个小池塘倒满了水同田里一样,就把它们养在那里。它们大起来变成青蛙,就在墙角里的地上跳来跳去。"大家拍手说"好"!我也附和着说"好"!大的孩子立刻找到种花用的小锄头,向墙角的泥地上去垦。不久，垦成了面盆大的一个池塘。大家说："够大了，够大了！""拿水来，拿水来！"就有两个孩子扛开水缸的盖，用浇花壶提了一壶水来，倾在新开的小池塘里。起初水满满的，后来被泥土吸收，渐渐地浅起来。大家说："水不够，水不够。"小的孩子要再去提水，大的孩子说："不必了，不必了，我们只要把洋瓷面盆里的水连泥和蝌蚪倒进塘里，就正好了。"大家赞成。蝌蚪的迁居就这样地完成了。

夜色朦胧，屋内已经上灯。许多孩子每人带了一双泥手，欢喜地回进屋里去，回头叫着："蝌蚪，再会！""蝌蚪，再会！""明天再来看你们！""明天再来看你们！"一个小的孩子接着说："它们明天也许变成青蛙了。"

三

洋瓷面盆里的蝌蚪，由孩子们给迁居在墙角里新开的池塘里了。孩子们满怀的希望，等候着它们的变成青蛙。我便怅然地想起了前几天遗弃在上海的旅馆里的四只小蝌蚪。

今年的清明节，我在旅中度送。乡居太久了有些儿厌倦，想调节一下。就在这清明的时节，做了路上的行人。时值春假，一孩子便跟了我走。清明的次日，我们来到上海。十里洋场，我一看就生厌，还是到城隍庙里去坐坐茶店，买买零星玩意，倒有趣味。孩子在市场的一角看中了养在玻璃瓶里的蝌蚪，指着了要买。出十个铜板买了。后来我用拇指按住了瓶上的小孔，坐在黄包车里带它回旅馆去。

回到旅馆，放在电灯底下的桌子上观赏这瓶蝌蚪，觉得很是别致：这真像一瓶金鱼，共有四只。颜色虽不及金鱼的漂亮，但是游泳的姿势比金鱼更为活泼可爱。当它们潜在瓶边上时，我们可以察知它们的实际的大小只及半粒瓜子。但当它们游到瓶中央时，玻璃瓶与水的凸镜的作用把它们的形体放大，变化参差地映入我们的眼中，样子很是好看。而在这都会的旅馆的楼上的五十支光电灯底下看这东西愈加觉得稀奇。这是春日田中很多的东西。要是在乡间，随你要多少，不妨用斗来量。但在这不见自然面影的都会里，不及半粒瓜子大的四只，便已可贵，要装在玻璃瓶内当作金鱼欣赏了，真有些儿可怜。而我们，原是常住在乡间田畔的人，在这清明节离去了乡间而到红尘万丈的中心的洋楼上来鉴赏玻璃瓶里的四只小蝌蚪，自己觉得可笑。这好比富翁舍弃了家里的酒池肉林而加入贫民队里来吃大饼油条；又好比帝王舍弃了上苑三千而到民间来钻穴窥墙。

一天晚上，我正在床上休息的时候，孩子在桌上玩弄这玻璃瓶，一个失手，把它打破了。水泛滥在桌子上，里面带着大大小小的玻璃碎片，蝌蚪躺在桌上的水痕中蠕动，好似涸辙之鱼，演成不可收拾的光景，归我来办善后。善后之法，第一要救命。我先拿一只茶杯，去茶房那里要些冷水来，把桌上的四个蝌蚪轻轻地掇进茶杯中，供在镜台上了。然后一一拾去玻璃的碎片，揩干桌子。约费了半小时的扰攘，好容易把善后办完了。去镜台上看看茶杯里的四只蝌蚪，身体都无恙，依然是不绝地游来游去，但形体好像小了些，似乎不是原来的蝌蚪了。

以前养在玻璃瓶中的时候，因有凸镜的作用，其形状忽大忽小，变化百出，好看得多。现在倒在茶杯里一看，觉得就只是寻常乡间田里的四只蝌蚪，全不足观。都会真是枪花[1]繁多的地方，寻常之物，一到都会里就了不起。这十里洋场的繁华世界，恐怕也全靠着玻璃瓶的凸镜的作用映成如此光怪陆离。一旦失手把玻璃瓶打破了，恐怕也只是寻常乡间田里的四只蝌蚪罢了。

过了几天，家里又有人来玩上海。我们的房间嫌小了，就改赁大房间。大人，孩子，加以茶房，七手八脚地把衣物搬迁。搬好之后立刻出去看上海。为经济时间计，一天到晚跑在外面，乘车，买物，访友，游玩，少有在旅馆里坐的时候，竟把小房间里镜台上的茶杯里的四只小蝌蚪完全忘却了；直到回家后数天，看到花台边上洋瓷面盆里的蝌蚪的时候，方然忆及。现在孩子们给洋瓷面盆里的蝌蚪迁居在墙角里新开的小池塘里，满怀的希望，等候着它们的变成青蛙。我更怅然地想起了遗弃在上海的旅馆里的四只蝌蚪。不知它们的结果如何？

大约它们已被茶房妙生倒在痰盂里，枯死在垃圾桶里了？妙生欢喜金铃子，去年曾经想把两对金铃子养过冬，我每次到这旅馆时，他总拿出他的牛筋盒子来给我看，为我谈种种关于金铃子的话。也许他能把对金铃子的爱推移到这四只蝌蚪身上，代我们养着，现在世间还有这四只蝌蚪的小性命的存在，亦未可知。

---

[1] 枪花，江南一带方言，意即欺人之计。

然而我希望它们不存在。倘还存在，想起了越是可哀！它们不是金鱼，不愿住在玻璃瓶里供人观赏。它们指望着生长，发展，变成了青蛙而在大自然的怀中唱歌跳舞。它们所憧憬的故乡，是水草丰足，春泥粘润的田畴间，是映着天光云影的青草池塘。如今把它们关在这商业大都市的中央，石路的旁边，铁筋建筑的楼上，水门汀砌的房笼内，瓷制的小茶杯里，除了从自来水龙头上放出来的一勺之水以外，周围都是瓷，砖，石，铁，钢，玻璃，电线，和煤烟，都是不适于它们的生活而足以致它们死命的东西。世间的凄凉，残酷，和悲惨，无过于此。这是苦闷的象征，这象征着某种生活之下的人的灵魂。

假如有谁来报告我这四只蝌蚪的确还存在于那旅馆中，为了象征的意义，我准拟立刻动身，专赴那旅馆中去救它们出来，放乎青草池塘之中。

一九三四年四月廿二日

给我的孩子们[1]

我的孩子们！我憧憬于你们的生活，每天不止一次！我想委曲地说出来，使你们自己晓得。可惜到你们懂得我的话的意思的时候，你们将不复是可以使我憧憬的人了。这是何等可悲哀的事啊！

瞻瞻！你尤其可佩服。你是身心全部公开的真人。你什么事体都像拼命地用全副精力去对付。小小的失意，像花生米翻落地了，自己嚼了舌头了，小猫不肯吃糕了，你都要哭得嘴唇翻白，昏去一两分钟。外婆普陀去烧香买回来给你的泥人，你何等鞠躬尽瘁地抱他，喂他；有一天你自己失手把他打破了，你的号哭的悲哀，比大人们的破产，失恋，broken heart〔心碎〕，丧考妣，全军覆没的悲哀都要真切。两把芭蕉扇做的脚踏车，麻雀牌堆成的火车，汽车，你何等认真地看待，挺直了嗓子叫"汪——""咕咕咕……"，来代替汽笛。宝姐姐讲故事给你听，说到"月亮姐姐挂下一只篮来，宝姐姐坐在篮里吊了上去，瞻瞻在下面看"的时候，你何等激昂地同她争，说"瞻瞻

---

[1] 本篇原载 1926 年 12 月 26 日《文学周报》第 4 卷第 6 期，署名：子恺。

要上去,宝姐姐在下面看!"甚至哭到漫姑[1]面前去求审判。我每次剃了头,你真心地疑我变了和尚,好几时不要我抱。最是今年夏天,你坐在我膝上发见了我腋下的长毛,当作黄鼠狼的时候,你何等伤心,你立刻从我身上爬下去,起初眼瞪瞪地对我端相,继而大失所望地号哭,看看,哭哭,如同对被判定了死罪的亲友一样。你要我抱你到车站里去,多多益善地要买香蕉,满满地擒了两手回来,回到门口时你已经熟睡在我的肩上,手里的香蕉不知落在哪里去了。这是何等可佩服的真率,自然,与热情!大人间的所谓"沉默""含蓄""深刻"的美德,比起你来,全是不自然的,病的,伪的!

你们每天做火车,做汽车,办酒,请菩萨,堆六面画,唱歌,全是自动的,创造创作的生活。大人们的呼号"归自然!""生活的艺术化!""劳动的艺术化!"在你们面前真是出丑得很了!依样画几笔画,写几篇文的人称为艺术家,创作家,对你们更要愧死!

你们的创作力,比大人真是强盛得多哩:瞻瞻!你的身

---

[1] 漫姑,即作者的三姐丰满。

体不及椅子的一半,却常常要搬动它,与它一同翻倒在地上;你又要把一杯茶横转来藏在抽斗里,要皮球停在壁上,要拉住火车的尾巴,要月亮出来,要天停止下雨。在这等小小的事件中,明明表示着你们的小弱的体力与智力不足以应付强盛的创作欲、表现欲的驱使,因而遭逢失败。然而你们是不受大自然的支配,不受人类社会的束缚的创造者,所以你的遭逢失败,例如火车尾巴拉不住,月亮呼不出来的时候,你们决不承认是事实的不可能,总以为是爹爹妈妈不肯帮你们办到,同不许你们弄自鸣钟同例,所以愤愤地哭了,你们的世界何等广大!

你们一定想:终天无聊地伏在案上弄笔的爸爸,终天闷闷地坐在窗下弄引线的妈妈,是何等无气性的奇怪的动物!你们所视为奇怪动物的我与你们的母亲,有时确实难为了你们,摧残了你们,回想起来,真是不安心得很!

阿宝!有一晚你拿软软的新鞋子,和自己脚上脱下来的鞋子,给凳子的脚穿了,划袜立在地上,得意地叫"阿宝两只脚,凳子四只脚"的时候,你母亲喊着"龌龊了袜子!"立刻擒你到藤榻上,动手毁坏你的创作。当你蹲在榻上注视你母亲动手毁坏的时候,你的小心里一定感到"母亲这种人,何等杀风景而野蛮"吧!

瞻瞻!有一天开明书店送了几册新出版的毛边的《音乐入门》来。我用小刀把书页一张一张地裁开来,你侧着头,站在桌边默默地看。后来我从学校回来,你已经在我的书架上拿了一本连史纸印的中国装的《楚辞》,把它裁破了十几页,得意地对我说："爸爸！瞻瞻也会裁了！"瞻瞻！这在你原是何等成功的欢喜，何等得意的作品！却被我一个惊骇的"哼！"字喊得你哭了。那时候你也一定抱怨"爸爸何等不明"吧！

软软！你常常要弄我的长锋羊毫，我看见了总是无情地夺脱你。现在你一定轻视我，想道："你终于要我画你的画集的封面！"[1]

最不安心的，是有时我还要拉一个你们所最怕的陆露沙医生来。教他用他的大手来摸你们的肚子，甚至用刀来在你们臂上割几下，还要教妈妈和漫姑擒住了你们的手脚，捏住了你们的鼻子，把很苦的水灌到你们的嘴里去。这在你们一定认为太无人道的野蛮举动吧！

孩子们！你们真果抱怨我，我倒欢喜；到你们的抱怨变为感谢的时候，我的悲哀来了！

我在世间，永没有逢到像你们样出肺肝相示的人。世间的人群结合，永没有像你们样的彻底地真实而纯洁。最是我到上海去干了无聊的所谓"事"回来，或者去同不相干的人们做了叫做"上课"的一种把戏回来，你们在门口或车站旁等我的

---

[1] 《子恺画集》的封面画是软软所作。

时候，我心中何等惭愧又欢喜！惭愧我为什么去做这等无聊的事，欢喜我又得暂时放怀一切地加入你们的真生活的团体。

但是，你们的黄金时代有限，现实终于要暴露的。这是我经验过来的情形，也是大人们谁也经验过的情形。我眼看见儿时的伴侣中的英雄，好汉，一个个退缩，顺从，妥协，屈服起来，到像绵羊的地步。我自己也是如此。"后之视今，亦犹今之视昔"，你们不久也要走这条路呢！

我的孩子们！憧憬于你们的生活的我，痴心要为你们永远挽留这黄金时代在这册子里。然这真不过像"蜘蛛网落花"略微保留一点春的痕迹而已。且到你们懂得我这片心情的时候，你们早已不是这样的人，我的画在世间已无可印证了！这是何等可悲哀的事啊！

《子恺画集》代序，一九二六年耶诞节作[1]

---

[1] 作为《子恺画集》代序，本篇篇末所署为：1926年耶稣降诞节，病起，作于炉边。

作 父 亲 [1]

楼窗下的弄里远地传来一片声音:"咿哟,咿哟……"渐近渐响起来。

一个孩子从算草簿中抬起头来,张大眼睛倾听一会,"小鸡!小鸡!"叫了起来。四个孩子同时放弃手中的笔,飞奔下楼,好像路上的一群麻雀听见了行人的脚步声而飞去一般。

我刚才扶起他们所带倒的凳子,抬起桌子上滚下去的铅笔,听见大门口一片呐喊:"买小鸡!买小鸡!"其中又混着哭声。连忙下楼一看,原来元草因为落伍而狂奔,在庭中跌了一交,跌痛了膝盖骨不能再跑,恐怕小鸡被哥哥、姐姐们买完了轮不着他,所以激烈地哭着。我扶了他走出大门口,看见一群孩子正向一个挑着一担"咿哟,咿哟"的人招呼,欢迎他走近来。元草立刻离开我,上前去加入团体,且跳且喊:"买小鸡!买小鸡!"泪珠跟了他的一跳一跳而从脸上滴到地上。

孩子们见我出来,大家回转身来包围了我。"买小鸡!买小鸡!"的喊声由命令的语气变成了请愿的语气,喊得比前更响了。他们仿佛想把这些音蓄入我的身体中,希望它们由我的

---

[1] 本篇原载 1933 年 7 月 1 日《文学》杂志第 1 卷第 1 号。

口上开出来。独有元草直接拉住了担子的绳而狂喊。

我全无养小鸡的兴趣；而且想起了以后的种种麻烦，觉得可怕。但乡居寂寥，绝对屏除外来的诱惑而强迫一群孩子在看惯的几间屋子里隐居这一个星期日，似也有些残忍。且让这个"咿哟、咿哟"来打破门庭的岑寂，当作长闲的春昼的一种点缀吧。我就招呼挑担的，叫他把小鸡给我们看看。

他停下担子，揭开前面的一笼。"咿哟，咿哟"的声音忽然放大。但见一个细网的下面，蠕动着无数可爱的小鸡，好像许多活的雪球。五六个孩子蹲集在笼子的四周，一齐倾情地叫着"好来！好来"！一瞬间我的心也屏绝了思虑而没入在这些小动物的姿态的美中，体会了孩子们对小鸡的热爱的心情。许多小手伸入笼中，竟指一只纯白的小鸡，有的几乎要隔网捉住它。挑担的忙把盖子无情地冒上，许多"咿哟，咿哟"的雪球和一群"好来，好来"的孩子就变成了咫尺天涯。孩子们怅望笼子的盖，依附在我的身边，有的伸手摸我的袋。我就向挑担的人说话：

"小鸡卖几钱一只？"

"一块洋钱四只。"

"这样小的，要卖二角半钱一只？可以便宜些否？"

"便宜勿得，二角半钱最少了。"

他说过，挑起担子就走。大的孩子脉脉含情地目送他，小的孩子拉住了我的衣襟而连叫"要买！要买"！挑担的越走得快，他们喊得越响。我摇手止住孩子们的喊声，再向挑担的问：

"一角半钱一只卖不卖?给你六角钱买四只吧!"

"没有还价!"

他并不停步,但略微旋转头来说了这一句话,就赶紧向前面跑。"伊哟,咿哟"的声音渐渐地远起来了。

元草的喊声就变成哭声。大的孩子锁着眉头不绝地探望挑担者的背影,又注视我的脸色。我用手掩住了元草的口,再向挑担人远远地招呼:

"二角大洋一只,卖了吧!"

"没有还价!"

他说过便昂然地向前进行,悠长地叫出一声"卖——小——鸡——!"其背影便在弄口的转角上消失了。我这里只留着一个号啕大哭的孩子。

对门的大嫂子曾经从矮门上探头出来看过小鸡,这时候就拿着针线走出来,倚在门上,笑着劝慰哭的孩子,她说:

"不要哭!等一会儿还有担子挑来,我来叫你呢!"她又笑着向我说:

"这个卖小鸡的想做好生意。他看见小孩子哭着要买,越是不肯让价了。昨天坍墙圈里买的一角洋钱一只,比刚才的还大一半呢!"

我同她略谈了几句,硬拉了哭着的孩子回进门来。别的孩子也懒洋洋地跟了进来。我原想为长闲的春昼找些点缀而走出门口来的,不料讨个没趣,扶了一个哭着的孩子而回进来。庭中柳树正在骀荡的春光中摇曳柔条,堂前的燕子正在安稳的新巢上低徊软语。我们这个刁巧的挑担者和痛哭的孩子,在这一片和平美丽的春景中很不调和啊！

关上大门，我一面为元草揩拭眼泪，一面对孩子们说：

"你们大家说'好来，好来'，'要买，要买'，那人就不肯让价了！"

小的孩子听不懂我的话，继续抽噎着；大的孩子听了我的话若有所思。我继续抚慰他们：

"我们等一会再来买吧，隔壁大妈会喊我们的。但你们下次……"

我不说下去了。因为下面的话是"看见好的嘴上不可说好，想要的嘴上不可说要"。倘再进一步，就变成"看见好的嘴上应该说不好，想要的嘴上应该说不要"了。在这一片天真烂漫光明正大的春景中，向哪里容藏这样教导孩子的一个父亲呢？

廿二〔1933〕年五月二十日

儿　戏[1]

楼下忽然起了一片孩子们暴动的声音。他们的娘高声喊着："两只雄鸡又在斗了，爸爸快来劝解！"我不及放下手中的报纸，连忙跑下楼来。

原来是两个男孩在打架：六岁的元草要夺九岁的华瞻的木片头，华瞻不给，元草哭着用手打他的胸；华瞻也哭着，双手擎起木片头，用脚踢元草的腿。

我放下报纸，把身体插入两孩子的中间，用两臂分别抱住了两孩子，对他们说："不许打！为的啥事体？大家讲！"元草竭力想摆脱我的臂而向对方进攻，一面带哭带嚷地说道："他不肯给我木片头！他不肯给我木片头！"似乎这就是他打人的正当的理由。华瞻究竟比他大了三岁，最初静伏在我的臂弯里，表示不抵抗而听我调解，后来吃着口声辩："这些木片头原是我的！他要夺，我不给，他就打我！"元草用哭声接着说："他踢我！"华瞻改用直接交涉，对着他说："你先打！"在旁作壁上观的宝姐姐发表意见："轻记还重记，先打呒道理！"背后另一人又发表一种舆论："君子开口，小人动手！"我未及下评判，

---

[1]　本篇原载 1933 年 3 月 27 日《申报》。

元草已猛力退出我的手臂,突然向对方袭击。他们的娘看我排解无效,赶过来将元草擒去,抱在怀里,用甘言骗住他。我也把华瞻抱在怀里,用话抚慰他。两孩子分别占据了两亲的怀里,暴动方始告终。这时候"五香……豆腐干"的叫声在后门外亲切地响着,把脸上挂着眼泪的两孩子一齐从我们的怀里叫了出去。我拿了报纸重回楼上去的时候,已听到他们复交后的笑谈声了。

但我到了楼上,并不继续看报。因为我看刚才的事件,觉得比看报上的国际纷争直截明了得多。我想:世间人与人的对待,小的是个人对个人,大的是团体对团体。个人对待中最小的是小孩对小孩,团体对待中最大的是国家对国家。在文明的世间,除了最小的和最大的两极端而外,人对人的交涉,总是用口的说话来讲理,而不用身体的武力来相打的。例如要掠

夺，也必用巧妙的手段；要侵占，也必立巧妙的名义：所谓"攻击"也只是辩论，所谓"打倒"也只是叫喊。故人对人虽怀怨害之心，相见还是点头握手，敷衍应酬。虽然也有用武力的人，但"君子开口，小人动手"，开化的世间是不通行用武力的。其中唯有最小的和最大的两极端不然：小孩对小孩的交涉，可以不讲理，而通行用武力来相打；国家对国家的交涉，也可以不讲理，而通行用武力来战争。战争就是大规模的相打。可知凡物相反对的两极端相通似，或相等。国际的事如儿戏，或等于儿戏。

一九三二年[1]

---

[1] 本文篇末原未署日期。这里所署的日期是建国后作者自编的《缘缘堂随笔》（人民文学出版社 1957 年 11 月初版）中篇末所署。但在编者保存的《随笔二十篇》一书中，此文的末尾作者自己用毛笔填上的写作时间为廿二〔1933〕年。

旧地[1]重游

旧地重游,以前所惯识的各种景物争把过去的事情告诉我,使我耳目不暇应接,心情不胜感慨。我素不喜重游旧居之地,便是为此。但到了不得已的时候,也只得硬着头皮,带着赴难似的心情去重游。前天又为了不得已之故,重到旧地。诗人在这当儿一定可以吟几句。我也想学学看,但觉心绪缭乱,气结不能言,遑论做诗?只是那迎人的柳树使我忆起了从前在不知什么书上读过的一首古人诗:"此地曾居住,今来宛如归。可怜汾上柳。相见也依依。"

这二十个字在我心中通过,心绪似被整理,气也通畅得多了。

次日上午,朋友领我到了旧时所惯到的茶楼上,坐在旧时所惯坐的藤椅里。便有旧时惯见的茶伙计的红肿似的手臂,拿了旧时所惯用的茶具来,给我们倒茶。这里是楼上的内室。室中只设五桌座位,他们称之为"雅座"。茶钱比他处贵,外室和楼上每壶十一个铜元,这里要十六个铜元。因这原故,雅座常很清静。外室和楼下充满了紫铜色的脸,翡翠色的脸,和愤恨

---

[1] 旧地,指嘉兴。

不平的话声时，你只要走上扶梯，钻进一个环门，就有闲静的明窗净几。有时空无一人，专等你来享用；有时窗下墙角疏朗朗地点缀着几个小白脸，金牙齿，或仁丹须，静静地在那里咬瓜子，或者摆腿。这好比超过了红尘而登入仙境。五个铜板的法力大矣哉。以前我住在此地的时候，每次到这茶楼，未尝不这样赞叹。这回久别重到，适值外室和楼下极闹而雅座为我们独占，便见脸盆大的五个铜板出现在我的眼前了。我们替茶店打算，这里虽然茶钱贵了五个铜板，但是比较起外面来，座位疏，设备贵，顾客少。照外面的密接的布置，这块地方有十桌可摆，这里只摆五桌。外面用圆凳，这里用藤椅子。外面座客常满，这里空的时候多。三路的损失决不止五个铜板。这雅座显然是蚀本生意。这样想来，我们和小白脸，金牙齿，仁丹须的清福，全是那紫铜色的脸，翡翠色的脸和愤恨不平的话声所惠赐的。

　　我注视桌面，温习那旧时所看熟的木纹的模样。那红肿似的手臂又提了茶罐出现在我的眼前。手臂上面有一张笑口正在对我说话。

　　"老先生，长久不到了。近来出门？"

　　"嘿嘿，长久不到了，我已经搬走，今天是来作客的。"

　　"啊，搬走了！怪不得老客人长久不到了。"

　　"这房间都是老客人吗？"

　　"嗳，总是这几位先生。难得有生客。"

　　"我看这里空的时候多，你们怎么开销？"

　　"嗳，生意是全靠外面的，不过长衫班的先生请过来，这里座位清爽些。哈哈！"

他一面笑，一面把雪白的热手巾分送给我们，并加说明：

"这毛巾都是新的，旧的都放在外面用。"

啊，他还记忆着我旧时的习惯。我以前不欢喜和别人共用毛巾。这习惯的由来，最初是一种特殊的癖，后来是怕染别人的病，又后来是因为自己患沙眼，怕把这"亡国之病"传给别人。所以出门的时候，严格地拒绝热手巾。这茶伙计的热手巾也曾被我拒绝过。我不到这茶楼已将两年了，他还记忆着我的习惯。在这点上他可说是我的知己。其实，近来我这习惯，已经移改。因为我觉得严防传染病近于迷信，又觉得严防"亡国之病"未必可以保国，这特殊的癖就渐渐消除。况且我这知己用了这般殷勤体贴的态度而把雪白的热手巾送到我手里，却之不恭。我便欣然地接受而享用了。雪白，火热的一团花露水香气扑上我的面孔，颇觉快适。但回味他的说话，心中又起一种不快之感，这些清静的座位，雪白的毛巾，原来是茶店老板特备给当地的绅士先生们享用的。像我，一个过路的旅客，不过穿件长衫，今天也来掠夺他们的特权，而使外面的人们用我所用旧的毛巾，实在不应该；同时我也不愿意。但这茶伙计已经知道我是过路的客人。他只为了过去的旧谊而浪费这种殷勤，我对于他这点纯洁的人情是应该恭敬地领谢的。

我送还他毛巾的时候说了一声"谢谢你"！但这三个字在这环境之下用得很不适当。那人惊异地向我一看。然后提了茶罐和毛巾走出环门去。他的背影的姿态突然使我回复了两年前的心情。似觉这两年间的生活是做一个梦，并未过去。

归家的火车十二点钟开。我在十一点半辞别了我的朋友而先下茶楼。走过通达我的旧寓的小路口,望见里面几株杨柳正在向我点头。似乎在告诉我:"一架图书和一群孩子在这柳阴深处的老屋里等你归去呢!"我的脚几乎顺顺地跨进了小路。终于踏上马路向车站这方面去了。

廿二〔1933〕年五月七日[1]

---

[1] 在建国后作者自编的《缘缘堂随笔》(人民文学出版社 1957 年 11 月初版)中,将本篇写作时间误署为:1934 年春。

两 场 闹

一日我因某事独自至某地。当日赶不上归家的火车,傍晚走进某地的某旅馆投宿了。事体已经赶毕;当地并无亲友可访,无须出门;夜饭已备有六只大香蕉在提箧内,不必外求。但天色未暗,吃香蕉嫌早,我觉旅况孤寂,这一刻工夫有些难消遣了。室中陈列着崭新的铁床,华丽的镜台,清静的桌椅。但它们都板着脸孔不理睬我,好像待车室里的旅客似的各管各坐着,只有我携来的那只小提箧亲近我,似乎在对我说,"我是属于你的!"

打开提箧,一册袖珍本的《绝妙好词》躺在那里等我。我把它取出,再把被头叠置枕上,当作沙发椅子靠了,且从这古式的收音器中倾听古人的播音。

忽闻窗外的街道上起了一片吵闹之声。我不由地抛却我的书,离开我的沙发,倒屣往窗前探看。对门是一个菜馆,我凭在窗上望下去,正看见菜馆的门口,四辆人力车作带模样停在门口的路旁,四个人力车夫的汗湿的背脊,花形地环列在门口的阶沿石下,和站在阶沿石上的四个人的四顶草帽相对峙。中央的一个背脊伸出着一只手,努力要把手中的一支钱交还一顶草帽,反复地在那里叫:

"这一点钱怎么行?拉了这许多路!"

草帽下也伸出一只手来,跟了说话的语气而指挥:

"讲到廿板[1]一部,四部车子,给你二角[2]三十板,还有啥话头?"

他的话没有说完,对方四个背脊激动起来,参参差差地嚷着:

"兜大圈子到这里,我们多两里路啦;这一点钱哪里行!"

另一顶草帽下面伸出一只手来,点着人力车夫的头,谆谆地开导:

"不是我们要你多跑路!修街路你应该知道,你吃什么饭的?"

"这不来[3],这不来!"

人力车夫口中讲不出理,心中着急,嚷着把盛钱的手向四顶草帽底下乱送,想在他们身上找一处突出的地方交卸了这一支不足的车钱。但四顶草帽反背着手,渐渐向门内退却,使他无法措置。我在上面代替人力车夫着急,心想草帽的边上不是颇可置物的地方吗,可惜人力车夫的手腕没有这样高。

正难下场的时候,另一个汗湿的背脊上伸出一个长头颈来,

---

[1] 讲到,意即讲定;廿板,即二十个铜板。

[2] 二角,系指二角小洋,当时除"法币"以外有一种二角银币,称为二角小洋,合铜板50枚("法币"二角为二角大洋,合铜板60枚)。

[3] 这不来,意即这不行。

换了一种语调，帮他的同伴说话：

"先生！一角钱一部总要给我们的！这铜板换了两角钱吧！先生，几个铜板不在乎的！"

同时他从同伴的手中取出铜板来擎起在一顶草帽前面，恳求他交换。这时三顶草帽已经不见，被包围的一顶草帽伸手在袋中摸索，冷笑着说：

"讨厌得来！喏，喏，每人加两板！"

他摸出铜板，四个背脊同时退开，大家不肯接受，又同声地嚷起来。那草帽乘机跨进门槛，把八个铜板放在柜角上，指着了厉声说：

"喏，要末来拿去，勿要末歇[1]，勿识相的！"

一件雪白的长衫飞上楼梯，不见了。门外四个背脊咕噜咕噜了一回，其中一个没精打采地去取了柜角上的铜板，大家懒洋洋地离开店门。咕噜咕噜的声音还是继续着。

我看完了这一场闹，离开窗栏，始觉窗内的电灯已放光了。我把我的沙发移在近电灯的一头，取出提篮里的香蕉，用《绝妙好词》佐膳而享用我的晚餐。窗子没有关，对面菜馆的楼上也有人在那里用晚餐，常有笑声和杯盘声送入我的耳中。我们隔着一条街路而各用各的晚餐。

约一小时之后，窗外又起一片吵闹之声。我心想又来什么花头了，又立刻抛却我的书，离开我的沙发，倒屣往窗前探看。这回在楼上闹。离开我一二丈之处，菜馆楼上一个精小的

---

[1] 歇，意即算了，拉倒。"勿要末歇"，即"不要就拉倒"的意思。

餐室内，闪亮的电灯底下摆着一桌杯盘狼藉的残菜。桌旁有四个男子，背向着我，正在一个青衣人面前纠纷。我从声音中认知他们就是一小时前在下面和人力车夫闹过一场的四个角色。但见一个瘦长子正在摆开步位，用一手擒住一个矮胖子的肩，一手拦阻一个穿背心的人的胸，用下颚指点门口，向青衣人连叫着："你去，你去！"被擒的矮胖子一手摸在袋里，竭力挣扎而扑向青衣人的方面去，口中发出一片杀猪似的声音，只听见"不行，不行"。穿背心的人竭力地伸长了的手臂，想把手中的两张钞票递给青衣人，口中连叫着"这里，这里"。好像火车到时车站栅门外拿着招待券接客的旅馆招待员。

在这三人的后方，最近我处，还有一个生仁丹须[1]的人，把右手摸在衣袋中，冷静地在那里叫喊"我给他，我给他"！青衣人面向着我，他手中托着几块银洋，用笑脸看看这个，看看那个，立着不动。

穿背心的终于摆脱了瘦长子的手，上前去把钞票塞在青衣人的手中，而取回银洋交还瘦长子。瘦长子一退避，放走了矮胖子。这时候青衣人已将走出门去，矮胖子厉声喝止："喂喂，堂官，他是客人！"便用自己袋里摸出来的钞票向他交换。穿背心的顾东失西，急忙将瘦长子按倒在椅子里，回身转来阻止矮胖子的行动。三个人扭做一堆，作出嘈杂的声音。忽然听见青衣人带笑的喊声："票子撕破了！"大家方才住手。瘦长子从椅子里立起身。楼板上丁丁当当地响起来。原来穿背心的暗把

---

[1] 指当时仁丹包封上所画人像的八字胡须。

银洋塞在他的椅子角上,他起身时用衣角把它们如数撒翻在楼板上了。于是有的捡拾银洋,有的察看破钞票。场中忽然换了一个调子。一会儿严肃的静默,一会儿造作的笑声。不久大家围着一桌残菜就座,青衣人早已悄悄地出门去了。我最初不知道他拿去是谁的钱,但不久就在他们的声音笑貌中看出,这晚餐是矮胖子的东道。

　　背后有人叫唤。我旋转身来,看见茶房在问我:"先生,夜饭怎样?"我仓皇地答道:"我,我吃过了。"他看床前椅子上的一堆香蕉皮,出去了。我不待对面的剧的团圆,便关窗,就寝了。

　　卧后清宵,回想今晚所见的两场闹,第一场是争进八个铜板,第二场是争出几块银洋。人力车夫的咕噜咕噜的声音,和菜馆楼上的杀猪似的声音,在我的回想中对比地响着,直到我睡去。

廿三〔1934〕年五月十二日

梦 痕[1]

我的左额上有一条同眉毛一般长短的疤。这是我儿时游戏中在门槛上跌破了头颅而结成的。相面先生说这是破相,这是缺陷。但我自己美其名曰"梦痕"。因为这是我的梦一般的儿童时代所遗留下来的唯一的痕迹。由这痕迹可以探寻我的儿童时代的美丽的梦。

我四五岁时,有一天,我家为了"打送"(吾乡风俗,亲戚家的孩子第一次上门来作客,辞去时,主人家必做几盘包子送他,名曰"打送")某家的小客人,母亲、姑母、婶母和诸姐们都在做米粉包子。厅屋的中间放一只大匾,匾的中央放一只大盘,盘内盛着一大堆粘土一般的米粉,和一大碗做馅用的甜甜的豆沙。母亲们大家围坐在大匾的四周。各人卷起衣袖,向盘内摘取一块米粉来,捏做一只碗的形状;挟取一筷豆沙来藏在这碗内;然后把碗口收拢来,做成一个圆子。再用手法把圆子捏成三角形,扭出三条绞丝花纹的脊梁来;最后在脊梁凑

---

[1] 本篇原载 1934 年 7 月 20 日《人间世》第 8 期。当时题名为《疤》。收入《随笔二十篇》时,改名《梦痕》。后由作者稍加删节,改名《黄金时代》,又收入作者自编的《率真集》(上海万叶书店 1946 年 10 月初版)。

合的中心点上打一个红色的"寿"字印子,包子便做成。一圈一圈地陈列在大匾内,样子很是好看。大家一边做,一边兴高采烈地说笑。有时说谁的做得太小,谁的做得太大;有时盛称姑母的做得太玲珑,有时笑指母亲的做得像个饼。笑语之声,充满一堂。这是年中难得的全家欢笑的日子。而在我,做孩子们的,在这种日子更有无上的欢乐;在准备做包子时,我得先吃一碗甜甜的豆沙。做的时候,我只要吵闹一下子,母亲们会另做一只小包子来给我当场就吃。新鲜的米粉和新鲜的豆沙,热热地做出来就吃,味道是好不过的。我往往吃一只不够,再吵闹一下子就得吃第二只。倘然吃第二只还不够,我可嚷着要替她们打寿字印子。这印子是不容易打的:蘸的水太多了,打出来一塌糊涂,看不出寿字;蘸的水太少了,打出来又不清楚;况且位置要摆得正,歪了就难看;打坏了又不能揩抹涂改。所以我嚷着要打印子,是母亲们所最怕的事。她们便会和我商量,把做圆子收口时摘下来的一小粒米粉给我,叫我"自己做来自己吃"。这正是我所盼望的主目的!开了这个例之后,各人做圆子收口时摘下来的米粉,就都得照例归我所有。再不够时还得要求向大盘中扭一把米粉来,自由捏造各种粘土手工:捏一个人,团拢了,改捏一个狗;再团拢了,再改捏一只水烟管……捏到手上的龌龊都混入其中,而雪白的米粉变成了灰色的时候,我再向她们要一朵豆沙来,裹成各种三不像的东西,吃下肚子里去。这一天因为我吵得特别厉害些,姑母做了两只小巧玲珑的包子给我吃,母亲又外加摘一团米粉给我玩。为求自由,我不在那场上吃弄,拿了到店堂里,和五哥哥一同玩弄。五哥哥者，后来我知道是我们店里的学徒，但在当时我只知道他是我儿时的最亲爱的伴侣。他的年纪比我长，智力比我高，胆量比我大，他常做出种种我所意想不到的玩意儿来，使得我惊奇。这一天我把包子和米粉拿出去同他共玩，他就寻出几个印泥菩萨的小形的红泥印子来，教我印米粉菩萨。

后来我们争执起来，他拿了他的米粉菩萨逃，我就拿了我的米粉菩萨追。追到排门旁边，我跌了一交，额骨磕在排门槛上，磕了眼睛大小的一个洞，便晕迷不省。等到知觉的时候，我已被抱在母亲手里，外科郎中蔡德本先生，正在用布条向我的头上重重叠叠地包裹。

自从我跌伤以后，五哥哥每天乘店里空闲的时候到楼上来省问我。来时必然偷偷地从衣袖里摸出些我所爱玩的东西来——例如关在自来火匣子里的几只叩头虫，洋皮纸人头，老菱壳做成的小脚，顺治铜钿[1]磨成的小刀等——送给我玩，直到我额上结成这个疤。

讲起我额上的疤的来由，我的回想中印象最清楚的人物，莫如五哥哥。而五哥哥的种种可惊可喜的行状，与我的儿童时代的欢乐，也便跟了这回想而历历地浮出到眼前来。

他的行为的顽皮，我现在想起了还觉吃惊。但这种行为对于当时的我，有莫大的吸引力，使我时时刻刻追随他，自愿地做他的从者。他用手捉住一条大蜈蚣，摘去了它的有毒的钩爪，而藏在衣袖里，走到各处，随时拿出来吓人。我跟了他

---

[1] 顺治铜钿，指清朝顺治年间铸造的圆形方孔铜币。

走,欣赏他的把戏。他有时偷偷地把这条蜈蚣放在别人的瓜皮帽子上,让它沿着那人的额骨爬下去,吓得那人直跳起来。有时怀着这条蜈蚣去登坑,等候邻席的登坑者正在拉粪的时候,把蜈蚣丢在他的裤子上,使得那人扭着裤子乱跳,累了满身的粪。又有时当众人面前他偷把这条蜈蚣放在自己的额上,假装被咬的样子而号啕大哭起来,使得满座的人惊惶失措,七手八脚地为他营救。正在危急存亡的时候,他伸起手来收拾了这条蜈蚣,忽然破涕为笑,一缕烟逃走了。后来这套戏法渐渐做穿,有的人警告他说,若是再拿出蜈蚣来,要打头颈拳[1]了。于是他换出别种花头来:他躲在门口,等候警告打头颈拳的人将走出门,突然大叫一声,倒身在门槛边的地上,乱滚乱撞,哭着嚷着,说是践踏了一条臂膀粗的大蛇,但蛇是已经钻进榻底下去了。走出门来的人被他这一吓,实在魂飞魄散;但见他的受难比他更深,也无可奈何他,只怪自己的运气不好。他看见一群人蹲在岸边钓鱼,便参加进去,和蹲着的人闲谈。同时偷偷地把其中相接近的两人的辫子梢头结住了,自己就走开,躲到远处去作壁上观。被结住的两人中若有一人起身欲去,滑稽剧就演出来给他看了。诸如此类的恶戏,不胜枚举。

现在回想他这种玩耍,实在近于为虐的戏谑。但当时他热心地创作,而热心地欣赏的孩子,也不止我一个。世间的严正的教育者!请稍稍原谅他的顽皮!我们的儿时,在私塾里偷偷地玩了一个折纸手工,是要遭先生用铜笔套管在额骨上猛钉几

---

[1] 打头颈拳,作者家乡话,意即打耳光。

下,外加在至圣先师孔子之神位面前跪一支香的!

况且我们的五哥哥也曾用他的智力和技术来发明种种富有趣味的玩意,我现在想起了还可以神往。暮春的时候,他领我到田野去偷新蚕豆。把嫩的生吃了,而用老的来做"蚕豆水龙"。其做法,用煤头纸火把老蚕豆荚熏得半熟,剪去其下端,用手一捏,荚里的两粒豆就从下端滑出,再将荚的顶端稍稍剪去一点,使成一个小孔。然后把豆荚放在水里,待它装满了水,以一手的指捏住其下端而取出来,再以另一手的指用力压榨豆荚,一条细长的水带便从豆荚的顶端的小孔内射出。制法精巧的,射水可达一二丈之远。他又教我"豆梗笛"的做法:摘取豌豆的嫩梗长约寸许,以一端塞入口中轻轻咬嚼,吹时便发嗜嗜之音。再摘取蚕豆梗的下段,长约四五寸,用指爪在梗上均匀地开几个洞,作成笛的样子。然后把豌豆梗插入这笛的一端,用两手的指随意启闭各洞而吹奏起来,其音宛如无腔之短笛。他又教我用洋蜡烛的油作种种的浇造和塑造。用芋艿或番薯镌刻种种的印版,大类现今的木版画。……诸如此类的玩意,亦复不胜枚举。

现在我对这些儿时的乐事久已缘远了。但在说起我额上的疤的来由时,还能热烈地回忆神情活跃的五哥哥和这种兴致蓬勃的玩意儿。谁言我左额上的疤痕是缺陷?这是我的儿时欢乐的左证,我的黄金时代的遗迹。过去的事,一切都同梦幻一般地消灭,没有痕迹留存了。只有这个疤,好像是"脊杖二十,刺配军州"时打在脸上的金印,永久地明显地录着过去的事实,一说起就可使我历历地回忆前尘。仿佛我是在儿童世界的本贯地方犯了罪,被刺配到这成人社会的"远恶军州"来的。这无期的流刑虽然使我永无还乡之望,但凭这脸上的金印,还可回溯往昔,追寻故乡的美丽的梦啊!

一九三四年六月七日

两个"？"

我从幼小时候就隐约地看见两个"？"。但我到了三十岁上方才明确地看见它们。现在我把看见的情况写些出来。

第一个"？"叫做"空间"。我孩提时跟着我的父母住在故乡石门湾的一间老屋里,以为老屋是一个独立的天地。老屋的壁的外面是什么东西,我全不想起。有一天,邻家的孩子从壁缝间塞进一根鸡毛来,我吓了一跳;同时,悟到了屋的构造,知道屋的外面还有屋,空间的观念渐渐明白了。我稍长,店里的伙计抱了我步行到离家二十里的石门[1]城里的姑母家去,我在路上看见屋宇毗连,想象这些屋与屋之间都有壁,壁间都可塞过鸡毛。经过了很长的桑地和田野之后,进城来又是毗连的屋宇,地方似乎是没有穷尽的。从前我把老屋的壁当作天地的尽头,现在知道不然。我指着城外问大人们:"再过去还有地方吗?"大人们回答我说:"有嘉兴、苏州、上海;有高山,有大海,还有外国。你大起来都可去玩。"一个粗大的"？"隐约地出现在我的眼前。回家以后,早晨醒来,躺在床上驰想:

---

[1] 石门,原名崇德县,一度改为石门县。1958年并入桐乡县,改名崇福镇。后来桐乡改为县级市,石门镇和崇福镇归属桐乡市。

床的里面是帐,除去了帐是壁,除去了壁是邻家的屋,除去了邻家的屋又是屋,除完了屋是空地,空地完了又是城市的屋,或者是山是海,除去了山,渡过了海,一定还有地方……空间到什么地方为止呢?我把这疑问质问大姐。大姐回答我说:"到天边上为止。"她说天像一只极大的碗覆在地面上。天边上是地的尽头,这话我当时还听得懂;但天边的外面又是什么地方呢?大姐说:"不可知了。"很大的"?"又出现在我的眼前,但须臾就隐去。我且吃我的糖果,玩我的游戏吧。

我进了小学校,先生教给我地球的知识。从前的疑问到这时候豁地解决了。原来地是一个球。那么,我躺在床上一直向里床方面驰想过去,结果是绕了地球一匝而仍旧回到我的床前。这是何等新奇而痛快的解决!我回家来欣然地把这新闻告诉大姐。大姐说:"球的外面是什么呢?"我说:"是空。""空到什么地方为止呢?"我茫然了。我再到学校去问先生,先生说:"不可知了。"很大的"?"又出现在我的眼前,但也不久就隐去。我且读我的英文,做我的算术吧。

我进师范学校,先生教我天文。我怀着热烈的兴味而听讲,希望对小学时代的疑问,再得一个新奇而痛快的解决。但终于失望。先生说:"天文书上所说的只是人力所能发见的星球。"又说:"宇宙是无穷大的。"无穷大的状态,我不能想象。我仍是常常驰想,这回我不再躺在床上向横方驰想,而是仰首向天上驰想;向这苍苍者中一直上去,有没有止境?有的么,其处的状态如何?没有的么,使我不能想象。我眼前的"?"比前愈加粗大,愈加迫近,夜深人静的时候,我屡屡为了它而失眠。我心中愤慨地想：我身所处的空间的状态都不明白，我不能安心做人！世人对于这个切身而重大的问题，为什么都不说起？以后我遇见人，就向他们提出这疑问。他们或者说不可知，或一笑置之，而谈别的世事了。我愤慨地反抗："朋友，这个问题比你所谈的世事重大得多，切身得多！你为什么不理？"听到这话的人都笑了。他们的笑声中似乎在说："你有神经病了。"我不好再问，只得让那粗大的"？"照旧挂在我的眼前。

第二个"？"叫做"时间"。我孩提时关于时间只有昼夜的观念。月、季、年，世等观念是没有的。我只知道天一明一暗，人一起一睡，叫做一天。我的生活全部沉浸在"时间"的急流中，跟了它流下去，没有抬起头来望望这急流的前后的光景的能力。有一次新年里，大人们问我几岁，我说六岁。母亲教我："你还说六岁？今年你是七岁了，已经过了年了。"我记得这样的事以前似曾有过一次。母亲教我说六岁时也是这样教的。但相隔久远，记忆模糊不清了。我方才知道这样时间的间隔叫做一年，人活过一年增加一岁。那时我正在父亲的私塾里读完《千字文》，有一晚，我到我们的染坊店里去玩，看见帐桌上放着一册帐簿，簿面上写着"菜字元集"这四字。我问管帐先生，这是什么意思？他回答我说："这是用你所读的《千字文》上的字来记年代的。这店是你们祖父手里开张的。开张的那一年所用的第一册帐簿，叫做'天字元集'，第二年的叫做'地字元集'，天地玄黄，宇宙洪荒……每年用一个字。用到今年正是'菜重芥姜'的'菜'字。"因为这事与我所读的书有关连，我听了很有兴味。他笑着摸摸他的白胡须，继续说道；

"明年'重'字，后年'芥'字，我们一直开下去，开到'焉哉乎也'的'也'字，大家发财！"我口快地接着说："那时你已经死了！我也死了！"他用手掩住我的口道："话勿得！话勿得！大家长生不老！大家发财！"我被他弄得莫名其妙，不敢再说下去了。但从这时候起，我不复全身沉浸在"时间"的急流中跟它飘流。我开始在这急流中抬起头来，回顾后面，眺望前面，想看看"时间"这东西的状态。我想，我们这店即使依照《千字文》开了一千年，但"天"字以前和"也"字以后，一定还有年代。那么，时间从何时开始，何时了结呢？又是一个粗大的"？"隐约地出现在我的眼前。我问父亲："祖父的父亲是谁？"父亲道："曾祖。""曾祖的父亲是谁？""高祖。""高祖的父亲是谁？"父亲看见我有些像孟尝君，笑着抚我的头，说："你要知道他做什么？人都有父亲，不过年代太远的祖宗，我们不能一一知道他的人了。"我不敢再问，但在心中思维"人都有父亲"这句话，觉得与空间的"无穷大"同样不可想象。很大的"？"又出现在我的眼前。

我入小学校，历史先生教我盘古氏开天辟地的事。我心中想：天地没有开辟的时候状态如何？盘古氏的父亲是谁？他的父亲的父亲的父亲……又是谁？同学中没有一个提出这样的疑问，我也不敢质问先生。我入师范学校，才知道盘古氏开天辟地是一种靠不住的神话。又知道西洋有达尔文的"进化论"，人类的远祖就是做戏法的人所畜的猴子。而且猴子还有它的远祖。从我们向过去逐步追溯上去，可一直追溯到生物的起源，地球的诞生，太阳的诞生，宇宙的诞生。再从我们向未来推想下去，可一直推想到人类的末日，生物的绝种，地球的毁坏，太阳的冷却，宇宙的寂灭。但宇宙诞生以前，和寂灭以后，"时间"这东西难道没有了吗？"没有时间"的状态，比"无穷大"的状态愈加使我不能想象。而时间的性状实比空间的性状愈加难于认识。我在自己的呼吸中窥探时间的流动痕迹，一个个的呼吸鱼贯的翻进"过去"的深渊中，无论如何不可挽留。我害怕起来，屏住了呼吸，但自鸣钟仍在"的格，的格"地告诉我时间的经过。一个个的"的格"鱼贯地翻进过去的深渊中，仍是无论如何不可挽留的。时间究竟怎样开始？将怎样告终？我眼前的"？"比前愈加粗大，愈加迫近了。夜深人静的时候，我屡屡为它失眠，我心中愤慨地想：我的生命是跟了时间走的。"时间"的状态都不明白，我不能安心做人！世人对于这个切身而重大的问题，为什么都不说起？以后我遇见人，就向他们提出这个问题。他们或者说不可知，或者一笑置之，而谈别的世事了。我愤慨地反抗："朋友！我这个问题比你所谈的世事重大得多，切身得多！你为什么不理？"听到这话的人都笑了。他们的笑声中似乎在说："你有神经病了！"我不再问，只能让那粗大的"？"照旧挂在我的眼前，直到它引导我入佛教的时候。[1]

廿二〔1933〕年二月廿四日

---

[1] 最后一句中"直到……"编入1957年版《缘缘堂随笔》时被作者删去。

怜　伤[1]

我们围坐在炉旁闲谈，偶然翻阅杂志，发见了一张科学界惊闻的照片。据说美国某处的人要把一所三层楼石造巨屋迁移到别处去，将屋下的基地凿断，填以木条和铁棍。用大力拖曳这连地的屋，使在铁棍上滚动，像开车一般。照片上所载的便是正在移动的石屋的样子（照片见《东方》第十三卷第二号）。炉旁的老者们看了这照片，对于这工程十分地惊叹，几乎不能相信。小孩子们听了并不诧异，因为在他们的想象的世界中，这原是不足稀奇的事；但听说房子能像车子般开走，也很高兴。我却由惊叹而转成了怜伤的心情。

我惊叹科学对自然的抵抗力的伟大。古人视为不可能的事，今人一件一件地在那里做到来。佛经里所谓天耳通，天眼通，现代的无线电话和电流照相都可仿佛；《穆天子传》里的八骏日行三万里，在现今的航空家看来也没有什么稀奇了。科学的抵抗自然，好像现今日本的侵略中国，一天进步一天。载着三层楼的大石屋的地皮，都可割断了使它像汽车般开走，由此更进一步，费长房[2]

---

[1] 本篇原载 1933 年 4 月 16 日《东方杂志》第 30 卷第 8 号。

[2] 费长房，东汉方士，相传他有缩地术。

的缩地之方一定不难实现;飞来峰的传说也不足传诵了。科学对自然的抵抗力的伟大,真可惊叹!

但到了夜阑人散,火炉旁边只剩我一人的时候,我继续吟味刚才的话题,又觉得科学的抵抗自然的努力,可怜得很;地壳形成的时候偶然微微凹进了一块,科学就须费数千百人的头脑和气力来营造船舶,才得济渡这凹块。地球行动时微微走近太阳一些,科学就忙煞各种避暑防疫的设备;微微离开太阳一些,又要它忙煞御寒的工作了。假如地球走得高兴,一朝跑出轨道外边去玩玩,使用科学的人类就得全部灭亡,宇宙间更无科学的存在了。科学的抵抗自然,犹之娇儿的占胜两亲。要抱就抱,要携就携,要饼买饼,要糖买糖,都是两亲的恩宠!一旦失却了恩宠而见弃于父母,这娇儿就得死于冻馁,转乎沟壑,再向哪里去撒娇撒痴呢?科学的号称万能而抵抗自然,正像这小孩的对两亲撒娇撒痴,作威作福,怪可怜的!现代都市中的八十余阶的高层建筑,夸称为"摩天阁"(sky scraper),顾名思义,已是惭愧。一旦失却了自然的恩宠,大地震怒起来,科学只有束手旁观"摩天阁"的倒地和人类的死亡了!这话也许可以触怒科学万能的信徒。但在十年间连逢两次大震灾的日本人听了,一定有切身的感动。陶渊明诗云:"荣华诚足贵,亦复可怜伤。"现代科学的荣华正是如此。

廿二〔1933〕年三月九日 [1]

---

[1] 发表在《东方杂志》上时,文末所署为:民国二十二年三月九日于石门湾。

爱子之心 [1]

吾乡风俗，给孩子取名常用"丫头""小狗""和尚"等。倘到村庄上去调查起来，可见每个村庄上名叫丫头的一定不止一个，有大丫头，小丫头等；名叫和尚的也一定不止一个，有三和尚，四和尚等。不但村庄上如此，镇上，城里，也有着不少的丫头，小狗，和和尚。名叫丫头的有时是一个老头子。名叫小狗的有时是一条大汉，名叫和尚的有时是一个富商。我在闻名见面时，往往忍不住要笑出来。

这种名字当然不是本人自己要取的，原是由乳名沿用而来的，但他们的父母为什么给他们取这种乳名呢？窥察他们的用意，大概出于爱子之心。这种人的孩子时代大概是宠儿或独子。父母深恐他们不长养，因而给他们取这种名字。

为什么给孩子取名丫头，小狗，或和尚，孩子便会长养呢？窥察他们的理论是这样：世间可贵的东西往往容易丧失，而贱的东西偏生容易长养。故要宠儿或独子长养，只要在名义上把他们假装为贱的，死神便受他们的欺骗，不会来光顾了。

---

[1] 本篇原载 1933 年 8 月 16 日《东方杂志》第 30 卷第 16 号，收入《随笔二十篇》时有较大的改动。

故普通给孩子取名,大都取个福生,寿生,富生,或贵生,但给宠儿或独子取名,这等好字眼都用不着。并非不要他有福,有寿,大富,大贵,只因宠儿或独子,本身已经太贵而有容易丧失的危险。欲杜死神的觊觎而防危险,正宜取最贱的称呼。他们以为世间贱的东西,是女人,畜生,和和尚。故宠儿或独子的名字取了"丫头""小狗"或"和尚",死神听见了便以为他真是丫头,真是和尚,或者真是一只小狗,就放他壮健地活在世上了。

"丫头"这称呼,在吾乡有两种用法:镇上人称使女为丫头,乡下人称女儿为丫头。无论为使女或女儿,总之,丫头就是女孩子。女人是贱的,女孩子是女人中之小者,故丫头犹言"小贱人"。以此称呼宠儿或独子给死神听,最为稳当。故一村之中,名叫丫头的一定不止一个。

畜生的贱,不言可知,但其中最贱的是狗,因为它是吃屎的。故宠儿独子只要实际不吃屎,不妨取名小狗。

至于和尚,在吾乡也是贱的东西。把儿子卖给寺里作小和尚,丰年也只卖三块钱一岁,荒年白送也没有人要。这样看来,小和尚比猪羊等畜生更贱。故名叫和尚的孩子尤多。但又有人说,这名字除此以外还有一种法力:和尚是修行的,修行是积福积寿的。取名为和尚,可免修行之苦,而得福寿之利,也是一种不劳而获的方法。

一九三三年六月廿九日

梦耶真耶[1]

我小时候对于梦的看法，和中年后对于梦的看法大不相同，甚至相反。

很小的时候，大约五六岁以前，好像是不做梦的，或者是做了就忘记的。那时候还不知人事，完全任天而动。饥则啼，饱则喜，乐则笑，倦则睡。白天没有什么妄想，夜里也不做什么梦；就是做梦，也同饥饱啼笑一样地过后即忘。七八岁以后，我初入私塾读书，方才明白知道人生有做梦的一件事体。但常把真和梦混在一起，辨不清楚。有时做梦先生放假，醒来的时候便觉欢喜。有时做梦跟邻家的小朋友去捉蟋蟀，次日就去问他讨蟋蟀来看。这大概是因为儿时对于自己的生活全然没有主张或计划，跟了时地的变化和大人的指使而随波逐流地过去，与做梦没有什么分别的原故。

入了少年时代，我便知道梦是假的，与真的生活判然不同。但对于做梦这一件事，常常觉得奇怪而神秘。怎么独自睡在床里会同隔离的朋友见面，说话，游戏，又跑到很远的地方去呢？虽然事实已证明其为假，但我心中还想不通这个道理。

---

[1] 本篇原载 1933 年 1 月 1 日《东方杂志》第 30 卷第 1 号。

做了青年,学了科学,我才知道这是心理现象的一种,是完全不足凭的假象。我听见有人骂一个乞丐说:"你想发财,做梦!"又听见母亲念的《心经》中有一句叫做"远离颠倒梦想",更知世人对于梦的看法:做梦是假的,荒唐而不合情理的。所以乞丐想做官发财类于做梦。所以修行的人要远离颠倒梦想。真的事实和梦正反对,是真的,切实而合乎情理的。

我在三十岁以前,对于"真"和"梦"两境一直作这样的看法。过了三十岁,到了三十五岁的今日,——《东方杂志》向我征稿的今日,——我在心中拿起真和梦两件事来仔细辨认一下,发见其与从前的看法大不相同,几成正反对。从前我同世人一样地确信"真"为真的,"梦"为假的,真伪的界限判然。现在这界限模糊起来,使我不辨两境孰真孰假,亦不知此生梦耶真耶。从前我确信"真"为如实而合乎情理,"梦"为荒唐而不合情理。现在适得其反:我觉得梦中常有切实而合乎情理的现象。而现世家庭,社会,国家,国际的事,大都荒唐而不合理。我深感做人不及做梦的快适。从前我读到陆放翁的诗:

> 苦爱幽窗午梦长,
> 此中与世暂相忘。
> 华山处士如容见,
> 不觅仙方觅睡方。

曾经笑他与世"暂"相忘,何足"苦爱"?但现在我苦爱他这首诗,觉得午梦不够,要作长夜之梦才好。假如觅得到睡方，我极愿重量地吞服一剂，从此优游于梦境中，永远不到真的世间来了。

怎见得两境真假的界限模糊呢？我以为"真"的真与"梦"的假，都不是绝对的，都是互相比较而说的。一则"梦"的历时比"真"的历时短些，人们就指"梦"为假。二则"真"的幻灭（就是死）比"梦"的幻灭（就是醒）不易看见，人们就视"真"为真。三则梦中的状况比他世的状况变幻不测些，人们就说做梦是假的。四则世间的事过后都可拿出实物来作凭据，梦中的事过后成空，拿不出确实的凭据来，人们就认世间为真的。其实，这所谓真假全不是绝对的性质，皆由比较而来，其理由如下：（一）梦与真的历时长短，拿音乐来比方，不过像三十二分音符对全音符，久暂虽异，但同在"时间"的旋律中消失过去，岂有永远不休止的音符？（二）每天朝晨醒觉时看见"梦"的幻灭，但每人临终时也要看见"真"的幻灭，不过前者经验的次数多些，后者每人只经验一次罢了。（三）讲到状况的变幻不测，人世的运命岂有常态可测？语云："今日不知明日事，上床忽别下床鞋。"人世的变幻不测与梦境有何两样？就最近的时事看：内乱的起伏，党派的纠纷，都非我民意料所及；"一·二八"淞沪战事的突发，上海的灾民谁也说是"梦想不到的"。我战后来到上海，有好几次看见了闸北的一大片焦土而认真地疑心自己是在做梦呢。（四）"世间的事过后都可拿出实物来作凭据，梦中的事过后成空，拿不出确实的证据来。"这话只能在世间说，你的百年大梦醒觉以后，再向哪里去拿实物来证明世间的事的真实呢？到了大梦一觉的时候,恐怕你要说"世间的事过后成空,拿不出确实的证据来"了。反之,若在梦中说话,也可以说"梦中的事过后都可拿出(梦中的)实物来作凭据"的。我们在世间认真地做人,在梦中也认真做梦。做了拾钞票的梦会笑醒来,做了遇绑匪的梦会吓出一身大汗。我曾做过写原稿的梦,觉得在梦中为梦中的读者写稿同在现世为《东方杂志》的读者写稿一样地辛苦,醒后感到头痛。当时想想真是何苦!早知是假,悔不草率了事。但我现在并不懊悔,因为我确信梦中也有梦中的"世间法",应该和在现世一样地恪守。不然,我在梦中就要梦魂不安。可知人在梦中都是把梦当作现世一样看待的。反过来也说得通:人在现世常把现世当作梦一样看待,所以有"浮生若梦"的老话。读到"六朝如梦鸟空啼""十年一觉扬州梦"等句,回想自己所遭逢的衰荣兴废,离合悲欢,真觉得同做梦一样!凡人的"生涯原是梦",岂独"神女"而已哉。

这样说来,梦和真两境,可说都是真的,也可说都是假的,没有绝对真假的区别。所以我不辨两者孰真孰假,亦不知此生梦耶真耶。

怎见得梦中常有切实而合乎情理的现象,而现世的事反多荒唐不合情理呢?这道理是显明的。古人云:"昼有所思,夜梦其事。"昼之所思,是我的希望,我的理想,故夜梦大都是与我的生活切实相关而合乎情理的。现世的事便不然,自家庭,社会,以至国家,满目是荒唐而不合情理的现象。人的希望与理想往往在现世一时不能做到,而先在梦中实行。"黄帝昼寝而梦游于华胥氏之国。""后二十有八年,天下大治,几若华胥氏之国"。孔子在乱臣贼子的春秋时代"梦见周公"。自来去国怀乡,以及男女相恋的人,都在梦中圆满其欲望而实行其合理的生活。"梦里不知身是客,一晌贪欢。""故园此去十余里,春梦犹能夜夜归。""重门不锁相思梦,随意绕天涯。"这种梦何等痛快!"打起黄莺儿,莫教枝头啼;啼时惊妾梦,不得到辽西。"这思妇分明是有意耽乐于梦的生活,而在那里"寻梦"了。

同是虚幻,何必细论其切实与荒唐,合情理与不合情理,快适与不快适?总之,我中年以来对于真和梦,不辨孰真孰假,因而不知我生梦耶真耶。我不能忘记《齐物论》中的话:"不知周之梦为蝴蝶与?蝴蝶之梦为周与?"又常常想起晏几道的词:

从别后,忆相逢,几回魂梦与君同。今宵剩把银釭照,犹恐相逢是梦中。

可惜这银釭有些靠不住,怎知他不是梦中的银釭呢?安得宇宙间有个标准的银釭,让我照一照人生的真相看?

廿一〔1932〕年十二月五日[1]

---

[1] 本篇发表在《东方杂志》上时,篇末所署为:廿一年十二月五日于石门湾。

新　年[1]

从无始到无终，时间浩荡地移行着，本无所谓快慢。但在人的感觉上，时间划分了段落似觉过得快些，同时感到爽快，混沌地移行似觉过得慢些，同时感到沉闷。这好比音乐：许多音漫无分别地连续奏下去，冗长而令听者感觉厌倦。若分了乐章，乐段，乐句，划了小节，便有变化，而令人感觉快适了。

自然的时间划分，是寒暑与昼夜。一寒一暑为一年，一昼一夜为一日。但由寒到暑，由暑到寒，微微地逐渐推移，浑无痕迹。人类嫌它冗长、散漫，便加以人工的划分。把一年划分为四季、十二个月，以求变化。阴历的月虽以月亮的一圆一缺为标准，但月亮的圆缺在实际上毕竟没有什么重大的影响，初一的白昼与十五的白昼并无分别。阳历的月就不管月亮的圆缺了，故十二月只能说是人工的划分。一个月有三十次昼夜，人类又嫌其冗长、散漫。再加以更细的划分，以七天为一星期。这样一来，日子过起来爽快得多，转瞬又是星期日。来了四个

---

[1] 本篇原载1934年1月《中学生》第41号，当时题名为《新年的快乐》。收入《随笔二十篇》时稍加改动，改名《新年》。收入作者自编的《缘缘堂随笔》（人民文学出版社1957年11月初版）时仍用《新年的快乐》。

星期日，便是一月。假使没有星期的划分，一个月中同样的昼夜反复三十次，岂不厌倦？所以家居的人时常感到沉闷，度学校生活的人便觉得星期飞也似的过去。在地理书上看到一年中有数个月的长昼与长夜的两极地方的情形，谁也同情于他们的生活的苦闷。

但在昼夜一日一来复的温带上的生活中，一昼夜之间没有划分，仍嫌其冗长。便把它平分为十二时，或二十四小时。又把一小时分作六十分，一分分作六十秒。本来浑成一气的时间，现在就被切得粉碎，而部署为许多节段了。这样一来，人的度日就有了变化，而不觉其长。像学校的生活，一个上午划分作四个时间，一个时间内又划出五十分钟授课，十分钟休息。上课复休息，休息复上课，不知不觉之间，一上午过去，午膳的钟声已经响出了。小学校近来改用一刻钟或半小时为一课，划分尤为琐碎。儿童生活兴味旺盛，不能忍耐长时间的连续。给他们把时间这样细碎地划分了，他们便觉变化繁多，而不嫌其长，因而读书也有兴味了。古昔生活悠闲的诗人，春昼无事，静观默坐，便谓"日长如小年"。患失眠症的人觉得长夜漫漫，坐牢监的人度日如年。但生活繁快的人只觉"光阴如箭""日月如梭"。这虽是叹惜时间度送太忙的话，但当其度送之时，翻着日历写信，看着手表吃饭，抱着闹钟睡觉，只觉时间的经过变化百出，应接不暇，因而发生兴味，不觉沉闷之苦。这好比听赏节奏复杂而拍子急速的音乐，因其变化丰富，听者就不嫌乐曲之长。

可知时间划分愈细，感觉上过去愈快，生活上兴味愈多。

故"快"就是"乐",快乐称为"快活"。人生一方面求寿命之长,一方面又求生活过去之快,两者看似矛盾,而其实无妨。因为这是在实际上求寿命之长,而在感觉上求生活过去之快。人工的时间划分,便是在感觉上求生活过去之快的一法。

新年也是在混沌的寒暑推移中用人工划分出来的时间的段落。虽然根据地球绕日的周期而定,然并不完全正确。阴历尤多参差。且在实际上,大晦日[1]与元旦同是冬令的一天,并无什么差别可以看出。所以也只能说是人工的划分。有了这划分,年的界限便判然,人的生活便觉爽快。有了这划分,人就可在元旦这一天的早上,兴致勃然地叫道:"新年开始了!""恭贺新禧!""发财发财!"好像从这一日起,天上换了一个新的太阳。

新年是一年中最快乐的时间,应该说些快乐的话。但想来想去,也只是由时间划分而来的这一点,此外没有别的快乐可说,在这国难民穷的时候。

廿二〔1933〕年十二月七日于浙江[2]

---

[1] 大晦日,日文意即除夕。

[2] 本文篇末原未署日期。这里的日期是发表在《中学生》上时篇末所署。

春

春是多么可爱的一个名词！自古以来的人都赞美它，希望它长在人间。诗人，特别是词客，对春爱慕尤深。试翻词选，差不多每一页上都可以找到一个春字。后人听惯了这种话，自然地随喜附和，即使实际上没有理解春的可爱的人，一说起春也会觉得欢喜。这一半是春这个字的音容所暗示的。"春！"你听，这个音读起来何等铿锵而惺忪可爱！这个字的形状何等齐整妥帖而具足对称的美！这么美的名字所隶属的时节，想起来一定很可爱。好比听见名叫"丽华"的女子，想来一定是个美人。

然而实际上春不是那么可喜的一个时节。我积三十六年之经验，深知暮春以前的春天，生活上是很不愉快的。

梅花带雪开了，说道是漏泄春的消息。但这完全是精神上的春，实际上雨雪霏霏，北风烈烈，与严冬何异？所谓迎春的人，也只是瑟缩地躲在房栊内，战栗地站在屋檐下，望望枯枝一般的梅花罢了！

再迟个把月吧，就像现在：惊蛰已过，所谓春将半了。住在都会里的朋友想象此刻的乡村，足有画图一般美丽，连忙写信来催我写春的随笔。好像因为我偎傍着春，惹他们妒忌似的。其实我们住在乡村间的人,并没有感到快乐,却生受了种种的不舒服:寒暑表激烈地升降于三十六度至六十二[1]度之间。一日之内,乍暖乍寒。暖起来可以想起都会里的冰淇淋,寒起来几乎可见天然冰,饱尝了所谓"料峭"的滋味。天气又忽晴忽雨,偶一出门,干燥的鞋子往往拖泥带水归来。"一春能有几番晴"是真的;"小楼一夜听春雨"其实没有什么好听,单调得很,远不及你们都会里的无线电的花样繁多呢。春将半了,但它并没有给我们一点舒服,只教我们天天愁寒,愁暖,愁风,愁雨。正是"三分春色二分愁,更一分风雨"!

春的景象,只有乍寒、乍暖、忽晴、忽雨是实际而明确的。此外虽有春的美景,但都隐约模糊,要仔细探寻,才可依稀仿佛地见到,这就是所谓"寻春"罢?有的说"春在卖花声里",有的说"春在梨花",又有的说"红杏枝头春意闹",但这种景象在我们这枯寂的乡村里都不易见到。即使见到了,肉眼也不易认识。总之,春所带来的美,少而隐;春所带来的不快,多而确。诗人词客似乎也承认这一点,春寒、春困、春愁、春怨,不是诗词中的常谈么?不但现在如此,就是再过个把月,到了清明时节,也不见得一定春光明媚,令人极乐。倘又是落雨,路上的行人将要"断魂"呢。

可知春徒有其名,在实际生活上是很不愉快的。实际,一年中最愉快的时节,是从暮春开始的。就气候上说,暮春以前虽然大体逐渐由寒向暖,但变化多端,始终是乍寒,乍暖,最

---

[1] 三十六、六十二,均指华氏度。

难将息的时候。到了暮春，方才冬天的影响完全消灭，而一路向暖。寒暑表上的水银爬到 temperate〔温和〕上，正是气候最 temperate 的时节。就景色上说，春色不须寻找，有广大的绿野青山，慰人心目。古人词云："杜宇一声春去，树头无数青出。"原来山要到春去的时候方才全青，而惹人注目。我觉得自然景色中，青草与白雪是最伟大的现象。造物者描写"自然"这幅大画图时，对于春红、秋艳，都只是略蘸些胭脂、朱磦，轻描淡写。到了描写白雪与青草，他就毫不吝惜颜料，用刷子蘸了铅粉、藤黄和花青而大块地涂抹，使屋屋皆白，山山皆青。这仿佛是米派山水的点染法，又好像是 Cézanne〔塞尚〕风景画的"色的块"，何等泼辣的画风！而草色青青，连天遍野，尤为和平可亲、大公无私的春色。花木有时被关闭在私人的庭园里，吃了园丁的私刑而献媚于绅士淑女之前。草则到处自生自长，不择贵贱高下。人都以为花是春的作品，其实春工不在花枝，而在于草。看花的能有几人？草则广泛地生长在大地的表面，普遍地受大众的欣赏。这种美景，是早春所见不到的。那时候山野中枯草遍地，满目憔悴之色，看了令人不快。必须到了暮春，枯草尽去，才有真的青山绿野的出现，而天地为之一新。一年好景，无过于此时。自然对人的恩宠，也以此时为最深厚了。

讲求实利的西洋人，向来重视这季节，称之为 May（五月）。May 是一年中最愉快的时节，人间有种种的娱乐，即所谓 May-queen（五月美人）、May-pole（五月彩柱）、May-games（五月游艺）等。May 这一个字，原是"青春""盛年"的意思。

可知西洋人视一年中的五月，犹如人生中的青年，为最快乐、最幸福、最精彩的时期。这确是名符其实的。但东洋人的看法就与他们不同：东洋人称这时期为暮春，正是留春、送春、惜春、伤春，而感慨、悲叹、流泪的时候，全然说不到乐。东洋人之乐，乃在"绿柳才黄半未匀"的新春，便是那忽晴、忽雨、乍暖、乍寒、最难将息的时候。这时候实际生活上虽然并不舒服，但默察花柳的萌动，静观天地的回春，在精神上是最愉快的。故西洋的"May"相当于东洋的"春"。这两个字读起来声音都很好听，看起来样子都很美丽。不过 May 是物质的、实利的，而春是精神的、艺术的。东西洋文化的判别，在这里也可窥见。

一九三四年三月十二夜十时

五　月[1]

　　预计五月赴杭州西湖旅行写生，寓弥陀寺大愿师处，一个月。现在离这时期还有二十天。虽然我不一定会照预计实行，或者虽实行而结果不一定如意。但未来的预计，往往富有兴趣与希望。我过去的生活，是端赖这种兴趣希望维持的。现在不妨对于我的五月写生旅行生活，作种种的预想。

　　我应该置备些什么用品？这是第一个问题。画箱、水筒、纸，笔，我都有了。只须添买些颜料。颜料须特别多买几瓶lemon yellow〔柠檬黄〕和prussian blue〔普蓝〕。因为这两者可以调成绿色，而绿色是五月的自然界最丰富的色彩。我的画中一定要多量地使用。于是我闭着两眼一看，固然看见浓绿的草木，充塞于西湖的四周，好像一条大而厚的绿绒毯子，包裹了湖上的诸山。我的写生旅行生活的预想，便增添了不少的兴趣与希望。我确定我的写生一定成功。虽然我久不写生，数年来作画但凭记忆或想象，但这一回一定不会失败。因为绿色充满在我的画面中。这是象征和平的色彩。无论我的笔法构图

---

[1] 本篇曾由作者稍加改动，改名《五月写生旅行》，发表于1947年6月30日《天津民国日报》上。

何等幼稚、拙劣，只走几笔绿色也可以慰人心目。我将来写西湖上的青山绿树时，准拟把绿的颜料特别浓重地涂抹，使这和平的色彩稳固地，永久地保留在我的画面里。古人称"绿肥红瘦""绿暗红稀"，又说"断送一年春在绿阴中"。都有怜惜红的减却，而怪怨绿的发展的意思。我真不解他们的心理。自然界中，绿色比红色，在分量上普遍得多，在性质上可亲得多。以绿代红，使风景增加和平与美丽，该应是可喜的事，又何用嗟叹？不必说自然风景，就是这几天在上海跑马路，也常实际地感到这一点。跑到十字路口，看见红灯使人不快。它要你立着等待几分钟才得通过。反之，看见绿灯就觉得和平可亲。它仿佛在向你招手，保你平安地穿过"如虎口"的马路去。

但我又预想我的五月旅行，倘不仅画自然界的写生，而又去画人间界的感想。我又非特别多买几瓶 vermillion〔朱红〕和 rose madder〔玫瑰红〕不可。因为人间界的五月，不是绿的而是红的。自五一至五卅，不是有许多天含着危险和血腥的回想吗？要画五月的人间，非多量地施用红色不可。这使我觉得奇怪，五月的自然界与人间界，为什么演成了这般反对的状态？我的预想便转入支路：五月大约就是阴历的四月。阴历四月称为清和月，风景清丽，气候温和，是一年中最好的季节。古人云："一年好景君须记，最是橙黄橘绿时。"橙黄橘绿原也是一种美景，但远不及青山绿野的广大普遍。况且时近冬令，寒气肃杀，在人间界不能说是良辰。美景而兼良辰的，一年中只有五月。就五月的自然界说，冬的寒气已经全消，夏的炎威尚未来临。四六时中，气候温和。无论停午夜分，皆可自由起居行动。这是自然对人的恩宠期。故西洋旧俗以五月为行乐之月，在户外举行种种的 May-games〔五月游艺〕。由此可知五月的自然界与人间界，本来是最调和的。倘得五月中的许多纪念日都变了 May-games 的举行期，我们的生活何等幸福？我也可省下买 vermillion 与 rose madder 的铜板来，向新市场的采芝斋买些粽子糖，和大愿和尚共吃了。

廿三〔1934〕年四月八日

九　日

唐人岑参诗云："强欲登高去，无人送酒来。遥怜故园菊，应傍战场开。"这是"九日思长安故园"的诗。我学生时代在《唐人万首绝句选》中读到这首诗，便很欢喜它，一直记忆着。这会旅途中到一处地方的小客栈里去投宿，抬头望见柜内老板娘的头顶的壁上挂着一个阴阳历对照的日历，其下面写着"九月初九"，便又忆起了这首"九日"诗。

从前的欢喜它，现在想起了可笑；我小时候欢喜喝酒，而学生时代不得公开地喝。到了秋深蟹正肥的时候，想起了故乡南湖大蟹正上市，菊花盛开，为之神往；但身为制服所羁绊，不得还乡去享受。酒欲不满足，便不惜把故乡比作战场，而无病呻吟地寄同情于岑参这首诗。这与大欲不满足的人嗟叹"世间何等荒凉！我的心何等寂寞！"同一心理。无病呻吟常可为满足欲望之物的代用品。

现在重忆这首诗，仍觉得可爱。但滋味与前不同。现在我不喝酒了，即使要登高去，也无须叫人送酒来，上面两句与我无关。但读到下面两句，似觉有强烈的感动，因而想起了最近的过去经历；前年[1]暮春，我搭了赴战地摄影的新闻记者汽车到江湾时，曾经看见坍圮了的旧寓中的小棕榈树，还青青地活着。虽然我在沪战前早已离去江湾，但这棕榈是我所手植的，这时候正傍着战场而欣欣向荣着。使我对那首诗强烈地感动的，便是这一点实地经历。

重阳将跟了废历而被废除了。登高将成为历史风俗中的事了。唐代的战场到现代早已沧海桑田了。但唐代人的这首《九日》诗，还能给现代人以强烈的感动。当此菊花盛开的时候，对于无数的战地丧家者，当更给以切身的感动呢。

廿二〔1933〕年十月

---

[1] 据立达学园校史，应为去年（即1932年）。

随感五则[1]

一

立秋一过,便觉秋意一天浓似一天了。自家人返故乡后,近来颇感到独居的清趣。行动与思想,都极自由,不似前日之受拘束,而回想那种拘束,又觉甜蜜可恋。

丙寅〔1926〕年乞巧节

二

近来的乐事,只是"默看""沉思"。尤其是晚间喝了三杯酒,仰卧了看星,可以抽发无穷的思想。天体究竟是什么?怎样?借几本天文学的书来看,书中只是说了许多记不牢名称与认不出位置的星,全没有答复我的疑问。我就把书去还了。

---

[1] 本篇原载 1927 年 2 月《一般》杂志第 2 卷第 2 号。

丙寅〔1926〕年七月初八日

三

我似乎看见，人的心都有包皮。这包皮的质料与重数，依各人而不同。有的人的心似乎是用单层的纱布包的，略略遮蔽一点，然真而赤的心的玲珑的姿态，隐约可见。有的人的心用纸包，骤见虽看不到，细细掴[1]起来也可以摸得出。且有时纸要破，露出绯红的一点来。有的人的心用铁皮包，甚至用到八重九重。那是无论如何摸不出，不会破，而真的心的姿态无论如何不会显露了。

我家的三岁的瞻瞻的心，连一层纱布都不包，我看见常是赤裸裸而鲜红的。

丙寅〔1926〕年十二月初十日

四

人们谈话的时候，往往言来语去，顾虑周至，防卫严密，用意深刻，同下棋一样。我觉得太紧张，太可怕了，只得默

---

[1] 掴，疑为"抲"。"抲"为浙江方言，意即抓，捕捉。

默不语。

安得几个朋友,不用下棋法来谈话,而各舒展其心灵相示,像开在太阳光中的花一样!

丙寅〔1926〕年十二月十一日

五

黄昏时候,花猫追老鼠,爬上床顶,又从衣箱堆上跳下。孩子吓得大哭,直奔投我的怀里。两手抱住我的头颈,回头来看猫与老鼠在橱顶大战,面上显出一种非常严肃而又万分安心的表情。

我在世间,也时时逢到像猫与老鼠的大战的恐吓,也想找一个怀来奔投。可是到现在还没有找到。

丙寅〔1926〕年十二月十三日[1]

---

[1] 此"随感五则",各则篇末所署日期皆据《一般》杂志。

随感十三则

一

花台里生出三枝扁豆秧来。我把它们移种到一块空地上，并且用竹竿搭一个棚，以扶植它们。每天清晨为它们整理枝叶，看它们欣欣向荣，自然发生一种兴味。

那蔓好像一个触手，具有可惊的攀缘力。但究竟因为不生眼睛，只管盲目地向上发展，有时会钻进竹竿的裂缝里，回不出来，看了令人发笑。有时一根长条独自脱离了棚，颤袅地向空中伸展，好像一个摸不着壁的盲子，看了又很可怜。这等时候便需我去扶助。扶助了一个月之后，满棚枝叶婆娑，棚下已堪纳凉闲话了。

有一天清晨，我发见豆棚上忽然有了大批的枯叶和许多软垂的蔓，惊奇得很。仔细检查，原来近地面处一支总干，被不知什么东西伤害了。未曾全断，但不绝如缕。根上的养分通不上去，凡属这总干的枝叶就全部枯萎，眼见得这一族快灭亡了。

这状态非常凄惨，使我联想起世间种种的不幸。

二

有一种椅子，使我不易忘记：那坐的地方，雕着一只屁股的模子，中间还有一条凸起，坐时可把屁股精密地装进模子中，好像浇塑石膏模型一般。

大抵中国式的器物，以形式为主，而用身体去迁就形式。故椅子的靠背与坐板成九十度角，衣服的袖子长过手指。西洋式的器物，则以身体的实用为主，形式即由实用产生。故缝西装须量身体，剪刀柄上的两个洞，也完全依照手指的横断面的形状而制造。那种有屁股模子的椅子，显然是西洋风的产物。

但这已走到西洋风的极端，而且过分了。凡物过分必有流弊。像这种椅子，究竟不合实用，又不雅观。我每次看见，常误认它为一种刑具。

三

散步中，在静僻的路旁的杂草间拾得一个很大的钥匙。制造非常精致而坚牢，似是巩固的大洋箱上的原配。不知从何人的手中因何缘而落在这杂草中的？我未被"路不拾遗"之化，又不耐坐在路旁等候失主的来寻；但也不愿把这个东西藏进自己的袋里去，就擎在手中走路，好像采得了一朵野花。

我因此想起《水浒》中五台山上挑酒担者所唱的歌："九里山前作战场，牧童拾得旧刀枪……。"这两句怪有意味。假如我做了那个牧童，拾得旧刀枪时定有无限的感慨：不知那刀枪的柄曾经受过谁人的驱使？那刀枪的尖曾经吃过谁人的血肉？又不知在它们的活动之下，曾经害死了多少人之性命。

也许我现在就同"牧童拾得旧刀枪"一样。在这个大钥匙塞在大洋箱的键孔中时的活动之下，也曾经害死过不少人的性命，亦未可知。

四

发开十年前堆塞着的一箱旧物来，一一检视，每一件东西都告诉我一段旧事。我仿佛看了一幕自己为主角的影戏。

结果从这里面取出一把油画用的调色板刀，把其余的照旧封闭了，塞在床底下。但我取出这调色板刀，并非想描油画。是利用它来切芋艿，削萝卜吃。

这原是十余年前我在东京的旧货摊上买来的。它也许曾经跟随名贵的画家，指挥高价的油画颜料，制作出[1]帝展一等奖的作品来博得沸腾的荣誉。现在叫它切芋艿，削萝卜，真是委屈了它。但芋艿，萝卜中所含的人生的滋味，也许比油画中更为丰富，让它尝尝吧。

五

十余年前有一个时期流行用紫色的水写字。买三五个铜板

---

[1] 近代有不用笔而用刀来描画的画风，故云。——作者原注。

洋青莲，可泡一大瓶紫水，随时注入墨匣，有好久可用。我也用过一会，觉得这固然比磨墨简便。但我用了不久就不用，我嫌它颜色不好，看久了令人厌倦。

后来大家渐渐不用，不久此风便熄。用不厌的，毕竟只有黑和蓝两色：东洋人写字用黑。黑由红黄蓝三原色等量混和而成，三原色具足时，使人起安定圆满之感。因为世间一切色彩皆由三原色产生，故黑色中包含着世间一切色彩了。西洋人写字用蓝，蓝色在三原色中为寒色，少刺激而沉静，最可亲近。故用以写字，使人看了也不会厌倦。

紫色为红蓝两色合成。三原色既不具足，而性又刺激，宜其不堪常用。但这正是提倡白话文的初期，紫色是一种蓬勃的象征。并非偶然的。

六

孩子们对于生活的兴味都浓。而这个孩子特甚。

当他热中于一种游戏的时候，吃饭要叫到五六遍才来，吃了两三口就走，游戏中不得已出去小便，常常先放了半场，勒住裤腰，走回来参加一歇游戏，再去放出后半场。看书发现一个疑问，立刻捧了书来找我，茅坑间里也会找寻过来。得了解答，拔脚便走，常常把一只拖鞋遗剩在我面前的地上而去。直到划袜走了七八步方才觉察，独脚跳回来取鞋。他有几个星期热中于搭火车，几个星期热中于着象棋，又有几个星期热中于查《王云五大词典》，现在正热中于捉蟋蟀。但凡事兴味一过，便置之不问。无可热中的时候,镇日没精打采,度日如年,口里叫着"饿来!饿来"!其实他并不想吃东西。

七

有一回我画一个人牵两只羊,画了两根绳子。有一位先生教我:"绳子只要画一根。牵了一只羊,后面的都会跟来。"我恍悟自己阅历太少。后来留心观察,看见果然:前头牵了一只羊走,后面数十只羊都会跟去。无论走向屠场,没有一只羊肯离群众而另觅生路的。

后来看见鸭也如此。赶野的人把数百只鸭放在河里,不须用绳子系住,群鸭自能互相追随,聚在一块。上岸的时候,赶鸭的人只要赶上一二只,其余的都会跟了上岸。无论在四通八达的港口,没有一只鸭肯离群众而走自己的路的。

牧羊的和赶鸭的就利用它们这模仿性,以完成他们自己的事业。

八

每逢赎得一剂中国药来,小孩们必然聚拢来看拆药。每逢打开一小包,他们必然惊奇叫喊。有时一齐叫道:"啊!一包瓜子!"有时大家笑起来:"哈哈!四只骰子!"有时惊奇得很:"咦!这是洋囡囡的头发呢!"又有时吓了一跳:"啊唷!许多老蝉!"……病人听了这种叫声,可以转颦为笑。自笑为什么生了病要吃瓜子，骰子，洋囡囡的头发，或老蝉呢？看药方也是病中的一种消遣。药方前面的脉理大都乏味；后面的药名却怪有趣。这回我所服的，有一种叫做"知母"，有一种叫做"女贞"，名称都很别致。还有"银花""野蔷薇"，好像新出版的书的名目。

吃外国药没有这种趣味。中国数千年来为世界神秘风雅之国，这特色在一剂药里也很显明地表示着，来华考察的外国人，应该多吃几剂中国药回去。

九

《项脊轩记》里归熙甫描写自己闭户读书之久，说"能以足音辨人"。我近来卧病之久，也能以足音辨人。房门外就是扶梯，人在扶梯上走上走下。我不但能辨别各人的足音，又能在一人的足音中辨别其所为何来。"这回是徐妈送药来了？"果然。"这回是五官送报纸来了？"果然。

记得从前寓居在嘉兴时，大门终日关闭。房屋进深，敲门不易听见，故在门上装一铃索。来客拉索，里面的铃响了，人便出来开门。但来客极稀，总是这几个人，我听惯了，也能以铃声辨人。有时一种顽童或闲人经过门口，由于手痒或奇妙的心理，无端把铃索拉几下就逃，开门的人白跑了好几回；但以后不再上当了。因为我能辨别他们的铃声中含有仓皇的音调，便置之不理了。

十

盛夏的某晚,天气大热,而且奇闷。院子里纳凉的人,每人隔开数丈,默默地坐着摇扇。除了扇子的微音和偶发的呻吟声以外,没有别的声响。大家被炎威压迫得动弹不得,而且不知所云了。

这沉闷的静默继续了约半小时之久。墙外的弄里一个嘹亮清脆而有力的叫声,忽然来打破这静默:

"今夜好热!啊咦——好热!"

院子里的人不期地跟着他叫:"好热!"接着便有人起来行动,或者起立,或者欠伸,似乎大家出了一口气。炎威也似乎被这喊声喝退了些。

十一

尊客降临,我陪他们吃饭往往失礼。有的尊客吃起饭来慢得很:一粒一粒地数进口去。我则吃两碗饭只消五六分钟,不能奉陪。

我吃饭快速的习惯,是小时在寄宿学校里养成的。那校中功课很忙,饭后的时间要练习弹琴。我每餐连盥洗只限十分钟了事,养成了习惯。现在我早已出学校,可以无须如此了,但这习惯仍是不改。我常自比于牛的反刍:牛在山野中自由觅食,防猛兽迫害,先把草囫囵吞入胃中,回洞后再吐出来细细嚼食,养成了习惯。现在牛已被人关在家喂养,可以无须如此了,但这习惯仍是不改。

据我推想,牛也许是恋慕着野生时代在山中的自由,所以不肯改去它的习惯的。

十二

新点着一支香烟,吸了三四口,拿到痰盂上去敲烟灰。敲得重了些,雪白而长长的一支大美丽香烟翻落在痰盂中,"吱"地一声叫,溺死在污水里了。

我向痰盂怅望,嗟叹了两声,似有"一失足成千古恨"之感。我觉得这比丢弃两个铜板肉痛得多。因为香烟经过人工的制造,且直接有惠于我的生活。故我对于这东西本身有自有感情,与价钱无关。两角钱可买二十包火柴。照理,丢掉两角钱同焚去二十包火柴一样。但丢掉两角钱不足深惜,而焚去二十包火柴人都不忍心做。做了即使别人不说暴殄天物,自己也对不起火柴。

十三

一位开羊行的朋友为我谈羊的话。据说他们行里有一只不杀的老羊,为它颇有功劳:他们在乡下收罗了一群羊,要装进船里,运往上海去屠杀的时候,群羊往往不肯走上船去。他们便牵这老羊出来。老羊向群羊叫了几声,奋勇地走到河岸上,蹲身一跳,首先跳入船中。群羊看见老羊上船了,便大家模仿起来，争先恐后地跳进船里去。等到一群羊全部上船之后，他们便把老羊牵上岸来，仍旧送回棚里。每次装羊，必须央这老羊引导。老羊因有这点功劳，得保全自己的性命。

我想，这不杀的老羊，原来是该死的"羊奸"。

一九三三年九月

车厢社会

([上海]良友图书印刷公司1935年7月初版)[1]

---

[1] 《车厢社会》系"良友文学丛书"之第19种。原书共收随笔30篇。其中12篇曾由作者加以修饰、删改后编入《缘缘堂随笔》(人民文学出版社1957年11月初版)。现基本上采用其修改之处。有的被删改的文句和段落,仍据旧版予以恢复,并加注说明。

子愷

车厢社会

我第一次乘火车，是在十六七岁时，即距今二十余年前。虽然火车在其前早已通行，但吾乡离车站有三十里之遥，平时我但闻其名，却没有机会去看火车或乘火车。十六七岁时，我毕业于本乡小学，到杭州去投考中等学校，方才第一次看到又乘到火车。以前听人说："火车厉害得很，走在铁路上的人，一不小心，身体就被碾做两段。"又听人说："火车快得邪气[1]，坐在车中，望见窗外的电线木如同栅栏一样。"我听了这些话而想象火车，以为这大概是炮弹流星似的凶猛唐突的东西，觉得可怕。但后来看到了，乘到了，原来不过尔尔。天下事往往如此。

自从这一回乘了火车之后，二十余年中，我对火车不断地发生关系。至少每年乘三四次，有时每月乘三四次，至多每日乘三四次（不过这是从江湾到上海的小火车）。一直到现在，乘火车的次数已经不可胜计了。每乘一次火车，总有种种感想。倘得每次下车后就把乘车时的感想记录出来，记到现在恐怕不止数百万言，可以出一大部乘火车全集了。然而我哪

---

[1] 快得邪气，上海一带方言，意即快得很，非常快。

有工夫和能力来记录这种感想呢?只是回想过去乘火车时的心境,觉得可分三个时期。现在记录出来,半为自娱,半为世间有乘火车的经验的读者谈谈,不知他们在火车中是否作如是想的?

第一个时期,是初乘火车的时期。那时候乘火车这件事在我觉得非常新奇而有趣。自己的身体被装在一个大木箱中,而用机械拖了这大木箱狂奔,这种经验是我向来所没有的,怎不教我感到新奇而有趣呢?那时我买了车票,热烈地盼望车子快到。上了车,总要拣个靠窗的好位置坐。因此可以眺望窗外旋转不息的远景,瞬息万变的近景,和大大小小的车站。一年四季住在看惯了的屋中,一旦看到这广大而变化无穷的世间,觉得兴味无穷。我巴不得乘火车的时间延长,常常嫌它到得太快,下车时觉得可惜。我欢喜乘长途火车,可以长久享乐。最好是乘慢车,在车中的时间最长,而且各站都停,可以让我尽情观赏。我看见同车的旅客个个同我一样地愉快,仿佛个个是无目的地在那里享受乘火车的新生活的。我看见各车站都美丽,仿佛个个是桃源仙境的入口。其中汗流满背地扛行李的人,喘息狂奔的赶火车的人,急急忙忙地背着箱笼下车的人,拿着红绿旗子指挥开车的人,在我看来仿佛都干着有兴味的游戏,或者在那里演剧。世间真是一大欢乐场,乘火车真是一件愉快不过的乐事!可惜这时期很短促,不久乐事就变为苦事。

第二个时期,是老乘火车的时期。一切都看厌了,乘火车在我就变成了一桩讨厌的事。以前买了车票热烈地盼望车子快到。现在也盼望车子快到，但不是热烈地而是焦灼地。意思是要它快些来载我赴目的地。以前上车总要拣个靠窗的好位置，现在不拘，但求有得坐。以前在车中不绝地观赏窗内窗外的人物景色，现在都不要看了，一上车就拿出一册书来，不顾环境的动静，只管埋头在书中，直到目的地的达到。为的是老乘火车，一切都已见惯，觉得这些千篇一律的状态没有什么看头。不如利用这冗长无聊的时间来用些功。但并非欢喜用功，而是无可奈何似的用功。每当看书疲倦起来，就埋怨火车行得太慢，看了许多书才走得两站！这时候似觉一切乘车的人都同我一样，大家焦灼地坐在车厢中等候到达。看到凭在车窗上指点谈笑的小孩子，我鄙视他们，觉得这班初出茅庐的人少见多怪，其浅薄可笑。有时窗外有飞机驶过，同车的人大家立起来观望，我也不屑从众，回头一看立刻埋头在书中。总之，那时我在形式上乘火车，而在精神上仿佛遗世独立，依旧笼闭在自己的书斋中。那时候我觉得世间一切枯燥无味，无可享乐，只有沉闷、疲倦、和苦痛，正同乘火车一样。这时期相当地延长，直到我深入中年时候而截止。

　　第三个时期，可说是惯乘火车的时期。乘得太多了，讨嫌不得许多，还是逆来顺受罢。心境一变，以前看厌了的东西也会重新有起意义来，仿佛"温故而知新"似的。最初乘火车是乐事，后来变成苦事，最后又变成乐事，仿佛"返老还童"似的。最初乘火车欢喜看景物，后来埋头看书，最后又不看书而欢喜看景物了。不过这会的欢喜与最初的欢喜性状不同：前者所见都是可喜的，后者所见却大多数是可惊的，可笑的，可悲的。不过在可惊可笑可悲的发见上，感到一种比埋头看书更多的兴味而已。故前者的欢喜是真的"欢喜"，若译英语可用 happy 或 merry。后者却只是 like 或 fond of [1]，不是真心的欢乐。实际，这原是比较而来的；因为看书实在没有许多好书可以使我集中兴味而忘却乘火车的沉闷。而这车厢社会里的种种人间相倒是一部活的好书，会时时向我展出新颖的 page〔篇页〕来。惯乘火车的人，大概对我这话多少有些儿同感的吧！

不说车厢社会里的琐碎的事，但看各人的座位，已够使人惊叹了。同是买一张票的，有的人老实不客气地躺着，一人占有了五六个人的位置。看见找寻座位的人来了，把头向着里，故作鼾声，或者装作病人，或者举手指点那边，对他们说"前面很空，前面很空"。和平谦虚的乡下人大概会听信他的话，让他安睡，背着行李向他所指点的前面去另找"很空"的位置。有的人教行李分占了自己左右的两个位置，当作自己的卫队。若是方皮箱，又可当作自己的茶几。看见找座位的人来了，拼命埋头看报。对方倘不客气地向他提出："对不起，先生，请你的箱子放在上面了，大家坐坐！"他会指着远处打官话拒绝他："那边也好坐，你为什么一定要坐在这里？"说过管自看报了。和平谦让的乡下人大概不再请求，让他坐在行李的护卫中看报，抱着孩子向他指点的那边去另找"好坐"的地方了。有的人没有行李，把身子扭转来，教一个屁股和一支大腿占据了两个人的座位，而悠闲地凭在窗中吸烟。他把大乌龟壳似的

---

[1] happy 和 merry 是指心情的愉快、欢乐；like 和 fond of 则是指喜爱。

一个背部向着他的右邻,而用一支横置的左大腿来拒远他的左邻[1]。这大腿上面的空间完全归他所有,可在其中从容地抽烟,看报。逢到找寻座位的人来了,把报纸堆在大腿上,把头钻出窗外,只作不闻不见。还有一种人,不取大腿的策略,而用一册书和一个帽子放在自己身旁的座位上。找座位的人倘来请他拿开,就回答他说"这里有人"。和平谦虚的乡下人大概会听信他,留这空位给他那"人"坐,扶着老人向别处去另找座位了。找不到座位时,他们就把行李放在门口,自己坐在行李上,或者抱了小孩,扶了老人站在W.C.[2]的门口。查票的来了,不干涉躺着的人,以及用大腿或帽子占座位的人,却埋怨坐在行李上的人和抱了小孩扶了老人站在W.C.门口的人阻碍了走路,把他们骂脱几声。

我看到这种车厢社会里的状态,觉得可惊,又觉得可笑,可悲。可惊者,大家出同样的钱,购同样的票,明明是一律平等的乘客,为什么会演出这般不平等的状态?可笑者,那些强占座位的人,不惜装腔,撒谎,以图一己的苟安,而后来终得舍去他的好位置。可悲者,在这乘火车的期间中,苦了那些和平谦虚的乘客,他们始终只得坐在门口的行李上,或者抱了小孩,扶了老人站在W.C.的门口,还要被查票者骂脱几声。

在车厢社会里,但看座位这一点,已足使我惊叹了。何况其他种种的花样。总之,凡人间社会里所有的现状,在车厢社

---

[1] 旧时火车车厢的座位是直排的,即两旁靠窗各一长排,中间背靠背两长排。

[2] W.C.,英语 Water Closet 的缩写,意即厕所。

会中都有其缩图。故我们乘火车不必看书,但把车厢看作人间世的模型,足够消遣了。

回想自己乘火车的三时期的心境,也觉得可惊,可笑,又可悲。可惊者,从初乘火车经过老乘火车,而至于惯乘火车,时序的递变太快!可笑者,乘火车原来也是一件平常的事。幼时认为"电线同木栅栏一样",车站同桃源一样,固然可笑,后来那样地厌恶它而埋头于书中,也一样地可笑。可悲者,我对于乘火车不复感到昔日的欢喜,而以观察车厢社会里的怪状为消遣,实在不是我所愿为之事。

于是我憧憬于过去在外国时所乘的火车。记得那车厢中很有秩序,全无现今所见的怪状。那时我们在车厢中不觉众苦,只觉旅行之乐。但这原是过去已久的事,在现今的世间恐怕不会再见这种车厢社会了。前天同一位朋友从火车上下来,出车站后他对我说了几句新诗似的东西,我记忆着。现在抄在这里当做结尾:

> 人生好比乘车:
> 有的早上早下,
> 有的迟上迟下,
> 有的早上迟下,
> 有的迟上早下。
> 上了车纷争座位,
> 下了车各自回家。
> 在车厢中留心保管你的车票,

下车时把车票原物还他。

廿四〔1935〕廿三月廿六日

故 乡

在古人的诗词中，可以看见"归""乡""家""故乡""故园""作客"，"羁旅"等字屡屡出现，因此可以推想古人对于故乡是何等地亲爱，渴望，而对于离乡作客是何等地嫌恶的。其例不胜枚举。普通的如：

> 举头望明月，低头思故乡。（李白）
> 白日放歌须纵酒，青春作伴好还乡。（杜甫）
> 共看明月应垂泪，一夜乡心五处同。（白居易）
> 故园东望路漫漫，双袖龙钟泪不干。（岑参）
> 不知何处吹芦管，一夜征人尽望乡。（李益）
> 等是有家归未得，杜鹃休向耳边啼。（张泌）
> 想得故园今夜月，几人相忆在江楼。（杜荀鹤）
> 故园此去千余里，春梦犹能夜夜归。（顾况）
> 万里悲秋常作客。（杜甫）
> 忽闻歌古调，归思欲沾襟。（杜审言）
> 老至居人下，春归在客先。（刘长卿）
> 羁旅长堪醉，相留畏晓钟。（戴叔伦）

随便拿本《唐诗三百首》来翻翻，已经翻出了一打的实例了。以前我曾经说过，古人的诗词集子，几乎没有一页中没有"花"字，"月"字，"酒"字。现在又觉得"乡"字之多也不亚于上三者。由此推想，古人所大欲的大概就是"花""月""酒""乡"四事。一个人只要能一生涯坐在故乡的家里对花邀月饮酒，就得其所哉。

现代人就不同：即使也不乏欢喜对花邀月饮酒的人，但不一定要在故乡的家里。不但如此，他们在故乡的家里对花邀月饮酒反而不畅快，因为乡村大都破产了。他们必须离家到大都会里去，对人为的花，邀人造的月，饮舶来的洋酒，方才得其所哉。

所以花，月，和酒大概可以长为人类所爱慕之物；而乡之一字恐不久将为人所忘却。即使不被忘却，其意义也得变更：失却了"故乡"的意义，而仅存"乡村破产"的"乡"字的意义。

这变迁，原是由于社会状态不同而来。在古昔的是农业时代，一家可以累代同居在故乡的本家里生活。但到了现今的工商业时代，人都离去了破产的乡村而到大都会里去找生活，就无暇纪念他们的故乡。他们的子孙生在这个大都会里，长大后又转到别个大都会里去找生活，就在别个大都会里住家。在他们就只有生活的地方，而无所谓故乡。"到处为家"，在古代是少数的游方僧，侠客之类的事，在现代却变成了都会里的职工的行为，故前面所举的那种诗句，现在已渐渐失却其鉴赏的价值了。现在都会里的人举头望见明月，低头所思的或恐是亭子间里的小家庭。而青春作伴,现代人看来最好是离乡到都会去。至于因怀乡而垂泪,沾襟,双袖不干,或是春梦夜夜归乡,更是现代的都会之客所梦想不到的事了。艺术与生活的关系,于此可见一斑。农业时代的生活不可复现。然而大家离乡背井,拥挤到都会里去,又岂是合理的生活?

廿四〔1935〕年三月十日于石门湾

作客者言[1]

有一位天性真率的青年,赴亲友家作客,归家的晚上,垂头丧气地跑进我的房间来,躺在藤床上,不动亦不语。看他的样子很疲劳,好像做了一天苦工而归来似的。我便和他问答:

"你今天去作客,喝醉了酒吗?"

"不,我不喝酒,一滴儿也不喝。"

"那么为什么这般颓丧?"

"因为受了主人的异常优礼的招待。"

我惊奇地笑道:"怪了!作客而受主人优待,应该舒服且高兴,怎的反而这般颓丧?倒好像被打翻了似的。"

他苦笑地答道:"我宁愿被打一顿,但愿以后不再受这种优待。"

我知道他正在等候我去打开他的话匣子来。便放下笔,推开桌上的稿纸,把坐着的椅子转个方向,正对着他。点起一支烟来,津津有味地探问他:

"你受了怎样异常优礼的招待?来!讲点给我听听看!"

他拾起头来看看我桌上的稿件,说:"你不是忙写稿吗?我

---

[1] 本篇原载 1934 年 9 月 16 日《论语》第 49 期。

的话说来长呢！"

我说："不，我准备一黄昏听你谈话。并且设法慰劳你今天受优待的辛苦呢。"

他笑了，从藤床上坐起身来，向茶盘里端起一杯菊花茶来喝了一口，慢慢地、一五一十地把这一天赴亲友家作客而受异常优礼的招待的经过情形描摹给我听。

以下所记录的便是他的话。

我走进一个幽暗的厅堂，四周阒然无人。我故意把脚步走响些，又咳嗽几声，里面仍然没有人出来，外面的厢房里倒走进一个人来。这是一个工人，好像是管门的人。他两眼钉住我，问我有什么事。我说访问某先生。他说"片子！"我是没有名片的，回答他说："我没有带名片，我姓某名某，某先生是知道我的，烦你去通报吧。"他向我上下打量了一会，说一声"你等一等"，怀疑似的进去了。

我立着等了一会，望见主人缓步地从里面的廊下走出来。走到望得见我的时候，他的缓步忽然改为趋步，拱起双手，口中高呼"劳驾，劳驾！"一步紧一步地向我赶将过来，其势急不可当，我几乎被吓退了。因为我想，假如他口中所喊的不是"劳驾，劳驾"而换了"捉牢，捉牢"，这光景定是疑心我是窃了他家厅上的宣德香炉而赶出来捉我去送公安局。幸而他赶到我身边，并不捉牢我，只是连连地拱手，弯腰，几乎要拜倒在地。我也只得模仿他拱手，弯腰，弯到几乎拜倒在地，作为相当的答礼。

大家弯好了腰，主人袒开了左手，对着我说："请坐，请坐！"他的袒开的左手所照着的，是一排八仙椅子。每两只椅子夹着一只茶几，好像城头上的一排女墙。我选择最外口的一只椅子坐了。一则贪图近便。二则他家厅上光线幽暗，除了这最外口的一只椅子看得清楚以外，里面的椅子都埋在黑暗中，看不清楚；我看见最外边的椅子颇有些灰尘，恐怕里面的椅子或有更多的灰尘与龌龊，将污损我的新制的淡青灰哔叽长衫的屁股部分，弄得好像被摩登破坏团射了镪水一般。三则我是从外面来的客人，像老鼠钻洞一般地闯进人家屋里深暗的内部去坐，似乎不配。四则最外面的椅子的外边，地上放着一只痰盂，丢香烟头时也是一种方便。我选定了这个好位置，便在主人的"请，请，请"声中捷足先登地坐下了。但是主人表示反对，一定要我"请上坐"。请上坐者，就是要我坐到里面的、或许有更多的灰尘与龌龊，而近旁没有痰盂的椅子上去。我把屁股深深地埋进我所选定的椅子里，表示不肯让位。他便用力拖我的臂，一定要夺我的位置。我终于被他赶走了，而我所选定的位置就被他自己占据了。

当此夺位置的时间，我们二人在厅上发出一片相骂似的声音，演出一种打架似的举动。我无暇察看我的新位置上有否灰尘或龌龊，且以客人的身份，也不好意思俯下头去仔细察看椅子的干净与否。我不顾一切地坐下了。然而坐下之后，很不舒服。我疑心椅子板上有什么东西，一动也不敢动。我想，这椅子至少同外面的椅子一样地颇有些灰尘，我是拿我的新制的淡青灰哔叽长衫来给他揩抹了两只椅子。想少沾些龌龊，我只得使个劲儿,将屁股摆稳在椅子板上,绝不转动摩擦。宁可费些气力,扭转腰来对主人谈话。

　　正在谈话的时候,我觉得屁股上冷冰冰起来。我脸上强装笑容——因为这正是"应该"笑的时候——心里却在叫苦。我想用手去摸摸看,但又逡巡不敢,恐怕再污了我的手。我作种种猜想,想象这是梁上挂下来的一只蜘蛛,被我坐扁,内脏都流出来了。又想象这是一朵鼻涕,一朵带血的痰。我浑身难过起来,不敢用手去摸。后来终于偷偷地伸手去摸了。指尖触着冷冰冰的湿湿的一团,偷偷摸出来一看,色彩很复杂。有白的,有黑的,有淡黄的,有蓝的,混在一起,好像五色的牙膏。我不辨这是何物,偷偷地丢在椅子旁边的地上了。但心里疑虑得很,料想我的新制的淡青灰哔叽长衫上一定染上一块五色了。但主人并不觉察我的心事,他正在滥用各种的笑声,把他近来的得意事件讲给我听。我记念着屁股底下的东西,心中想皱眉头,然而不好意思用颦蹙之颜来听他的得意事件,只得强颜作笑。我感到这种笑很费力。硬把嘴巴两旁的筋肉吊起来,久后非常酸痛。须得乘个空隙用手将脸上的筋肉用力揉一揉,然后再装笑脸听他讲。其实我没有仔细听他所讲的话,因为我听了很久,已能料知他的下文了。我只是顺口答应着,而把眼睛偷看环境中,凭空地研究我屁股底下的究竟是什么东西。我看见他家梁上筑着燕巢,燕子飞进飞出,遗弃一朵粪在地上,其颜色正同我屁股底下的东西相似。我才知道,我新制的淡青灰哔叽长衫上已经沾染一朵燕子粪了。

　　外面走进来一群穿长衫的人。他们是主人的亲友和邻居。

主人因为我是远客，特地邀他们来陪我。大部分的人是我所未认识的，主人便立起身来为我介绍。他的左手臂伸直，好像一把刀。他用这把刀把新来的一群人一个一个地切开来，同时口中说着：

"这位是某某先生，这位是某某君……"等到他说完的时候，我已把各人的姓名统统忘却了。因为当他介绍时，我只管在那里看他那把刀的切法，不曾用心听着。我觉得很奇怪，为什么介绍客人姓名时不用食指来点，必用刀一般的手来切？又觉得很妙，为什么用食指来点似乎侮慢，而用刀一般的手来切似乎客气得多？这也许有造形美术上的根据：五指并伸的手，样子比单伸一根食指的手美丽、和平而恭敬得多。这是合掌礼的一半。合掌是作个揖，这是作半个揖，当然客气得多。反之，单伸一根食指的手，是指示路径的牌子上或"小便在此"的牌子上所画的手。若用以指客人，就像把客人当作小便所，侮慢太甚了！我当时忙着这样的感想，又叹佩我们的主人的礼貌，竟把他所告诉我的客人的姓名统统忘记了。但觉姓都是百家姓所载的，名字中有好几个"生"字和"卿"字。

主人请许多客人围住一张八仙桌坐定了。这回我不自选座位，一任主人发落，结果被派定坐在左边，独占一面。桌上已放着四只盆子，内中两盆是糕饼，一盆是瓜子，一盆是樱桃。

仆人送到一盘茶，主人立起身来，把盘内的茶一一端送客人。客人受茶时，有的立起身来，伸手遮住茶杯，口中连称"得罪，得罪"。有的用中央三个指头在桌子边上敲击"答，答，答，答"，口中连称"叩头，叩头"。其意仿佛是用手代表自己的身体，把桌子当作地面，而伏在那里叩头。我是第一个受茶的客人，我点一点头，应了一声。与别人的礼貌森严比较之下，自觉太过傲慢了。我感觉自己的态度颇不适合于这个环境，局促不安起来。第二次主人给我添茶的时候，我便略略改变态度，也伸手挡住茶杯。我以为这举动可以表示两种意思，一种是"够了，够了"的意思，还有一种是用此手作半个揖道谢的意思，所以可取。但不幸技巧拙劣，把手遮住了主人的视线，在幽暗的厅堂里，两方大家不易看见杯中的茶。他只管把茶注下来，直到泛滥在桌子上，滴到我的新制的淡青灰哔叽长衫上，我方才觉察，动手拦阻。于是找抹桌布，揩拭衣服，弄得手忙脚乱。主人特别关念我的衣服，表示十分抱歉的样子，要亲自给我揩拭。我心中很懊恼，但脸上只得强装笑容，连说"不要紧，没有什么"；其实是"有什么"的！我的新制的淡青灰哔叽长衫上又染上了芭蕉扇大的一块茶渍！

　　主人以这事件为前车，以后添茶时逢到伸手遮住茶杯的客人，便用开诚布公似的语调说："不要客气，大家老实来得好！"客人都会意，便改用指头敲击桌子："答，答，答，答。"这办法的确较好，除了不妨碍视线的好处外，又是有声有色，郑重得多。况且手的样子活像一个小形的人：中指像头，食指和无名指像手，大指和小指像足，手掌像身躯，口称"叩头"而用中指"答，答，答，答"地敲击起来，俨然是"五体投地"而"捣蒜"一般叩头的模样。

　　主人分送香烟，座中吸烟的人，连主人共有五六人，我也在内。主人划一根自来火，先给我的香烟点火。自来火在我眼前烧得正猛，匆促之间我真想不出谦让的方法来，便应了一声，把香烟凑上去点着了。主人忙把已经烧了三分之一的自来火给坐在我右面的客人的香烟点火。这客人正在咬瓜子，便伸手推主人的臂，口里连叫"自来，自来"。"自来"者，并非"自来火"的略语，是表示谦让，请主人"自"己先"来"（就是点香烟）的意思。主人坚不肯"自来"，口中连喊"请，请，请"，定要隔着一张八仙桌，拿着已剩二分之一弱的火柴杆来给这客人点香烟。我坐在两人中间，眼看那根不知趣的火柴杆越烧越短，而两人的交涉尽不解决，心中替他们异常着急。主人又似乎不大懂得燃烧的物理，一味把火头向下，因此火柴杆烧得很快。幸而那客人不久就表示屈服，丢去正咬的瓜子，手忙脚乱地向茶杯旁边捡起他那枝香烟，站起来，弯下身子，就火上去吸。这时候主人手中的火柴杆只剩三分之一弱，火头离开他的指爪只有一粒瓜子的地位了。

出乎我意外的，是主人还要撮着这一粒火柴杆，去给第三个客人点香烟。第三个客人似乎也没有防到这一点，不曾预先取烟在手。他看见主人有"燃指之急"，特地不取香烟，摇手喊道："我自来，我自来。"主人依然强硬，不肯让他自来。这第三个客人的香烟的点火，终于像救火一般惶急万状地成就了。他在匆忙之中带翻了一只茶杯，幸而杯中盛茶不多，不曾作再度的泛滥。我屏息静观，几乎发呆了，到这时候才抽一口气。主人把拿自来火的手指用力地搓了几搓，再划起一根自来火来，为第四个客人的香烟点火。在这事件中，我顾怜主人的手指烫痛，又同情于客人的举动的仓皇。觉得这种主客真难做：

吸烟,原是一件悠闲畅适的事;但在这里变成救火一般惶急万状了。

这一天,我和别的几位客人在主人家里吃一餐饭,据我统计,席上一共闹了三回事:第一次闹事,是为了争座位。所争的是朝里的位置。这位置的确最好:别的三面都是两人坐一面的,朝里可以独坐一面;别的位置都很幽暗,朝里的位置最亮。且在我更有可取之点,我患着羞明的眼疾,不耐对着光源久坐,最喜欢背光而坐。我最初看中这好位置,曾经一度占据,但主人立刻将我一把拖开,拖到左边的里面的位置上,硬把我的身体装进在椅子里去。这位置最黑暗,又很狭窄,但我只得忍受。因为我知道这座位叫做"东北角",是最大的客位;而今天我是远客,别的客人都是主人请来陪我的。主人把我驱逐到"东北"之后,又和别的客人大闹一场:坐下去,拖起来;装进去,逃出来;约莫闹了五分钟,方才坐定。"请,请,请",大家"请酒""用菜"。

第二次闹事,是为了灌酒。主人好像是开着义务酿造厂的,多多益善地劝客人饮酒。他有时用强迫的手段,有时用欺诈的手段。客人中有的把酒杯藏到桌子底下,有的拿了酒杯逃开去。结果有一人被他灌醉,伏在痰盂上呕吐了。主人一面照料他,一面劝别人再饮。好像已经"做脱[1]"了一人,希望再麻翻几个似的。我幸而以不喝酒著名,当时以茶代酒,没有卷入这风潮的旋涡中,没有被麻翻的恐慌。但久作壁上观,也觉

---

[1] 做脱,江南一带方言,意即干掉。

得厌倦了,便首先要求吃饭。后来别的客人也都吃饭了。

第三次闹事,便是为了吃饭问题。但这与现今世间到处闹着的吃饭问题性质完全相反。这是一方强迫对方吃饭,而对方不肯吃。起初两方各提出理由来互相辩论;后来是夺饭碗——一方硬要给他添饭,对方决不肯再添;或者一方硬要他吃一满碗,对方定要减少半碗。粒粒皆辛苦的珍珠一般的白米,在这社会里全然失却其价值,几乎变成狗子也不要吃的东西了。我没有吃酒,肚子饿着,照常吃两碗半饭。在这里可说是最肯负责吃饭的人,没有受主人责备。因此我对于他们的争执,依旧可作壁上观。我觉得这争执状态真是珍奇;尤其是在到处闹着没饭吃的中国社会里,映成强烈的对比。可惜这种状态的出现,只限于我们这主人的客厅上,又只限于这一餐的时间。若得因今天的提倡与励行而普遍于全人类,永远地流行,我们这主人定将在世界到处的城市被设立生祠,死后还要在世界到处的城市中被设立铜像呢。我又因此想起了以前在你这里看见过的日本人描写乌托邦的几幅漫画:在那漫画的世界里,金银和钞票是过多而没有人要的,到处被弃掷在垃圾桶里。清道夫满满地装了一车子钞票,推到海边去烧毁。半路里还有人开了后门,捧出一畚箕金镑来,硬要倒进他的垃圾车中去,却被清道夫拒绝了。马路边的水门汀上站着的乞丐,都提着一大筐子的钞票,在那里哀求苦告地分送给行人,行人个个远而避之。我看今天座上为拒绝吃饭而起争执的主人和客人们,足有列入那种漫画人物中的资格。请他们侨居到乌托邦去,再好没有了。

我负责地吃了两碗半白米饭,虽然没有受主人责备,但把胃吃坏，积滞了。因为我是席上第一个吃饭的人，主人命一仆人站在我身旁，伺候添饭。这仆人大概受过主人的训练，伺候异常忠实：当我吃到半碗饭的时候，他就开始鞠躬如也地立在我近旁，监督我的一举一动，注视我的饭碗，静候我的吃完。等到我吃剩三分之一的时候，他站立更近，督视更严，他的手跃跃欲试地想来夺我的饭碗。在这样的监督之下，我吃饭不得不快。吃到还剩两三口的时候，他的手早已搭在我的饭碗边上，我只得两三口并作一口地吞食了，让他把饭碗夺去。这样急急忙忙地装进了两碗半白米饭，我的胃就积滞，隐隐地作痛，连茶也喝不下去。但又说不出来。忍痛坐了一会，又勉强装了几次笑颜，才得告辞。我坐船回到家中，已是上灯时分，胃的积滞还没有消，吃不进夜饭。跑到药房里去买些苏打片来代夜饭吃了，便倒身在床上。直到黄昏，胃里稍觉松动些，就勉强起身，跑到你这里来抽一口气。但是我的身体、四肢还是很疲劳，连脸上的筋肉，也因为装了一天的笑，酸痛得很呢。我但愿以后不再受人这种优礼的招待！

他说罢，又躺在藤床上了。我把香烟和火柴送到他手里，对他说："好，待我把你所讲的一番话记录出来。倘能卖得稿费，去买许多饼干、牛奶、巧格力和枇杷来给你开慰劳会吧。"

廿三〔1934〕年五月旅中

画　友
——对一青年习画者的谈话

要学画，当然要入学校或从先生。好像你的画术全是学校或先生所授与的。但在实际上，我以为不尽然。和你一同学画的朋友，对于你的事业常尽着更切实体贴的辅导之责。先生只指示你学画之道，朋友则和你携着手去走。先生给你的是有形之教，朋友给你的是无形之教，所以你倘把有形的学费送给你的先生，应该把无形的学费送给你的画友。

试想你的习画生活中，画友给你的帮忙一定不少。你家里的人大都不能了解你所保藏的静物写生模型的好处，要讥笑你"年纪这样大了还弄玩具"。但和你一同习画的朋友一定不讥笑你。非但不讥笑你，又能赏识你的收藏，或者帮助你的收藏。譬如你的弟妹们，都欢喜收拾香烟里的画片。那些画中印着的是摩登美女，电影明星，《三国志》，《水浒》里的人物。画法非常幼稚，你是不要看的。但你无法阻止你的弟妹们的收集，无法劝导他们舍弃这种画片而来欢喜你所欢喜的绘画。你只能对你的画友诉说这种画片的幼稚和弟妹们的美术教养的贫乏。只有你的画友来了，才会陪你到街上的纸马店里去，选购乡人们祀神用的财神马，蚕花马，灶君马等神像来当作木版画欣赏。

品评它们的线条，赏鉴它们的图案。乡人们买这种神马，是有定时的。年头上财神马上市，春间蚕花五圣马上市，年脚边灶君马上市。在不上市的时间去买这种神马是特殊的，会一齐并买各种的神马，更是异端的。倘没有你的朋友同去选购，你一定被那纸马店里的人视为疯狂。有你的朋友同去，共相品评而选择，可以减少你这种行为的奇异性，给你不少的方便。中国旧时的木版画有不少是很可观的。只有你的朋友能帮助你向各处去探寻这种埋没着的木版画。所以你不可不把无形的学费致送你的朋友。

又如你到室外去觅画，假如独个人去，你将感到孤寂；假如跟了你的非画友同去，你将感到更多的不方便。他会引导你到豪奢的洋楼前，富丽的花园里，盛称这是可以画的景致。又会劝你到名胜古迹的地方，盛称这是值得作画的题材。然而，豪奢的洋楼大都只是豪奢，富丽的花园大都恶俗不堪，而名胜古迹的地方大都只堪回想而不足观赏。你不画，有负盛意，勉强画些，何苦？这时候你一定会热烈地想念起你的画友来。假使有他们同行，根本不会来到这种地方。那路旁的劳劳亭，那市梢的小茶店，那庙前的打铁场，那桥堍下的豆腐浆摊，以及一切无名的美景，早已引起你们的共感，邀得你们的共赏，而满足你们的画欲了。中国的一般人所意识的"画"，好像另有一种定义。说起画，似乎非梅兰竹菊不可，非山水台榭不可，非红袖翠带不可，非名园胜迹不可，非月夜不可，非雪景不可，非瀑布不可，非时装美女不可……。前回我从莫干山回来，许多人问我描了多少画来。实际，我在莫干山住了三五天，一张画也没有画。我的速写簿天天躲在我的袋里，始终没有见过莫干山上的天日。为了那山上并没有什么可画，远不及山下的乡村市井间的画材的丰富。然而听到我这话的人都表示不信，他们总以为我恐防别人"揩"我的画"油"，所以秘而不宣，真是天晓得。除了天以外，只有我的画友晓得。

又如你要描人物画，请一个非画友的人坐着给你画一下，他便装出不自然的神气来，使得自己的姿态不能入画。他又会想到画的美丑同他的面子有关，于是来干涉你的画法。假如他看见你在描写别人，他便用他的好意，关照那个人说："你不要动！他正要画你！"于是那个人立刻不自然起来，做作起来，也使得自己的姿态不能入画，而你的画便在他的好意之下宣告失败。假如你描写路上的一个女人，倘使这女人有些漂亮，你的非画友的同伴者便会浅薄地讥讽你，使你蒙不白之冤。要雪这种冤恨，只有去找你的画友。只有你的画友能解除了一切人物的现实的关系而同你在人物画中研究纯粹的线条，纯粹的形象，和纯粹的色彩。画并不全是装饰图案，画中的意义当然是重要的；但在技术的构成的期间（即制作的时间），却不容你顾到画中人物的现世的关系，务须当作纯粹的形状而对付。此中消息不足为外人道，只有你的画友们知道。绘画的人，拿了时代社会所养成的世间观，向世间去选择画材；再拿了脱离时代社会关系的绘画观，向画中去构造形象。这关键也只有画友们知道。画友们不但能对世间人物作共同的绘画观，自己也能身入画境，被画友观察描写，或竟被自己观察描写。要作良好的肖像画，被写的人一定要理解画道。但世间有许多人，莫说画道,连照相道都不理解,常在照相镜头前装出很滑稽的不入画的姿态来。

然而画友不一定是要弄丹青的。平生不曾描过一笔画的人中,尽有大画家存在;反之,天天描写的人中,颇不乏绘画的门外汉。你的选择画友不可不慎。无友不如己者,同时亦无友胜己者。因为胜己者往往要做你的先生,不肯和你携着手在画道上走。

廿三〔1934〕年双十

穷小孩的跷跷板

有一个人写一封匿名信给我，信壳上左面但写"寄自上海法租界"。信上说："近来在《自由谈》上，几乎每天能见到你的插画。（中略）前数天偶然看见几个穷小孩在玩。他们的玩法，我意颇能作你的画稿的材料。而且很合你向来的作风。现在特地贡献给你，以备采纳。此祝康健。一个敬佩你的读者上。七，十一。"后面又附注："小孩的玩法——先把一条长凳放置地上。再拿一条长凳横跨在上面。这样二个小孩坐在上面一张长凳的两端，仿跷跷板的玩法，一高一低的玩着。"

这是一封"无目的"的无头信。推想这发信人是纯为画的感兴所迫而写这封信给我的。

在扰扰攘攘的今世,这也可谓一件小小的异闻。

我闭了眼睛一看,觉得这匿名的通信者所发见的,确是我所爱取的画材。便乘兴背摹了一幅。这两个穷小孩凭了他们的小心的智巧,利用了这现成的材料,造成了这具体而微的运动具。在贫民窟的环境中,这可说是一种十分优异的游戏设备了。我想象这两个穷小孩各据板凳的一端而一高一低地交互上下的时候,脸上一定充满了欢笑。因为他们是无知的幼儿,不曾梦见世间各处运动场里专为儿童置办的种种优良的幸福的设备,对于这简陋的游戏已是十分满足了。这种游戏的简陋,和这两个小孩的穷苦,只有我们旁人感到,他们自己是不知道的。

因此我想到了世间的小孩苦。在这社会里,穷的大人固然苦,穷的小孩更苦!穷的大人苦了,自己能知道其苦,因而能设法免除其苦。穷的小孩苦了,自己还不知道,一味茫茫然地追求生的欢喜,这才是天下之至惨!

闻到隔壁人家饭香,攀住了自家的冷灶头而哭着向娘要白米饭吃。看见邻家的孩子吃火肉粽子,丢掉了自己手里的硬蚕豆而嚷着"也要"!老子落脱了饭碗头回家,孩子抱住了他带回来的铺盖而喊"爸爸买好东西来了"!老棉絮被头上了当铺,孩子抱住了床里新添的稻柴束当洋囡囡玩。讨饭婆背上的孩子捧着他娘的髻子当皮球玩;向着怒骂的不布施者嘤嘤地笑语。——我们看到了这种苦况而发生同情的时候,最感触目伤心的不是穷的大人的苦,而是穷的小孩的苦,大人的苦自己知道,同情者只要分担其半;小孩的苦则自己不知道,全部要归同情者担负。那攀住自己的冷灶头而向娘要白米饭吃的孩子,以为锅子里总应有饭,完全没有知道他老子种出来的米,还粮纳租早已用完,轮不着自己吃了。那丢掉了硬蚕豆而嚷着也要火肉粽子的孩子,只知道火肉粽子比硬蚕豆好吃,他有得吃,我也要吃,全不知道他娘做女工赚来的钱买米还不够。那抱住了老子的铺盖而喊"爸爸买好东西来了"的孩子,只知道爸爸回家总应该有好东西带来,全不知道社会已把他们全家的根一刀宰断,不久他将变成一张小枯叶了。那抱住了代棉被用的稻草柴当洋囡囡玩的孩子,只觉今晚眠床里变得花样特别新鲜,全不想到这变化的悲哀的原因和苦痛的结果。讨饭婆子背上的孩子也只是任天而动地玩耍嬉笑,全不知道他自己的生命托根在这社会所不容纳的乞丐身上,而正在受人摈斥。看到这种受苦而不知苦的穷的小孩,真是难以为情!这好比看见初离襁褓的孩子牵住了尸床上的母亲的寿衣而喊"要吃甜奶",我们的同情之泪,为死者所流者少,而为生者所流者多。八指头陀咏小孩诗云:"骂之惟解笑,打亦不生嗔。"目前的穷人,多数好比在无辜地受骂挨打:大人们知道被骂被打的苦痛,还能呻吟,叫喊,挣扎,抵抗;小孩们却全不知道,只解嬉笑,绝不生嗔。这不是世间最凄惨的状态吗?

比较起上述的种种现状来,我们这匿名的通信者所发见的穷小孩的游戏,还算是幸福的。他们虽然没有福气入学校,但幸而不须跟娘去捡煤屑,不须跟爹去捉狗屎[1],还有游戏的余

---

[1] 捉狗屎,作者家乡话,意即捡狗屎(作肥料)。

暇。他们虽然不得享用运动场上为小孩们特制的跷跷板,但幸而还有这两只板凳,无条件地供他们当作运动具的材料。

  只恐怕日子过下去,不久他的爷娘要拿两条板凳去换米吃,要带这两个孩子去捡煤屑,捉狗屎了。到那时,我这位匿名的通信者所发见,和我的所画,便成了这两个穷小孩的黄金时代的梦影。

廿三〔1934〕年七月十四日

肉　腿

清晨六点钟，寒暑表的水银已经爬上九十二度[1]。我臂上挂着一件今年未曾穿过的夏布长衫，手里提着行囊，在朝阳照着的河埠上下船，船就沿着运河向火车站开驶。

这船是我自己雇的。船里备着茶壶、茶杯、西瓜、薄荷糕、蒲扇和凉枕，都是自己家里拿下来的，同以前出门写生的时候一样。但我这回下了船，心情非常不快：一则为了天气很热，前几天清晨八十九度，正午升到九十九度。今天清晨就九十二度，正午定然超过百度以上，况且又在逼近太阳的船棚底下。加之打开行囊就看见一册《论语》，它的封面题着李笠翁的话，说道人应该在秋、冬、春三季中做事而以夏季中休息，这话好像在那里讥笑我。二则，这一天我为了必要的人事而出门，不比以前开"写生画船"的悠闲。那时正是暮春天气，我雇定一只船，把自己需用的书籍、器物、衣服、被褥放进船室中，自己坐卧其间。听凭船主人摇到哪个市镇靠夜，便上岸去自由写生，大有"听其所止而休焉"的气概。这回下船时形式依旧，意义却完全不同。这一次我不是到随便哪里去写生，我

---

[1] 九十二度，指华氏度。

是坐了这船去赶十一点钟的火车。上回坐船出于自动,这回坐船出于被动。这点心理便在我胸中作起怪来,似乎觉得船室里的事物件件都不称心了。然而船窗外的特殊的景象,却引起了我的注意。

从石门湾到崇德之间,十八里运河的两岸,密接地排列着无数的水车。无数仅穿着一条短裤的农人,正在那里踏水。我的船在其间行进,好像阅兵式里的将军。船主人说,前天有人数过,两岸的水车共计七百五十六架。连日大晴大热,今天水车架数恐又增加了。我设想从天中望下来,这一段运河大约像一条蜈蚣,数百只脚都在那里动。我下船的时候心情的郁郁,到这时候忽然变成了惊奇。这是天地间的一种伟观,这是人与自然的剧战。火一般的太阳赫赫地照着,猛烈地在那里吸收地面上所有的水;浅浅的河水懒洋洋地躺着,被太阳越晒越浅。两岸数千百个踏水的人,尽量地使用两腿的力量,在那里同太阳争夺这一些水。太阳升得越高,他们踏得越快:"洛洛洛洛……"响个不绝。后来终于戛然停止,人都疲乏而休息了;然而太阳似乎并不疲倦,不须休息;在静肃的时候,炎威更加猛烈了。

听船人说,水车的架数不止这一些,运河的里面还有着不少。继续两三个月的大热大旱,田里、浜里、小河里,都已干燥见底;只有这条运河里还有些水。但所有的水很浅,大桥的磐石已经露出二三尺;河埠石下面的桩木也露出一二尺,洗衣汲水的人,蹲在河埠最下面一块石头上也撩不着水,须得走下到河床的边上来浣汲。我的船在河的中道独行,尚无阻碍；逢到和来船交手过的时候，船底常常触着河底，轧轧地作声。然而农人为田禾求水，舍此以外更没有其他的源泉。他们在运河边上架水车，把水从运河踏到小河里；再在小河边上架水车，把水从小河踏到浜里；再在浜上架水车，把水从浜里踏进田里。所以运河两岸的里面，还藏着不少的水车。"洛洛洛洛……"之声因远近而分强弱数种，互相呼应着。这点水仿佛某种公款，经过许多人之手，送到国库时所剩已无几了。又好比某种公文，由上司行到下司，费时很久，费力很多。因为河水很浅，水车必须竖得很直，方才吸得着水。我在船中目测那些水车与水平面所成的角度，都在四十五度以上；河岸特别高的地方，竟达五六十度。不曾踏过或见过水车的读者，也可想象：这角度越大，水爬上来时所经的斜面越峭，即水的分量越重，踏时所费的力量越多。这水仿佛是从井里吊起来似的。所以踏这等水车，每架起码三个人。而且一个车水口上所设水车不止一架。

故村里所有的人家，除老弱以外，大家须得出来踏水。根本没有种田就逢大旱的人家，或所种的禾稻已经枯死的人家，也非出来参加踏水不可，不参加的干犯众怒，有性命之忧。这次的工作非为"自利"，因为有多人自己早已没有田禾了；又说不上"利他"，因为踏进去的水被太阳蒸发还不够，无暇去滋润半枯的禾稻的根了。这次显然是人与自然的剧烈的抗争。不抗争而活是羞耻的，不抗争而死是怯弱的；抗争而活是光荣的，抗争而死也是甘心的。农人对于这个道理，嘴上虽然不说，肚里很明白。眼前的悲壮的光景便是其实证。有的水车上，连妇人、老太婆、十一二岁的小孩子都在那里帮工。"喤,喤,喤",锣声响处,一齐戛然停止。有的到荫处坐着喘息;有人向桑树拳头[1]上除下篮子来取吃食。篮子里有的是蚕豆。他们破晓吃了粥,带了一篮蚕豆出来踏水。饥时以蚕豆充饥,一直踏到夜半方始回去睡觉。只有少数的"富有"之家的篮子里,盛着冷饭。"喤,喤,喤",锣声响处,大家又爬上水车,"洛洛洛洛"地踏起来。无数赤裸裸的肉腿并排着,合着一致的拍子而交互动作,演成一种带模样。我的心情由不快变成惊奇;由惊奇而又变成一种不快。以前为了我的旅行太苦痛而不快,如今为了我的旅行太舒服而不快。我的船棚下的热度似乎忽然降低了;小桌上的食物似乎忽然太精美了;我的出门的使命似乎忽然太轻松了。直到我舍船登岸,通过了奢华的二等车厢而坐到我的三等车厢里的时候,这种不快方才渐渐解除。唯有那活动的肉腿的长长的带模样,只管保留印象在我的脑际。这印象如何?住在都会的繁华世界里的人最容易想象,他们这几天晚上不是常在舞场里、银幕上看见舞女的肉腿的活动的带模样么?踏水的农人的肉腿的带模样正和这相似,不过线条较硬些,色彩较黑些。近来农人踏水每天到夜半方休。舞场里、银幕上的肉腿忙着活动的时候,正是运河岸上的肉腿忙着活动的时候。

一九三四年八月十五日于杭州招贤寺

---

[1] 桑树拳头,指桑树上抽新枝处。

送　考 [1]

今年的早秋，我送一群小学毕业生到杭州来投考中学。

这一群小学毕业生中，有我的女儿和我的亲戚、朋友家的女儿，送考的也还有好几个人，父母、亲戚先生。我名为送考，其实没有什么重要责任，因此我颇有闲散心情，可以旁观他们的投考。

坐船出门的一天，乡间旱象已成。运河两岸，水车同体操队伍一般排列着，咿哑之声不绝于耳。村中农夫全体出席踏水，已种田而未全枯的当然要出席，已种田而已全枯的也要出席，根本没有种田的也要出席；有的车上，连妇人、老太婆和十二三岁的孩子也出席。这不是平常的灌溉，这是人与自然奋斗！我在船窗中听了这种声音，看了这种情景，不胜感动。但那班投考的孩子们对此如同不闻不见，只管埋头在《升学指导》《初中入学试题汇观》等书中。我喊他们：

"喂！抱佛脚没有用！看这许多人工作！这是百年来未曾见过的状态，大家看！"但他们的眼向两岸看了一看，就回到书上，依旧埋头在书中。后来却提出种种问题来考我：

---

[1] 本篇原载 1934 年 10 月《中学生》第 48 号。

"穿山甲欢喜吃什么东西?"

"耶稣生时当中国什么朝代?"

"无烟火药是用什么东西制成的?"

"挪威的海岸线长多少哩?"

我全被他们难倒了,一个问题都回答不出来。我装着内行的神气对他们说:"这种题目不会考的!"他们都笑起来,伸出一根手指点着我,说:"你考不出!你考不出!"我老羞并不成怒,笑着,倚在船窗上吸烟。后来听见他们里面有人在教我:"穿山甲喜欢吃蚂蚁的!……"我管自看踏水,不去听他们的话;他们也管自埋头在书中不来睬我,直到舍舟登陆。

乘进火车里,他们又拿出书来看;到了旅馆里,他们又拿出书来看。一直看到考的前晚。在旅馆里我们又遇到了另外几个朋友的儿女,大家同去投考。赴考这一天,我五点钟就被他们吵醒,也就起个早来送他们。许多童男童女,各人携了文具,带了一肚皮"穿山甲喜欢吃蚂蚁"之类的知识,坐黄包车去赴考。有几个十二三岁的女孩,愁容满面地上车,好像被押赴刑场似的,看了真有些可怜。

到了晚快,许多孩子活泼地回来了。一进房间就凑作一堆讲话:哪个题目难,哪个题目易;你的答案不错,我的答案错,议论纷纷,沸反盈天。讲了半天,结果有的脸上表示满足,有的脸上表示失望。然而嘴上大家准备不取。男的孩子高声地叫:"我横竖不取的!"女的孩子恨恨地说:"我取了要死!"

他们每人投考的不止一个学校,有的考二校,有的考三校。大概省立的学校是大家共同投考的。其次,市立的、公立的、私立的、教会的,则各人各选。然而大多数的投考者和送考者的观念中,都把杭州的学校这样地排列着高下等第。明知自己的知识不足,算术做不出;明知省立学校难考取,要十个里头取一个,但宁愿多出一块钱的报名费和一张照片,去碰碰运气看。万一考得取,可以爬得高些。省立学校的"省"字仿佛对他们发散着无限的香气。大家讲起了不胜欣羡。

从考毕到发表的几天之内,投考者之间的空气非常沉闷。有几个女生简直是寝食不安,茶饭无心。他们的胡思梦想在谈话之中反反复复地吐露出来,考得得意的人,有时好像很有把握,在那里探听省立学校的制服的形式了;但有时听见人说:"十个人里头取一个,成绩好的不一定统统取",就忽然心灰意懒,去讨别的学校的招生简章了。考得不得意的人嘴上虽说"取了要死",但从他们屈指计算发表日期的态度上,可以窥知他们并不绝望。世间不乏侥幸的例,万一取了,他们便是"死而复生",岂不更加欢喜?然而有时他们忽然觉得这太近于梦想,问过了"发表还有几天"之后,立刻接一句"不关我的事"。

我除了早晚听他们纷纷议论之外,白天统在外面跑,或者访友,或者觅画。省立学校录取案发表的一天,奇巧轮到我同去看榜。我觉得看榜这一刻工夫心情太紧张了,不教他们亲自去看。同时我也不愿意代他们去看,便想出一个调剂紧张的方法来:我和一班学生坐在学校附近一所茶店里了,教他们的先生一个人去看,看了回到茶店里来报告。然而这方法缓和得有限。在先生去了约一刻钟之后,大家眼巴巴地望他回来。有的人伸长了脖子向他的去处张望,有的人跨出门槛去等他。等了好久,那去处就变成了十目所视的地方,凡有来人,必牵惹许多小眼睛的注意,其中穿夏布长衫的人尤加触目惊心,几乎可使他们立起身来。久待不来,那位先生竟无辜地成了他们的冤家对头。有的女学生背地里骂他"死掉了",有的男学生料他"被公共汽车碾死"。但他到底没有死,终于拖了一件夏布长衫,从那去处慢慢地踱回来了。"回来了,回来了",一声叫后,全体肃静,许多眼睛集中在他的嘴唇上,听候发落。这数秒间的空气的紧张,是我这支自来水笔所不能描写的啊!

"谁取的""谁不取",一一从先生的嘴唇上判决下来。他的每一句话好像一个霹雳,我几乎想包耳朵。受到这霹雳的人有的脸色惨白了,有的脸色通红了,有的茫然若失了,有的手足无措了,有的哭了,但没有笑的人。结果是不取的一半,取的一半。我抽了一口大气,开始想法子来安慰哭的人。我胡乱造出些话来把学校骂了一顿,说它办得怎样不好,所以不取并不可惜。不期说过之后,哭的人果然笑了,而满足的人似乎有些怀疑了。我在心中暗笑,孩子们的心,原来是这么脆弱的啊!教他们吃这种霹雳,真是残酷!

以后在各校录取案发表的时候,我有意回避,不愿再尝那种紧张的滋味。但听说后来的缓和得多,一则因为那些学校被他们认为不好,取不取不足计较;二则小胆儿吓过几回,有些儿麻木了。不久,所有的学生都捞得了一个学校。于是找保人，缴学费，忙了几天。这时候在旅馆中所听到的谈话，都是"我们的学校长，我们的学校短"的一类话了。但这些"我们"之中，其亲切的程度有差别。大概考取省立学校的人所说的"我们"是亲切的，而且带些骄傲。考不取省立学校而只得进他们所认为不好的学校的人的"我们"，大概说得不亲切些。他们预备下年再去考省立学校。

旱灾比我们来时更进步了，归乡水路不通，下火车后须得步行三十里。考取了学校的人都鼓着勇气，跑回家去取行李，雇人挑了，星夜启程跑到火车站，乘车来杭入学。考取省立学校的人尤加起劲，跑路不嫌劳苦，置备入学的用品也不惜金钱。似乎能够考得进去，便有无穷的后望，可以一辈子荣华富贵，吃用不尽似的。

廿三〔1934〕年九月十日于西湖招贤寺

市街形式 [1]

在上海劳作了半个月,一旦工作告一小段落,偷闲乘通车到杭州来抽一口气。当我在城站[2]下车,坐黄包车到达新市场时,望见这里一片平广的夜景,心头感到十分的快适。

"为什么我心头这般快适?"我这样地自问,便开始研究自己的心理状态。研究的结果,我知道这快适的成因乃主观和客观两方合成。在主观方面,我这会劳作了半个月,到这里来休息一下,自己以为是堂皇的。好比劳动者作了一天苦工,晚间到酒店的柜头上来买碗酒喝,"一升高粱!"喊的声音威严响亮,语气是命令的。在客观的方面,新市场的市街的平广的景象,容易使人看了生出快适之感。杭州还没有摩天楼出现,现有的房屋大多数是二三层的。远望市街的夜景,只见一片灯火平铺在广大的地上,好像一条灿烂的宝带。我看到这般景象时,假想它是古代神话中的光景,心头暂时感到一种快适。

上海市街的灯火,当然比杭州更多。然而没有这般快适之感,却使人感到一种压迫。这是市街形式不同的关系,上海的

---

[1] 本篇原载 1935 年 1 月 25 日《新中华》第 3 卷第 2 期。
[2] 城站,是杭州的火车站。

市街形式是直的,杭州的市街形式是横的。直的形式有严肃之感,横的形式有和平之感。只要比较观看直线和横线,便可知道形式感情的区别。直线是阶级的,横线是平等的。直线有危险性,横线则表示永久的安定。故直线比横线森严,横线比直线可亲。森林多直线,使人感到凛然;流水多横线,使人感到爽快。上海近来高层建筑日渐增多,虽然没有像森林一般密,也可谓"林立"了。我们身在高不可仰的大建筑物下面行走,觉得自己的身体在相形之下非常邈小,自然地感到一种恐怖。设想这种高大的建筑物假如坍倒下来,可使许多人粉身碎骨,好像大皮鞋落在蚂蚁队伍上一样。

  高层建筑是现代艺术的主要的题材,这正在世界各资本主义的大都市中蓬勃地发展着。世间的建筑家,多数正在尽心竭力地从事于摩天阁建造法的研究。他们想把向来的横的市街改造为直的,想把向来的和平可亲的市街改造为危险可怕的。

  上海分明已经受着这种改造,杭州还不会。因此我觉得杭州可爱,但可爱的也只是杭州的形式而已。

廿三〔1934〕年十二月十七日于石门湾缘缘堂

野外理发处

我的船所泊的岸上,小杂货店旁边的草地上,停着一副剃头担。我躺在船樯上休息的时候,恰好从船窗中望见这副剃头担的全部。起初剃头司务独自坐在凳上吸烟,后来把凳让给另一个人坐了,就剃这个人的头。我手倦抛书,而昼梦不来。凝神纵目,眼前的船窗便化为画框,框中显出一幅现实的画图来。这图中的人物位置时时在变动,有时会变出极好的构图来,疏密匀称,姿势集中,宛如一幅写实派的西洋画。有时微嫌左右两旁空地太多太少,我便自己变更枕头的放处,以适应他们的变动,而求船窗中的妥帖的构图。但妥帖的构图不可常得,剃头司务忽左忽右忽前忽后,行动变化不测,我的枕头刚刚放定,他们的位置已经移变了。唯有那个被剃头的人,身披白布,当模特儿一般地静坐着,大类画中的人物。

平日看到剃头,总以为被剃者为主人,剃者为附从。故被剃者出钱雇用剃头司务,而剃头司务受命做工;被剃者端坐中央,而剃头司务盘旋奔走。但绘画地看来,适得其反:剃头司务为画中主人,而被剃者为附从。因为在姿势上,剃头司务提起精神做工,好像雕刻家正在制作,又好像屠户正在杀猪。而被剃者不管是谁,都垂头丧气地坐着,忍气吞声地让他弄,好像病人正在求医，罪人正在受刑。听说今春杭州举行金刚法会时，班禅喇嘛叫某剃头司务来剃一个头，送他十块钱，剃头司务叩头道谢。若果有其事，这剃头司务剃"活佛"之头，受十元之赏，而以大礼答谢，可谓荣幸而恭敬了。但我想当他工作的时候，"活佛"也是默默地把头交付他，任他支配的。假如有人照一张"喇嘛剃头摄影"，挂起来当作画看，画中的主人必是剃头司务，而喇嘛为剃头司务的附从。纯粹用感觉来看，剃头这景象中，似觉只有剃头司务一个人，被剃的人暂时变成了一件东西。因为他无声无息，呆若木鸡；全身用白布包裹，只留出毛毛草草的一个头，而这头又被操纵在剃头司务之手，全无自主之权。请外科郎中开刀的人要叫"啊唷哇"，受刑罚的人要喊"青天大老爷"，独有被剃头的人一声不响，绝对服从地把头让给别人弄。因为我在船窗中眺望岸上剃头的景象，在感觉上但见一个人的活动，而不觉得其为两个人的勾当。我很同情于这被剃者：那剃头司务不管耳、目、口、鼻，处处给他抹上水，涂上肥皂，弄得他淋漓满头；拨他的下巴，他只得仰起头来；拉他的耳朵，他只得旋转头去。这种身体的不自由之苦，在照相馆的镜头前面只吃数秒钟，犹可忍也；但在剃头司务手下要吃个把钟头，实在是人情所难堪的！我们岸上这位被剃头者，忍耐力格外强：他的身体常常为了适应剃头司务的工作而转侧倾斜，甚至身体的重心越出他所坐的凳子之外，还是勉力支撑。我躺在船里观看，代他感觉非常的吃力。人在被剃头的时候，暂时失却了人生的自由，而做了被人玩弄的傀儡。

我想把船窗中这幅图画移到纸上。起身取出速写簿，拿了铅笔等候着。等到妥帖的位置出现，便写了一幅，放在船中的小桌子上，自己批评且修改。这被剃头者全身蒙着白布，肢体不分，好似一个雪菩萨。幸而白布下端的左边露出凳子的脚，调剂了这一大块空白的寂寥。又全靠这凳脚与右边的剃头担子相对照，稳固了全图的基础。凳脚原来只露一只，为了它在图中具有上述的两大效用，我擅把两脚都画出了。我又在凳脚的旁边，白布的下端，擅自添上一朵墨，当作被剃头者的黑裤的露出部分。我以为有了这一朵墨，白布愈加显见其白；剃头司务的鞋子的黑在画的下端不致孤独。而为全图的主眼的一大块黑色——剃头司务的背心——亦得分布其同类色于画的左下角，可以增进全图的统调。为求这黑色的统调，我的签字须写得特别粗大些。

船主人于我下船时，给十个铜板与小杂货店，向他们屋后的地上采了一篮豌豆来，现在已经煮熟，送进一盘来给我吃。看见我正在热心地弄

画，便放了盘子来看。"啊，画了一副剃头担！"他说："像在那里挖耳朵呢。小杂货店后面的街上有许多花样：捉牙虫的、测字的、旋糖的，还有打拳头卖膏药的……我刚才去采豆时从篱笆间望见，花样很多，明天去画！"我未及回答，在我背后的小洞门中探头出来看画的船主妇接着说："先生，我们明天开到南浔去，那里有许多花园，去描花园景致！"她这话使我想起船舱里挂着的一张照相：那照相里所摄取的，是一株盘曲离奇的大树，树下的栏杆上靠着一个姿态闲雅而装束楚楚的女子，好像一位贵妇人；但从相貌上可以辨明她是我们的船主妇。大概这就是她所爱好的花园景致，所以她把自己盛妆了加入在里头，拍这一张照来挂在船舱里的。我很同情于她的一片苦心。这照片仿佛表示：她在物质生活上不幸而做了船娘，但在精神生活上十足地是一位贵妇人。世间颇有以为凡画必须优美华丽的人；以为只有风、花、雪、月、朱栏、长廊、美人、名士是画的题材的人。我们这船主妇可说是这种人的代表。我吃着豌豆和这船家夫妇俩谈了些闲话，他们就回船艄去做夜饭。

  天色渐渐向晚，岸上剃头担已经挑去，只剩一片草地。我独坐船舱中等夜饭吃，乘闲考虑画的题目。这是最廉价的理发处，剃一个头只要十五个铜板。这恐怕是我国所独有的理发处。外国人见了或许要羡慕："中国人如何高雅而自然，不但幽人隐士爱好山水，连一般人的理发也欢喜在天光之下，蝴蝶飞舞的青草地上。"刚才船主告诉我："近来这种剃头担在乡间生意很好，本来出一角小洋上剃头店的人，现在都出十五个铜板坐剃头担了。"外国人看了这情形,以为中国人近来愈加高雅而自然了,我就美其名曰"野外理发处"吧。[1]

廿三〔1934〕年六月十日作

---

[1] 此末端在 1957 年版《缘缘堂随笔》中被作者删去,现予以恢复。

三 娘 娘[1]

我的船停泊在小桥堍的小杂货店的门口,已经三天了。每次从船舱的玻璃窗中向岸上眺望,必然看见那小杂货店里有一位中年以上的妇人坐在凳子上"打绵线"。后来看得烂熟,不须写生,拿着铅笔便能随时背摹其状。我从她的样子上推想她的名字大约是三娘娘。就这样假定。

从船舱的玻璃窗中望去,三娘娘家的杂货店只有一个板橱和一只板桌。板橱内陈列着草纸,蚊虫香和香烟等。板桌上排列着四五个玻璃瓶,瓶内盛着花生米糖果等。还有一只黑猫,有时也并列在玻璃瓶旁。难得有一个老人或一个青年在这店里出现,常见的只有三娘娘一人。但我从未见过有人来三娘娘的店里买物。每次眺望,总见她坐在板桌旁边的独人凳上,打绵线。

午后天下雨。我暂不上岸,靠在船窗上吃枇杷。假如我平生也有四恨,枇杷有核该是我的四恨之一。我说水果中枇杷顶好吃。可惜吃的手续麻烦。堆了半桌子的皮和核,弄脏了两

---

[1] 本篇原载 1934 年 7 月 1 日《文学》月刊。编入 1957 年版《缘缘堂随笔》时作者有所改动,现仍按旧版《车厢社会》。

手。同吃蟹相似，善后甚是吃力。但靠在船窗上吃，省力得多。皮和核可随时抛在水里，决没有卫生警察来干涉。即使来干涉，我可想出理由来辩解：枇杷叶是药，枇杷核和皮或者也有药力。近来水面上浮着死猪，死羊，死狗，死猫很多，加了这药力或者可以消毒，有益于公众卫生。这般说过之后，卫生警察一定"马马虎虎"。

以前我只是向窗中探首一望，瞥见三娘娘的刹那间的姿态而已。这回因吃枇杷，久凭窗际，方才看见三娘娘的打绵线的能干，其技法的敏捷，态度的坚忍，可以使人吃惊。都会里的摩青与摩女（注：日本人略称 modern boy〔摩登（男）青年〕为 moba，略称 modern girl〔摩登女郎〕为 moga[1]，今仿此），恐怕没有知道"打绵线"为何物；看了我这幅画，将误认为打弹子，放风筝，抽陀螺，亦未可知。我生长在穷乡，见惯这种苦工，现在可为不知者略道之：这是一架人制的纺丝机器。在一根三四尺长的手指粗细的木棒上，装一个铜叉头，名曰"绵叉梗"，再用一根约一尺长的筷子粗细的竹棒，上端雕刻极疏的螺旋纹，下端装顺治铜钿（康熙，乾隆铜钿亦可）十余枚，中间套一芦管，名曰"锤子"。纺丝的工具，就是绵叉梗和锤子这两件。应用之法，取不能缫丝的坏茧子或茧子上剥下来的东西，并作绵絮似的一团，顶在绵叉梗上的铜叉头上。左手持绵叉梗，右手扭那绵絮，使成为线。将线头卷在锤子的芦管上，嵌在螺旋纹里。然后右手指用力将竹棒一旋，使锤子一边旋

---

[1] moba，moga 皆英语发音之简化。

转，一边靠了顺治铜钱的重力而挂下去。上面扭，下面挂，线便长起来。挂到将要碰着地了，右手停止扭线而捉取锤子，将线卷在芦管上。卷了再挂，挂了再卷，锤子上的线球渐渐大起来。大到像上海水果店里的芒果一般了，便可连芦管拔脱，另将新芦管换上，如法再制。这种芒果般的线球，名曰绵线。用绵线织成的绸，名曰绵绸：像我现在身上所穿的衣服，正是由三娘娘之类的人的左手一寸一寸地扭出来而一寸一寸地卷上去的绵线所织成的。近来绵绸大贱，每尺只卖一角多钱。据说，照这价钱合算起工资来，像三娘娘这样勤劳地一天扭到晚，所得不到十个铜板。但我想，假如用"勤劳"的国土里的金钱来定起工价来，这样纯熟的技能，这样忍苦的劳作，定他每天十个金镑，也不算过多呢。三娘娘的操持绵叉梗的手，比闲人们打弹子的手更为稳固；扭绵线的手，比闲人们放风筝的手更为敏捷；旋锤子的手，比闲人们抽陀螺的手更为有力。打一个弹子可赢得不少的洋钱，打一天绵线赚不到十个铜板。如使三娘娘欲富，应该不打绵线打弹子。

三娘娘为求工作的速成，扭的绵线特别长，要两手向上攀得无可再高，

锤子向下挂得比她的小脚尖还低，方才收卷。线长了，收卷的时候两臂非极度向左右张开不可。看她一挂一卷，手臂的动作非常辛苦！一挂一卷，费时不到一分钟；假定她每天打绵线八小时，统计起来，她的手臂每天要攀高五六百次。张开五六百次。就算她每天赚得十个铜板，她的手臂要攀五六十次，张五六十次，还要扭五六十通，方得一个铜板的酬报。

黑猫端坐在她面前，静悄悄地注视她的工作，好像在那里留心计数她的手臂的动作的次数。

廿三〔1934〕年六月十六日

看　灯 [1]

今晚我的船所要停泊的市镇上，正在举行"新生活运动提灯大会"。船头离岸尚远，早有鼓乐喧阗之声，从远近各处传入我的船室。船家夫妇从下午起，一直在船艄上恨恨地谈论昨夜失去的那条白绵绸裤子。新生活运动鼓乐之声能使他们转恨为喜，到这时候他们忽然起劲地摇着"盖面橹"[2]，兴致勃勃地话起那灯会中的"牡丹亭""白毛太狮"来。

市里的岸边停着许多客船，我们的船不能摇进市中，只得泊在市梢。船家夫妇做夜饭给我吃，同时为我谈起灯会的种种盛况。他们说这是难得看得到的；又说像我，描画的人，更是非看不可。他们能包我描得许多"出色"的画。最后又郑重地叮嘱我，衣帽物件务要收藏得好，防恐蹈了昨夜的覆辙。

黄昏九时，我由船主人引导，穿过了一片汗臭的人海，来到毛厕斜对面的一所败屋的门前。船主人说，在这地方看灯再好勿有。别的房屋的门口，都站满着人，只有这庑下比较的空些。原来这败屋的门紧紧地关闭着，里面并无主人出来看灯，

---

[1] 本篇原载 1934 年 7 月 16 日《论语》第 45 期。
[2] 摇"盖面橹"，作者家乡话，指船即将靠岸的摇法，因橹吃水不深，故谓"盖面"。

专把它庑下这块在当时千金难买的空地,让给像我这样的过路人驻足。我举头一看,望见檐下挂着一块破旧不堪的匾额,额上写着"土谷祠"三字,心想这里面大约没有阿Q,或者也有,而正在参加提灯,所以关着门。门外已疏朗朗地站着十来个人,但一边尚有几尺空地,好像是专为我和船主人留着的。走近一看,地下有着很大的一个水洼,其深不可测。船主人去近旁拾些砖头来,在这些水洼里填起两个浮墩,教我把足踏在浮墩上。他自己本来赤着脚,就像种莲花一般地把两脚插在水里,挺起胸部,等候着看灯。

这样地站着等候了约一小时之久,鼓乐之声渐渐地迫近来。路的两旁就有千百个人头,弯弯曲曲地伸进伸出,向鼓乐的来处探望,惟有我一人正襟危立,一些儿不动。人之见者,或将赞我镇静不躁,修养功夫极深。果尔,我将感谢我脚底下的两个浮墩。其实我早该感谢它们。因为这时候,站到土谷祠庑下来的人已渐次增加了不少,颇有些儿拥挤,但始终没有人敢挨近我身边来。我仿佛是占据着梁山泊的强徒,四面环绕着水,任何官兵不敢相犯。

鼓乐只管在近处喧阗。花灯只管不来。我的两脚只管保住了一尺半的距离而分立着,有些儿麻木了。我的眼睛只管望见罗汉像一般的人头,也有些儿看厌了。视线所及,只有斜对面毛厕上络绎不绝的小便者,变化丰富,姿势各殊,暂时代替花灯供我欣赏。这会我独得了珍奇的阅历:有生以来,从未对着这样拥挤的毛厕作这样长久的观察。吾今始知小便者的态度姿势变化之多。想描出几个,伸手向衣袋中摸速写簿,遍摸不

得。料想是一小时之前通过人海时被挤出衣袋而落在途中了,或者被人误认作皮夹掏去了。我之所谓速写簿,其实只是六个铜板买来的一本小拍纸簿,厚纸的旁边装着一个自己手制的铅笔套,套内插着半枝大华厂"唯一国货"的 6B 铅笔罢了。不过里面已经写着一幅船主人洗脚图,失去了略觉可惜;当时眼前的小便者的姿态无法速写,又觉得可惜。

继续看了络绎不绝的许多小便者之后,花灯方始迎来。我目不转瞬地注视,想多看些,以偿盼待之劳。可是那些花灯都像灵隐道上的轿子一般匆匆地从我眼前抬过,不肯给我细看。而我呢,也因为在水泊中的浮墩上一动不动地继续站立了一小时多,异常疲劳,没有仔细看灯的精力了。只觉无数乒乓球制的小电灯在我眼前络绎不绝地经过,等它们过完之后,我靠了船主人的手援,跳出水泊,再穿过了汗臭的人海而归到船埠。

坐在船室中,船主人便问我今晚可得几幅画。我闭目探索,只有那毛厕中一个小便者的姿态,在我脑中留有明确的印象。便背摹其状。

廿三〔1934〕年五月十九日[1]

---

[1] 本文篇末未署日期。这里所署的日期是发表在《论语》上时篇末所署。

鼓　乐[1]

我本已决心,今晚不再上岸去看灯。预备在船室中洋烛光底下的小桌子上整理白天的画稿,或者躺着阅读新到的杂志;黄昏肚饥时向船主妇借只碗,到岸上去买碗"救命圆子"[2]吃吃,倒比投身在人海的涡旋里看灯,来得有味。但是我后来终于变计,又跟了船主人上岸去看灯了。

所以变计者,一半是因船主人的劝进。一半是受了鼓乐声的诱惑。船主人说,今晚的灯比昨晚好得多,有从别码头借来的台阁,有七十几节的"金华老龙";远方特地雇舟来看的也不少,我们便路到此,乐得一看。我听了这般盛况,觉得应该随喜。同时鼓乐喧阗之声从远近各处送进我的船室来,使我听了觉得脚底上痒痒的,不由地收拾画具书册,跟着船主人跳上岸去"与众乐乐"了。

鼓乐所用之乐器,都是不能奏旋律的打乐器;所奏的音乐,也只是简单的几句腔调的反复,正如小孩子们口中所唱:

---

[1] 本篇原载 1934 年 6 月 20 日《申报》。
[2] "救命圆子",一种很小的圆子,极言其吃不饱,只能救饥饿者一命,故有此称呼。

"同同上,登登上,登登次登次登上……"但它具有一种奇妙的诱惑力,能吸引远近各处的人心。回忆昨晚在灯会中所听到的丝竹管弦之音,表面虽似复杂,但在我看来(其实是听来,但不妨说看来)反比鼓乐简单。凭我的记忆,昨夜所闻的丝竹管弦曲的旋律,若用简谱记录起来,都不外乎的反复敷衍。听得过久了,使我觉得心头上痒痒的,非常难熬,而且这痒无法可搔。即使立刻掩耳却走,仍是带着这痒走的。鼓乐则不然,远听时脚底上发痒,只要跟了大众跑,就会爽快。跑到近处,身心就会同化在鼓乐的节奏中,跟了它昂奋起来,至多也不过使你疲劳,却决不会使你难熬。这是中国音乐的特产。据我所知,西洋音乐上似乎没有全用打乐器组成的演奏法。

$$5\dot{1}\ 6\dot{1}\ 5\ |\ 5\dot{1}\ 6\dot{1}\ 56\ \dot{1}\ |\ 6\dot{1}6\dot{1}\dot{1}3\dot{2}|$$
$$\dot{3}2\dot{3}2\dot{3}2\dot{1}\ |\ \dot{3}36\dot{2}\dot{1}\ 6\dot{2}\ |\ \dot{1}6\dot{2}\dot{1}653|$$
$$5\cdots\cdots$$

所以我跟船主人上岸,名为看灯,其实是想看看鼓乐的演奏。这回我们站在桥畔看灯。许多花灯像轿子一般地抬过桥去。后来为了前途障碍,一齐停下了。停在面前的,是装着"提倡新生活""与民同乐"等大字匾额的一座灿烂的台阁。后面跟着的是一班打乐队。我便从人丛中挤到后面去,细看那打乐队的演奏。奏法率直得很,但把锣,鼓,饶钹等乐器交互相间地敲击,自成一种雍容浩荡的音节。鼓的奏法尤为率直,老是"同,同,同,同"地敲打,永不变化其节奏。但因了其他乐器的配合,自能表现一种特殊的效果。敲鼓的样子更使我惊异：一个孩子背着一面鼓向前跑，鼓手跟在后面一路打去，好像追杀败将一般。孩子跑得越快，后面打的追得越紧；孩子立停了让他打，他就摆开步位，出劲地痛打一顿。孩子背后受人痛打，前面管自吃芝麻饼。饼上的芝麻跟了鼓的"同，同，同，同"而纷纷地落下，他伸手接住了芝麻，慢慢地用舌舐食。我走近去看，但见他全身的衣服，筋肉，头发，都跟了鼓的打击而瑟瑟的颤动。他的内脏一定也跟着了鼓声而振荡着。这是一种无微不至的全身运动，吃下芝麻饼去，消化想是很快的。但我细看那孩子的年龄，不过十岁左右，他的皮肉很嫩，他的骨节一定不很坚牢。这样剧烈地敲到半夜，这副嫩骨头可被敲散，回家去非找他母亲重新编穿过不可呢。

速取速写簿来描取这般惊异的现状。描成，鼓乐队就开拔，渐渐远去。收了速写簿再听鼓乐，音节远不及以前的雍容浩荡，似乎带着凄惨之气了。

廿三〔1934〕年五月廿日

荣　辱 [1]

为了一册速写簿遗忘在里湖的一爿小茶店里了,特地从城里坐黄包车去取。讲到[2]车钱来回小洋[3]四角。

这速写簿用廿五文一大张的报纸做成,旁边插着十几个铜板一支的铅笔。其本身的价值不及黄包车钱之半。我所以是要取者,为的是里面已经描了几幅画稿。本来画稿失掉了可以凭记忆而背摹;但这几幅偏生背摹不出,所以只得花了工夫和车钱去取。我坐在黄包车里心中有些儿忐忑。仔细记忆,觉得这的确是遗忘在那茶店里面第二只桌子的墙边的。记得当我离去时,茶店老板娘就坐在里面第一只桌子旁边,她一定看到这册速写簿,已经代我收藏了。即使她不收藏,第二个顾客坐到我这位置里去吃茶,看到了这册东西一定不会拿走,而交老板娘收藏。因为到这茶店里吃茶的都是老主顾,而且都是劳动者,他们拿这东西去无用。况且他们曾见我在这里写生过好几次,

---

[1] 本篇原载 1935 年 3 月 12 日《申报》。

[2] 讲到,意即讲定。

[3] 当时除"法币"以外有一种二角银币,称为二角小洋,合铜板 50 枚("法币"二角为二角大洋,合铜板 60 枚)。

都认识我,知道这是我的东西,一定不会吃没我[1]。我预卜这辆黄包车一定可以载了我和一册速写簿而归来。

车子走到湖边的马路上,望见前面有一个军人向我对面走来。我们隔着一条马路相向而行,不久这人渐渐和我相近。当他走到将要和我相遇的时候,他的革靴嘎然一响,立正,举手,向我行了一个有色有声的敬礼。我平生不曾当过军人,也没有吃粮的朋友,对于这种敬礼全然不惯,不知怎样对付才好,一刹那间心中混乱。但第二刹那我就决定不理睬他。因为我忽然悟到,这一定是他的长官走在我的后面,这敬礼与我是无关的。于是我不动声色地坐在车中,但把眼斜转去看他礼毕。我的车夫跑得正快,转瞬间我和这行礼者交手而过,背道而驰。我方才旋转头去,想看看我后面的受礼者是何等样人。不意后面并无车子,亦无行人,只有那个行礼者。他正也在回头看我,脸上表示愤怒之色,隔着二三丈的距离向我骂了一声悠长的"妈——的!"然后大踏步去了。我的车夫自从见我受了敬礼之后,拉得非常起劲。不久使我和这"妈——的"相去遥远了。

我最初以为这"妈——的"不是给我的,同先前的敬礼的不是给我一样。但立刻确定它们都是给我的。经过了一刹那间的惊异之后,我坐在黄包车里独自笑起来。大概这军人有着一位长官,也戴墨镜,留长须,穿蓝布衣,其相貌身材与我相像。所以他误把敬礼给了我。但他终于发觉我不是他的长官,

---

[1] 吃没,江南一带方言,意即吞没。吃没我,意即吞没我的东西。

所以又拿悠长的"妈——的"来取消他的敬礼。我笑过之后一时终觉不快。倘然世间的荣辱是数学的,则"我+敬礼-妈的=我"同"$3+1-1=3$"一样,在我没有得失,同没有这回事一样。但倘不是数学的而是图画的,则涂了一层黑色之后再涂一层白色上去取消它,纸上就堆着痕迹,或将变成灰色,不复是原来的素纸了。我没有冒领他的敬礼,当然也不受他的"妈——的"。但他的敬礼实非为我而行,而他的"妈——的"确是为我而发。故我虽不冒领敬礼,他却要我实收"妈——的"。无端被骂,觉得有些冤枉。

但我的不快立刻消去。因为归根究底,终是我的不是,为什么我要貌似他的长官,以致使他误认呢?昔夫子貌似了阳货,险些儿"性命交关"。我只受他一个"妈——的",比较起来真是万幸了。况且我又因此得些便宜:那黄包车夫没有听见"妈——的",自从见我受了军人的敬礼之后,拉得非常起劲。先前咕噜地说"来回四角太苦",后来一声不响,出劲地拉我到小茶店里,等我取得了速写簿,又出劲地拉我回转。给他四角小洋,他一声不说,我却自动地添了他五个铜子。

我记录了这段奇遇之后,作如是想:因误认而受敬,因误认而被骂。世间的毁誉荣辱,有许多是这样的。

廿四〔1935〕年三月六日于杭州

蜜　蜂 [1]

正在写稿的时候，耳朵近旁觉得有"嗡嗡"之声，间以"得得"之声。因为文思正畅快，只管看着笔底下，无暇抬头来探究这是什么声音。然而"嗡嗡""得得"，也只管在我耳旁继续作声，不稍间断。过了几分钟之后，它们已把我的耳鼓刺得麻木，在我似觉这是写稿时耳旁应有的声音，或者一种天籁，无须去探究了。

等到文章告一段落，我放下自来水笔，照例伸手向罐中取香烟的时候，我才举头看见这"嗡嗡""得得"之声的来源。原来有一只蜜蜂，向我案旁的玻璃窗上求出路，正在那里乱撞乱叫。

我以前只管自己的工作，不起来为它谋出路，任它乱撞乱叫到这许久时光，心中觉得有些抱歉。然而已经挨到现在，况且一时我也想不出怎样可以使它钻得出去的方法，也就再停一会儿，等到点着了香烟再说。

我一边点香烟，一边旁观它的乱撞乱叫。我看它每一次钻，先飞到离玻璃一二寸的地方，然后直冲过去，把它的小头

---

[1] 本篇原载 1935 年 4 月《文饭小品》第 3 期。

在玻璃上"得，得"地撞两下，然后沿着玻璃"嗡嗡"地向四处飞鸣。其意思是想在那里找一个出身的洞。也许不是找洞，为的是玻璃上很光滑，使它立脚不住，只得向四处乱舞。乱舞了一回之后，大概它悟到了此路不通，于是再飞开来，飞到离玻璃一二寸的地方，重整旗鼓，向玻璃的另一处地方直撞过去。因此"嗡嗡""得得"，一直继续到现在。

我看了这模样，觉得非常可怜。求生活真不容易，只做一只小小的蜜蜂，为了生活也须碰到这许多钉子。我诅咒那玻璃，它一面使它清楚地看见窗外花台里含着许多蜜汁的花，以及天空中自由翱翔的同类，一面又周密地拦阻它，永远使它可望而不可即。这真是何等恶毒的东西！它又仿佛是一个骗子，把窗外的广大的天地和灿烂的春色给蜜蜂看，诱它飞来。等到它飞来了，却用一种无形的阻力拦住它，永不使它出头，或竟可使它撞死在这种阻力之下。

因了诅咒玻璃，我又羡慕起物质文明未兴时的幼年生活的诗趣来。我家祖母年年养蚕。每当蚕宝宝上山的时候，堂前装纸窗以防风。为了一双燕子常要出入，特地在纸窗上开一个碗来大的洞，当作燕子的门，那双燕子似乎通人意的，来去时自会把翼稍稍敛住，穿过这洞。这般情景，现在回想了使我何等憧憬！假如我案旁的窗不用玻璃而换了从前的纸窗，我们这蜜蜂总可钻得出去。即使撞两下，也是软软地，没有什么苦痛。求生活在从前容易得多，不但人类社会如此，连虫类社会也如此。

我点着了香烟之后就开始为它谋出路。但这是一件很不容易的事。叫它不要在这里钻，应该回头来从门里出去，它听不懂我的话。用手硬把它捉住了到门外去放，它一定误会我要害它，会用螯反害我，使我的手肿痛得不能工作。除非给它开窗；但是这扇窗不容易开，窗外堆叠着许多笨重的东西，须得先把这些东西除去，方可开窗。这些笨重的东西不是我一人之力所能除去的。

于是我起身来请同室的人帮忙，大家合力除去窗外的笨重的东西，好把窗开了，让我们这蜜蜂得到出路。但是同室的人大家不肯，他们说，"我们做工都很疲倦了，哪有余力去搬重物而救蜜蜂呢？"我顿觉自己也很疲倦，没有搬这些重物的余力。救蜜蜂的事就成了问题。

忽然门里走进一个人来和我说话。为了不能避免的事，我立刻被他拉了一同出门去，就把蜜蜂的事忘却了。等到我回来的时候，这蜜蜂已不见。不知道是飞去了，被救了，还是撞杀了。

廿四〔1935〕年三月七日于杭州

杨　柳

因为我的画中多杨柳树，就有人说我欢喜杨柳树；因为有人说我欢喜杨柳树，我似觉自己真与杨柳树有缘。但我也曾问心，为什么欢喜杨柳树？到底与杨柳树有什么深缘？其答案了不可得。原来这完全是偶然的：昔年我住在白马湖上，看见人们在湖边种柳，我向他们讨了一小株，种在寓屋的墙角里。因此给这屋取名为"小杨柳屋"，因此常取见惯的杨柳为画材，因此就有人说我欢喜杨柳，因此我自己似觉与杨柳有缘。假如当时人们在湖边种荆棘，也许我会给屋取为"小荆棘屋"，而专画荆棘，成为与荆棘有缘，亦未可知。天下事往往如此。

但假如我存心要和杨柳结缘，就不说上面的话，而可以附会种种的理由上去。或者说我爱它的鹅黄嫩绿，或者说我爱它的如醉如舞，或者说我爱它像小蛮的腰，或者说我爱它是陶渊明的宅边所种的，或者还可引援"客舍青青"的诗，"树犹如此"的话，以及"王恭之貌""张绪之神"等种种古典来，作为自己爱柳的理由。即使要找三百个冠冕堂皇、高雅深刻的理由，也是很容易的。天下事又往往如此。

也许我曾经对人说过"我爱杨柳"的话。但这话也是随缘的。仿佛我偶然买一双黑袜穿在脚上，逢人问我"为什么穿黑袜"时，就对他说"我欢喜穿黑袜"一样。实际，我向来对于花木无所爱好；即有之，亦无所执着。这是因为我生长穷乡，只见桑麻，禾黍，烟片，棉花，小麦，大豆，不曾亲近过万花如绣的园林。只在几本旧书里看见过"紫薇""红杏""芍药""牡丹"等美丽的名称，但难得亲近这等名称的所有者。并非完全没有见过，只因见时它们往往使我失望，不相信这便是曾对紫薇郎的紫薇花，曾使尚书出名的红杏，曾傍美人醉卧的芍药，或者象征富贵的牡丹。我觉得它们也只是植物中的几种，不过少见而名贵些，实在也没有什么特别可爱的地方，似乎不配在诗词中那样地受人称赞，更不配在花木中占据那样高尚的地位。因此我似觉诗词中所赞叹的名花是另外一种，不是我现在所看见的这种植物。我也曾偶游富丽的花园，但终于不曾见过十足地配称"万花如绣"的景象。

假如我现在要赞美一种植物，我仍是要赞美杨柳。但这与前缘无关，只是我这几天的所感，一时兴到，随便谈谈，也不会像信仰宗教或崇拜主义地毕生皈依它。为的是昨日天气佳，埋头写作到傍晚，不免走到西湖边的长椅子里去坐了一番，看见湖岸的杨柳树上，好像挂着几万串嫩绿的珠子，在温暖的春风中飘来飘去，飘出许多弯度微微的S线来，觉得这一种植物实在美丽可爱，非赞它一下不可。

听人说，这种植物是最贱的。剪一根枝条来插在地上，它也会活起来，后来变成一株大杨柳树。它不需要高贵的肥料或工深的壅培，只要有阳光，泥土和水，便会生活，而且生得非常强健而美丽。牡丹花要吃猪肚肠，葡萄藤要吃肉汤，许多花木要吃豆饼,杨柳树不要吃人家的东西,因此人们说它是"贱"的,大概"贵"是要吃的意思。越要吃得多,越要吃得好,就是越"贵"。吃得很多很好而没有用处,只供观赏的,似乎更贵。例如牡丹比葡萄贵,是为了牡丹吃了猪肚肠只供观赏而葡萄吃了肉汤有结果的原故。杨柳不要吃人的东西,且有木材供人用,因此被人看作"贱"的。

我赞杨柳美丽,但其美与牡丹不同,与别的一切花木都不同。杨柳的主要的美点,是其下垂。花木大都是向上发展的,红杏能长到"出墙",古木能长到"参天"。向上原是好的,但我往往看见枝叶花果蒸蒸日上,似乎忘记了下面的根,觉得其样子可恶;你们是靠他养活的,怎么只管高踞上面,绝不理睬他呢?你们的生命建设在他上面,怎么只管贪图自己的光荣,而绝不回顾处在泥土中的根本呢?花木大都如此。甚至下面的根已经被砍,而上面的花叶还是欣欣向荣,在那里作最后一刻的威福,真是可恶而又可怜!杨柳没有这般可恶可怜的样子:它不是不会向上生长。它长得很快,而且很高;但是越长得高,越垂得低。千万条陌头细柳,条条不忘记根本,常常俯首顾着下面,时时借了春风之力,向处在泥土中的根本拜舞,或者和它亲吻。好像一群的活泼孩子环绕着他们的慈母而游戏,但时时依傍到慈母的身旁去,或者扑进慈母的怀里去,使人看了觉得非常可爱。杨柳树也有高出墙头的,但我不嫌它高,为了它高而能下,为了它高而不忘本。

自古以来,诗文常以杨柳为春的一种主要题材。写春景曰"万树垂杨",写春色曰"陌头杨柳",或竟称春天为"柳条春"。我以为这并非仅为杨柳当春抽条的原故。实因其树有一种特殊的姿态,与和平美丽的春光十分调和的原故。这种姿态的特殊点,便是"下垂"。不然,当春发芽的树木不知凡几,何以专让柳条作春的主人呢?只为别的树木都凭仗了春之力而拼命向上,一味求高,忘记了自己的根本。其贪婪之相不合于春的精神。最能象征春的神意的,只有垂杨。

这是我昨天看了西湖边上的杨柳而一时兴起的感想。但我所赞美的不仅是西湖上的杨柳。在这几天的春光之下,乡村处处的杨柳都有这般可赞美的姿态。西湖似乎太高贵了,反而不适于栽植这种"贱"的垂杨呢。

廿四〔1935〕年三月四日于杭州

惜　春[1]

不多天之前我在这里赞颂垂条的杨柳。现在柳条早已婆娑委地，杨花也已开始飘荡，春光将尽，我又来这里谈惜春的话了。

"惜春"这个题目何等风雅！古人的诗词里以此为题的不可胜计，今人也还在那里为此赋诗填词。绿肥红瘦，柳昏花冥，杜鹃啼血，流水飘红，再加上羁人，泪眼，伤心，断肠，离愁，酒病，……惜春这件事主客观两方面应有的雅词，已经被前人反复说尽，我已无可再说了。现在为什么取这个题目来作文呢？也不过应应时，在五月号的杂志里写一个及时的题目，表面上好看些。这好比编小学教科书：秋季始业的，前几课讲月亮，蟋蟀，桂花，果实，农人割稻，以及双十节。后几课讲棉衣，火炉，做糕，落雪，以及贺年。春季始业的，前几课讲菜花，桃花，蝌蚪，种牛痘，以及总理忌辰，后几课讲杀苍蝇，灭蚊虫，吃瓜，乘凉，以及热天的卫生。似乎那些小学生个个是一年生的动物，在秋天不知有春，在春天不知有秋，所以非讲目前的情状不可的。我的读者不是小学生，其实

---

[1] 本篇原载 1935 年 5 月《中学生》第 55 号。

不一定要讲目前的情状。但是随笔总得随我的笔，我的笔又总得随我的近感。我握笔为这杂志写这篇随笔的时候，但念不多天之前刚刚写了一篇赞颂初生的杨柳的文章，现在柳条早已婆娑委地，杨花也早已开始飘荡，觉得时光的过去真快得可惊！这其间一个多月的时光，我不知干了些什么？这一点近感便是我得这篇随笔的本意。题目不妨写作"惜时光"。但现在的时光是春天，也不妨写作"惜春"。

去年的春天，我曾在这杂志里谈过春天的冷暖不匀，晴雨无定，以及种种不舒服。故春去在我不觉得足惜。所可惜者，只是时光的一去不返，不可挽留。我们好比乘坐火车，自己似觉静静地坐着，不曾走动一步，车子却载了你在那里飞奔。不知不觉之间，时时刻刻在那里减短你的前程。我曾经立意要不花钱，一天到晚坐在屋里，果然一钱也不花。我曾经立意要不费力，一天到晚躺在床里，果然一些力也不费。我曾经立意要不费电，晚上不开电灯，果然一度电也不费。我也曾经立意要不费时间，躲在床角里不动。然而壁上的时辰钟"的格的格"地告诉我，时间管自在那里耗费。于是我想，做了人真像"骑虎之势"，无法退缩或停留，只有努力地惜时光，积极地向前奋斗，直到时间的大限的来到。

生活上的苦闷和不幸，有时能使人对于时光觉得不可惜而可嫌，盼望它快些过去的。然而这是例外。人生总希望快乐。快乐的时间总希望其不要过得太快。回忆自己的学生时代，最快乐的时间是假期。星期六，星期日和纪念日小快乐，春假，年假和暑假大快乐。这也是世间一件矛盾的怪事：平常出了钱总希望多得几分货，只有读书，出了学费只希望少上几天课。试看假期前晚的学生们的狂喜，似觉他们所希望的最好是只缴学费而永不上课。于此足见读书这件事不是平常的买卖。不然，这件事正像史蒂芬生〔斯蒂文生〕的《自杀俱乐部》中的青年的行为：一面缴了四十镑的会费而做自杀俱乐部会员，一面又在抽签时热望自己永不抽着当死的签。试看星期一早上躺在床上的学生的尴尬脸孔，或暑假开学前一天的学生的没精打采，似觉他们对于赴校上课这件事看得真同赴死一样可怕。其实原是他们自己来寻死的。

我幼时在暑假的前几天感觉非常欢喜，好像有期徒刑的囚犯将被开释似的。又怀抱着莫大的希望，忙里偷闲地打算假期中的生活，整理假期中所要看的书籍。我想象五六十天的假期，似觉时光非常悠长，有无数的事件好干，无数的书可读，有无数时光可以和弟弟共戏，还有无数的余闲可和邻家的小朋友玩耍。本学期中欠熟达的功课，满望在这悠长的假期中习得完全精通。平日所希望修习而无暇阅读的书籍，在假期前都特地买好，满望在这悠长的假期中完全读毕。还有在教科书里看到的种种科学玩意儿，在校因没有时间和工具而未曾试作的，也都挑选出来，抄写在笔记簿上，满望在悠长的假期中完全作成，和弟弟们畅快地玩耍。五六十天的假期，在我望去好像一只宽紧带结成的袋子，不拘多少东西，尽管装得进去。

放假的一天，我背了这只宽紧带结成的无形大袋子而欣然地回家。回到半年不见的家里，觉得样样新鲜，暂把这无形的大袋搁一搁再说。初到的几天因为路途风霜，当然完全休息。

后来多时不见的姑母来作客了，母亲热诚地招待她，假期中的我当然奉陪，闲谈几天。后来姑母邀请我去作客，母亲说我年年出门求学，难得放假回家，至亲至眷应该去访问访问，我一去就是四五天乃至六七天。回家又应该休息几天。后来，天气太热，中了暑发些轻痧，竹榻上一困又是几天。病起又休息几天。本镇有戏文，当然去看几天。戏文场上遇见几位小学时代的同学，多时不见，留着款待几天。送往了同学，迎来了一年不见的二姐，姐丈，和外甥们，于是杀鸡置酒，大家欢聚半个月乃至二十天。二姐回家时带了我去，我这回作客一去又是四五天乃至六七天。回家当然又是休息几天。屈指一算，离暑假开学已经只有十来天了。横竖如此，这十来天索性闲玩过去吧。到了开学的前一天，我整理行装，看见于假前所记录着的一纸假期工作表，所准备着的一束假期应读的书，所选定着的假期中拟制之玩具的说明图，都照携回家时的原样放置在网篮里，搁置在书桌旁的两只长凳上，上面积着厚厚的一层灰尘。蹉跎的懊恼和乐尽的悲哀交混在我的心头，使我感到一种不可名状的不快。次日带了这种不快而辞家到校，重新开始那囚犯似的学校生活。

第二次假期前几天，我仍是那样地欢喜，再结起一只宽紧带的大袋子来，又把预定的假期工作多多益善地装进去，背了它欣然地回家。我的意思以为第一次没有经验，安排得不好，以致蹉跎过去；这回我定要好好地安排：客人不必多应酬，或竟不见；作客少住几天，或竟不去；戏不应该看，病不应该生。这样安排，一定有许多书好看，许多事可做。然而回到家里,不知怎样一来,又同第一次一样,这里几天,那里几天,距开学又只十来天了。于是再带了蹉跎的懊恼和乐尽的悲哀所混成的一种不可名状的不快而整理行装,离家到校。

这样的经验反复了数次,我方才悟到预期的不可靠与事实的无可奈何,于是停止这种如意算盘。青年人少不更事,往往向美丽的未来中打很大的如意算盘。他们以为假期有五六十天的悠长的日月,看薄薄的几册书,算什么呢?然而日子自己会很快地过去,而书的 page〔页〕不会自动地翻过。宽紧带的袋子看似可以无限地装得进去,但毕竟是硬装的,原来的容量其实很小。我经验了几次如意算盘的失败之后,才知道凡事须靠现在努力工作。现在工作一小时,得益一小时,工作二小时,得益二小时。与其费心于未来的预期,不如现在拿这点工夫来用功。以后每逢假期,我不再准备假期工作。遵守西洋格言 Work while work, play while play[1] 的教训,我预备玩过一暑假。却不意在暑假中也看完了几部小说。开学时回顾,好像得了一笔意外的收入,格外愉快。

青年们在校时不用功,往往预期出校后自行补修;或者在就业后抽闲补习。他们打定了这个如意算盘之后,在校时索性不用功了。他们想:出校后岁月悠长,无拘无束;横竖要从头补修过!现在索性放弃吧。但是,据我所见,他们这预期往往同我的假期工作的预期同一运命,总是不会实践的。他们没有预计到出校后的种种烦忙,同我没有预计到假期回家后的种种

---

[1] 英国谚语,大意是:该玩时痛快地玩,该工作时专心工作。

应酬一样。职业，生计，恋爱，婚姻，子女，……种种人事拥挤在他们出校后的日月中，使他们没有工夫补修在校时未了的课业。试看社会上就业的成人们的学问知识，恐怕十人中有九人所有的只是青年时代在学校中所收得的一点。靠出校后自己补修而增进学识的，十人中不过一人而已。可知青年求学时代所获得的一点学识，是人生教养的基本。后来的见闻虽然也使你增进些知识，但只是枝叶，人生修养的基本只限于青年求学时代所得的一点。

我自己青年时代没有好好地受教育，年长后常感知识不全之苦。几何三角的问题我不会解，物理化学的公式我看不懂，专门科学的书我都读不下去。屡次希望补修，至今不能实践。古人云："看来四十犹如此，便到百年已可知。"我离四十只有两年，大概此生不会有能解三角几何问题，能懂物理化学公式，能读专门科学书籍的日子了！人生倘有来世，我的来世倘能投人，投了人倘能记忆这篇文章，我定要好好地度送我的青年时代，多收得些学识，造成一个人生的巩固的基础。我此生中的青年已经过去，无法挽回，只有借了惜春的题目，在这里痛惜一下算了。假如这些话能给正在青年期的读者们一些警励，那便似以前在假期中看完了几部小说，好像得了一笔意外的收入，格外愉快。

廿四〔1935〕年四月八日为《中学生》作

放　生

　　一个温和晴爽的星期六下午，我与一青年君及两小孩[1]四人从里湖雇一叶西湖船，将穿过西湖，到对岸的白云庵去求签，为的是我的二姐为她的儿子择配，已把媒人拿来的八字[2]打听得满意，最后要请白云庵里的月下老人代为决定，特写信来嘱我去求签。这一天下午风和日暖，景色宜人，加之是星期六，人意格外安闲；况且为了喜事而去，倍觉欢欣。这真可谓天时地利人和三难合并，人生中是难得几度的！[3]

　　我们一路谈笑，唱歌，吃花生米，弄桨，不觉船已摇到湖的中心。但见一条狭狭的黑带远远地围绕着我们，此外上下四方都是碧蓝的天，和映着碧天的水。古人诗云："春水船如天上坐。"我觉得我们在形式上"如天上坐"，在感觉上又像进了另一世界。因为这里除了我们四人和舟子一人外，周围都是单

---

[1] 一青年君，是作者的学生鲍慧和；两小孩，是作者的女儿阿宝和软软。

[2] 八字，这里指媒人拿给男方的红帖子上用花甲子写的女子出生年、月、日、时，四干四支共八个字，故名。

[3] 从"人意格外安闲……"至此，编入 1957 年版《缘缘堂随笔》时，作者曾作改动，现予恢复。

纯的自然，不闻人声，不见人影。仅由我们五人构成一个单纯而和平、寂寥而清闲的小世界。这景象忽然引起我一种没来由的恐怖：我假想现在天上忽起狂风，水中忽涌巨浪，我们这小世界将被这大自然的暴力所吞灭。又假想我们的舟子是《水浒传》里的三阮之流，忽然放下桨，从船底抽出一把大刀来，把我们四人一一砍下水里去，让他一人独占了这世界。但我立刻感觉这种假想的没来由。天这样晴明，水这样平静，我们的舟子这样和善，况且白云庵的粉墙已像一张卡片大小地映入我们的望中了。我就停止妄想，[1] 和同坐的青年闲谈远景的看法，云的曲线的画法。坐在对方的两小孩也回转头去观察那些自然，各述自己所见的画意。

忽然，我们船旁的水里轰然一响，一件很大的东西从上而下，落入坐在我旁边的青年的怀里，而且在他怀里任情跳跃，忽而捶他的胸，忽而批他的颊，一息不停，使人一时不能辨别这是什么东西。在这一刹那间，我们四人大家停止了意识，入了不知所云的三昧境，因为那东西突如其来，大家全无预防，况且为从来所未有的经验，所以四人大家发呆了。这青年瞠目垂手而坐，不说不动，一任那大东西在他怀中大肆活动。他并不素抱不抵抗主义。今所以不动者，大概一则为了在这和平的环境中万万想不到需要抵抗；二则为了未知来者是谁及应否抵抗，所以暂时不动。我坐在他的身旁，最初疑心他发羊癫疯，

---

[1] 从"但我立刻感觉这种假想的没来由……"至此，编入1957年版《缘缘堂随笔》时作者有删改，现予恢复。

忽然一人打起拳来；后来才知道有物在那里打他，但也不知为何物，一时无法营救。对方二小孩听得暴动的声音，始从自然美欣赏中转过头来，也惊惶得说不出话。[1] 这奇怪的沉默持续了约三四秒钟，始被船尾上的舟子来打破，他喊道：

"捉牢，捉牢！放到后艄里来！"

这时候我们都已认明这闯入者是一条大鱼。自头至尾约有二尺多长。它若非有意来搭我们的船，大约是在湖底里躲得沉闷，也学一学跳高，不意跳入我们的船里的青年的怀中了。这青年认明是鱼之后，就本能地听从舟子的话，伸手捉牢它。但鱼身很大又很滑，再三擒拿，方始捉牢。滴滴的鱼血染遍了青年的两手和衣服，又溅到我的衣裾上。这青年尚未决定处置这俘虏的方法，两小孩看到血滴，一齐对他请愿：

"放生！放生！"

同时舟子停了桨，靠近他背后来，连叫：

"放到后艄里来！放到后艄里来！"

我听舟子的叫声，非常切实，似觉其口上带着些涎沫的。他虽然靠近这青年，而又叫得这般切实，但其声音在这青年的听觉上似乎不及两小孩的请愿声的响亮，他两手一伸，把这条大鱼连血抛在西湖里了。它临去又作一小跳跃，尾巴露出水来向两小孩这方面一挥，就不知去向了。船舱里的四人大家欢喜地连叫："好啊！放生！"船艄里的舟子隔了数秒钟的沉默，才回到他的座位里重新打桨，也欢喜地叫："好啊！放生！"然

---

[1] 这句话编入 1957 年版《缘缘堂随笔》时被作者删去。

而不再连叫。我在舟子的数秒钟的沉默中感到种种的不快。又在他的不再连叫之后觉得一种不自然的空气涨塞了我们的一叶扁舟。水天虽然这般空阔,似乎与我们的扁舟隔着玻璃,不能调剂其沉闷。是非之念充满了我的脑中。我不知道这样的鱼的所有权应该是属谁的。但想象这鱼倘然迟跳了数秒钟,跳进船艄里去,一定依照舟子的意见而被处置,今晚必为盘中之肴无疑。为鱼的生命着想,它这一跳是不幸中之幸。但为舟子着想,却是幸中之不幸。这鱼的价值可达一元左右,抵得两三次从里湖划到白云庵的劳力的代价。这不劳而获的幸运得而复失,在我们的舟子是难免一会儿懊恼的。于是我设法安慰他:"这是跳龙门的鲤鱼,鲤鱼跳进你的船里,你——(我看看他,又改了口)你的儿子好做官了。"他立刻欢喜了,喀喀地笑着回答我说:"放生有福,先生们都发财!"接着又说:"我的儿子今年十八岁,在××衙门里当公差,××老爷很欢喜他呢。""那么将来一定可以做官!那时你把这船丢了,去做老太爷!"船舱里和船艄里的人大家笑了。刚才涨塞在船里的沉闷的空气,都被笑声驱散了。船头在白云庵靠岸的时候,大家已把放生的事忘却。最后一小孩跨上了岸,回头对舟子喊道:"老太爷再会!"岸上的人和船里的人又都笑起来。我们一直笑到了月下老人的祠堂里。

我们在月下老人的签筒里摸了一张"何如?子曰,同也。"的签,搭公共汽车回寓,天已经黑了。

廿四〔1935〕年三月二日于杭州

素食以后

我素食至今已七年了,一向若无其事,也不想说什么话。这会大醒法师来信,要我写一篇"素食以后",我就写些。

我看世间素食的人可分两种,一种是主动的,一种是被动的。我的素食是主动的。其原因,我承受先父的遗习,除了幼时吃过些火腿以外,平生不知任何种鲜肉味,吃下鲜肉去要呕吐。三十岁上,羡慕佛教徒的生活,便连一切荤都不吃,并且戒酒。我的戒酒不及荤的自然:当时我每天喝两顿酒,每顿喝绍兴酒一斤以上。突然不喝,生活上缺少了一种兴味,颇觉异样。但因为有更大的意志的要求,戒酒后另添了种生活兴味,就是持戒的兴味。在未戒酒时,白天若得两顿酒,晚上便会欢喜满足地就寝;在戒酒之后,白天若得持两会戒,晚上也会欢喜满足地就寝。性质不同,其为兴味则一。但不久我的戒酒就同除荤一样地若无其事。我对于"绿蚁新醅酒,红泥小火炉。晚来天欲雪,能饮一杯无?"一类的诗忽然失却了切身的兴味。但在另一类的诗中也获得了另一种切身的兴味。这种兴味若何?一言难尽,大约是"无花无酒过清明"的野僧的萧然的兴味罢。

被动的素食,我看有三种:第一是一种营业僧的吃素。营业僧这个名词是我擅定的，就是指专为丧事人家诵经拜忏而每天赚大洋两角八分（或更多，或更少，不定）的工资的和尚。这种和尚有的是颠沛流离生活无着而做和尚的，有的是幼时被穷困的父母以三块钱（或更多，或更少，不定）一岁卖给寺里做和尚的。大都不是自动地出家，因之其素食也被动：平时在寺庙里竟公开地吃荤酒，到丧事人家做法事，勉强地吃素；有许多地方风俗，最后一餐，丧事人家也必给和尚们吃荤。第二种是特殊时期的吃素，例如父母死了，子女在头七[1]里吃素，孝思更重的在七七[2]里吃素。又如近来浙东大旱，各处断屠，在断屠期内，大家忍耐着吃素。虽有真为孝思所感而弃绝荤腥的人，或真心求上苍感应而虔诚斋戒的人，但多数是被动的。第三种，是穷人的吃素。穷人买米都成问题，有饭吃大事已定，遑论菜蔬？他们即有菜蔬，真个是"菜蔬"而已。现今乡村间这种人很多，出市，用三个铜板买一块红腐乳带回去，算是为全家办盛馔了。但他们何尝不想吃鱼肉？是穷困强迫他们的素食的。

世间自动的素食者少，被动的素食者多。而被动的原动力往往是灾祸或穷困。因此世间有一种人看素食一事是苦的，而看自动素食的人是异端的，神经病的，或竟是犯贱的，不合理的。

萧伯讷〔萧伯纳〕吃素，为他作传的赫理斯说他的作品中

---

[1] 头七，指人去世后每七天为一个祭日，第七天为头七。

[2] 七七，指人去世后七个祭日的最后一天，即第四十九天。

女性描写的失败是不吃肉的原故。我们非萧伯讷的人吃了素，也常常受人各种各样的反对和讥讽。低级的反对者，以为"吃长素"是迷信的老太婆的事，是消极的落伍的行为。较高级的反对者有两派，一是根据实利的，一是根据理论的。前者以为吃素营养不足，出门不便利。后者以为一滴水中有无数微生物，吃素的人都是掩耳盗铃；又以为动物的供食用合于天演淘汰之理，全世界人不食肉时禽兽将充斥世界为人祸害；而持杀戒者不杀害虫，尤为科学时代功利主义的信徒所反对。

对于低级的反对者，和对于实利说的反对者，我都感谢他们的好意，并设法为他说明素食和我的关系。唯有对于浅薄的功利主义的信徒的攻击似的反对我不屑置辩。逢到几个初出茅庐的新青年声势汹汹似的责问我"为什么不吃荤？""为什么不杀害虫？"的时候，我也只有回答他说"不欢喜吃，所以不吃""不做除虫委员，所以不杀"。功利主义的信徒，把人世的一切看作商业买卖。我的素食不是营商，便受他们反对。素食之理趣，对他们"不可说，不可说"[1]。其实我并不劝大家素食。《护生画集》中的画，不过是我素食后的感想的造形的表现，看不看由你，看了感动不感动更非我所计较。我虽不劝大家素食，我国素食的人近来似乎日渐多起来了。天灾人祸交作，城市的富人为大旱断屠而素食，乡村的穷民为无钱买肉而素食。从前三餐肥鲜的人现在只得吃青菜，豆腐了。从前"无肉不吃饭"的人现在几乎"无饭不吃肉"了。城乡各处盛行素

---

[1] "不可说，不可说"，出自《普贤王菩萨行愿品》，意为只可意会，不可言传。

食,"吾道不孤",然而这不是我所盼望的!

廿三〔1934〕年观音诞〔农历 2 月 19 日〕

米叶艺术颂

一九三五年一月二十日,是近世大画家米叶〔米勒〕(Jean Francois Millet,1814—1875)六十周年忌辰。六十是花甲的数目。人生六十年称为"下寿",其生日是特别可纪念的;人死六十年,其忌辰也应该是特别可纪念的。而画家米叶的六十周年忌辰,尤其值得纪念:因为他死后,他的作品才被世人所认识,一直被尊崇到今。"人生短,艺术长",今年可说是米叶的艺术的"下寿"。大家来贺寿!

我劝大家来贺寿,须得把这位寿翁的德望叙述一下:有名的批评家罗曼罗浪〔罗曼·罗兰〕说:

"米叶的人格,是十九世的一个惊异。"

为的是米叶的绘画,在自来的欧洲画坛开辟一新纪元。不但别树一帜,自成一家,且提高了绘画的地位,使成为一种大众化的与人生密切关联的艺术。

在米叶以前,欧洲的画家所做的事,只是基督、圣母的想象,王侯、贵族的赞颂,娇女、裸妇的描写。换言之,画家的事业都是空想的,诣谀的,享乐的,颓废的。再换言之,画家都是支配者(教王,皇帝,富人)的佣工,为他们作装饰;或者迎合俗好,以画技讨俗众的欢喜。米叶生于这样的时代,却不与众画家同流,自管用他的画技来描写自己生活的环境,表现人生的悲欢。受人嘲骂也不管,绝粮也不管,终于坎坷一生,留下了不朽的作品而死去。

他是诺尔曼〔诺曼底〕(Norman)人。他的父亲是一位乡村的唱歌队长,略具艺术的天才,善雕塑,又能赏识自然美。他的祖母是一位虔敬的基督教信徒,持家谨严。这父亲的善巧的技能,和祖母的坚贞的精神,便是造成画圣米叶的两种主要成分。他是兄弟八人中的第二人。他的家境可说"贫困"。他幼时随村人种田,没有受完全的教育。但他的绘画的天才就在种田的期间发露。最初独倡的作品,是一幅半夜分面包图。图中描写一个人在严冬的半夜里起来把面包分送冻饿的人,题着《圣书》中的文句:

"我告诉你们,虽不因他是朋友起来给他,但因他情词切迫的直求,就必起来照他所需用的给他。"

以前的画家也都描写《圣书》中的题材。但他们所描的都是空想的天上的圣境,米叶所描的却是实际的地上的凡境。同时代的画家竞写宫廷的奢华的状态,裸女的娇艳的姿势;米叶所写的却是民间的朴陋的状态,劳动者的民间生活的姿态。千八百四十八年,法国革命起事,米叶加入劳工队中,就正式地描写劳工的生活。最初的大作,是:《簸的人》(The Winnower)。

继续作出的,便是现今世间有数百万复制品流行着的许多杰作。其中最有名的,是:《接木的农夫》(Peasant Grafting a Tree),《拾穗》(The Gleaners),《晚钟》(Angelus),《持锄的男子》(The Man with the Hoe)，《初步》(First Step) 等。这里面，前四幅米叶中年时代的代表作，是全生涯中最精彩的作品。后一幅是衰老后的米叶的儿童生活描写的代表作。欧美的画坛，到这时候始渐认识米叶的"平凡的伟大"。但是他的身体已经衰老，他所患的眼疾已经很深。作《初步》后五年，他的人生就在屈辱的贫贱中长逝，同时他的艺术就在光荣的赞誉中永生。

要之，米叶的艺术的伟大，在于这两点：第一，是艺术的"大众化"，第二，是艺术的"生活化"。他描写民间的生活，他的画为一切民众所理解，因此客观性非常广大。他描写自己的贫困的环境，他的画与他的生活密切地相关联，因此富有人生的真味。广大的客观性，和人生的真味，是一切伟大艺术的必要的两个条件。同时代的宗教艺术和宫廷艺术，取媚一时，到今日早已翻进过去的深渊中。便是为了那宗教艺术为少数人的玩赏品，与时代和人生不相关切的原故。

乐圣裴德芬〔贝多芬〕(Beethoven) 患耳疾，画圣米叶患眼疾。聋和盲是音乐家和画家的致命的仇敌，但是它们终于不能阻碍伟大的艺术精神的发现。为境遇所困的有志的青年，在为米叶艺术祝寿的时候当知自勉。

〔1935 年〕

纪念近世音乐的始祖罢哈 [1]

今年三月二十一日是近世音乐的始祖罢哈（Johann Sebastian Bach, 1685—1750）的二百五十周年诞辰。回想二百五十年前——即中国清康熙二十四年——的此日，这个大乐圣在德国地方呱呱坠地，打破中世音乐的岑寂，而发二百余年间洋洋盈耳的近世乐坛的先声，觉得这真是值得纪念的一天。

但我以前著述《世界大音乐家与名曲》（亚东版）及《近世十大音乐家》（开明版）都没有把罢哈及其作品收入在内。为的是这位乐祖生在两世纪以前，和我们相去较远；其作品亦与近世乐风相异；况且始祖终是草创时代的作家，其作品不及其功德的可以永远纪念。所以我列叙音乐家及其作品，都除外了这位始祖而从其次代的作家开始。虽然也觉得抱歉。

现在《中学生》杂志嘱我写纪念罢哈的文字，我正拟乘此机会把这乐祖的功德歌颂一番，以弥补上述的遗憾，亦以使正在中学校学习音乐的读者知道这位远在二百五十年前的音乐家对于他们的学习有着何等切身的恩惠。

罢哈是近世乐坛的基础的建设者。其建设的功业，普通称

---

[1] 罢哈现通译巴赫。

颂的有二：第一是使音乐摆脱宗教的桎梏，独立而为表现人生感情的艺术。盖罢哈以前，在音乐史上称为"中世宗教音乐时代"。那时所有的音乐都是赞美歌，祈祷曲之类的东西。那时只有寺院里有音乐，民间没有音乐，甚至禁奏音乐（例如俄国）。罢哈起来给音乐解放，使成为一般的艺术。第二，是提倡器乐演奏，使音乐的表现力增大。盖以前的宗教音乐时代，因为乐器不发达，所有的音乐都用人声（唱歌）表演。罢哈研究各种乐器的演奏法，管弦乐的组织法，和器乐曲的作曲法（他所完成的作曲法，就是对位法）。使音乐的音域增广，音色更复杂，曲趣更丰富。有了他这两种建设工作，近世乐坛方能蓬蓬勃勃地发展起来，造成今日的盛况。

上述的两种功业，对于非专门研究音乐的中学生不能说是切身的恩惠。因为他们只是唱唱现成的短简的歌，弹弹现成的浅易的曲，在音乐空气稀薄的中国社会里又难得接近音乐的演奏。虽然读者都能因上文而想象宗教音乐和世俗音乐的性状，声乐和器乐的区别，但恐有多数人所得的只是空洞的概念，与自己的音乐经验没有切身的关系。

现在我欲使读者大家知道这位乐祖所给我们的切身的恩惠，另把他在音乐上的两种具体的建设告诉你们：第一种是"十二平均律"的建设，第二种是弹琴指法的改进。

"十二平均律"在我国明朝时代（罢哈以前）早有朱载堉发明过。然而朱氏只有一番空空的理论，并未实施于音乐演奏。故我们现在日常唱歌弹琴时所用的十二平均律音阶 Do, Re, Mi, Fa, Sol, La, Si, Do, 不是朱载堉的国货，却是罢哈的西洋货。

原来我们唱歌弹琴时所用的音阶,不是乐理所规定的,是罢哈等人为了演奏时转调的便利而改造的。这件事要源源本本地说明,须得引用音响学,很是麻烦。为欲避免枯燥,现在我只告诉你们:依乐理的规定,音阶上的八个音中,每两音间的距离的广狭分三种,即:

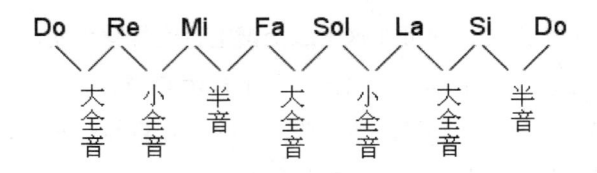

```
Do   Re   Mi   Fa   Sol   La   Si   Do
  \  /  \  /  \  /  \  /  \  /  \  /  \  /
   大    小    半    大    小    大    半
   全    全    音    全    全    全    音
   音    音          音    音    音
```

全音比半音大约广一倍。大全音比小全音广一些些,这一些些称为"孔马〔音差〕"(Comma)。

有了这"孔马",音阶上要转调时非常困难。例如现在由 C 调转为 D 调,即要把 Re 字当作 Do 字,第一第二两个音的距离就不等,相差一个孔马。以下相差的更加复杂。因为这样,要造一个可以转调的键盘乐器(如风琴,钢琴)非常困难,或者不可能。结果同口琴一样,只得一乐器专奏一个调子。要转他调时必须换一个乐器。罢哈以前乐器不发达,这也是其一个重要的原因。

罢哈为求转调的便利,把这音阶从 Do 到 Do 的八音间平分为十二格,而实施于键盘乐器上。平分之法,把"孔马"取消,使音阶中只有全音和半音两种距离,使一个全音的距离等于两个半音的距离。这就是现在我们日常应用的音阶。图表如下:

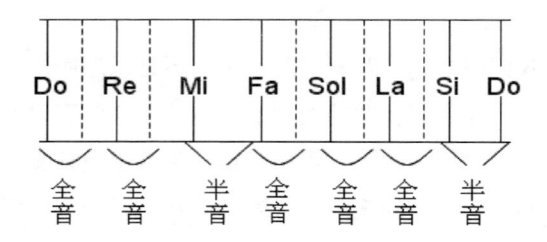

```
Do   Re   Mi   Fa   Sol   La   Si   Do
 全    全    半    全    全    全    半
 音    音    音    音    音    音    音
```

这样一来，键盘的制造就很简便。只要设七个白键，再在各全音间加入五个黑键，即可在这十二个键上自由推移而转出十二个调子来。这十二个调子在西洋音乐上称为 C 调，升 C 调，D 调，升 D 调，E 调，F 调，升 F 调，G 调，升 G 调，A 调，升 A 调，和 B 调。在中国音乐上相当于黄钟，大吕，太簇，夹钟，姑洗，仲钟，蕤宾，林钟，夷则，南吕，无射，应钟等十二律。宫，商，角，变徵，徵，羽，变宫等七音在这十二律上自由转调，叫做"十二律旋相为宫"。

平均律音阶（英名 tempered scale）在乐理上虽然不甚正确，但在音乐演奏上有多大的便利：器乐的勃兴，和声法的完成，作曲法的进步，皆是平均律音阶确立以后得来的发展。故东西洋音乐上不约而同地发明这律理：最早发明的是中国，其次是日本（元禄时代），最后发明的是西洋。但最早实施于演奏上的也是西洋。西洋的平均律不是罢哈一人所发明，其前曾有人研究过，同时在法国也有著名的和声学著者拉莫（Jean Philippe Rameau）为平均律作理论研究。但正式地实施于演奏上而广泛地应用于器乐上的，是罢哈。

罢哈的第二种建设是弹琴指法的改进。在罢哈的时代，已有键盘乐器，但其构造和奏法都很幼稚。风琴是宗教音乐伴奏的乐器，在当时早已应用。洋琴〔钢琴〕在当时尚未发育完成，罢哈所用的是洋琴的前身，名曰"克拉非哀尔〔键盘乐器，尤指钢琴〕"（klavier）。罢哈所作的四十八首前奏曲及遁走乐〔赋格曲〕，特称为《平均律克拉非哀尔曲〔平均律钢琴曲集〕》（Das Wohltemperierte Klavier），便是"克拉非哀尔"上弹奏的乐曲。

但当时的键盘乐器的指法非常笨拙，据说是只用食指，中指，和小指三根手指。拇指和无名指是不用的。罢哈开始训练这两根手指，使五指都在键盘上活动。因此旋律的进行可以更加自由，和声的配合可以更加复杂。我们现在弹琴所用的指法，便是二百余年前罢哈所发明的。

现在我们用平均律音阶唱歌，用五指弹琴，觉得十分快适而自由。讲到饮水思源，我们不得不纪念这位二百五十年前诞生的乐祖。

我还得把罢哈的生涯在这里略述一下：

罢哈是德国一个大家族中的一人。这大家族始建于千五百年。始祖是制面包的；但其子孙都向音乐界中发展。自第二代至第七代——即本题所说的罢哈的儿子的一代——之间，一共出了六十位音乐家。就中本题所纪念的罢哈（通称大罢哈）当然是最大音乐家。他的儿子哀马纽尔·罢哈〔埃马努埃尔·巴赫〕（Emanuel Bach，通称小罢哈）也是音乐史上的名人，可排第二。此外的五十八位音乐家则名重一时，未留青史。这一家真可说是音乐"家"！

第五代有两个双生子，一个名叫昂不罗肖斯·罢哈（Johann AmbrosiusBach），一个名叫克理史托夫·罢哈（Johann Christoph Bach）。据说这两个人身材相貌完全一样，连他们的夫人都不能辨别。我们所纪念的大罢哈便是前者的第六个儿子。

大罢哈幼时参与严肃的宗教合唱队，又从他的父亲学习怀娥铃〔小提琴〕。十岁时父母俱亡。大罢哈跟阿哥学习音乐。这阿哥很吝啬，好的乐谱不肯借给大罢哈看。大罢哈每晚等阿哥出门了，私下爬进他房间中去偷出乐谱来抄写，偷了半年之久。

大罢哈十八岁天才卓著，就被召为宫廷乐师。后来改入寺院，长为寺院音乐的指导者。音阶的建设，对位法的完成，乐器演奏法的研究，都是这期间的事业。毕生的大作，除前述的四十八曲《平均律克拉非哀尔曲》外，著名的尚有三种：

《马太受难乐(马太受难曲)》(St. Matthew Passion)

《基督诞圣乐(圣诞清唱剧)》(Christmas Oratorio)

《B 短调礼拜乐(B 小调弥撒曲)》(Mass in Bminor)

大罢哈先后二娶，前妻生子女七人，后妻生子女十三人，家庭热闹而和乐。不过大罢哈于一七四八年患眼疾，经著名眼科医生两次手术，终于双目失明。千七百五十年七月十八日——即辞世前十日——的朝晨，大罢哈的两眼忽然张开，和地上的光明作最后的诀别。后十日，即七月二十八日夜八时，大罢哈大往生，享年六十有五岁。

廿三〔1934〕年二月五日，即废历元旦后一日写于石门湾

学画回忆 [1]

假如有人探寻我儿时的事，为我作传记或讣启，可以为我说得极漂亮："七岁入塾即擅长丹青。课余常摹古人笔意，写人物图，以为游戏。同塾年长诸生竞欲乞得其作品而珍藏之，甚至争夺殴打。师闻其事，命出画观之，不信，谓之曰：'汝真能画，立为我作至圣先师孔子像！不成，当受罚。'某从容研墨伸纸，挥毫立就，神颖哗然。师弃戒足于地，叹曰：'吾无以教汝矣！'遂装裱其画，悬诸塾中，命诸生朝夕礼拜焉。于是亲友竞乞其画像，所作无不维妙维肖。……"百年后的人读了这段记载，便会赞叹道："七岁就有作品，真是天才，神童！"

朋友来信要我写些关于儿时学画的回忆的话。我就根据上面的一段话写些吧。上面的话都是事实，不过欠详明些，宜解释之如下：

我七八岁时——到底是七岁或八岁，现在记不清楚了。但都可说，说得小了可说是照外国算法的；说得大了可说是照中国算法的。——入私塾，先读《三字经》，后来又读《千家

---

[1] 本篇原载1935年3月《良友》第103期。1957年版《缘缘堂随笔》中有改动，现按原样。

诗》。《千家诗》每页上端有一幅木版画,记得第一幅画的是一只大象和一个人,在那里耕田,后来我知道这是二十四孝中的大舜耕田图。但当时并不知道画的是什么意思,只觉得看上端的画,比读下面的"云淡风轻近午天"有趣。我家开着染坊店,我向染匠司务讨些颜料来,溶化在小盅子里,用笔蘸了为书上的单色画着色,涂一只红象,一个蓝人,一片紫地,自以为得意。但那书的纸不是道林纸,而是很薄的中国纸,颜料涂在上面的纸上,会渗透下面好几层。我的颜料笔又吸得饱,透得更深。等得着好色,翻开书来一看,下面七八页上,都有一只红象、一个蓝人和一片紫地,好像用三色版套印的。

第二天上书的时候,父亲——就是我的先生——就骂,几乎要打手心;被母亲不知大姐劝住了,终于没有打。我抽抽咽咽地哭了一顿,把颜料盅子藏在扶梯底下了。晚上,等到先生——就是我的父亲——上鸦片馆去了,我再向扶梯底下取出颜料盅子,叫红英——管我的女仆——到店堂里去偷几张煤头纸来,就在扶梯底下的半桌上的"洋油手照"[1]底下描色彩画。画一个红人,一只蓝狗,一间紫房子……这些画的最初的鉴赏者,便是红英。后来母亲和诸姐也看到了,她们都说"好";可是我没有给父亲看,防恐吃手心。这就叫做"七岁入塾即擅长丹青"。况且向染坊店里讨来的颜料不止丹和青呢!

后来,我在父亲晒书的时候找到了一部人物画谱,翻一翻,看见里面花样很多,便偷偷地取出了,藏在自己的抽斗

---

[1] "洋油手照",作者家乡话,意即火油灯。

里。晚上，又偷偷地拿到扶梯底下的半桌上去给红英看。这回不想再在书上着色；却想照样描几幅看，但是一幅也描不像。亏得红英想工[1]好，教我向习字簿上撕下一张纸来，印着了描。记得最初印着描的是人物谱上的柳柳州像。当时第一次印描没有经验，笔上墨水吸得太饱，习字簿上的纸又太薄，结果描是描成了，但原本上渗透了墨水，弄得很龌龊，曾经受大姐的责骂。这本书至今还存在，最近我晒旧书时候还翻出这个弄龌龊了的柳柳州像来看：穿了很长的袍子，两臂高高地向左右伸起，仰起头作大笑状。但周身都是斑斓的墨点，便是我当日印上去的。回思我当日最初就印这幅画的原因，大概是为了他高举两臂作大笑状，好像我的父亲打呵欠的模样，所以特别有兴味吧。后来，我的"印画"的技术渐渐进步。大约十二三岁的时候（父亲已经弃世，我在另一私塾读书了），我已把这本人物谱统统印全。所用的纸是雪白的连史纸，而且所印的画都着色。着色所用的颜料仍旧是染坊里的，但不复用原色。我自己会配出各种的间色来，在画上施以复杂华丽的色彩，同塾的学生看了都很欢喜，大家说"比原本上的好看得多"！而且大家问我讨画，拿去贴在灶间里，当作灶君菩萨，或者贴在床前，当作新年里买的"花纸儿"。所以说我"课余常摹古人笔意，写人物花鸟之图，以为游戏。同塾年长诸生竞欲乞得其作品而珍藏之"，也都有因；不过其事实是如此。

至于学生夺画相殴打，先生请我画至圣先师孔子像，悬诸

---

[1] 想工，作者家乡话，意即办法。

塾中，命诸生晨夕礼拜，也都是确凿的事实，你听我说吧：那时候我们在私塾中弄画，同在现在社会里抽鸦片一样，是不敢公开的。我好像是一个土贩或私售灯吃的，同学们好像是上了瘾的鸦片鬼，大家在暗头里作勾当。先生坐在案桌上的时候，我们的画具和画都藏好，大家一摇一摆地读"幼学"书。等到下午，照例一个大块头来拖先生出去吃茶了，我们便拿出来弄画。我先一幅幅地印出来，然后一幅幅地涂颜料。同学们便像看病时向医生挂号一样，依次认定自己所欲得的画。得画的人对我有一种报酬，但不是稿费或润笔，而是种种玩意儿：金铃子一对连纸匣；挖空老菱壳一只，可以加上绳子去当作陀螺抽的；"云"字顺治铜钱一枚（有的顺治铜钱，后面有一个字，字共有二十种。我们儿时听大人说，积得了一套，用绳编成宝剑形状，挂在床上，夜间一切鬼都不敢来。但其中，好像是"云"字，最不易得；往往为缺少此一字而编不成宝剑。故这种铜钱在当时的我们之间是一种贵重的赠品），或者铜管子（就是当时炮船上新用的后膛枪子弹的壳）一个。有一次，两个同学为交换一张画，意见冲突，相打起来，被先生知道了。先生审问之下，知道相打的原因是为画；追求画的来源，知道是我所作，便厉喊我走过去。我料想是吃戒尺了，低着头不睬，但觉得手心里火热了。终于先生走过来了。我已吓得魂不附体；但他走到我的座位旁边，并不拉我的手，却问我"这画是不是你画的"？我回答一个"是"，预备吃戒尺了。他把我的身体拉开，抽开我的抽斗，搜查起来。我的画谱、颜料，以及印好而未着色的画，就都被他搜出，我以为这些东西全被没收了：结果不然，他但把画谱拿了去，坐在自己的椅子上一张一张地观赏起来。过了好一会，先生旋转头来叱一声"读"！大家朗朗地读"混沌初开，乾坤始奠……"这件案子便停顿了。我偷眼看先生，见他把画谱一张一张地翻下去，一直翻到底。放假[1]的时候我夹了书包走到他面前去作一揖，他换了一种与前不同的语气对我说："这书明天给你。"

明天早上我到塾，先生翻出画谱中的孔子像，对我说："你能看了样画一个大的吗？"我没有防到先生也会要我画起画来，有些"受宠若惊"的感觉，支吾地回答说"能"。其实我向来只是"印"，不能"放大"。这个"能"字是被先生的威严吓出来的。说出之后心头发一阵闷，好像一块大石头吞在肚里了。先生继续说："我去买张纸来，你给我放大了画一张，也要着色彩的。"我只得说"好"。同学们看见先生要我画画了，大家装出惊奇和羡慕的脸色，对着我看。我却带着一肚皮心事，直到放假。

放假时我夹了书包和先生交给我的一张纸回家，便去向大姐商量。大姐教我，用一张画方格子的纸，套在画谱的书页中间。画谱纸很薄，孔子像就有经纬格子范围着了。大姐又拿缝纫用的尺和粉线袋给我在先生交给我的大纸上弹了大方格子，然后向镜箱中取出她画眉毛用的柳条枝来，烧一烧焦，教我依方格子放大的画法。那时候我们家里还没有铅笔和三角板、米突〔米（metre）〕尺，我现在回想大姐所教我的画法，其聪明实在值得佩服。我依照她的指导，竟用柳条枝把一个孔子像的

---

[1] 放假，指放学。

底稿描成了；同画谱上的完全一样，不过大得多，同我自己的身体差不多大。我伴着了热烈的兴味，用毛笔钩出线条；又用大盆子调了多量的颜料，着上色彩，一个鲜明华丽而伟大的孔子像就出现在纸上。店里的伙计，作坊里的司务，看见了这幅孔子像，大家说"出色"！还有几个老妈子，尤加热烈地称赞我的"聪明"和画的"齐整"[1]，并且说："将来哥儿给我画个容像，死了挂在灵前，也沾些风光。"我在许多伙计、司务和老妈子的盛称声中，俨然地成了一个小画家。但听到老妈子要托我画容像，心中却有些儿着慌。我原来只会"依样画葫芦"的！全靠那格子放大的枪花[2]，把书上的小画改成为我的"大作"；又全靠那颜色的文饰，使书上的线描一变而为我的"丹青"。格子放大是大姐教我的，颜料是染匠司务给我的，归到我自己名下的工作，仍旧只有"依样画葫芦"。如今老妈子要我画容像，说"不会画"有伤体面；说"会画"将来如何兑现？且置之不答，先把画缴给先生去。先生看了点头。次日画就粘贴在堂名匾下的板壁上。学生们每天早上到塾，两手捧着书包向它拜一下；晚上散学，再向它拜一下。我也如此。

　　自从我的"大作"在塾中的堂前发表以后，同学们就给我一个绰号"画家"。每天来访先生的那个大块头看了画，点点头对先生说："可以。"这时候学校初兴，先生忽然要把我们的私塾大加改良了。他买一架风琴来，自己先练习几天，然后教我

---

[1] "齐整"，作者家乡话，意即漂亮。
[2] 江南一带方言中有"掉枪花"的说法，意即"耍手段"。

们唱"男儿第一志气高,年纪不妨小"的歌。又请一个朋友来教我们学体操。我们都很高兴。有一天,先生呼我走过去,拿出一本书和一大块黄布来,和蔼地对我说:"你给我在黄布上画一条龙,"又翻开书来,继续说:"照这条龙一样。"原来这是体操时用的国旗。我接受了这命令,只得又去向大姐商量,再用老法子把龙放大,然后描线,涂色。但这回的颜料不是从染坊店里拿来,是由先生买来的铅粉、牛皮胶和红、黄、蓝各种颜色。我把牛皮胶煮溶了,加入铅粉,调制各种不透明的颜料,涂到黄布上,同西洋中世纪的fresco〔壁画〕画法相似。龙旗画成了,就被高高地张在竹竿上,引导学生通过市镇,到野外去体操。我悔不在体操后偷把龙旗藏过了,好让我的传记里添两句:"其画龙点睛后忽不见,盖已乘云上天矣。"我的"画家"绰号自此更盛行;而老妈子的画像也催促得更紧了。

我再向大姐商量。她说二姐丈会画肖像,叫我到他家去"偷关子"。我到二姐丈家,果然看见他们有种种特别的画具:玻璃九宫格、擦笔、conte[1]、米突尺、三角板。我向二姐丈请教了些笔法,借了些画具,又借了一包照片来,作为练习的样本。因为那时我们家乡地方没有照相馆,我家里没有可用玻璃格子放大的四寸半身照片。回家以后,我每天一放学就埋头在擦笔照相画中。这原是为了老妈子的要求而"抱佛脚"的;可是她没有照相,只有一个人。我的玻璃格子不能罩到她的脸孔上去,没有办法给她画像。天下事有会巧妙地解决的。大姐在我借

---

[1] 即crayon conte,木炭铅笔。

来的一包样本中选出某老妇人的一张照片来，说："把这个人的下巴改尖些，就活像我们的老妈子了。"我依计而行，果然画了一幅八九分像的肖像画，外加在擦笔上面涂以漂亮的淡彩：粉红色的肌肉，翠蓝色的上衣，花带镶边；耳朵上外加挂上一双金黄色的珠耳环。老妈子看见珠耳环，心花盛开，即使完全不像，也说"像"了。自此以后，亲戚家死了人我就有差使——画容像。活着的亲戚也拿一张小照来叫我放大，挂在厢房里；预备将来可现成地移挂在灵前。我十七岁出外求学，年假、暑假回家时还常常接受这种义务生意。直到我十九岁时，从先生学了木炭写生画，读了美术的论著，方才把此业抛弃。到现在，在故乡的几位老伯伯和老太太之间，我的擦笔肖像画家的名誉依旧健在；不过他们大都以为我近来"不肯"画了，不再来请教我。前年还有一位老太太把她的新死了的丈夫的四寸照片寄到我上海的寓所来，哀求地托我写照。此道我久已生疏，早已没有画具，况且又没有时间和兴味。但无法对她说明，就把照片送到霞飞路[1]的某照相馆里，托他们放大为廿四寸的，寄了去。后遂无问津者。

　　假如我早得学木炭写生画，早得受美术论著的指导，我的学画不会走这条崎岖的小径。唉，可笑的回忆，可耻的回忆，写在这里，给世间学画的人作借镜吧。

一九三四年二月作

---

[1] 霞飞路，当时上海法租界的路名，今淮海中路。

比　较

有一次我同了一位朋友和他的孩子一同乘火车。

朋友的孩子，今年照西洋说法十三岁半，照中国说法十五岁了。这种不大不小的人，乘火车最感困难。给他买半票，违背了铁路局的定章，被查问时，只得撒谎；给他买全票呢，其实这孩子并不比别的十一二岁的孩子高大，似乎太吃亏了。朋友就给他买半票。

他携着这大孩子走出轧票处，轧票的轧着半票时，看看这孩子，说："这孩子太大了！"但说过就算，我们也管自走了。到了火车中，孩子坐在他父亲身旁，我独自另坐一处。验票的验着半票，看看这孩子说："他下回要买全票啊！"查票人去后，我的朋友对我说，省得啰嗦，回去时给他买全票吧。我很赞成。

但回去时我们不知怎样一来，又给他买了半票。到了火车中方才想到。这回因为朋友手里提的东西太多，是我携着这孩子上车的。到了火车中，朋友因为要看守东西，独自坐在一处，他的孩子傍着我坐在另一处。回忆我携着他走出轧票处时，轧票的并没有说话。后来验票的来了，看看坐在我旁边的大孩子，也没有说话。下了车，又是我携着这孩子走，收票的，就是前次说"这孩子太大了"的轧票人，看看我携着的大孩子,也没有说话。

难道他们和我特别要好,就"马马虎虎"不索补票吗?不会的。出车站后我找寻这理由,苦思不得。这孩子却找寻出了,他说是他爸爸身体短小而我身体高大的原故。不错!原来他的父亲身躯短小精干,名为大人,其实比他儿子高得半个头,而且粗得很有限。前回他和这矮小的父亲携着走,并着坐,相形之下,便见"孩子太大""下回要买全票啊"。这回他和我携着走,并着坐。我虽然并不魁梧奇伟,但是一个中等身材的人,穿的衣服又宽,看起来比他高大得多。相形之下,只见孩子很小,仅有买半票的资格了。

我确信了这理由之后,就像"回也闻一以知十"一般,推想到世间大小,高低,长短,厚薄,广狭,肥瘦,以至贫富,贵贱,苦乐,劳逸,美丑,贤愚,都不是绝对的,都是由"比较"而来的。而且"比较"之力伟大得极,一切人生的不满足也都是由于比较而生。今天比较之力使我们省进半张火车票的价钱,真不过是"小试其技"而已。怪不得,华租交界之处,华界的草棚傍着了租界的洋房看似格外低小,而租界的洋房傍着了华界的草棚看似格外高大。人行道上,中国人傍着了西洋人走路看似格外矮小;西洋人傍着了中国人走路看似格外高大。

这几天盛暑,我谈起了"比较",便想到日本某画家的一套连环漫画。大意是这样:一,小资产阶级的青年夫妇二人到避暑的名胜地(譬如莫干山)找寻旅馆,因避暑人多,旅馆处处客满,夫妇二人手携皮箧和行杖,在途中彷徨,叹息:"唉!自己有别庄的人多么写意!像我们要临时找寻旅馆的,真是不便！"二，都市里的公司的职员开着电风扇，在室内办公；从窗中望见这对青年夫妇相偕趁专车赴避暑地去，叹息着说："唉！有闲避暑的人多么写意！像我们，被职务所羁，每天坐在这里看电风扇摇头，真是没趣！"三，公司对面烟纸店里的老板摇着芭蕉扇坐在柜内，望见公司里的职员开着电风扇办公，叹息着说："唉！有电风扇的人多么写意！像我们，不绝地摇这把破蒲扇，手腕几乎摇脱，汗水还是直流，真是晦气！"四，马路上拉黄包车的经过烟纸店门前，望见老板坐在柜内挥扇，叹息着说："唉！坐在屋里摇扇子多么舒服！像我们，拉了这辆车子在大毒日头底下跑路，真是苦恼！"五，黄包车夫经过打铁店门口，铁匠司务看见了，叹息着说："唉！这几天在路上拉车子多么爽快！像我们，天天在煤炉旁边被烤，这才受罪！"

我又想了自己过去的经验：十余年来，我住过许多地方。从前有一次住在山间，日用物品须得隔夜预先开好单子，托工人一早赴十余里外的小市镇去购办。第一，香烟须得整批地买。否则半夜深山，香烟绝粮，呼天不应，叫地不答，最怕。第二，酒须得买整坛的。否则喝得不痛不痒，不如不喝。买的时候总说买整坛又便宜又好。但结果是多喝了，喝醉了，又浪费又难过。第三，菜蔬必须有储藏。否则风雪载途，工人不能上市之日，得吃白饭；况且"有酒无肴"，如此佳兴何？其他如小食，药品，书籍，文具等，举凡一切日常生活的必需品，件件都要预先想到，早日置备；临时要得到的，至多只有青山绿水，清风明月。但我不幸而有了热烈的兴趣，这种兴趣常受环境的阻挠。例如忽然想到吃水烟好，立刻要买皮丝烟。等到明天工人带到皮丝烟时,我的水烟兴趣早已过去了。又如偶从箱箧中检出一只铜香炉来,想起古人焚香默坐之趣,立刻要买线香来点。等到明天工人带到线香时,我的香炉已经不知放在什么地方了。有一个亲戚用一句故乡的俗语来形容我的脾气,叫做"话得讨饭好,连夜买只篮"。我自己颇承认,而且知道我平生的行事,大都是由"连夜买只篮"而开始的。那时候我住在山中,虽然以为清静也好,但当兴趣被阻挠的时候,不免羡慕市镇。我想,若得住在市镇里,要买什么,转瞬可以办到,岂不痛快。

后来我住在一个小镇上了。出门就是市场,只要有钱,这些商店里陈列着的无论什么东西,都有在五分钟或十分钟以内送到我手里的可能,以前住在山中时所感到的不满,一时都满足了。然而不久我又感到其他的不满:譬如夏天要些天然冰,没有办法;有了臭豆腐干要些辣酱油,没有办法;想到一本书立刻要买来读,没有办法。因为那小镇上没有冰厂,辣酱油,和专门的书店,那时候我又羡慕城市的生活。设想住在大城市中,这些要求都能立刻满足,多么痛快。

后来我又移居在一个较大的城市中了。那里有对小市镇的商店做批发生意的种种专门的商店,也有天然冰厂。以前住在小市镇上时所感的不满,一时都满足了。然而不久我又感到其他的不满:譬如想买些人造冰,没有办法,想吃餐功德林素菜,没有办法;想买一本洋版书,没有办法。因为那大城市中没有人造冰厂、素菜馆和洋版书店。那时我又羡慕上海。设想住在上海,这些东西都可立刻办到,多么痛快。

我后来果然住在上海。以前大城市中所感的不满,一时都满足了。然而不久我又感到其他的不满：要买 Schubert〔舒伯特〕的 *Hark*, *Hark*, *The Lark*.〔《听，听，云雀》〕的蓄音片〔唱片〕来听听，走到外国乐器店去问，说道须向外国去定购。要找一位 violin〔小提琴〕个人教授的教师，或研究会，没处去找。要买一瓶英国 Newton〔牛顿〕公司制的水彩颜料 vermilion〔朱砂〕，最大的文具店里的穿洋装的职员向我摇头。那时候我又羡慕外国的都市生活。设想住在外国，这些要求都可立刻办到，多么痛快。

后来我住在日本的东京。以前住在上海时所感到的不满，一时都满足了。然而不久我又感到其他的不满：要买一册 Lessing〔莱辛〕的名著 *Laocoon*〔拉奥孔〕，丸善书店也说要到西洋去定购。要买一个 palette〔调色板〕兼水筒的袖珍水彩画箱，跑遍了文房堂，竹久屋……都说 arimasen〔没有〕。要听俄罗斯国民乐派〔民族乐派〕的交响乐，东京的音乐会所演奏的偏偏是德法浪漫乐派的作品居多。那时候我又羡慕西洋都市的生活。设想若得住在伦敦或纽约等处，这等要求大概都可立刻达到，真是何等痛快！

后来我并没有到西洋去；但也并不急急想去。假如去了，我知道最初一定很满足，但不久一定又要感到其他的不满。因为科学的企图，艺术的理想，文明的要求，人生的欲望，在世间决没有完全实现的地方。人世间一切的满足都由于"比较"而来，一切的不满足也都由"比较"而生。最后我想起了李笠翁的话：

譬如夏月苦炎，明知为室庐卑小所致。偏向骄阳之下往来片时，然后步入室中。则觉暑气渐消，不似从前酷烈。若畏其湫溢而投宽处纳凉，及至归来，炎蒸又加了十倍矣。冬月苦冷，明知为墙垣单薄所致。故向风雪中行走一次，然后归庐返舍。则觉寒威顿减，不复凛冽如初。若避此荒凉而深居就燠，及其再入，战栗又作何状矣。由此类推，则所谓退步者，无地不有，无人不有。想至退步，乐境自生。在冬天行乐，必须设身处地，幻为路上行人，备受风雪之苦，然后回想在家。则无论寒燠晦明，皆有胜人百倍之乐矣。尝有画雪景山水，人持破伞，或策蹇驴，独行古道中，经过悬崖之下。石作狰狞之状，人有颠蹶之形者。此等险画，隆冬之月，正宜悬挂中堂。主人对之，即是御风障雪之屏，暖胃和衷之药。

在前面我"认真八分[1]"地举许多实例来说明"比较"之力，其实这道理早已被他用这"假痴假呆"的话来道破了。于是我不敢再啰嗦地叙述，末了但作如是想：

"谁谓荼苦"在"比较"之下"其甘如荠"。反转来说，"谁谓荠甘"在"比较"之下"其苦如荼"。人的生活，有了"等差"，便有"比较"，有了"比较"，便有"苦乐"，有了"苦乐"，便有"问题"。

廿三〔1934〕年八月九

---

[1] 认真八分，作者家乡话，意即非常认真。

闲[1]

"闲"在过去时代是一个可爱的字眼；在现代变成了一个可恶的字眼。例如失业者的"赋闲"，不劳而食者的"有闲"，都被视为现代社会的病态。有闲被视为奢侈的，颓废的。但也有非奢侈，非颓废的有闲阶级，如儿童便是。

儿童，尤其是十岁以前的儿童，不论贫富，大都是有闲阶级者。他们不必自己谋生，自有大人供养他们。在入学，进店，看牛，或捉草[2]以前，除了忙睡觉，忙吃食以外，他们所有的都是闲工夫。到了入学，进店，看牛，或捉草的时候，虽然名为读书，学商或做工，其实工作极少而闲暇极多。试看幼稚园，小学校中的儿童，一日中埋头用功的时间有几何？试看商店的学徒，一日中忙着生意的时间有几何？试看田野中的牧童，一日中为牛羊而劳苦工作的时间有几何？除了读几遍书，做几件事，牵两次牛，捉几根草以外，他们在学校中，店铺里，田野间，都只是闲玩而已。

在饱尝了尘世的辛苦的中年以上的人，"闲"是最可盼的

---

[1] 本篇原载 1935 年 1 月 20 日《人间世》第 20 期。

[2] 捉草，作者家乡话，意即割草。

乐事。假如盼得到：即使要他们终生高卧空山上，或者独坐幽篁里，他们也极愿意。在有福的痴人，"闲"也是最可盼的乐事。假如盼得到，即使要他们吃饭便睡，睡醒便吃，终生同猪猡一样，在他们正是得其所哉。但在儿童，"闲"是一件最苦痛的事。因为"闲"就是"没事"。没事便静止，静止便没有兴味；而儿童是兴味最旺盛的一种人。

在长途的火车中，可以看见儿童与成人的态度的大异。成人大都安定地忍耐地坐着，静候目的地的到达，儿童便不肯安定，不能忍耐。他们不绝地要向窗外探望，要买东西吃；看厌吃饱之后，要嚷"为什么还不到"，甚至哭着喊"我要回家去了"，于是领着他们的成人便骂他们，打他们。讲老实话，成人们何尝欢喜坐长途火车？他们的感情中或许也在嚷着"为什么还不到？"也在哭着喊"我要回家去了！"只因重重的世智包裹着他们的感情，使这感情无从爆发出来。这仿佛一瓶未开盖的汽水，看似静静的，安定的；其实装着满肚皮的气，无从发泄！感情的长久的抑制，渐渐使成人失却热烈的兴味，变成"颓废"的状态。成人和儿童比较起来，个个多少是"颓废"的。

只有颓废者盼羡着"闲"；不颓废的人——儿童——见了"闲"都害怕。他们称这心情为"没心相"[1]。在兴味最旺盛的儿童，"没心相"似乎比"没饭吃"更加苦痛。为了"没心相"而啼哭，为了"没心相"而作种种的恶戏；因了啼哭和恶戏而

---

[1] "没心相"，作者家乡话，意即无聊。

受大人的骂和打,是儿童生活上常见的事。他们为欲避免"没心相",不绝地活动,除了睡眠,及生病以外,孩子们极少有继续静止至半小时以上者。假如把一个不绝地追求生活兴味的活泼的孩子用绳子绑缚了,关闭在牢屋里,我想这孩子在"饿"死以前一定先已"没心相"死了。假如强迫这种孩子学习因是子静坐法,所得的效果一定相反。在儿童们看来,静坐法和禅定等,是成人们的自作之刑。而在有许多成人们看来,各种辛苦的游戏也是儿童们的犯贱的行为。有的老人躺在安乐椅中观看孩子们辛辛苦苦地奔走叫喊而游戏,会讥笑似的对他们说:"看你们何苦!静静儿坐一下子有什么不好?"倘有孩子在游戏中跌痛了,受伤了,这种老人便振振有词:"教你勠,你板要,难(现在)你好!"[1] 其实儿童并不因此而懊悔游戏,同成人事业磨折并不懊悔做事业一样。儿童与成人分居着两个世界,而两方互相不理解的状态,到处可见。

  儿童的游戏,犹之成人的事业。现世的成人与儿童,大家多苦痛:许多的成人为了失业而苦痛,许多的儿童为了游戏不满足而苦痛。住在都会里的孩子可以享用儿童公园;有钱人家的孩子可以购买种种的玩具。但这些是少数的幸运的孩子。多数的住在乡村里的穷人家的孩子,都有游戏不满足的苦痛。他们的保护人要供给他们衣食,非常吃力;能养活他们几条小性命,已是尽责了。讲到玩具,游戏设备,在现今的乡村间真是过分的奢求了。孩子们像猪猡一般地被豢养在看惯的破屋里。

---

[1] 这是作者家乡的俗话。板要,意即一定要。

大人们每天喂了他们三顿之外,什么都不管。春天,夏天,白昼特别长;儿童的百无聊赖的生活状态,看了真是可怜。无衣无食的苦是有形的,人皆知道其可怜;"没心相"的苦是无形的,没人知道,因此更觉可怜。人的生活,饱食暖衣而无事,远不如为衣为食而奔走的有兴味。人的生活大半是由兴味维持的;儿童的生活则完全以兴味为原动力。热中于赌博的成人,输了还是要赌。热中于游戏的儿童,常常忘餐废寝。于此可见人类对于兴味的要求,有时比衣食更加热烈。

在种种简单的游戏法中,更可窥见人对于"闲"何等不耐,对于"兴味"何等渴慕。这种游戏法,大都不须设备,只要一只手一张嘴,随时随地都可开始游戏,而游戏的兴味并不简单。这显然是人为了兴味的要求,而费了许多苦心发明出来的。就吾乡所见,最普通的游戏是猜拳。只要一举手便可游戏,而且其游戏颇有兴味。这本来是侑酒的一种方法,但近来风行愈广,已变成一种赌博,或一种消闲游戏。工人们休息的时候,各人袋里摸出几个铜板来摆在地上,便在其上面开始拇战,胜的拿进铜板。年纪稍长的儿童们也会弄这玩意;他们摘三根草放在地上,便开始猜拳。赢一拳拿进一根,输一拳吐出一根。到了三根草归入了一人手中,这人得胜,便可拉过对方的手来打他十记手心。用自己的手来打别人的手,两人大家有些儿痛;但伴着兴味,痛也情愿了。

年幼的儿童也有一种猜拳的游戏法,叫做"呱呱啄蛀虫"。这方法更加简单,只要每人拿一根指头来一比,便见胜负。例如一人出大指,一人出食指。这局面叫做"老土地杀呱呱(即鸡）吃"。因为大指是代表老土地，食指是代表呱呱的。又如一人出中指，一人出无名指，这局面叫做"扁担打杀黄鼠狼"。因为中指是代表扁担，无名指是代表黄鼠狼的，又如一人出食指，一人出小指，这局面叫做"呱呱啄蛀虫"。因为小指是代表蛀虫的。这游戏法的名称即根据于此。其规则，每一指必有所克制的二指，同时又必有被克制的二指。即："老土地杀呱呱吃"，"老土地踏杀蛀虫"。"呱呱啄蛀虫"，"呱呱飞过扁担"。"扁担打杀老土地"，"扁担赶掉黄鼠狼"。"黄鼠狼放个屁，臭杀老土地"，"黄鼠狼拖呱呱"。"蛀虫蛀断扁担"，"蛀虫蛀断黄鼠狼脚跟"。所以五个手指的势力相均等，无需选择；玩时只有任意出一根指，全视机缘而定胜否。像这几天的长夏，户外晒着炎阳，出去玩不得；屋内又老是这样，没有一点玩具。日长如小年，四五六七岁的孩子吃了三餐饭无所事事，其"没心相"之苦难言。幸而手是现成生在身上的，不必费钱去买。两人坐在门槛上伸出指头来比一比，兴味来了，欢笑声也来了。静寂的破屋子里忽然充满了生趣。

更有一种简单的猜拳玩法，流行于吾乡的幼儿间，手的形式只有三种，捏拳头表示"石头"，五指平伸表示"纸头"，伸食中二指表示"剪刀"。若一人出拳头，一人出食中二指，叫做"石头敲断剪刀"，前者赢。一共有三句口诀，其余的两句是"剪刀剪碎纸头"，"纸头包住石头"。这玩法另有一种形式：以手加额，表示"洋鬼子"，以手加口作摸须状，表示"大老爷"，以食指点鼻表示"乡下人"，玩时先由两人一齐拍手三下，然后各作一种手势。若一人以食指点鼻，一人以手加口，叫做"乡下人怕大老爷"，后者胜。其余两句口诀是"大老爷怕洋鬼子"，"洋鬼子怕乡下人"。乡下人就是农民，大老爷就是县长，洋鬼子当然就是外国人。这三句口诀似是前时代——《官场现形记》或《二十年目睹之怪现状》的时代——遗留下来的。但是儿童们至今只管沿用着。听说儿童是预言者，童谣能够左右天下大势。或许他们的话不会错，现在社会还这般，或者未来的社会要做到这般。

近来看见儿童间流行着一种很可笑的徒手游戏，也是用五官为游戏工具的，但方法比前者巧妙。例如一人问："眉毛在哪里？"另一人立刻伸手指着自己的鼻头答道："耳朵在这里。"一人问："眼睛在哪里？"另一人立刻伸手指着自己的耳朵答道："嘴巴在这里。"……诸如此类，凡所指非所答，所答非所问的，才算不错。详言之，这游戏的规则，是须得所问，所指，所答，三者各不相关，方为得胜。若有关连，反而认为错误，算是输的。这游戏的滑稽味即在于此。顽皮的孩子，都会随机应变地作这种是非颠倒的玩意儿。正直的孩子玩时便常常要输，他们不能口是心非，不会假痴假呆，有时只学会了动作的虚伪：例如你问他"鼻头在哪里"，他便指着耳朵回答你说"鼻头在这里"，便是半错。有时只学会了言语的虚伪：例如你问他"眼睛在哪里"，他指着眼睛回答你说"耳朵在这里"。也是半错。最正直的孩子，一点也不会虚伪：你问他"耳朵在哪里"，他老老实实地指着耳朵回答你说"耳朵在这里"，那便是大错，而且大输了。我于此益信儿童是预言者，儿童的游戏有左右天下大势之力。现今的世间是非颠倒，已近于这游戏；未来的世间的是非也许可以完全同这游戏中的一样。

上述数种游戏都是用口和手指为工具。还有仅用手的动作的游戏与仅用口说话的游戏,更加简单。有一种互相打手心的游戏叫做"拍荞麦"。其法:二人相对同声拍手三下,作为拍子快慢的标准。第四下即由二人各出右手互相一拍。第五下各自拍手,第六下二人各出左手互相一拍,余例推。总之,其方法是自拍一下,交拍一下,相间而进行。"劈拍劈拍"之声继续响下去,没有限制。谁的手心拍得痛了,宣告罢休,便是谁输。大家怕输而好胜。就大家不惜手掌,拼命地互相殴打。直到手掌拍得红肿而麻木了,方始罢休。孩子们的被私塾先生或小学教师打手心,好像已经上了瘾,不被打是难过的。所以在放学之后,或假期之中,没得被先生打,必须自己互相打一会手心来过过瘾。而且这种瘾头,到他们年纪长大时恐怕也不会断绝。有许多大人们欢喜被虐待,不受人虐待时便难过。他们也常在自己找寻方法来过被虐待狂的瘾,不过不取拍荞麦的形式罢了。不用手而仅用口的游戏法,如唱歌猜谜等皆是。然而唱歌需要练习,猜谜需要智力,在很小的孩子们嫌其程度太高。他们另有种种更简易的言语游戏法,像"夺三十"便是其一例。夺三十者,是两人竞夺一月的末日——三十日——的一种游戏。其法每人轮流说日子名目,以一日或两日为限。譬如甲儿说"初一初二",乙儿便接上去说"初三",甲儿再说"初四",乙儿又说"初五初六"。总之,说一日或二日随便,但不能说三日或以上。说到后来,谁夺得"三十",便是谁胜。大人们看来,在这游戏中得胜是很容易的,只要捉住三的倍数,最后的一日总是归你到手。换言之，开始说的人总是吃亏，他说一日，你接上两日去，他说两日，你接上一日去。这样，三的倍数常轮到你手里，"三十"总是被你夺得了。但是很小的孩子都不解这秘诀，两人都盲从地说下去，偶然夺到"三十"的孩子便自以为强。在旁看他们游戏的大人便觉得浅薄可笑。等到其中一人夺了"三十"而表示十分得意的时候，大人们插进去叫道"三十一！月底被我夺到了！"便表示十二分得意。"夺三十"原是旧历时代旧有的游戏法，以三十为月底最后一日。现在虽然用阳历为国历，但乡村的儿童还是沿用着旧有游戏法，不知道一月有三十一日。世间原有种种新时代的游戏；然都需要很复杂的设备，很高价的玩具，只有都市的富家子弟有福消受，乡村的小儿是享用不着的，穷乡僻处的儿童，从他们的老祖母那里学得些过去时代的极简单的徒口游戏法，也可聊解长闲的"没心相"了。

倘若不是徒手徒口而能得到一种极简单的物件，怕"闲"的人们便会想出更巧妙的种种游戏法来。譬如夏天，几个没心相的儿童会集在一块，而大家手中拿着折扇的时候，他们便会把折扇当作玩具的代用品。男孩子大都欢喜模仿卖艺者的手技，把折扇抛起来，叫它在空中翻几个筋斗，仍旧落到手中。这就可以比较胜负：例如定三十个筋斗为满额然后各人顺次轮流地抛扇子，计算筋斗的和数，先满三十者为胜。倘落地一次，以前所积的筋斗就全部作废，须得从新积受起来。这种玩法有江湖气和赌博气，女孩子就不甚欢喜弄。她们拿到扇子，自有一种较文雅的玩法，便是数扇骨。她们想出四个字，叫做

"偷买拾送"。把扇骨一根一根地依照这四字数下去。数到末脚一根扇骨倘是"偷"字，便认定这扇子是偷来的，而和这扇的所有者相揶揄。余例推。有的人又加三个字，合成七字："偷买拾送抢骗讨"，玩时花样更多。倘某人的扇子的骨数到"抢"字上完结，余人就都叫她"强盗！"

几个没心相的人倘会坐在桌旁，就可以利用桌子为玩具而作"拍七"的游戏。这是大人们也常弄的玩意儿。但年长的孩子们玩起来兴味更高。玩法：六七个人空手围坐在桌旁，其中一个人叫"一"，其邻席的人接着叫"二"，以下顺次周流地叫下去，轮到"七"却不准叫，须得用手在桌缘的上面拍一下，以代替叫。他拍过之后，以下的人接着叫"八""九"……到了"十四"又不准叫，须得用手在桌缘的下面向上拍一下，以代替叫。即前者"七"称为"明七"，须在桌缘上面拍，后者十四称为暗七，须在桌缘下面拍。以后凡"十七""廿七"等皆是明七，轮到的人皆须向桌缘上面拍，"廿一"，"廿八"，"卅五"等皆是暗七，轮到的人皆须向桌缘下面拍。倘然不小心，轮到明暗七时叫了一声，其人便输；大人们以此赌酒，孩子们以此赌手心。叫错拍错的人都得被打手心。但这玩法需要智力，没有学过算学的很小的孩子都不会玩，须得稍大的小学生方有玩的能力。且玩时叫的数目有限制，大概到七十为满。七十以上的暗七，为九九表所不载，大人们玩起来也觉太吃力了。曾经有位算学先生大奖励这个玩法，令儿童常常玩习。并且依此例推，添进"拍八""拍九"等同类的玩法来教他们做，说这是可以补助算学功课的。但是说也奇怪，被他这样一提倡,孩子们反而不欢喜玩,当作一种功课而勉强地实行了。

孩子们没心相起来,虽在废墟中,也能利用瓦砖为玩具而开始游戏。他们拾七粒小砖瓦,向阶沿石上磨一磨光,做成七只棋子模样,便以阶沿石为游戏场而"投七"了。投七之法先由一人用右手将七粒砖头随意撒散在阶沿上,然后选取其中一粒,向上抛起,趁这空的机会,向下摸取另一粒砖头,然后回过手来,接取上面落下来的那一粒。手中就拿着两粒砖头了。再把其中一粒向上抛起,乘机向下摸取一粒,回过手来接了上面落下来的一粒,于是手中就拿着三粒砖头了。这样抛过六次之后,七粒砖头全都在手。以上算是一番辛苦的工作,以后便是收获了。但收获不是完全享乐,仍须得费些气力来背出斤数来。即将七粒砖头从手心里全部抛起,立刻翻转手背来接。接住几粒,便是收获几斤。孩子们的手背是凸起的,大都不会全部接住,四斤,五斤,已算是丰收了。一人收获之后,把七粒砖头交与第二人,由他照样工作且收获。游戏者二人,三人,四人都可。预先议定三十斤为满,则轮流玩下去,先满三十的便是得胜。但规则很严:在工作中,倘接不住落下来的粒子,或在取子时带动了旁的粒子,其工作就失败,须得半途停工,把工具让给别人;而且以前收获所积蓄的斤数全部"烂光"。烂光,就是"作废"的意思。倘然满额的斤数定得很高,——例如五十斤为满,一百斤为满,这玩的工作就非常严重。到了功亏一篑的时候,尤加紧张。一不小心,就要遭逢"前功尽去"的不幸。其工作法也有种种,如上所述,一粒一粒地摸进手里去,是最简易的一法。更进步的,叫做"幺二三",就是第一次抛时摸取一粒。第二次抛时要摸取二粒,第三次抛时要摸取三粒。在这时候,撒子及撮子都要考虑。撒子时不可撒得太疏,亦不可撒得太密。太疏了,同时摸两粒三粒不易摸得到手;太密了,摸时容易带动旁的粒子。撮子时须考虑其余六子的位置,务使其余六子分作相当隔远的三堆,一粒作一堆,二粒作一堆,三粒作一堆,然后摸时可得便利。倘使撒得不巧,撮得不妥,玩这"幺二三"时摸子就容易失败。少摸一粒,多摸一粒,或带动了旁的粒子,就前功尽去了。所以孩子们玩时个个抖擞精神,个个汗流满面。一切的"没心相"全被这手技竞争的兴味所打消了。

近来大旱,河底向天,农人无处踏水,对秋收已经绝望,生活反而空闲了。孩子们本来只要相帮大人刈草,送饭,现在竟一无所事了。但春间收下来的蚕豆没有吃完,一时还不会饿死。在这坐以待毙的时期,笑也不成;哭也没用;只是这些悠长如小年的日子无法过去,"没心相"之苦真难禁受。就有种种简单的游戏发见在日暮途穷的乡村间。这好比囚徒已经被判死刑,而刑期未到。与其在牢中哭泣,倒不如大家寻些笑乐吧。都会里用自来水的人闻知乡间大旱,在其同情的想象中,大约以为农家的人一天到晚在那里号哭;或枕藉地在那里饿死了。其实不尽然,号哭的饿死的固然有,但闲着,笑着,玩着而待毙的也还不少。不过这种种玩笑乐实比号哭与饿死更加悲惨!

廿三〔1934〕年八月十五日

劳者自歌

百货公司的木器部中有一种放置茶具香烟具的架子,其构造:用木板雕成一个黑人的侧形,其人作立正姿势,平起两手,手中捧一小盘。这小盘就是预备给客厅里沙发上的人放置茶具或香烟的。先施,永安等百货公司中,都有这种木器陈列着。

我想用这家具时感觉上一定很不舒服。设想:我们闲坐在椅子上吸烟,吃茶,谈天;而教这个人形终日毕恭毕敬地捧着盘子鹄立在我们的旁边,伺候我们放置茶杯或烟蒂,感觉上难以为情。因为它虽然不是人,但具有人的形状,我们似乎很对他不起。

中国用具中的"汤婆子""竹夫人"[1],只具有人的名称,并不具有人的形状。这借用人的形状的木器,是西洋货,西洋封建时代的遗物。

一条河的两岸景象显然不同。

右岸多洋房,左岸多草棚。右岸的洋房中间虽然有几间

---

[1] "竹夫人",夏天睡觉时贴在身边、以求凉快的一种竹制品。

小屋，也整洁得很。左岸的草棚中间虽然有几间平屋，也坍损得很。

右岸的街道是柏油路，平整清洁。左岸的街道是泥路，高低不平而龌龊。

右岸的人似乎个个衣冠楚楚，精神勃勃，连人们携着走的洋狗都趾高气扬。左岸的人似乎个个衣衫褴褛，精神萎靡，连钻来钻去的许多狗也都貌不惊人。河上有一爿桥。一个人堂堂地从右岸上桥，走过了桥，似乎忽然减杀了威风。

这条河在于沪西，河的右岸是租界，河的左岸是中国地界。

廿三〔1934〕年七月廿八日

在杂志上发表大众美术的画，其实只给少数的知识阶级的人看看，大众是看不到的。大众看到的画，只有街头的广告画和新年里卖的"花纸"。广告画是诱他们去买物，不是诚意供他们欣赏的。专供大众欣赏的画只有"花纸"。

"花纸"就是旧历元旦市上摆摊，卖给大众带回家去，贴在壁上点缀新年的一种石印彩色画。所画的大概是旧戏，三百六十行，马浪荡，孟姜女，最近有淞沪战争等。有饭吃的农家，每逢新年，墙壁上总新添一两张"花纸"。农夫们酒后工余，都会对着"花纸"手指口讲，实行他们的美术的鉴赏。

可惜这种"花纸"的画，形式和内容都贫乏。这应该加以改良。提倡大众美术,应该走出杂志,到"花纸"上来提倡。

廿三〔1934〕年七月廿七日[1]

牵牛花这东西很贱,去年的种子落在花台里,花台曾经拆造过,泥曾经翻过;今年夏天它们依然会生出来,生了十几枝。

牵牛花这东西很会攀附。我在花台旁的墙壁上钉好几排竹钉,在竹钉上绊许多绳子。牵牛花的蔓就会缘着绳子攀附上去。攀附得很牢,而且很快。

牵牛花这东西很好高,一味想钻上去,不久超过最高一排竹钉之上。我在其上再加一排竹钉和绳。过了一夜,它又钻在这排竹钉之上了。加了几次,后来须得用梯爬上去加;但它仍是一味好高,似乎想超过墙顶,爬上天去才好。

这种花在日本被称为朝颜,它们只能在破晓辰光开一下;太刚一山,它们统统闭缩,低下头去,好像很难为情,无颜见太阳似的。

廿三〔1934〕年七月廿四日[2]

---

[1] 本则原载 1934 年 9 月 1 日《良友》第 93 期。

[2] 本则原载 1934 年 9 月 1 日《良友》第 93 期。

农人都穷，出街上来只是看看，不买东西。商店大患之，便巧妙地陈列货物给他们看，诱他们买。饭店把鲜肥肉白鸡装了盘子，陈列在柜台的最外口，把油光和香气冲射农人的眼鼻，使他们流涎。广货店[1]把闪亮的橡皮套鞋，五彩的热水瓶，雪白的毛巾陈列在靠街的玻璃窗中，以牵惹行人的注目。又把簇新的阳伞张开了，挂在檐头，好像可以拿了柄子就走的。糖食店把大块的花生糖，透明的粽子糖，以及五色纸包的洋式糖，陈列在柜台外口的玻璃箱中，使人看了口角生津。身不带钱的农人看饱了一顿回村去。从当铺里出来的农人禁不住这种诱惑，把身边的钱用了再说。

这样，因为农人穷，不买东西，商店便用巧妙的广告术来诱惑他们。农人愈受诱惑，愈穷，将愈不买东西。商店势必用愈巧妙的广告术来诱惑他们。这结果不堪设想。

廿三〔1934〕年八月十日[2]

坐在船里望去，前面是青青的草原，重重叠叠的树木。草

---

[1] 在作者家乡一带，称百货商店为广货店。
[2] 本则原载 1934 年 10 月 20 日《人间世》第 14 期。

原下衬着水波，树木上覆着青天，天空中疏疏地点缀着几朵白云。这般美景好像一幅天真烂漫的笑颜，欢迎着我的船。

过了一会，重叠的树木中间露出两个旗杆，和一角庙宇来。这些建筑的直线和周围的自然的曲线相照映，更完成了美好的构图。但这墙不是红墙，而是一道蓝墙；蓝墙上显出两个极粗大的图案文字"仁丹"，非常触目。以前欢迎我的笑颜，忽然敛容退却，让这两个字强硬地站出前面来招呼我。

这好像上海四马路[1]上卖春宫的，商务印书馆门前卖自来水笔的，又好像杭州的黄包车夫，突然拦住去路，硬要你买。我想叱一声"不要！"叫他走开。

廿三〔1934〕年八月十日于船中[2]

在画中要求自然物象，是人之常情。在画面讲究形色光线的美，是画的本职。偏重第一条件的是古代的宗教画，文人画，现代的广告画，宣传画。偏重第二条件的是立体派、构成派的画。前者不忠于画的本职，后者不合人之常情。

绘画是造形美术，应以画的本职为主。但同时又须近于人情，方为纯正的绘画，在过去的艺术中，印象派可说是纯正

---

[1] 当时四马路上多妓院。

[2] 本则原载 1934 年 10 月 20 日《人间世》第 14 期。

绘画的好例。因为它在自然物象中的选美的形色光线而描成绘画，不背人之常情，而又恪守造型美术的本职。

一般鉴赏者欢喜偏重第一条件的绘画，特殊鉴赏者欢喜偏重第二条件的绘画，纯正的美术爱好者欢喜纯正的绘画。无论"为艺术的艺术""为人生的艺术""象牙塔艺术""普罗[1]艺术"，凡人世间的绘画，必以人之常情和画的本职为千古不变的两个根本条件。

廿三〔1934〕年七月廿九日

日本闲田子著《近世畸人传》是由名画家三熊思孝作插画的。日本美术论者称赞他关于孝女栗子的画。原文大意如此：栗子是日本甲斐国山梨郡一个人的妻子。事舅姑至孝。舅姑及夫皆死，遗一八岁亲生子，及一十二岁义子。一日，山水泛滥，田舍人畜尽没，水退，发现栗子尸骸手携八岁亲生子，背负十二岁义子，横死泥中。但三熊思孝的插画，不写横死泥中的光景，而写山水猝发，栗子负义子携新生子，被怒涛追逐而仓皇出奔的紧张的情景。论者说这画与文互相发挥，为插画中之上乘。

我觉得，画匠与画家的分别，用这段话来说明，最得

---

[1] 普罗，英文 proletarian（无产阶级的）译音的简化。

要领。

廿三〔1934〕年八月四日[1]

　　古时称文人生涯为"笔耕"。今日称译著生活为"精神劳动"。我想，再详切一点，写稿可比方摇船。摇船先要规定方向和目的地。其次要认明路径的转折，不要走错路，也不要打远圈。打了远圈摇船的人吃力，坐船的人也心焦。方向，目的地，和路径都明白了，然后一橹一橹地摇去，后来工作自会完成。写稿的工作完全同摇船一样。

　　摇船的人有一句话"停船三里"：即中途停一停船要花费时间，好比多摇三里路。因为停的时候不能立刻停，要慢慢地停下来；停过之后再开也不能立刻驶行，要慢慢地驶行起来，这一起一倒颇费时间。写稿也可以说"答话三百"。即写稿时倘有人问你一句话，你要少写三百个字。因为答话时要搁住了文思而审听那人的问话，以便答复。答复过之后要重寻坠绪而发挥下去。这一起一倒也颇费时间。

廿三〔1934〕年七月二十二日

---

[1] 本则原载 1934 年 10 月 20 日《人间世》第 14 期。

身体劳动的人疲倦时可教肢体完全不动,精神劳动的人疲倦时却不能教心思完全不想。故身体劳动可有完全的休息,而精神劳动除了酣睡以外没有完全的休息;衔着香烟闲坐的人方寸中忙着思维,携着手杖闲行的人脑筋里忙着筹算,不是常有的事情吗?

精神劳动的人要休息,除了酣睡以外,只有听音乐。音乐能使人心完全停止思维筹算,而入陶醉状态。心虽然也在这状态中活动,但这活动不是想而是感,感动之极,有时也会疲劳;但这疲劳伴着趣味,不觉苦痛。在精神劳动者,不伴苦痛的心的活动已算是他的休息了。

可惜中国目下少有了可供精神劳动当作休息的音乐。其人倘患失眠症,或者被梦魇所扰,简直是四六时中不断地在那里劳动。

廿三〔1934〕年七月廿三夜

吾乡道士的营业有三项:一是为病人谢菩萨[1];一是为死

---

[1] 谢菩萨,旧时作者家乡一带的一种民俗,又称拜三牲,即:买一个猪头,一条鱼,杀一只鸡,供起菩萨,请一个道士来拜祷,以求家中病人早日痊愈。

人诵经忏;一是为地方上打平安大醮。但近来这三项营业都衰落,道士生计困难。一则为了人都穷,对鬼神也怠慢起来;二则为了迷信渐被打破,有些人不相信鬼神了。有一个做道士的朋友告诉我,今年夏天,地方上例行的平安大醮恐怕也打不成。因为这平安忏是禳火灾的,今年向市上去收忏捐,有许多商店不肯出,说道"我们已经保火险,平安忏不要拜了"。

道士的生计,眼见得还要困难下去。平安忏已被火灾保险所打倒,将来谢菩萨和诵经忏也将为人寿保险所代替。但这仍旧是一种迷信,不过玉皇大帝换了财神菩萨。

廿三〔1934〕年七月廿八日

我家庭中有个葡萄棚,夏日绿荫满庭,棚前人物都染成青色。可是这葡萄藤因为是去年从别处移植过来的,那根被翻过一次,吸收养分的能力减弱,所以今年生的葡萄很少,而且不甜。

邻近的人家也有枝葡萄藤,生的葡萄很多,而且很甜。我们互相比较之下,邻家的老太太说,她除用肥之外,每当葡萄开花的时候,泡了大壶的糖汤,浇在花上,每天浇好几次,所以生出来的葡萄很甜。

我知道花不是吸收养分的器官。又知道即使用糖汤浇在根上,其结果不一定甜。但这位邻家的老太太始终自信她的栽培法的有效。旁人也都赞许。我似觉教育上也有类乎此的栽培法。

我已经吃好饭，放下碗筷；为听未吃好饭的人谈话，暂时仍坐在食桌旁的凳上。眼睛所注射的地下，有一群蚂蚁正在扛一粒饭。他们凑集在饭粒的周围，衔着了它合力移行，望一下去好像一朵会移动的白心黑瓣的菊花。

我一面听食桌上的人谈话，一面目送这朵菊花移行。移到地平砖缺一个角而作成一洼的地方，全部翻进洼里。那些蚂蚁有的留在洼边上没有跌下去；有的跟了饭粒跌下去，打几个滚，还是誓死咬住不放；有的被压在饭粒底下，挣扎了好一会方才钻出。它们忙乱了一会，依旧团聚起来，扛着饭粒在洼中移行。费了不少的努力，扛上斜坡，走出洼地，来到平地上。我替它们抽一口大气。

正在这时候，一只穿皮鞋的脚像飞来峰一般地落在这菊花上面，又立刻拖回去。我不由而惊喊一声。大家望桌子底下看时，只见地上画着一条黑色的湿痕。

廿三〔1934〕年七月廿四日

送阿宝出黄金时代

阿宝，我和你在世间相聚，至今已十四年了，在这五千多天内，我们差不多天天在一处，难得有分别的日子。我看着你呱呱堕地，嘤嘤学语，看你由吃奶改为吃饭，由匍匐学成跨步。你的变态微微地逐渐地展进，没有痕迹，使我全然不知不觉，以为你始终是我家的一个孩子，始终是我们这家庭里的一种点缀，始终可做我和你母亲的生活的慰安者。然而近年来，你态度行为的变化，渐渐证明其不然。你已在我们的不知不觉之间长成了一个少女，快将变为成人了。古人谓"父母之年不可不知也，一则以喜，一则以惧"。我现在反行了古人的话，在送你出黄金时代的时候，也觉得悲喜交集。

所喜者，近年来你的态度行为的变化，都是你将由孩子变成成人的表示。我的辛苦和你母亲的劬劳似乎有了成绩，私心庆慰。所悲者，你的黄金时代快要度尽，现实渐渐暴露，你将停止你的美丽的梦，而开始生活的奋斗了，我们仿佛丧失了一个从小依傍在身边的孩子，而另得了一个新交的知友。"乐莫乐兮新相知"，然而旧日天真烂漫的阿宝，从此永远不得再见了！

记得去春有一天，我拉了你的手在路上走。落花的风把一阵柳絮吹在你的头发上，脸孔上，和嘴唇上，使你好像冒了雪，生了白胡须。我笑着搂住了你的肩，用手帕为你拂拭。你也笑着，仰起了头依在我的身旁。这在我们原是极寻常的事：以前每天你吃过饭，是我同你洗脸的。然而路上的人向我们注视，对我们窃笑，其意思仿佛在说："这样大的姑娘儿，还在路上教父亲搂住了拭脸孔！"我忽然看见你的身体似乎高大了，完全发育了，已由中性似的孩子变成十足的女性了。我忽然觉得，我与你之间似乎筑起一堵很高，很坚，很厚的无影的墙。你在我的怀抱中长起来，在我的提携中大起来；但从今以后，我和你将永远分居于两个世界了。一刹那间我心中感到深痛的悲哀。我怪怨你何不永远做一个孩子而定要长大起来，我怪怨人类中何必有男女之分。然而怪怨之后立刻破悲为笑。恍悟这不是当然的事，可喜的事么？

　　记得有一天，我从上海回来。你们兄弟姊妹照例拥在我身旁，等候我从提箱中取出"好东西"来分。我欣然地取出一束巧格力来，分给你们每人一包。你的弟妹们到手了这五色金银的巧格力，照例欢喜得大闹一场，雀跃地拿去尝新了。你受持了这赠品也表示欢喜，跟着弟妹们去了。然而过了几天，我偶然在楼窗中望下来，看见花台旁边，你拿着一包新开的巧格力，正在分给弟妹三人。他们各自争多嫌少，你忙着为他们均分。在一块缺角的巧格力上添了一张五色金银的包纸派给小妹妹了，方才三面公平。他们欢喜地吃糖了，你也欢喜地看他们吃。这使我觉得惊奇。吃巧格力，向来是我家儿童们的一大乐事。因为乡村里只有箬叶包的糖塌饼，草纸包的状元糕，没有这种五色金银的糖果；只有甜煞的粽子糖，咸煞的盐青果，没有这种异香异味的糖果。所以我每次到上海，一定要买些回来分给儿童，藉添家庭的乐趣。儿童们切望我回家的目的，大半就在这"好东西"上。你向来也是这"好东西"的切望者之一人。你曾经和弟妹们赌赛谁是最后吃完；你曾经把五色金银的锡纸积受起来制成华丽的手工品，使弟妹们艳羡。这回你怎么一想，肯把自己的一包藏起来，如数分给弟妹们吃呢？我看你为他们分均匀了之后表示非常的欢喜，同从前赌得了最后吃完时一样，不觉倚在楼上独笑起来。因为我忆起了你小时候的事：十来年之前，你是我家里的一个捣乱分子，每天为了要求的不满足而哭几场，挨母亲打几顿。你吃蛋只要吃蛋黄，不要吃蛋白，母亲偶然夹一筷蛋白在你的饭碗里，你便把饭粒和蛋白乱拨在桌子上，同时大喊"要黄！要黄！"你以为凡物较好者就叫做"黄"。所以有一次你要小椅子玩耍，母亲搬一个小凳子给你，你也大喊"要黄！要黄！"你要长竹竿玩，母亲拿一根"史的克"[1]给你，你也大喊"要黄！要黄！"你看不起那时候还只一二岁而不会活动的软软。吃东西时，把不好吃的东西留着给软软吃；讲故事时，把不幸的角色派给软软当。向母亲有所要求而不得允许的时候，你就高声地问："当错软软么？当错软软么？"你的意思以为：软软这个人要不得，其要求可以不允许；而阿宝是一个重要不过的人，其要求岂有不允许之理？今所以不允许者，大概是当错了软软的原故。所以每次高声地提醒你母亲，务要她证明阿宝正身，允许一切要求而后

---

[1] 英文 stick 的译音，意即手杖。

已。这个一味"要黄"而专门欺侮弱小的捣乱分子,今天在那里牺牲自己的幸福来增殖弟妹们的幸福,使我看了觉得可笑,又觉得可悲。你往日的一切雄心和梦想已经宣告失败,开始在遏制自己的要求,忍耐自己的欲望,而谋他人的幸福了;你已将走出惟我独尊的黄金时代,开始在尝人类之爱的辛味了。

记得去年有一天,我为了必要的事,将离家远行。在以前,每逢我出门了,你们一定不高兴,要阻住我,或者约我早归。在更早的以前,我出门须得瞒过你们。你弟弟后来寻我不着,须得哭几场。我回来了,倘预知时期,你们常到门口或半路上来迎候。我所描的那幅题曰《爸爸还不来》的画,便是以你和你的弟弟的等我归家为题材的。因为我在过去的十来年中,以你们为我的生活慰安者,天天晚上和你们谈故事,作游戏,吃东西,使你们都觉得家庭生活的温暖,少不来一个爸爸,所以不肯放我离家。去年这一天我要出门了,你的弟妹们照旧为我惜别,约我早归。我以为你也如此,正在约你何时回家和买些什么东西来,不意你却劝我早去,又劝我迟归,说你有种种玩意可以骗住弟妹们的阻止和盼待。原来你已在我和你母亲谈话中闻知了我此行有早去迟归的必要,决意为我分担生活的辛苦。我此行感觉轻快,但又感觉悲哀。因为我家将少却了一个黄金时代的幸福儿。

以上原都是过去的事,但是常常切在我的心头,使我不能忘却。现在,你已做中学生,不久就要完全脱离黄金时代而走向成人的世间去了。我觉得你此行比出嫁更重大。古人送女儿出嫁诗云:"幼为长所育,两别泣不休。对此结中肠,义往难复留。"

你出黄金时代的"义往",实比出嫁更"难复留",我对此安得不"结中肠"?所以现在追述我的所感,写这篇文章来送你。你此后的去处,就是我这册画集里所描写的世间。我对于你此行很不放心。因为这好比把你从慈爱的父母身旁遣嫁到恶姑的家里去,正如前诗中说:"自小闺内训,事姑贻我忧。"事姑取甚样的态度,我难于代你决定。但希望你努力自爱,勿贻我忧而已。

约十年前,我曾作一册描写你们的黄金时代的画集(《子恺画集》)。其序文(《给我的孩子们》)中曾经有这样的话:"我的孩子们!我憧憬于你们的生活,每天不止一次!我想委曲地说出来,使你们自己晓得。可惜到你们懂得我的话的意思的时候,你们将不复是可以使我憧憬的人了。这是何等可悲哀的事啊!""但是,你们的黄金时代有限,现实终于要暴露的。这是我经验过来的情形,也是大人们谁也经验过的情形。我眼看见儿时的伴侣中的英雄,好汉,一个个退缩,顺从,妥协,屈服起来,到像绵羊的地步。我自己也是如此。'后之视今,亦犹今之视昔',你们不久也要走这条路呢!"写这些话时的情景还历历在目,而现在你果然已经"懂得我的话"了!果然也要"走这条路"了!无常迅速,念此又安得不结中肠啊!

廿三〔1934〕年岁暮,选辑近作漫画,定名为《人间相》,付开明出版。选辑既竟,取十年前所刊《子恺画集》比较之,自觉画趣大异。读序文,不觉心情大异。遂写此篇,以为《人间相》辑后感

云　霓[1]

这是去年夏天的事。

两个月不下雨。太阳每天晒十五小时。寒暑表中的水银每天爬到百度[2]之上。河底处处向天。池塘成为洼地。野草变作黄色而矗立在灰白色的干土中。大热的苦闷和大旱的恐慌充塞了人间。

室内没有一处地方不热。坐凳子好像坐在铜火炉上。按桌子好像按着了烟囱。洋蜡烛从台上弯下来，弯成磁铁的形状，薄荷锭在桌子上放了一会，旋开来统统溶化而蒸发了。狗子伸着舌头伏在桌子底下喘息，人们各占住了一个门口而不息地挥扇。挥得手腕欲断，汗水还是不绝地流。汗水虽多，饮水却成问题。远处挑来的要四角钱一担，倒在水缸里好像乳汁，近处挑来的也要十个铜板一担，沉淀起来的有小半担是泥。有钱买水的人家，大家省省地用水。洗过面的水留着洗衣服，洗过衣服的水留着洗裤。洗过裤的水再留着浇花。没有钱买水的人家，小脚的母亲和数岁的孩子带了桶到远处去扛。每天愁热愁

---

[1] 本篇原载 1935 年 5 月 3 日《申报》。

[2] 百度，指华氏度。

水，还要愁未来的旱荒。迟耕的地方还没有种田，田土已硬得同石头一般。早耕的地方苗秧已长，但都变成枯草了。尽驱全村的男子踏水。先由大河踏进小河，再由小河踏进港汊，再由港汊踏进田里。但一日工作十五小时，人们所踏进来的水，不够一日照临十五小时太阳的蒸发。今天来个消息，西南角上的田禾全变黄色了；明天又来个消息，运河岸上的水车增至八百几十部了。人们相见时，最初徒唤奈何："只管不下雨怎么办呢？""天公竟把落雨这件事根本忘记了！"但后来得到一个结论，大家一见面就惶恐地相告："再过十天不下雨，大荒年来了！"

此后的十天内，大家不暇愁热，眼巴巴的只望下雨。每天一早醒来，第一件事是问天气。然而天气只管是晴，晴，晴……一直晴了十天。第十天以后还是晴，晴，晴……晴到不计其数。有几个人绝望地说："即使现在马上下雨，已经来不及了。"然而多数人并不绝望：农人依旧拼命踏水，连黄发垂髫都出来参加。镇上的人依旧天天仰首看天，希望它即刻下雨，或者还有万一的补救。他们所以不绝望者，为的是十余日来东南角上天天挂着几朵云霓，它们忽浮忽沉，忽大忽小，忽明忽暗，忽聚忽散，向人们显示种种欲雨的现象，维持着他们的一线希望，有时它们升起来，大起来，黑起来，似乎义勇地向踏水的和看天的人说："不要失望！我们带雨来了！"于是踏水的人增加了勇气，愈加拼命地踏，看天的人得着了希望，欣欣然有喜色而相与欢呼："落雨了！落雨了！"年老者摇着双手阻止他们："喊不得，喊不得，要吓退的啊。"不久那些云霓果然被吓退了，它们在炎阳之下渐渐地下去，少起来，淡起来，散开去，终于隐伏在地平线下，人们空欢喜了一场，依旧回进大热的苦闷和大旱的恐慌中，每天有一场空欢喜，但每天逃不出苦闷和恐怖。原来这些云霓只是挂着给人看看，空空地给人安慰和勉励而已。后来人们都看穿了，任它们五色灿烂地飘游在天空，只管低着头和热与旱奋斗，得过且过地度日子，不再上那些虚空的云霓的当了。

这是去年夏天的事。后来天终于下雨，但已无补于事，大荒年终于出现。现在，农人啖着糠秕，工人闲着工具，商人守着空柜，都在那里等候蚕熟和麦熟，不再回忆过去的旧事了。

我现在为什么在这里重提旧事呢？因为我在大旱时曾为这云霓描一幅画。现在从大旱以来所作画中选出民间生活描写的六十幅来，结集为一册书，把这幅《云霓》冠卷首，就名其书为《云霓》。这也不仅是模仿《关雎》《葛覃》，取首句作篇名而已，因为我觉得现代的民间，始终充塞着大热似的苦闷和大旱似的恐慌，而且也有几朵"云霓"始终挂在我们的眼前，时时用美好的形状来安慰我们，勉励我们，维持我们生活前途的一线希望，与去年夏天的状况无异。就记述这状况，当作该书的代序。

记述既毕，自己起了疑问：我这《云霓》能不空空地给人玩赏吗？能满足大旱时代的渴望吗？自己知道都不能。因为这里所描的云霓太小了，太少了。仅乎这几朵怎能沛然下雨呢？恐怕也只能空空地给人玩赏一下，然后任其消沉到地平线底下去的吧。

画集《云霓》(天马版) 代序，廿四〔1935〕年三月十九日作

都会之音[1]

都会常把物质文明所产生的精巧,玲珑,而便利的种种用品输送到乡村去,或显示给乡村看。这好像是都会对乡村的福音,其实却害苦了乡村的人!他们在粗陋,简朴,荒凉,寂寞的环境里受了这种进步的物品的诱惑,便热烈地憧憬于繁华的都会生活的幸福,而在相形之下愈觉自己这环境的荒寂与生活的不幸,然而不能插翅飞向都会去。这好比把胭脂,花粉,弓鞋,月棉投进无期徒刑的男牢里。

从前有一句俗语,形容局部与全体的关系的,叫做"拾得了苏州袜带儿"。意思是说:布衣草裳的乡下穷人拾了一只当时认为服装最时髦的苏州人的袜带儿,须得把原有的袜,鞋,裤,衣,帽,以至房子,老婆等统统换过,方才配用。不换过时,用了这袜带儿不配得可笑。现在都会把物质文明所产生的各种精巧,玲珑,而便利的用品输送到穷乡去,正同教乡下人拾得苏州袜带儿一样。若要使他们合用,须得把乡村全部改造;不改造时,其不配也可笑。

小小的一匣火柴,在乡村里,有时被显衬得异常精巧。因

---

[1] 本篇原载 1935 年 5 月 20 日《太白》第 2 卷第 5 期。

为那里还有火钵头的存在。烧饭时放些火灰在钵里，种两个柴头在里面，便可一天到晚有火，而不费一文。所以他们不得已时不擦火柴，买了一匣火柴可以用个把月。然而近来都会里输送过来的火柴，忽然匣子扁了，分量减少而价钱增贵了。这在都会人看来原是物品的进步，塞在洋装或摩登服装的袋里比前便利得多了；至于量少价贵，差一两个铜板有什么关系呢？然而乡下人想不通这个用意，享不到这种便利。不得已时，也只得买一匣扁火柴来和火钵头并列着。都会人对于扁火柴还不满足，又造出精巧玲珑的打火灯[1]来，也把它们输送到乡村去。有时打火灯也同火钵头会在一块，看了觉得好笑。又如香烟这种消耗品，近年来流行的普遍实在可惊。乡村里的老太太出街时，为了手头找不到水烟筒，有时也用拇指和食指撮住了一根香烟在扁嘴里吸，样子怪新奇。至于乡村的毛头小伙子，吸香烟已成了常事。

三个铜板买两支，把一支储藏在耳朵里，拿一支来吸。一时用脱三个铜板数目原也不大，然而连日累月地计算起来，香烟的用费比从前吸老烟贵到数倍，乡下人暗中被香烟的诱惑骗去不少的钱！在没有流行这种便利的烟草以前，乡下人出街时自带老烟筒，不带的也可以到店家去白吸几筒水烟。然而现在与前不同：身上有几个铜板的人出门就不带烟筒，店家也不再备烟请客。因为弄口，市梢，处处都有香烟的零售处了。原匣的香烟，里面有灿烂发光的锡纸包，五彩精印的画片，外面有

---

[1] 打火灯，即打火机。

精美华丽的纸匣儿。这些装潢都是在物质文明的都市里用进步的机器制出来的。然而放在土岸上芦扉棚下的茶摊上许多衣衫褴褛的人所围绕的板桌上,其不调和也很可笑。若拿这些吃茶人和画片上所绘的摩登女子比较起来,前者都好像是石器时代的原始人;不然,后者便好像是一种玩具。都会人当作果壳儿抛弃的香烟罐头,乡下老太太讨得了一个视同无价之宝,供在灶山上当茶叶瓶,令子孙世世代代地宝用下去。

小小一粒洋纽扣,在乡村里也难得妥当的地方可以安置。这是机器的产物,原为洋装的衬衫,"大英皮"[1]的皮鞋等服装而制造。一到乡村里,就被装在老布棉衣的襟上,三寸金莲的高高的脚山上。还有种种"摩登"的衣料,上面织着与都会里舞场上的环境相配的图案,也输送到穷乡僻壤里去推销。有时披在跪在城隍菩萨面前求签的女子身上,有时裹在扶着凤冠霞帔的新娘子上花轿的女傧相身上。这种地方有时还有洋装人物出现,使人看了兴起时代错误之感。洋装的人在这种环境里真被怠慢:冬天,乡村的房子前后通风,不装火炉,在室内不脱帽子和大衣有乖洋风,脱了实在冷不可当。夏天,乡村里既无风扇,又无刨冰,更无冷气。重重叠叠的汗衫,衬衫,和上衣,外加枷锁链条一般的硬领和领带,穿了几天可以使人发痧。"大英皮"鞋走在尖角石子的路上要擦破皮,走在泥路上要滑交,脚趾儿非时时用劲不可。我推想他们在艰苦的时候一定会惦记起都会来:冬暖夏凉的洋房,开阔的水门汀,平整的

---

[1] 大英皮,指英国产的皮。

柏油路，闪亮的漆地板，以及软软的地毯。也许他们自认为都会之人，不幸而暂时流落在这破陋的乡村里的；也许他们抱着大志，要改造全部乡村的环境来适应他们的服装，同换过全身衣服，房子，和老婆来配用苏州袜带儿一样。

饮食方面也有这种状态：汽水和各种洋式糖果近来也输送到乡下去。汽水的味道并不特别好，饮了不醉也不饱；不过据说是用蒸馏水制的，作为夏日的饮料大合卫生。卫生是"性命交关"的事，谁敢反对呢？然而据我所见，励行卫生大都不能彻底，实甚可惜。怕毒菌和微生虫的人，要把水煮得沸，要把菜蔬煮得熟。然而他们对于杯，碗，筷，瓢，以及厨子的用具和手，却不甚彻底调查其清洁与否。这种器具的清洁与否，不想则已，细想起来都是靠不住的。防接触传染的人，裹足不到疾病流行的地带去，绝对不到病人死人的家里去。然而他们出门坐电车时也用手吊住车门口的铜柱，旋开车箱的门，拉住车箱内的拉手。他们换兑及买物时也曾接受不知经过谁人的手的银洋，角子，和铜板，而且把它们宝藏在怀中。这种铜柱，门闩，拉手，和银洋，角子，铜板上面，有没有病菌停留着呢？天晓得！还有防空气传染的人，出门用套子把口鼻蒙住。然而他吃饭时能否也戴套子？他的家里能否自制一种空气，使与外界的大气完全隔绝？总之，励行卫生原可以减少传染的机会，但是很不彻底。而在乡村"马虎"尤甚。这蒸馏水制的汽水，原是注重卫生而又生活阔绰的都会人的饮料。他们能以蒸馏的汽水代茶喝，在卫生上总较好些；况且有钱没处用，乐得阔绰吧。然而这东西流行到乡村来，很不适当。并非说乡村的人都贱，不配饮汽水。实因与乡村生活的"马虎"习惯和环境不合。常见小市镇上狭狭的一条市河里，上流有人洗马桶，下流有人淘米，或者挑饮水。常见乡村人家的饭箩上，乌丛丛地盖着一层苍蝇。常见饭粒里夹着苍蝇的尸骸。而见者和吃者皆恬不为怪。度着这样"马虎"生活的人，其实无需乎出重价购饮蒸馏水的汽水。然而都会管自把汽水送到乡下来。那些汽水瓶儿亮晶晶地倒挂在乡村的糖果店门口，怪诱惑的。身上有二只角子的好奇者都要尝试一下看。开瓶时先吓坏了几个旁观者，然后用大拇指尽力抵住瓶口，总算饮了喷剩的大半瓶汽水。然而大拇指上的汗汁和龌龊也一并饮进在肚里了。洋式的糖果，听说曾在乡村间闹过笑话：曾有人把橡皮糖的渣滓吞下肚子里去，觉悟了这错误之后，他吃杏仁糖时舐尽了外面的糖衣，就把内藏的杏仁当作果核，吐在地上给狗子吃。都会的"吃客"在这点上可以骄人，笑指这乡村人为"猪头三"[1]。"吃客"和"猪头三"，都是时代错误的现世社会中的可笑的产物。

交通的发达，常把都会的面影更整块地显示给乡村人看，对他们作更强的诱惑。火车所穿过的地方，处处是矮屋茅棚集成的乡村。当电灯开得闪亮的特别夜快通车的头等车厢载了正在喷雪茄，吃大菜的洋装阔客而通过这些乡村的时候，在乡村人看来正像一朵载着一群活神仙的彩云飞驰而过。由此想见都会真是天堂一般的地方！然而在他们是可望而不可即的。飞机轧轧地在乡村的天空中盘旋。有时司机人要装威风给乡下人

---

[1] 猪头三，江南一带的骂人话，指不知好歹的蠢人。

看，故意飞得很低，几乎带倒了草棚的屋脊，吓得屋里的人逃出屋外来，屋外的人逃进屋里去。慢吞吞地荡着摆渡船的人举头望着风驰电掣的飞机，当作传说里的大鹏鸟看，不相信这是和他的摆渡船同类的一种交通用具。

最活跃地把都会之音输送到乡村来诱惑乡下人的，莫如最近盛行的无线电收音机。不久以前，乡下的老太太听了留声机"唱洋戏"，曾经猜疑有小人躲在小箱里面吹唱。这个疑案尚未解决，现在又来了一种不须转动而自会吹弹歌唱的小箱子。以前的留声机所唱的，虽然乡下人都称为"洋戏"，其实就是乡间常演的"戏文"里的腔调，乡下人都会鉴赏。这不是都会专有之音，而是乡村原有之音，故对于环境总算是调和的。现在的收音机所发的音，就有许多与乡村很不调和的都会之音：油腔滑调的对白，都会风的弹唱，"像煞有介事"的演说，"肉麻连气[1]"的跳舞音乐，加之以各大马路各大商店的广告。娇滴滴的女声抑扬顿挫地说着："诸位要做新式服装请到×马路××绸缎局。花样时新，价钱便宜，招待诚恳。公馆里只要打电话，立刻把花样送到，电话号码×××××，请注意。""诸位要吃大菜，请到×马路××公司，物事精美，招待周到，座位幽雅，价钱相巧。"下面仰起了头听着的是一班鹑衣百结而面有菜色的农人，不过这菜色不是大菜之色。收音机不啻是专把都会繁华的幸福报告给穷屈的乡村人听的机器。

---

[1] "肉麻连气"中的"连气"是作者家乡土话中的语助词，其意义介于"很"和"有点"之间。

以上所说，自火柴以至收音机，都是物质文明对人类的贡献，都好像是都会给乡村的福音。然而乡村人从这些所受得什么呢？无他，只有惊异，诱惑，和可笑的不称。"乡下人拾得苏州袜带儿"，原是不用的，除非换过周身的衣服，造过房子，讨过老婆。现在中国无数的乡村，好比无数拾得了苏州袜带儿的乡下人，但他们都没有换过衣服，造过房子，讨过老婆，而被强迫用着这条时髦的袜带儿，因此演成了可笑的状态。

都会之音用了种种方式而传达到乡村去，使得乡村好像乡下人拾得了苏州袜带儿。乡村之音也可用种种方式传达到都会里去。但恐都会对他们好像苏州人拾得了乡下破草鞋，丢进垃圾桶里了。

画集《都会之音》（天马版）代序。

廿四〔1935〕年四月十二日作

谈自己的画[1]

去秋语堂[2]先生来信,嘱我写一篇《谈漫画》。我答允他定写,然而只管不写。为什么答允写呢?因为我是老描"漫画"的人,约十年前曾经自称我的画集为"子恺漫画",在开明书店出版。近年来又不断地把"漫画"在各杂志和报纸上发表,惹起几位读者的评议。还有几位出版家,惯把"子恺漫画"四个字在广告中连写起来,把我的名字用作一种画的形容词;有时还把我夹在两个别的形容词中间,写作"色彩子恺新年漫画"(见开明书店本年一月号《中学生》广告)。这样,我和"漫画"的关系就好像很深。近年我被各杂志催稿,随便什么都谈,而独于这关系好像很深的"漫画"不谈,自己觉得没理由,而且也不愿意,所以我就答允他一定写稿。为什么又只管不写呢?因为我对于"漫画"这个名词的定义,实在没有弄清楚:说它是讽刺的画,不尽然;说它是速写画,又不尽然;说它是黑和白的画,有色彩的也未始不可称为"漫画";说它是

---

[1] 本篇原载 1935 年 2 月 20 日和 3 月 5 日《人间世》第 22、23 期。编入 1957 年版《缘缘堂随笔》时作者有所删改,主要是删去了首二段。

[2] 语堂,指林语堂。

小幅的画,小幅的不一定都是"漫画"。……原来我的画称为漫画,不是我自己作主的,十年前我初描这种画的时候,《文学周报》编辑部的朋友们说要拿我的"漫画"去在该报发表。从此我才知我的画可以称为"漫画",画集出版时我就遵用这名称,定名为"子恺漫画"。这好比我的先生(从前浙江第一师范的国文教师单不厂先生,现在已经逝世了)根据了我的单名"仁"而给我取号为"子恺",我就一直遵用到今。我的朋友们或者也是有所根据而称我的画为"漫画"的,我就信受奉行了。但究竟我的画为什么称为"漫画"?可否称为"漫画"?自己一向不曾确知。自己的画的性状还不知道,怎么能够普遍地谈论一般的漫画呢?所以我答允了写稿之后,踌躇满胸,只管不写。

最近语堂先生又来信,要我履行前约,说不妨谈我自己的画。这好比大考时先生体恤学生抱佛脚之苦,特把题目范围缩小。现在我不可不缴卷了,就带着眼病写这篇稿子。

把日常生活的感兴用"漫画"描写出来——换言之,把日常所见的可惊可喜可悲可晒之相,就用写字的毛笔草草地图写出来——听人拿去印刷了给大家看,这事在我约有了十年的历史,仿佛是一种习惯了。中国人崇尚"不求人知",西洋人也有"What's in your heart let no one know"[1]的话。我正同他们相反,专门画给人家看,自己却从未仔细回顾已发表的自己的画。偶然在别人处看到自己的画册,或者在报纸、杂志中翻到自己的插画,也好比在路旁的商店的样子窗中的大镜子里照见

---

[1] 英文,意即:你心里想的,别让人知道。

自己的面影，往往一瞥就走，不愿意细看。这是什么心理？很难自知。勉强平心静气观察自己，大概是为了太稔熟，太关切，表面上反而变疏远了的原故。中国人见了朋友或相识者都打招呼，表示互相亲爱，但见了自己的妻子，反而板起脸不搭白[1]，表示疏远的样子。我的不欢喜仔细回顾自己的画，大约也是出于这种奇妙的心理的吧？

但现在要我写这个题目，我非仔细回顾自己的画不可了。我找集从前出版的《子恺漫画》《子恺画集》等书来从头翻阅，又把近年来在各杂志和报纸上发表的画的副稿来逐幅细看，想看出自己的画的性状来，作为本题的材料。结果大失所望。我全然没有看到关于画的事，只是因了这一次的检阅，而把自己过去十年间的生活与心情切实地回味了一遍，心中起了一种不可名状的感慨，竟把画的一事完全忘却了。

因此我终于不能谈自己的画。一定要谈，我只能在这里谈谈自己的生活和心情的一面，拿来代替谈自己的画吧。

约十年前，我家住在上海。住的地方迁了好几处，但总无非是一楼一底的"弄堂房子"，至多添了一间过街楼。现在回想起来，上海这地方真是十分奇妙：看似那么忙乱的，住在那里却非常安闲，家庭这小天地可与忙乱的环境判然地隔离，而安闲地独立。我们住在乡间，邻人总是熟识的，有的比亲戚更亲切，白天门总是开着的，不断地有人进进出出；有了些事总是大家传说的，风俗习惯总是大家共通的。住在上海完全不然。

---

[1] 搭白，作者家乡方言，意即搭腔。

邻人大都不相识，门镇日严扃着，别家死了人与你全不相干。故住在乡间看似安闲，其实非常忙乱；反之，住在上海看似忙乱，其实非常安闲。关了前门，锁了后门，便成一个自由独立的小天地。在这里面由你选取甚样风俗习惯的生活：宁波人尽管度宁波俗的生活，广东人尽管度广东俗的生活。我们是浙江石门湾人，住在上海也只管说石门湾的土白，吃石门湾式的饭菜，度石门湾式的生活，却与石门湾相去数百里。现在回想，这真是一种奇妙的生活！

除了出门以外，在家里所见的只是这个石门湾式的小天地。有时开出后门去换掉些头发（《子恺画集》六四页），有时从过街楼上挂下一只篮去买两只粽子（《子恺漫画》七〇页），有时从洋台眺望屋瓦间浮出来的纸鸢（《子恺漫画》六三页），知道春已来到上海。但在我们这个小天地中，看不出春的来到。有时几乎天天同样，辨不出今日和昨日。有时连日没有一个客人上门，我妻每天的公事，就是傍晚时光抱了瞻瞻，携了阿宝，到弄堂门口去等我回家（《子恺漫画》六九页）。两

岁的瞻瞻坐在他母亲的臂上，口里唱着"爸爸还不来！爸爸还不来！"六岁的阿宝拉住了她娘的衣裾，在下面同他和唱。瞻瞻在马路上扰攘往来的人群中认到了带着一叠书和一包食物回家的我，突然欢呼舞蹈起来，几乎使他母亲的手臂撑不住。阿宝陪着他在下面跳舞，也几乎撕破了她母亲衣裾。他们的母亲呢，笑着喝骂他们。当这时候，我觉得自己立刻化身为二人。其一人做了他们的父亲或丈夫，体验着小别重逢时的家庭团圆之乐，另一个人呢，远远地站了出来，从旁观察这一幕悲欢离合的活剧，看到一种可喜又可悲的世间相。

他们这样地欢迎我进去的，是上述的几与世间绝缘的小天地。这里是孩子们的天下。主宰这天下的，有三个角色，除了瞻瞻和阿宝之外，还有一个是四岁的软软，仿佛罗马的三头政治。日本人有 tototenka（父天下）、kakatenka（母天下）之名，我当时曾模仿他们，戏称我们这家庭为 tsetse-tenka（瞻瞻天下）。因为瞻瞻在这三人之中势力最盛，好比罗马三头政治中的领胄。我呢，名义上是他们的父亲，实际上是他们的臣仆；而我自己却以为是站在他们这政治舞台下面的观剧者。丧失了美丽的童年时代，送尽了蓬勃的青年时代，而初入黯淡的中年时代的我，在这群真率的儿童生活中梦见了自己过去的幸福，觅得了自己已失的童心。我企慕他们的生活天真，艳羡他们的世界广大。觉得孩子们都有大丈夫气，大人比起他们来，个个都虚伪卑怯，又觉得人世间各种伟大的事业，不是那种虚伪卑怯的大人们所能致，都是具有孩子们似的大丈夫气的人所建设的。

我翻到自己的画册，便把当时的情景历历地回忆起来。例如：他们跟了母亲到故乡的亲戚家去看结婚，回到上海的家里时也就结起婚来。他们派瞻瞻做新官人。亲戚家的新官人曾经来向我借一顶铜盆帽。（注：当时我乡结婚的男子，必须戴一顶铜盆帽，穿长衫马褂，好像是代替清朝时代的红缨帽子、外套的。我在上海日常戴用的呢帽，常常被故乡的乡亲借去当作结婚的大礼帽用。）瞻瞻这两岁的小新官人也借我的铜盆帽去戴上了。他们派软软做新娘子。亲戚家的新娘子用红帕子把头蒙住，他们也拿母亲的红包袱把软软的头蒙住了。一个戴着铜盆帽好像苍蝇戴豆壳，一个蒙住红包袱好像猢狲扮把戏，但两人都认真得很，面孔板板的，跨步缓缓的，活像那亲戚家的结婚式中的人物。宝姐姐说"我做媒人"，拉住了这一对小夫妇而教他们参天拜地，拜好了又送他们到用凳子搭成的洞房里（见《子恺画集》第三七页）。

我家没有一个好凳，不是断了脚的，就是擦了漆的。它们当凳子给我们坐的时候少，当游戏工具给孩子们用的时候多。在孩子们，这种

工具的用处真真广大：请酒时可以当桌子用，搭棚棚时可以当墙壁用，做客人时可以当船用，开火车时可以当车站用。他们的身体比凳子高得有限，看他们搬来搬去非常吃力。有时汗流满面，有时被压在凳子底下。但他们好像为生活而拼命奋斗的劳动者，决不辞劳。汗流满面时可用一双泥污的小手来揩摸，披压在凳子底下时只要哭脱几声，就带着眼泪去工作。他们真可说是"快活的劳动者"（《子恺画集》三四页）。哭的一事，在孩子们有特殊的效用。大人们惯说"哭有什么用？"原是为了他们的世界狭窄的原故。在孩子们的广大世界里，哭真有意想不到的效力。譬如跌痛了，只要尽情一哭，比服凡拉蒙灵得多，能把痛完全忘却，依旧遨游于游戏的世界中。又如泥人跌破了，也只要放声一哭，就可把泥人完全忘却，而热中于别的玩具（《子恺画集》一六页）。又如花生米吃得不够，也只要号哭一下，便好像已经吃饱，可以起劲地去干别的工作了（《子恺漫画》六六页）。总之，他们干无论什么事都认真而专心，把身心全部的力量拿出来干。哭的时候用全力去哭，笑的时候用全力去笑，一切游戏都用全力去干。干一件事的时候，把除这以外的一切别的事统统忘却。一旦拿了笔写字，便把注意力全部集中在纸上（《子恺漫画》六八页）。纸放在桌上的水痕里也不管，衣袖带翻了墨水瓶也不管，衣裳角拖在火钵里燃烧了也不管。一旦知道同伴们有了有趣的游戏，冬晨睡在床里的会立刻从被窝钻出，穿了寝衣来参加，正在换衣服的会赤了膊来参加（《子恺漫画》九〇页）；正在洗浴的也会立刻离开浴盆，用湿淋淋的赤身去参加。被参加的团体中的人们对于这浪漫的参加者也恬不为怪，因为他们大家把全精神沉浸在游戏的兴味中，大家入了"忘我"的三昧境，更无余暇顾到实际生活上的事及世间的习惯了。

成人的世界，因为受实际的生活和世间的习惯的限制，所以非常狭小苦闷。孩子们的世界不受这种限制，因此非常广大自由。年纪愈小，其所见的世界愈大。我家的三头政治团中瞻瞻势力最大，便是为了他年纪最小，所处的世界最广大自由的原故。他见了天上的月亮，会认真地要求父母给他捉下来（《儿童漫画》），见了已死的小鸟，会认真地喊它活转来（《子恺画集》二八页），两把芭蕉扇可以认真地变成他的脚踏车（《子恺画集》一七页），一只藤椅子[1]可以认真地变成他的黄包车（《子恺画集》一八页），戴了铜盆帽会立刻认真地变成新官人，穿了爸爸的衣服会立刻认真地变成爸爸（《子恺漫画》九五页）。照他的热诚的欲望，屋里所有的东西应该都放在地上，任他玩弄，所有的小贩应该一天到晚集中在我家的门口，由他随时去买来吃弄，房子的屋顶应该统统除去，可以使他在家里随时望见月亮、鸽子和飞机，眠床里应该有泥土，种花草，养着蝴蝶与青蛙，可以让他一醒觉就在野外游戏（《子恺画集》二〇页）。看他那热诚的态度，以为这种要求绝非梦想或奢望，应该是人力所能办到的。他以为人的一切欲望应该都是可能的。所以不能达到目的的时候，便那样愤慨地号哭。拿破仑的字典里没有"难"字，我家当时的瞻瞻的词典里一定没

---

[1] 在漫画中是一辆藤童车。

有"不可能"之一词。

我企慕这种孩子们的生活的天真,艳羡这种孩子们的世界的广大。或者有人笑我故意向未练的孩子们的空想界中找求荒唐的乌托邦,以为逃避现实之所;但我也可笑他们的屈服于现实,忘却人类的本性。我想,假如人类没有这种孩子们的空想的欲望,世间一定不会有建筑,交通、医药、机械等种种抵抗自然的建设,恐怕人类到今日还在茹毛饮血呢。所以我当时的心,被儿童所占据了。我时时在儿童生活中获得感兴。玩味这种感兴,描写这种感兴,成了当时我的生活的习惯。

欢喜读与人生根本问题有关的书,欢喜谈与人生根本问题有关的话,可说是我的一种习性。我从小不欢喜科学而欢喜文艺。为的是我所见的科学书,所谈的大都是科学的枝末问题,离人生根本很远;而我所见的文艺书,即使最普通的《唐诗三百首》《白香词谱》等,也处处含有接触人生根本而耐人回味的字句。例如我读了"想得故园今夜月,几人相忆在江楼",便会设身处地地做了思念故园的人,或江楼相忆者之一人,而无端地兴起离愁。又如读了"流光容易把人抛,红了樱桃,绿了芭蕉",便会想起过去的许多的春花秋月,而无端地兴起惆怅。我看见世间的大人都为生活的琐屑事件所迷着,都忘记人生的根本,只有孩子们保住天真,独具慧眼,其言行多足供我欣赏者。八指头陀诗云:"吾爱童子身,莲花不染尘。骂之惟解笑,打亦不生嗔。对境心常定,逢人语自新。可慨年既长,物欲蔽天真。"我当时曾把这首诗用小刀刻在香烟嘴的边上。

这只香烟嘴一直跟随我,直到四五年前,有一天不见了。以后我不再刻这诗在什么地方。四五年来,我的家里同国里一样的多难:母亲病了很久,后来死了;自己也病了很久,后来没有死。这四五年间,我心中不觉得有什么东西占据着,在我的精神生活上好比一册书里的几页空白。现在,空白页已经翻厌,似乎想翻出些下文来才好。我仔细向自己的心头探索,觉得只有许多乱杂的东西忽隐忽现,却并没有一物强固地占据着。我想把这几页空白当作被开的几个大"天窗",使下文仍旧继续前文,然而很难能。因为昔日的我家的儿童,已在这数年间不知不觉地变成了少年少女,行将变为大人。他们已不能像昔日的占据我的心了。我原非一定要拿自己的子女来作为儿童生活赞美的对象,但是他们由天真烂漫的儿童渐渐变成拘谨驯服的少年少女,在我眼前实证地显示了人生黄金时代的幻灭,我也无心再来赞美那昙花似的儿童世界了。

古人诗云:"去日儿童皆长大,昔年亲友半凋零。"这两句确切地写出了中年人的心境的虚空与寂寥。前天我翻阅自己的画册时,陈宝(就是阿宝,就是做媒人的宝姐姐)、宁馨(就是做新娘子的软软)、华瞻(就是做新官人的瞻瞻)都从学校放寒假回家,站在我身边同看。看到"瞻瞻新官人,软软新娘子,宝姐姐做媒人"的一幅,大家不自然起来。宁馨和华瞻脸上现出忸怩的笑,宝姐姐也表示决不肯再做媒人了。他们好比已经换了另一班人,不复是昔日的阿宝、软软和瞻瞻了。昔日我在上海的小家庭中所观察欣赏而描写的那群天真烂漫的孩子,现在早已不在人间了!他们现在都已疏远家庭,做了学校的学生。他们的生活都受着校规的约束，社会制度的限制，和世智的拘束；他们的世界不复像昔日那样广大自由，他们早已不做房子没有屋顶和眠床里种花草的梦了。他们已不复是"快活的劳动者"，正在为分数而劳动，为名誉而劳动，为知识而劳动，为生活而劳动了。

我的心早已失了占据者。我带了这虚空而寂寥的心，彷徨在十字街头，观看他们所转入的社会，我想象这里面的人，个个是从那天真烂漫、广大自由的儿童世界里转出来的。但这里没有"花生米不满足"的人，却有许多面包不满足的人。这里没有"快活的劳动者"，只见锁着眉头的引车者，无食无衣的耕织者，挑着重担的颁白者，挂着白须的行乞者。这里面没有像孩子世界里所闻的号啕的哭声，只有细弱的呻吟，吞声的呜咽，幽默的冷笑，和愤慨的沉默。这里面没有像孩子世界中所见的不屈不挠的大丈夫气，却充满了顺从，屈服，消沉，悲哀，和诈伪，险恶，卑怯的状态。我看到这种状态，又同昔日带了一叠书和一包食物回家，而在弄堂门口看见我妻提携了瞻瞻和阿宝等候着那时一样，自己立刻化身为二人。其一人做了这社会里的一分子，体验着现实生活的辛味；另一人远远地站出来，从旁观察这些状态，看到了可惊可喜可悲可哂的种种世间相。然而这情形和昔日不同：昔日的儿童生活相能"占据"我的心，能使我归顺它们，现在的世间相却只是常来"袭击"我这空虚寂寥的心，而不能占据，不能使我归顺。因此我的生活的册子中，至今还是继续着空白的页，不知道下文是什么。也许空白到底，亦未可知啊。

为了代替谈自己的画,我已把自己十年来的生活和心情的一面在这里谈过了。但这文章的题目不妨写作"谈自己的画"。因为:一则我的画与我的生活相关联,要谈画必须谈生活,谈生活就是谈画。二则我的画既不摹拟什么八大山人、七大山人的笔法,也不根据什么立体派、平面派的理论,只是像记帐般地用写字的笔来记录平日的感兴而已。因此关于画的本身,没有什么话可谈,要谈也只能谈谈作画时的因缘罢了。

廿四〔1935〕年二月四日

我的书：《芥子园画谱》[1]

"我的书"，这题目很广大。我虽非藏书家，大大小小，新新旧旧，也有四五橱的书，不知当从哪一册说起？先拣最漂亮一点的来说吧。假定价贵就是漂亮，先拣价最贵的来说吧。我所有的书中，价最贵的要算去年向有正书局买来的一部《芥子园画谱》。这部书共分三集，第一集四册，定价六元。第二集又四册，定价又六元。第三集也是四册，定价却是三十二元。全书一共定价四十四元。我托书店代买，照同行打九折，实出大洋三十九元六角。在我所有书中，这部要算最贵的了。次贵的书，其价不及此书之半。

先谈我买这书的动机：我学画从西洋画法的石膏模型木炭写生入手，一向不曾要求画谱。以前看见别人拿出《芥子园》临摹，便鄙视他。一则为了有几个人所临摹的《芥子园》，是画摊上几只角子一部的油光纸的石印本。那本子不是照相落石的，是由人用手临摹而石印的。我虽不娴中国画，也能一望而知其失真。假如这种本子里的笔墨照原本打个对折，临摹的人所摹得的又打一个对折，这人所学得的实在无几。怪不得中国

---

[1] 本篇原载 1935 年 4 月 1 日《文学》第 4 卷第 4 号"我的书"专栏。

的画运要衰微了。我认为这些手摹石印本的《芥子园画谱》比低级趣味的书更为低级,是画匠所用的东西。二则,根本我认为学画须以自然为师,不必临摹古本。由临摹而得的画法,往往落套,譬如树的画法,桥的画法,亭的画法等,在他们心中已有了一定型。人的画法也如此,所以二十世纪的中国画家还在那里写纶巾,道袍,红袖,翠带的古装人物,形成"时代错误"的状态。故我以为学画不须学画谱,对于《芥子园》的存在根本地怀疑。因此,我一向鄙视《芥子园》。我所以肯买这册书,为的是有一天,我偶然看到一条兰的立幅的旁边的花盆架上供着一盆真的兰花。把实物与画对照地看了一会,觉得中国画的象征的表现法,真是奇妙:并不肖似实际的兰花,却能力强地表出兰花所有的特点。这有些儿近于漫画手法,比石膏模型写实的画法轻快得多。此后我对中国画渐渐地怀着好感。对《芥子园》的鄙视也渐渐消失了。偶然遇到这部书,我也仔细地翻阅。觉得这是一部中国画的教科书。分门别类,择要示范,虽非名家真迹,也可谓具体而微。可惜翻印的本子太坏,不免毫厘千里之差。因此我闻知有正书局有精印的本子发卖,就决心去买一部。我买它来非为临摹,只许阅读。古人称看画为"读画",我没有这样神会默悟的观照工夫。现在所谓"阅读",也只是说同读书一样翻翻而已。详言之,我预备拿这画谱中所描的东西来同实物对照,同从前对照兰花和其立幅一样。我想由此看出实物形态和书中形态的差异,因而探求中国画的表现方法的一般的规则。说"一般的规则",似乎太科学的。主张气韵生动的中国画家看了,定要笑我太死板。但我也以为古代的画论太玄妙,中国画倘要继续它的血食,在某限度内也非受一下科学的洗礼不可。虽然我生活烦忙,立此志已有一二年而终于未有所得,但"理想是事实之母",假我数年,五十以学中国画,也一定可以得到一个结果——成功或失败。这是我买《芥子园》的动机。

我先买第二集,梅兰竹菊谱。因为一则我听某人说学中国画须从四君子入手,所以先买它。二则我觉得中国画谱中所载的大多数是古代社会的模样,古代人的衣服,古代的生活,与现世相去太远,无从找到实物来对照研究。四君子没有古装与今装,便于作上述的研究,所以我先看中它们。印刷果然比石印本高明得多。然而我终于没有工夫特地找梅兰竹菊来和画谱中的四君子对照研究。只是翻了三次——真不过三次:初买来时翻了一次。后来别人借去看了几天,拿来还我时,又乘便翻了一次。最近想写这篇文章时又翻一次。不过有了这册之后,我每逢看着梅兰竹菊的时候,比以前要注意些。我想:"古人是看了这东西而想出那种画法来的。我也何妨来验一下这创作的心理看。"于是出神地看了几眼。虽然都是匆忙地,偶然地,终于没有发现什么"至理",但有时也感到一种兴味。有兴味,总是有作用的原故。有作用,也许其作用近于那"至理"了。我常常拿这样的一念来自慰。然实际上终于未有所获得。只是在那序文中看了二句不能忘却的话。"康熙辛巳菊月雄州余椿题于秦淮"的梅菊谱序中,有这样的两句:

"诗文字画,皆为丰岁之珍,饥年之粟。"

我最初看到,想给他在"饥年"二字上面加一"非"字。

后来一位朋友说我太浅薄了。他就代作者想出二种解释来：一者，饥的原因倘是自然力，例如水灾或火灾，这是天谴。古人有知天命而善于安贫乐道者。则诗文字画之道，可为他们的饥年之粟。二者，饥年的原因倘是人力，这是人祸。诗文字画倘能与时代社会相关，也可以替代饥民求粟的哭声，所以这句话也说得通。我想，其然，岂其然欤？究竟本意如何，只有回到康熙年间去问问作者才能知道。

后来我又听人说，学中国画宜从画石入手，就继续去买含有石谱的第一集。我想，西洋画以裸体女人为基本练习，中国画以石为基本练习，这对照非常奇妙。前者太柔而后者太刚，前者太活而后者太死，前者太有情，后者太无情了。但是我觉得也有两个共通点：一者都是自然物，二者都是形态复杂而变化无定的。人体多曲线，其形态有种种而变化无定，石多直线，其形态也有种种而变化无定。故西洋画笔法密致而中国画笔法疏朗。西洋画中描一株树也用肢体似的线条，中国画中描一个人也用石纹似的衣褶。我买了石谱之后，看见了石头似觉很有意思。那些崎岖的无名的形状，都能使我看出一些表情来，因而回想过去在各种的中国画中的所见，我觉得学中国画从石入手之说，比从四君子入手之说更为合理。理由这样：无名的形象（例如石），比有名的形象（例如四君子）宜作基本练习的题材。因为它无名，观察时可以屏弃一切先入观念而看到纯粹形象。西洋画的基本练习虽然是人体（石膏模型或莫特尔），但专门研究者常不画全体而画 torso，就是肢体的一部分。便是取其近于无名的纯粹形象而适于基本练习的原故。有些人看见画家描一个没头的人，或者没有肢体的一段胴部，或者仅描背部和臀部，拿到展览会里去出品，不免要笑他们，这杀头断腿的形状可怕之极，岂可当作画供人欣赏？不知在西洋画家自有其技术的苦心为根据。可见世间是非真难说的。未曾身入其境，不知此中甘苦，信口批评，有时不免冤枉。以前我之鄙视《芥子园》也是其一例。

后来我在病中听人说，《芥子园》三集出版了。我料想也是六块钱一部的；即使上下，相差总看得见。便写信给上海的友人，托他去买。想以此为病中的消闲品。不久书寄到，发票亦到。票上写着定价三十二元，九折实洋也要廿八元余。我最初觉得有些儿肉痛。打开书来一看，又有些儿失望，只有两本是画，余两本中一半是木版大字的画论，一半是花卉虫鸟的描法。早知如此，我不买这第三集了。然而已经买了，总要看出它一些好处来，方才可以自慰。翻了一遍，果然也发见些好处：这里有两本全是花卉翎毛的彩色画，而且是人工木版套印的。一幅上多至五六套颜色，而且每一色又有浓淡之不同。说这是人工印的，几乎不能使人相信。后来我听人说，才知道印的功夫的确很大，那些浓淡全靠用手在版子上做出来的。我没有看见过这种印刷工场，但凭想象，恐怕印一张所费功夫，同照样临摹一张相差不远。不过难得这样正确而敏捷的临手，所以还是用模子印。但这时对我真是出力不讨好。我平素不大欢喜看工笔细写的画。我以为与其看毛羽色泽完全逼真的翡翠鸟的画，不如到动物园里去看看真的翡翠鸟；与其看花瓣一个不少而叶脉一丝不乱的月季花的画，不如到植物园里去看看真的月季花。结果这部芥子园第三集在我的书橱中价值最贵，而对我的感情最薄。我常常不理睬它。但也有欢喜这一路工笔的朋友见了，倾情地称赞它一番。"啊！印得真漂亮！""完全同画一样！""完全同真的一样！""廿八块钱，足值足值！"到底价贵就是漂亮！它的漂亮能博得这样的赞誉，我也觉得"廿八块钱，足值，足值"了。

廿四〔1935〕年三月九日于自长安至石门湾的舟中

半篇莫干山游记 [1]

前天晚上，我九点钟就寝后，好像有什么求之不得似的只管辗转反侧，不能入睡。到了十二点钟模样，我假定已经睡过一夜，现在天亮了，正式地披衣下床，到案头来续写一篇将了未了的文稿。写到二点半钟，文稿居然写完了，但觉非常疲劳。就再假定已经度过一天，现在天夜了，再卸衣就寝。躺下身子就酣睡。

次日早晨还在酣睡的时候，听得耳边有人对我说话："Z先生[2]来了！Z先生来了！"是我姐的声音。我睡眼朦胧地跳起身来，披衣下楼，来迎接Z先生。Z先生说："扰你清梦！"我说："本来早已起身了。昨天写完一篇文章，写到了后半夜，所以起得迟了。失迎失迎！"下面就是寒暄。他是昨夜到杭州的，免得夜间敲门，昨晚宿在旅馆里。今晨一早来看我，约我同到莫干山去访L先生[3]。他知道我昨晚写完了一篇文稿，今天可以放心地玩，欢喜无量，兴高采烈地叫："有缘！有缘！好像知

---

[1] 本篇原载1935年6月1日《论语》第66期，署名：子恺。
[2] Z先生，即谢先生，指谢颂羔。
[3] L先生，即李先生，指李圆净。

道我今天要来的！"我也学他叫一遍："有缘！有缘！好像知道你今天要来的！"

我们寒暄过，喝过茶，吃过粥，就预备出门。我提议："你昨天到杭州已夜了。没有见过西湖，今天得先去望一望。"他说："我是生长在杭州的，西湖看腻了。我们就到莫干山吧。""但是，赴莫干山的汽车几点钟开，你知道吗？""我不知道。横竖汽车站不远，我们撞去看。有缘，便搭了去；倘要下午开，我们再去玩西湖。""也好，也好。"他提了带来的皮包，我空手，就出门了。

黄包车拉我们到汽车站。我们望见站内一个待车人也没有，只有一个站员从窗里探头出来，向我们慌张地问："你们到哪里？"我说："到莫干山，几点钟有车？"他不等我说完，用手指着买票处乱叫："赶快买票，就要开了。"我望见里面的站门口，赴莫干山的车子已在咕噜咕噜地响了。我有些茫然：原来我以为这几天莫干山车子总是下午开的，现在不过来问钟点而已，所以空手出门，连速写簿都不曾携带。但现在真是"缘"了，岂可错过？我便买票，匆匆地拉了Z先生上车。上了车，车子就向绿野中驰去。

坐定后，我们相视而笑。我知道他的话要来了。果然，他又兴高采烈地叫："有缘！有缘！我们迟到一分钟就赶不上了！"我附和他："多吃半碗粥就赶不上了！多撒一场尿就赶不上了！有缘！有缘！"车子声比我们的说话声更响，使我们不好多谈"有缘"，只能相视而笑。

开驶了约半点钟，忽然车头上"嗤"地一声响，车子就在无边的绿野中间的一条黄沙路上停下了。司机叫一声"葛娘![1]"跳下去看。乘客中有人低声地说:"毛病了!"司机和卖票人观察了车头之后,交互地连叫"葛娘!葛娘!"我们就知道车子的确有毛病了。许多乘客纷纷地起身下车,大家围集到车头边去看,同时问司机:"车子怎么了?"司机说:"车头底下的螺旋钉落脱了!"说着向车子后面的路上找了一会,然后负着手站在黄沙路旁,向绿野中眺望,样子像个"雅人"。乘客赶上去问他:"喂,究竟怎么了!车子还可以开否?"他回转头来,沉下了脸孔说:"开不动了!"乘客喧哗起来:"抛锚了!这怎么办呢?"有的人向四周的绿野环视一周,苦笑着叫:"今天要在这里便中饭了!"咕噜咕噜了一阵之后,有人把正在看风景的司机拉转来,用代表乘客的态度,向他正式质问善后办法:"喂!那么怎么办呢?你可不可以修好它?难道把我们放生了?"另一个人就去拉司机的臂:"嗳!你去修吧!你去修吧!总要给我们开走的。"但司机摇摇头,说:"螺旋钉落脱了,没有法子修的。等有来车时,托他

---

[1] 葛娘,即"个娘",江南一带的骂人话,相当于"妈的"。

们带信到厂里去派人来修吧。总不会叫你们来这里过夜的。"乘客们听见"过夜"两字,心知这抛锚非同小可,至少要耽搁几个钟头了,又是咕噜咕噜了一阵。然而司机只管向绿野看风景,他们也无可奈何他。于是大家懒洋洋地走散去。许多人一边踱,一边骂司机,用手指着他说:"他不会修的,他只会开开的,饭桶!"那"饭桶"最初由他们笑骂,后来远而避之,一步一步地走进路旁的绿荫中,或"矫首而遐观",或"抚孤松而盘桓",态度越悠闲了。

等着了回杭州的汽车,托他们带信到厂里,由厂里派机器司务来修,直到修好,重开,其间约有两小时之久。在这两小时间,荒郊的路上演出了恐怕是从来未有的热闹。各种服装的乘客——商人、工人、洋装客、摩登女郎、老太太、小孩、穿制服的学生、穿军装的兵,还有外国人,——在这抛了锚的公共汽车的四周低徊巡游,好像是各阶级派到民间来复兴农村的代表。最初大家站在车身旁边,好像群儿舍不得母亲似的。有的人把车头抚摩一下,叹一口气;有的人用脚在车轮上踢几下,骂它一声;有的人俯下身子来观察车头下面缺了螺旋钉的地方;又向别处检探,似乎想检出一个螺旋钉来,立刻配上,使它重新驶行。最好笑的是那个兵,他带着手枪雄赳赳地站在车旁,愤愤地骂,似乎想拔出手枪来强迫车子走路。然而他似乎知道手枪耍不过螺旋钉,终于没有拔出来,只是骂了几声"妈的"。那公共汽车老大不才地站在路边,任人骂它"葛娘"或"妈的",只是默然。好像自知有罪,被人辱及娘或妈也只得忍受了。它的外形还是照旧,尖尖的头,矮矮的四脚,庞然的大肚皮，外加簇新的黄外套，样子神气活现。然而为了内部缺少了小指头大的一只螺旋钉，竟暴卒在荒野中的路旁，任人辱骂！

乘客们骂过一会之后，似乎悟到了骂死尸是没有用的，大家向四野走开去。有的赏风景，有的讲地势，有的从容地蹲在田间大便。一时间光景大变，似乎大家忘记了车子抛锚的事件，变成 picnic〔郊游〕的一群。我和 Z 先生原是来玩玩的，万事随缘，一向不觉得惆怅。我们望见两个时髦的都会之客走到路边的朴陋的茅屋边，映成强烈的对照，便也走到茅屋旁边去参观。Z 先生的话又来了："这也是缘！这也是缘！不然，我们哪得参观这些茅屋的机会呢？"他就同闲坐在茅屋门口的老妇人攀谈起来。

"你们这里有几份人家？"

"就是我们两家。"

"那么，你们出市很不便，到哪里去买东西呢？"

"出市要到两三里外的××。但是我们不大要买东西。乡下人有得吃些些算了。"

"这是什么树？"

"樱桃树，前年种

的,今年已有果子吃了。你看,枝头上已经结了不少。"

我和Z先生就走过去观赏她家门前的樱桃树。看见青色的小粒子果然已经累累满枝了,大家赞叹起来。我只吃过红了的樱桃,不曾见过枝头上青青的樱桃。只知道"红了樱桃,绿了芭蕉"的颜色对照的鲜美,不知道樱桃是怎样红起来的。一个月后都市里绮窗下洋瓷盆里盛着的鲜丽的果品,想不到就是在这种荒村里茅屋前的枝头上由青青的小粒子守红来的。我又惦记起故乡缘缘堂来。前年我在堂前手植一株小樱桃树,去年夏天枝叶甚茂,却没有结子。今年此刻或许也有青青的小粒子缀在枝头上了。我无端地离去了缘缘堂来作杭州的寓公,觉得有些对它们不起。然而幸亏如此,缘缘堂和小樱桃现在能给我甘美的回忆。倘然一天到晚摆在我的眼前,恐怕不会给我这样的好感了。这是我的弱点,也是许多人共有的弱点。也许不是弱点,是人类习性之一,不在目前的状态比目前的状态可喜;或是美的条件之一,想象比现实更美。[1] 我出神地对着樱桃树沉思,不知这一期间Z先生和那老妇人谈了些什么话。

原来他们已谈得同旧相识一般,那老妇人邀我们到她家去坐了。我们没有进去,但站在门口参观她的家。因为站在门口已可一目了然地看见她的家里,没有再进去的必要了。她家里一灶,一床,一桌,和几条长凳,还有些日用上少不得的零零碎碎的物件。一切公开,不大有隐藏的地方。衣裳穿在身上了,这里所有的都是吃和住所需要的最起码的设备,除此

---

[1] 从"然而幸亏如此……"至此,在1957年版《缘缘堂随笔》中被作者删去。

以外并无一件看看的或玩玩的东西。我对此又想起了自己的家里来。虽然我在杭州所租的是连家具的房子，打算暂住的，但和这老妇人的永远之家比较起来，设备复杂得不可言。我们要有写字桌，有椅子，有玻璃窗，有洋台，有电灯，有书，有文具，还要有壁上装饰的书画，真是太啰嗦了！近年来励行躬自薄而厚遇于人的Z先生看了这老妇人之家，也十分叹佩。因此我又想起了某人题行脚头陀图像的两句："一切非我有，放胆而走。"这老妇人之家究竟还"有"，所以还少不了这扇柴门，还不能放胆而走。只能使度着啰嗦的生活的我和Z先生看了十分叹佩而已。实际，我们的生活在中国总算是啰嗦的了。据我在故乡所见，农人、工人之家，除了衣食住的起码设备以外，极少有赘余的东西。我们一乡之中，这样的人家占大多数。我们一国之中，这样的乡镇又占大多数。我们是在大多数简陋生活的人中度着啰嗦生活的人；享用了这些啰嗦的供给的人，对于世间有什么相当的贡献呢？我们这国家的基础，还是建设在大多数简陋生活的工农上面的。

望见抛锚的汽车旁边又有人围集起来了，我们就辞了老妇人走到车旁。原来没有消息，只是乘客等得厌倦，回到车边来再骂脱几声，以解烦闷。有的人正在责问司机："为什么机器司务还不来？""你为什么不乘了他们的汽车到站头上去打电话？快得多哩！"但司机没有什么话回答，只是向那条漫漫的长路的杭州方面的一端盼望了一下。许多乘客大家时时向这方面盼望，正像大旱之望云霓。我也跟着众人向这条路上盼望了几下。那"青天漫漫覆长路"的印象，到现在还历历在目，可以画得出来。那时我们所盼望的是一架小车,载着一个精明干练的机器司务,带了一包螺旋钉和修理工具,从地平线上飞驰而来;立刻把病车修好,载了乘客重登前程。我们好比遭了难的船飘泊在大海中,渴望着救生船的来到。我觉得我们有些惭愧:同样是人,我们只能坐坐的,司机只能开开的。

久之,久之,彼方的地平线上涌出一黑点,渐渐地大起来。"来了!来了!"我们这里发出一阵愉快的叫声。然而开来的是一辆极漂亮的新式小汽车,飞也似的通过了我们这病车之旁而长逝。只留下些汽油气和香水气给我们闻闻。我们目送了这辆"油壁香车"之后,再回转头来盼望我们的黑点。久之,久之,地平线上果然又涌出了一个黑点。"这回一定是了!"有人这样叫,大家伸长了脖子翘盼。但是司机说"不是,是长兴班"。果然那黑点渐大起来,变成了黄点,又变成了一辆公共汽车而停在我们这病车的后面了。这是司机唤他们停的。他问他们有没有救我们的方法,可不可以先分载几十客人去。那车上的司机下车来给我们的病车诊察了一下,摇摇头上车去。许多客人想拥上这车去,然而车中满满的,没有一个空座位,都被拒绝出来。那卖票的把门一关,立刻开走。车中的人从玻璃窗内笑着回顾我们。我们呢,站在黄沙路边上蹙着眉头目送他们,莫得同车归,自己觉得怪可怜的。

后来终于盼到了我们的救星。来的是一辆破旧不堪的小篷车。里面走出一个浑身龌龊的人来。他穿着一套连裤的蓝布的工人服装,满身是油污,头戴一顶没有束带的灰色呢帽,脸色青白而处处涂着油污,望去与呢帽分别不出。脚上穿一双橡皮底的大皮鞋,手中提着一只荷包。他下了篷车,大踏步走向我们的病车头上来。大家让他路,表示起敬。又跟了他到车头前去看他显本领。他到车头前就把身体仰卧在地上,把头钻进车底下去。我在车边望去,看到的仿佛是汽车闯祸时的可怕的样子。过了一会他钻出来,立起身来,摇摇头说:"没有这种螺旋钉。带来的都配不上。"乘客和司机都着起急来:"怎么办呢?你为什么不多带几种来?"他又摇摇头说:"这种螺旋厂里也没有,要定做的。"听见这话的人都慌张了。有几十人几乎哭得出来。然而机器司务忽然计上心来。他对司机说:"用木头做!"司机哭丧着脸说:"木头呢?刀呢?你又没带来。"机器司务向四野一望,断然地说道:"同老百姓想法!"就放下手中的荷包,径奔向那两间茅屋。他借了一把厨刀和一根硬柴回来,就在车头旁边削起来。茅屋里的老妇人另拿一根硬柴走过来,说怕那根是空心的,用不得,所以再送一根来。机器司务削了几刀之后,果然发现他拿的一根是空心的,就改用了老妇人手里一根。这时候打了圈子监视着的乘客,似乎大家感谢机器司务和那老妇人。衣服丽都或身带手枪的乘客,在这时候只得求教于这个龌龊的工人;堂堂的杭州汽车厂,在这时候只得乞助于荒村中的老妇人;物质文明极盛的都市里开来的汽车,在这时候也要向这起码设备的茅屋里去借用工具。乘客靠司机,司机靠机器司务,机器司务终于靠老百姓。

　　机器司务用茅屋里的老妇人所供给的工具和材料,做成了一只代用的螺旋钉,装在我们的病车上,病果然被他治愈了。于是司机又高高地坐到他那主席的座位上,开起车来;乘客们也纷纷上车，各就原位，安居乐业，车子立刻向前驶行。这时候春风扑面，春光映目，大家得意洋洋地观赏前途的风景，不再想起那齷齪的机器司务和那茅屋里的老妇人了。

我同Z先生于下午安抵朋友L先生的家里，玩了数天回杭。本想写一篇"莫干山游记"，然而回想起来，觉得只有去时途中的一段可以记述，就在题目上加了"半篇"两字。

廿四〔1935〕年四月二十二日于杭州

缘缘堂再笔

([上海]开明书店 1937 年 1 月初版)[1]

---

[1] 共收随笔 20 篇。其中 4 篇曾由作者加以修饰、删改后编入人民文学出版社 1957 年 11 月出版的《缘缘堂随笔》。今基本上采用其修饰之处。有的被删改的文句和段落,仍据旧版予以恢复,并加注说明。

子愷

物 语[1]

晴爽的五月的清晨,缘缘堂主人早起,以杨柳枝漱口,饮清水一大杯,燃土耳其卷烟一支,走近堂楼窗际,凭栏闲眺庭中的景物,作如是想:

"葡萄也贪肥。用了半张豆饼,这几天就青青满棚。且有许多藤蔓长出棚外,颤袅空中,在那里要求延长棚架了。那嫩叶和卷须中间,已有无数绿色的小珠,这些将来都是结葡萄的。预想今年新秋,棚下果实累累,色如琥珀,大如鸟卵,味甘可口,专供我随意摘食。半张豆饼的饲养,换得它这许多的报效,这植物真可谓有益于人生,而尽忠于主人的了。去年夏秋,主人客居他方,听说它生的很少而小而无味。今年主人将在此过夏秋,它颇能体贴人意,特地多抽条枝,将以博主人之欢。你看:那嫩叶儿在朝阳中向我微笑,那藤蔓儿在晨风中向我点头,仿佛在说:'我们都是为你生的呀!'

"南瓜秧也真会长!不多天之前撒下几颗南瓜子,现在变成了一座小林。那些茎儿肥胖得像许多青虫。那子叶长大得像两个浮萍。有些子叶上面还顶着一张带泥的南瓜子壳,仿佛

---

[1] 本篇原载 1936 年 7 月 16 日《宇宙风》第 2 卷第 21 期。

在对我证明：'诺！我确是从你所撒下的那颗瓜子里长出来的呀！'我预备这几天就给它分秧。掘几枝种在平屋后面的小天井里，让它们长大来爬到平屋上。再掘几枝种在灶间后面的阴沟旁，让它们长大来爬在灶间上。南瓜的确是一种最可爱的作物。你想，一粒瓜子放在墙下的泥里，自会迅速地长出蔓来，缘着竹竿爬到人家的屋上。不到半年，居然会变出十七八个果实来，高高地横卧在屋顶，专让屋主随时取食，教外人无法偷取。这不是最尽忠于主人的作物么？况且果实又肥又大，半个南瓜可烧一锅，滋味又甜又香，又可点饥，又易消化。这不是最有益于人生的植物吗？它那青虫似的苗秧，含蓄着无限的生产力，怀抱着无限为人服务的忠诚。古人咏小松曰：'时人不识凌云木，直待凌云始道高。'这两句正可拜借来赞咏我眼前的南瓜秧。看哪，许多南瓜秧在微风中摇摆着。它们大约知道我正在赞赏它们，故尔装出这得意的样子来酬答我。仿佛在对我说：'我的出身虽然这么微贱，但是我有着凌云之志，将来定要飞黄腾达，以报答你的养育之恩！'

"鸽子们一齐在棚里吃早食了。雌的已会生蛋。它们对主人真亲善：每逢一只雌鸽子生了两个蛋，倘这里的小主人取食一个，它能补生一个。倘再取食一个，它能再补生一个，绝无吝色，永不表示反抗。现在我要阻止这里的小主人的取食鸽蛋，让它们多孵小鸽子。将来小鸽子多了，我定要把棚扩大且加以改良，让它们住得舒服。因为它们对我的服务实在太忠诚了：我每逢出门，带几只在身边，到了远方，要使这里的主母知道我的行踪和起居，可写一封信缚在鸽子的脚上，叫它飞送。一霎儿它就带了信回家,报告主母,比航空邮便还快,比挂号信还妥当。不但省了我许多邮票,又给我许多便利,外加添了我家庭中的许多趣味。这是何等有智慧而通人意的一种小动物!我誓不杀食你们的肉,我誓愿养杀你们[1]。啊,它们仰起头来望我了!啊,它们'咕,咕'地对我叫了。这明明是对我表示亲爱,仿佛在说:Good morning! Good morning!〔早安!早安!〕

"黑猫把头钻在门槛底下做什么?不错!它是在那里为我驱逐老鼠。门槛底下的洞正是老鼠出没的地方。前天我亲眼看见两只大老鼠被它追赶,仓皇地逃进这洞里去。以前我家老鼠多而且凶。白昼常常横行,晚上更闹得人不能睡眠。抽斗都变成了老鼠的便所,人所吃的都是老鼠的残食。原稿纸在桌上放过一夜,添上了老鼠的小便痕。孩子们把几粒花生米在衣袋里放过一夜,明天连衣襟都被咬破。自从这只黑猫来到我家以后,老鼠忽然肃清,家人方得安眠。真是除暴安良,驱邪降福。它的服务多么忠诚勤恳:晚间通夜不睡,放大了两个瞳孔,在满间屋子里巡查侦缉。白天偶尔歇息,也异常警惕。听见墙角吱吱一声,就猛然惊醒,勇往直前,爪牙交加,务须驱之屋外,或置之死地而后已。即使在吃饱的时候,看见了老鼠也绝不放过,宁可不吃,不可不杀。总之,它的捕鼠非为一己口腹之欲,全为我家除害。故终日终夜皇皇然,唯恐老鼠伤害了我家的一草一木。它仰起头,竖起尾巴,向我'咪呜,咪

---

[1] 养杀你们,意即供养你们一辈子直到老死。

呜'地叫了。这神气多么威武,这声音又多么柔媚! 好似一员小将杀退了毛贼,归来向国王献捷的模样。"

缘缘堂主人作如是想毕,满心欢喜,得意洋洋,深深地吸入一口土耳其卷烟,喷出烟气与屋檐齐高。然后暂闭两目,意欲在晨曦中静养其平旦之气。忽闻庭中吃吃作笑,呜呜作声,似有人为不平之鸣者。倾耳而听,最先说话的是葡萄:

"哈,哈,这老头子发痴! 他以为我是为他生的。人类真是何等傲慢而丑恶的动物! 我受天之命而降生,借自然之力而成长,何干于你? 我在这里享乐我自己的生命,'繁殖我自己的种子,何尝为你而生? 你在我的根上放下半张豆饼,为我造棚,自以为对我有培养之恩吗? 我实在不愿受这种恩,这非但对我自己的生活毫无益处,实在伤害了我! 你知道吗:我本来生在山野,泥土是适我胃口的食粮,雨露是使我健康的饮料,岩壁丘壑是我的本宅,那时我的藤蔓还要粗,我的种子还要多,我的攀缘力与繁殖力比现在强得多。自从被你们人类取来豢养之后,硬要我吃过量的食料,硬把我拘束在机械的栅上,还要时时弯曲我的藤蔓,教我削足适履;裁剪我的枝叶,使我畸形发展。于是我的藤蔓变成如此细弱,我的种子变得如此臃肿。我的全身被你们造成了残废的模样。你称赞我的种子色如琥珀,大如鸟卵。其实这在我是生赘疣,生臌胀,生小肠气病,都是你害我的! 你反道这是我对你的恩惠的报效,反道我尽忠于你,真是荒天下之大唐! 尤可笑者,去年我生得少,你以为是你不在家的原故,今年我生得多,你以为是博你的欢。我又不是你的情人,为你离家而憔悴,又不是你的奴隶,在你面前献媚！告诉你吧：我因生理的关系，要隔年繁荣一次。你偶然凑巧，就以为我逢迎你，真真见鬼！人类往往作这种狂妄的态度：回家偶逢花儿未落就说它'留待主人归'；送别偶逢鸟儿闲啼，就以为'恨别鸟惊心'；出门偶逢天晴，自以为'天佑'，岂不可笑？我们与你同是天之生物，平等地站在这世间，各自谋生，各自繁殖，我们岂是为你们而存在？你以为我在微笑，在点头。其实我在悲叹，在摇头。为了你强迫我吃了半张豆饼，剪去了我许多枝叶，眼见得今秋的果实又要弄得臃肿不堪，给你们吞食殆尽，不留一粒种子。昨天隔壁三娘娘家的母猪偶然到这里来玩。我曾经同她互相悲叹愤慨。我和她同样也受你们的'非生物道'的虐待，大家变得臃肿残废而膏你们的口腹。人类真是何等野蛮的东西！自己也是生物，却全不顾'生物道'，一味自私自利，有我无人。还要一厢情愿，得意洋洋。天下的傲慢与丑恶，无过于人类了！"下面继续起来的谩骂之声，是那短小精悍的南瓜秧所发的：

"人类不但傲慢而丑恶，简直是热昏[1]！不要脸！他们自恃力强，公然侵略一切弱小生物。'弱肉强食'在这世间已成了一般公理；倘然侵略者的态度坦白，自认不讳，倒还有一点可佩服，可是他们都鬼头鬼脑，花言巧语，自命为'万物灵长'，以为其他一切生物皆为人而生，真是十八刀钻不出血的老皮面！葡萄伯伯的抗议，我不但完全同情，且觉得措辞太客气了。人这种野蛮东西，对他们用什么客气？你不知道我吃了

---

[1] 热昏，江南一带方言，意即昏了头。

他们多少苦头,才挣得这条小性命呢。我的母亲是一个体格强壮而身材苗条的健全的生物,被他们残忍地腰斩了,切成千刀万块,放在锅子里烧到粉骨碎身。那时我同众兄弟们还在娘肚皮里,被他们堕胎似的取出,盛在篮里,放在太阳光里晒。我们为了母亲的被害,已不胜哀悼;自己的小性命是否可保,又很忧虑。果然,晒了一天,有一人对着我们说:'南瓜子可以吃了!'我们惊起一看,其人正是这自命为主人的老头子!他端起我们的篮来,横七竖八地摇了一会,对那老妈子说:'拿去炒一炒!'这死刑的宣告使我们众兄弟同声号哭,然而他们如同不闻,管自开锅发灶,准备我们的刑场。幸而有一个小姑娘,她大概年纪还小,天良还没有丧尽,走过来对老妈子说:'不要全炒,总要给它们留些种子的!'我们有了免于灭族的希望,觉得死也甘心。大家秉公持正,仓皇地推选,想派几个体格最健全的兄弟留着传种,以绍承我母的血统。谁知那小姑娘不管我们本人的意见,随手抓了一把,对那老妈子说:'这一点拿去种,余多的你炒吧!'我幸而被抓在她的手里,又不幸而不是最健全的一个。然而有此虎口余生,总算不幸中之大幸。现在这父母之遗体靠了土地的养育,和雨露的滋润,居然脱壳而出,蒸蒸日上,也可以聊尽子责而告慰泉壤了。但看这老头子的态度,我又起了无限的恐惧。我还道他家的小姑娘天良没有丧尽,慈悲地顾念我母的血食,原来不然,他们都全为自己,想等我大起来,再吃我的子孙!他贪恋我们的果实又肥又大,滋味又甜又香,何等可恶的老馋!他以为我们忠于主人,有益于人生;怀抱着为人服务的忠诚,何等荒唐的胡说!我们自有天赋的生产力，和天赋的凌云之志，但岂是为你们而生，又岂是你们所能养成？可惜我的根不能移动，若得像那鸽子，我早已飞出这可诅咒的牢狱和刑场，向大自然的怀里去过我独立自主的生活了！"南瓜秧说到这里，鸽子就接上去说：

"你的话大都是我所同情的。不过听到你最后的话，似有讥讽我能飞不飞，甘心为奴的意思，这使我不得不辩解了。古语云：'一家不晓得一家事'，难怪你怀疑于我。现在我把我们的生活情形告诉你吧：人对我的待遇，除了偷蛋可恶以外，其余的我都只觉得可笑。以为我对人亲善，服务忠诚，全是盲子摸象！我们的祖先本来聚居在山野中，无拘无束，多么自由的生活！后来不知怎样，被人捕到城市，豢养在囚笼里。我们有一种独特而力强的遗传性，就是不忘我们的诞生地。人类有一句话，叫做'狐死正首丘'，又有俗语说：'树高千丈，叶落归根'，他们也认为这是一种美德。我们因有这种遗传性的原故，诞生在城市中的虽然飞翔力并不退化，却无意飞回山野。人类就利用我们这习性，为我们在庭院里筑窠巢，从单方面擅定我们是他们所豢养的，还要单恋似的说我们对人亲善，岂不可笑！我们为有上述的遗传性，大家善于记忆。即使飞到了数千百里之外，仍能飞回原处，绝对不要找警察问路。因此人类又来利用我们，把信札缚在我们的脚上，托我们带回。纸儿并不重，我们也就行个方便。但这是'乘便'，不是专差，人类却自以为我们是他们的专差，称我们为'传书鸽'，还要谬赞我们服务忠诚，岂不更可笑吗？尤可笑的，我们有几个住在军队中的兄弟，不幸在战场上中了流弹，短命而死，军人居然为它们建筑坟墓，天皇还要补送它们勋章，教它们受祭奠。哈哈，我们只为了恪守祖先的遗志，不忘自己的根本，故而不辞冒险，在战场上来往；谁肯为这种横暴的侵略者作走狗呢？老实说，若不为了他们那种优良的食物的供养，我们也不肯中他们的计。只是那种食物太味美了，我们倒有些儿舍不得。横竖我们有的是翅膀，飞过战场也没有什么可怕，也乐得多吃些美食，在那里看看人类自相残杀的恶剧吧。这里的主人每逢托我带信回家，主母来接取我脚上的纸儿时，也必拿许多优良的食物供奉我。我为贪食这些，每次总是赶快回来。他们却误解了，以为我服务忠诚，真是冤哉枉也！也许他们都知道，为欲装'万物灵长'的场面，故意假痴假呆，说我们忠诚。那更是可笑而可耻了！刚才我在这里向朝阳请早安，那老头儿却自以为我在对他说'Good morning'。这便是可笑可耻的一端。"黑猫也昂起头来说话了。

"鸽子哥儿的话好像是代替我说的！我的境遇完全和你一样，我的猫生观也和你相同。那老头儿以为我在这里为他驱鼠，谬赞我服务忠诚，并且瞎说我的捕鼠不为口腹，全为他家除害，唯恐老鼠伤害了他家的一草一木，在我也常觉得荒唐可笑。把我的平生约略的告诉你吧：我本来住在这里的邻近人家的。因为那人家自己没饭吃，更没有钱买鱼来供养我，他们的房子又异常狭小，所有的老鼠很少；即使有几只，也因为那屋破得可以，瓦上、壁上、窗户上，处处有不大不小的隙缝，老鼠可以自由逃窜，而我猫却钻不进去。我往往守候了好几天，没有一只老鼠可得，因此我只得告辞，彷徨歧途。偶然到这屋檐上窥探，看见房子还高大，布置还像样。我正想混进来找些食物，这里小姑娘已在檐下模仿我的叫声而招呼我了。不久那老妈子拿了一只碗走到檐下，对着我'丁丁丁丁'地敲起来。我连忙跳下来就食：碗里的东西真美味，全是我所最欢喜的鱼类！我预备常住在这里。但闻那老妈子说：'这猫不知是从哪里来的。这般瘦，看来是没有人家养的。我们养了吧，老鼠太多，教它赶老鼠。'那小姑娘说：'这只猫样子也好看！我们养了它！不要忘记喂食！'我听了这话，就决心常住在这里了。他们的供养的确很好。外加前后许多屋子，都有无数的老鼠，任我随时捕食。现在老鼠虽已减少，且都警戒，只要用点工夫，或耐心装个假睡，也总可捞得一个。我们也有一种独特的遗传性，就是欢喜吃老鼠。老鼠比鱼更好吃。所以我虽在刚刚吃饱鱼饭的时候，见了老鼠仍是感到一种说不出的香味，不由的要捉住它。老实说，这里倘没有了上述的食物，我早已告辞了。那老头儿还说我为他服务忠诚，是上了我的当，不然，便如你所说，他是假痴假呆地夸口，以助'万物灵长'的威风。刚才我因为早晨没有吃过，追老鼠又落个空，仰起头来喊他给我备早饭，他却视我为献媚，献捷，也是人类可笑可耻的一个实例！——照理，正如葡萄先生和南瓜小姐所主张，我们都是受命于天而长育于地的平等的生物，应该各正性命，不相侵犯。但这道理太高，像我兄弟就做不到。但我们自认吃鱼吃老鼠不讳，态度是坦白的。至于像人类这样巧立了'灵长'的名目而侵略万物，还要老着面皮自以为'万物为我而生'，我们是不屑为的！"

缘缘堂主人倾耳而听，不漏一字，初而惊奇，继而惶恐，终于羞惭。想要辩解，一时找不出理由。土耳其卷烟熄，平旦之气消，愀然变容，悄然离窗，隐几而卧。

廿五〔1936〕年五月十三日作，曾载《宇宙风》

午夜高楼[1]

近因某种机缘,到一偏僻的小乡镇中的一个古风的高楼中宿了一夜。"金陵津渡小山楼,一宿行人自可愁。"灯昏人静而眠不得的时候,我便想起这两句。其实我并没有愁,读到"自可愁"三字,似觉自己着实有些愁了。此愁之来,我认为是诗句的音调所带给的。"一宿行人自可愁",这七个字的音调,仿佛短音阶〔小音阶〕的乐句,自能使人生起一种忧郁的情绪。

这高楼位在镇的市梢。因为很高,能听见市镇中各处的声音。黄昏之初,但闻一片模糊的人声,知道是天气还热,路上有人乘凉。他们的闲话声并成了这一片模糊的声音而传送到我这高楼中。黄昏一深,这小市镇里的人都睡静了。我躺在高楼中的凉床上所能听到的只有两种声音,一种是"柝,柝,柝",一种是"的,的,的"。我知道前者是馄饨担,后者是圆子担的号音。

于是我想:不必说诗的音调可以感人,就是馄饨担和圆子担的声音,也都具有音调的暗示,能使人闻音而感知其内容。

---

[1] 本篇原载 1935 年《宇宙风》第 1 卷第 2 期。

馄饨担用"柝,柝,柝"为号,圆子担用"的,的,的"为号。此法由来已久,且各地大致相同。但我想最初发起用这种声音为号的人,大约经过一番考虑,含有一种用意。不然,一定是为了这两种声音与这两种食物性状自然相合。在卖者默认这种声音宜为其商品作广告,在闻者也默认这种声音宜为这种食物的暗号,于是通行于各地,沿用至今,被视为一种定规。

试吟味之:这两种声音,在高低,大小,缓急,及音色上,都与这两种食物的性状相暗合。馄饨担上所敲的是一个大毛竹管,其声低,而大,而缓,其音色混浊,肥厚,沉重,而模糊。处处与馄饨的性状相似。午夜高楼,灯昏人静,饥肠辘辘转响的时候,听到这悠长的"柝——柝——柝——"自远而近,即使我是不吃肉的人,心目中也会浮出同那声音一样混浊,肥厚,沉重,而模糊的一碗馄饨来。在从来没有见闻过馄饨担的人,当然不会起这感想,我原是为了预先知道而能作如是想的。然而岂是穿凿附会而作此说?不信,请把圆子担的"的,的,的"给他敲了,试想效果如何?我看这种声音完全不能使人联想起馄饨呢!

圆子担上所敲的是两根竹片,其声高,而小,而急,其音色纯粹,清楚,圆滑,而细致。处处与小圆子的性状相似。吾乡称这种圆子为"救命圆子",言其细小不能吃饱,仅足以救命而已。试想象一碗纯白,浑圆,细小而甘美的救命圆子,然后再听那清脆,繁急,聒耳的"的,的,的"之声,可见二者何等融洽。那救命圆子仿佛是具体化的"的,的,的"。那"的,的,的"不啻为音乐化的救命圆子。卖扁豆粥的敲的也是"的，的，的"。但有时稍缓。又显见这两种食物的性状是大同小异的。

西洋曾有一班人耽好感觉的游戏。或作莫名其妙的画，称之为"色彩的音乐"；或设种种的酒，代表音阶上各音，饮时自以为听乐，称之为"味觉的音乐"。我这晚躺在这午夜高楼的凉床上，细味馄饨担与圆子担的声音，颇近于那班人的行径，自己觉得好笑。两副担子从巷的两头相向而来，在我的高楼之下交手而过。"柝，柝，柝"和"的，的，的"同时齐奏，音调异常地混杂，正仿佛尝了馄饨与圆子混合的椒盐味。

最后我回想到儿时所亲近的糖担。我们称之为"吹大糖"担。挑担的大都是青田人，姓刘。据父老们说，他们都是刘基的后裔。刘伯温能知未来，曾遗嘱其子孙挑吹大糖担，谓必有发达之一日。因此其子孙世守勿懈。又闻吾乡有刘伯温所埋藏宝物多处，至今未被发掘，大约是要留给挑吹大糖担者发掘的。我家邻近一带门口，据说旧有一个石槛，也是刘伯温设置的，谓此一带永无火灾。我幼时对于这种话很感兴味，因此对于挑吹大糖担者更觉可亲。我家邻近一带，我生以来的确没有遭过火灾；我生以前，听大人说也没有遭过火灾。但我看见挑吹大糖担的人，大都衣衫褴褛，面有菜色，似乎都靠着祖先的遗言在那里吃苦。而且我问他们，有几个并不姓刘，也不是青田人而是江北人。兴味为之大减。以问父老，父老说，他们恐怕我们怪他们来发掘宝物，故意隐瞒的。我的兴味又浓起来。每闻"铛，铛，铛"之声，就向母亲讨了铜板，出去应酬他，或者追随他，盘问他，看他吹糖。他们的手指技法很熟，羊卵脬，葫芦，老鼠偷油，水烟筒，宝塔，都能当众敏捷地吹成，卖给我们玩，玩腻了还好吃。他们对我，精神上，物质上都有恩惠。"铛，铛，铛"这声音，现在我听了还觉得可亲呢。因为锣声暗示力比前两者尤为丰富。其音乐华丽，热闹，兴奋，而堂皇。所以我幼时一听到"铛，铛，铛"之声，便可联想那担上的红红绿绿的各种花样的糖，围绕那担子的一群孩子的欢笑，以及糖的甜味。我想象那锣仿佛是一个慈祥，欢喜，和平，博爱的天使，两手擎着许多华丽的糖在路上走，口中高叫"糖！糖！糖！"把糖分赠给大群的孩子。我正是这群孩子中之一人。但这已是三十年的旧心情了。现在所谓可亲的，也只是一种虚空的回忆而已。朦胧中我又想起了"一宿行人自可愁"之句，黯然地入了睡乡。

廿四〔1935〕年残署作，曾载《宇宙风》

生　机[1]

去年除夜买的一球水仙花，养了两个多月，直到今天方才开花。

今春天气酷寒，别的花木萌芽都迟，我的水仙尤迟。因为它到我家来，遭了好几次灾难，生机被阻抑了。

第一次遭的是旱灾，其情形是这样：它于去年除夕到我家，当时因为我的别寓里没有水仙花盆，我特为跑到瓷器店去买一只纯白的瓷盘来供养它。这瓷盘很大、很重，原来不是水仙花盆。据瓷器店里的老头子说，它是光绪年间的东西，是官场中请客时用以盛某种特别肴馔的家伙。只因后来没有人用得着它，至今没有卖脱。我觉得普通所谓水仙花盆，长方形的、扇形的，在过去的中国画里都已看厌了，而且形式都不及这家伙好看。就假定这家伙是为我特制的水仙花盆，买了它来，给我的水仙花配合，形状色彩都很调和。看它们在寒窗下绿白相映，素艳可喜，谁相信这是官场中盛酒肉的东西？可是它们结合不到一个月，就要别离。为的是我要到石门湾去过阴历年，预期在缘缘堂住一个多月，希望把这水仙花带回去，看它开好

---

[1]　本篇原载 1936 年 3 月《越风》第 10 期。

才好。如何带法？颇费踌躇：叫工人阿毛拿了这盆水仙花乘火车，恐怕有人说阿毛提倡风雅；把他装进皮箱里，又不可能。于是阿毛提议："盘儿不要它，水仙花拔起来装在饼干箱里，携了上车，到家不过三四个钟头，不会旱杀的。"我通过了。水仙就与盘暂别，坐在饼干箱里旅行。回到家里，大家纷忙得很，我也忘记了水仙花。三天之后，阿毛突然说起，我猛然觉悟，找寻它的下落，原来被人当作饼干，搁在石灰甏上。连忙取出一看，绿叶憔悴，根须焦黄。阿毛说"勿碍[1]"，立刻把它供养在家里旧有的水仙花盆中，又放些白糖在水里。幸而果然勿碍，过了几天它又欣欣向荣了。是为第一次遭的旱灾。

第二次遭的是水灾，其情形是这样：家里的水仙花盆中，原有许多色泽很美丽的雨花台石子。有一天早晨，被孩子们发见了，水仙花就遭殃：他们说石子里统是灰尘，埋怨阿毛不先将石子洗净，就代替他做这番工作。他们把水仙花拔起，暂时养在脸盆里，把石子倒在另一脸盆里，掇到墙角的太阳光中，给它们一一洗刷。雨花台石子浸着水，映着太阳光，光泽、色彩、花纹，都很美丽。有几颗可以使人想象起"通灵宝玉"来。看的人越聚越多，孩子们尤多，女孩子最热心。她们把石子照形状分类，照色彩分类，照花纹分类；然后品评其好坏，给每块石子打起分数来；最后又利用其形色，用许多石子拼起图案来。图案拼好，她们自去吃年糕了！年糕吃好，她们又去踢毽子了；毽子踢好，她们又去散步了。直到晚上，阿毛在墙

---

[1] 勿碍，意即不要紧。

角发见了石子的图案,叫道:"咦,水仙花哪里去了?"东寻西找,发见它横卧在花台边上的脸盆中,浑身浸在水里。自晨至晚,浸了十来小时,绿叶已浸得发肿,发黑了!阿毛说"勿碍",再叫小石子给它扶持,坐在水仙花盆中。是为第二次遭的水灾。

第三次遭的是冻灾,其情形是这样的:水仙花在缘缘堂里住了一个多月。其间春寒太甚,患难迭起。其生机被这些天灾人祸所阻抑,始终不能开花。直到我要离开缘缘堂的前一天,它还是含苞未放。我此去预定暮春回来,不见它开花又不甘心,以问阿毛。阿毛说:"用绳子穿好,提了去!这回不致忘记了。"我赞成。于是水仙花倒悬在阿毛的手里旅行了。它到了我的寓中,仍旧坐在原配的盆里。雨水过了,不开花。惊蛰过了,又不开花。阿毛说:"不晒太阳的原故。"就掇到阳台上,请它晒太阳。今年春寒殊甚,阳台上虽有太阳光,同时也有料峭的东风,使人立脚不住。所以人都闭居在室内,从不走到阳台上去看水仙花。房间内少了一盆水仙花也没有人查问。直到次日清晨,阿毛叫了:"啊哟!昨晚水仙花没有拿进来,冻杀了!"一看,盆内的水连底冻,敲也敲不开;水仙花里面的水分也冻,其鳞茎冻得像一块白石头,其叶子冻得象许多翡翠条。赶快拿进来,放在火炉边。久之久之,盆里的水溶了,花里的水也溶了;但是叶子很软,一条一条弯下来,叶尖儿垂在水面。阿毛说:"乌者[1]",我觉得的确有些儿"乌",但是看

---

[1] 乌者,意即糟了。

它的花蕊还是笔挺地立着，想来生机没有完全丧尽，还有希望。以问阿毛，阿毛摇头，随后说："索性拿到灶间里去，暖些，我也可以常常顾到。"我赞成。垂死的水仙花就被从房中移到灶间。是为第三次遭的冻灾。

谁说水仙花清？它也像普通人一样，需要烟火气的。自从移入灶间之后，叶子渐渐抬起头来，花苞渐渐展开。今天花儿开得很好了！阿毛送它回来，我见了心中大快。此大快非仅为水仙花。人间的事，只要生机不灭，即使重遭天灾人祸，暂被阻抑，终有抬头的日子。个人的事如此，家庭的事如此，国家、民族的事也如此。

廿五〔1936〕年三月作，曾载《越风》

实行的悲哀[1]

寒假中,诸儿齐集缘缘堂,任情游戏,笑语喧阗。堂前好像每日做喜庆事。有一儿玩得疲倦,欹藤床少息,随手翻检床边柱上日历,愀然改容叫道:"寒假只有一星期了!假期作业还未动手呢!"游戏的热度忽然为之降低。另一儿接着说:"我看还是未放假时快乐,一放假就觉得不过如此,现在反觉得比未放时不快了。"这话引起了许多人的同情。

我虽不是学生,并不参预他们的假期游戏,但也是这话的同情者之一人。我觉得在人的心理上,预想往往比实行快乐。西人有"胜利的悲哀"之说。我想模仿他们,说"实行的悲哀",由预想进于实行,由希望变为成功,原是人生事业展进的正道。但在人心的深处,奇妙地存在着这种悲哀。

现在就从学生生活着想,先举星期日为例。凡做过学生的人,谁都能首肯,星期六比星期日更快乐。星期六的快乐的原因,原是为了有星期日在后头;但是星期日的快乐的滋味,却不在其本身,而集中于星期六。星期六午膳后,课业未了,全校已充满着一种弛缓的空气。有的人预先作归家的准备;有的

---

[1] 本篇原载 1936 年 2 月 16 日《宇宙风》第 1 卷第 11 期。

人趁早作出游的计划！更有性急的人，已把包裹洋伞整理在一起，预备退课后一拿就走了。最后一课毕，退出教室的时候，欢乐的空气更加浓重了。有的唱着歌出来，有的笑谈着出来，年幼的跳舞着出来。先生们为环境所感，在这些时候大都暂把校规放宽，对于这等骚乱伴作不见不闻。其实他们也是真心地爱好这种弛缓的空气的。星期六晚上，学校中的空气达到了弛缓的极度。这晚上不必自修，也不被严格地监督。学生可以三三五五，各行其游息之乐。出校夜游一会也不妨，买些茶点回到寝室里吃也不妨，迟一点儿睡觉也不妨。这一黄昏，可说是星期日的快乐的最中了。过了这最中，弛缓的空气便开始紧张起来。因为到了星期日早晨，昨天所盼望的佳期已实际地达到，人心中已开始生出那种"实行的悲哀"来了。这一天，或者天气不好，或者人事不巧，昨日所预定的游约没有畅快地遂行，于是感到一番失望。即使天气好，人事巧，到了兴尽归校的时候，也不免尝到一种接近于"乐尽哀来"的滋味。明日的课业渐渐地挂上了心头，先生的脸孔隐约地出现在脑际，一朵无形的黑云，压迫在各人的头上了。而在游乐之后重新开始修业，犹似重新挑起曾经放下的担子来走路，起初觉得分量格外重些。于是不免懊恨起来，觉得还是没有这星期日好，原来星期日之乐是决不在星期日的。

其次，毕业也是"实行的悲哀"之一例。学生入学，当然是希望毕业的。照事理而论，毕业应是学生最快乐的时候。但人的心情却不然：毕业的快乐，常在于未毕业之时；一毕业，快乐便消失，有时反而来了悲哀。只有将毕业而未毕业的时候,学生才能真正地,浓烈地尝到毕业的快乐的滋味。修业期只有几个月了,在校中是最高级的学生了,在先生眼中是出山的了,在同学面前是老前辈了。这真是学生生活中最光荣的时期。加之毕业后的新世界的希望,"云路""鹏程"等词所暗示的幸福,隐约地出现在脑际,无限地展开在预想中。这时候的学生,个个是前程远大的新青年,个个是有作有为的好国民。不但在学生生活中,恐怕在人生中,这也是最光荣的时期了。然而果真毕了业怎样呢?告辞良师,握别益友,离去母校,先受了一番感伤且不去说它。出校之后,有的升学未遂,有的就职无着。即使升了学,就了职,这些新世界中自有种种困难与苦痛,往往与未毕业时所预想者全然不符。在这时候,他们常常要羡慕过去,回想在校时何等自由,何等幸福,巴不得永远做未毕业的学生了。原来毕业之乐是决不在毕业上的。

进一步看,爱的欢乐也是如此。男子欲娶未娶,女子欲嫁未嫁的时候,其所感受的欢喜最为纯粹而十全。到了实行娶嫁之后,前此之乐往往消减,有时反而来了不幸。西人言"结婚是恋爱的坟墓",恐怕就是这"实行的悲哀"所使然的罢?富贵之乐也是如此。欲富而刻苦积金,欲贵而努力钻营的时候,是其人生活兴味最浓的时期。到了既富既贵之后,若其人的人性未曾完全丧尽,有时会感懊丧,觉得富贵不如贫贱乐了。《红楼梦》里的贾政拜相,元春为贵妃,也算是极人间荣华富贵之乐了。但我读了大观园省亲时元妃隔帘对贾政说的一番话,觉得人生悲哀之深,无过于此了。

人事万端,无从一一细说。忽忆从前游西湖时的一件小事，可以旁证一切。前年早秋，有一个风清日丽的下午，我与两位友人从湖滨泛舟，向白堤方面荡漾而进。俯仰顾盼，水天如镜，风景如画，为之心旷神怡。行近白堤，远远望见平湖秋月突出湖中，几与湖水相平。旁边围着玲珑的栏杆，上面覆着参差的杨柳。杨柳在日光中映成金色，清风摇摆它们的垂条，时时拂着树下游人的头。游人三三两两，分列在树下的茶桌旁，有相对言笑者，有凭栏共眺者，有翘首遐观者，意甚自得。我们从船中望去，觉得这些人尽是画中人，这地方正是仙源。我们原定绕湖兜一圈子的，但看见了这般光景，大家眼热起来，痴心欲身入这仙源中去做画中人了。就命舟人靠平湖秋月停泊，登岸选择座位。以前翘首遐观的那个人就跟过来，垂手侍立在侧，叩问"先生，红的？绿的？"我们命他泡三杯绿茶。其人受命而去。不久茶来，一只苍蝇浮死在茶杯中，先给我们一个不快。邻座相对言笑的人大谈麻雀经，又给我们一种啰唣。凭栏共眺的一男一女鬼鬼祟祟，又使我们感到肉麻。最后金色的垂柳上落下几个毛虫来，就把我们赶走。匆匆下船回湖滨，连绕湖兜圈子的兴趣也消失了。在归舟中相与谈论，大家认为风景只宜远看，不宜身入其中。现在回想，世事都同风景一样。世事之乐不在于实行而在于希望，犹似风景之美不在其中而在其外。身入其中，不但美即消失，还要生受苍蝇、毛虫、啰唣，与肉麻的不快。世间苦的根本就在于此。

一九三六年阴历元旦写于石门湾，曾载《宇宙风》

梧 桐 树[1]

寓楼的窗前有好几株梧桐树。这些都是邻家院子里的东西,但在形式上是我所有的。因为它们和我隔着适当的距离,好像是专门种给我看的。它们的主人,对于它们的局部状态也许比我看得清楚;但是对于它们的全体容貌,恐怕始终没看清楚呢。因为这必须隔着相当的距离方才看见。唐人诗云:"山远始为容。"我以为树亦如此。自初夏至今,这几株梧桐树在我面前浓妆淡抹,显出了种种的容貌。

当春尽夏初,我眼看见新桐初乳的光景。那些嫩黄的小叶子一簇簇地顶在秃枝头上,好像一堂树灯[2],又好像小学生的剪贴图案,布置均匀而带幼稚气。植物的生叶,也有种种技巧:有的新陈代谢,瞒过了人的眼睛而在暗中偷换青黄。有的微乎其微,渐乎其渐,使人不觉察其由秃枝变成绿叶。只有梧桐树的生叶,技巧最为拙劣,但态度最为坦白。它们的枝头疏而粗,它们的叶子平而大。叶子一生,全树显然变容。

---

[1] 本篇原载 1935 年 12 月 16 日《宇宙风》第 1 卷第 7 期,署名:子恺。

[2] 按作者故乡一带的风俗,人死后须在尸场上靠近头的一端点起树灯,树灯是一种点着许多油灯的树形灯架。

在夏天,我又眼看见绿叶成阴的光景。那些团扇大的叶片,长得密密层层,望去不留一线空隙,好像一个大绿障,又好像图案画中的一座青山。在我所常见的庭院植物中,叶子之大,除了芭蕉以外,恐怕无过于梧桐了。芭蕉叶形状虽大,数目不多,那丁香结要过好几天才展开一张叶子来,全树的叶子寥寥可数。梧桐叶虽不及它大,可是数目繁多。那猪耳朵一般的东西,重重叠叠地挂着,一直从低枝上挂到树顶。窗前摆了几枝梧桐,我觉得绿意实在太多了。古人说"芭蕉分绿上窗纱",眼光未免太低,只是阶前窗下的所见而已。若登楼眺望,芭蕉便落在眼底,应见"梧桐分绿上窗纱"了。

一个月以来,我又眼看见梧桐叶落的光景。样子真凄惨呢!最初绿色黑暗起来,变成墨绿;后来又由墨绿转成焦黄;北风一吹,它们大惊小怪地闹将起来,大大的黄叶便开始辞枝——起初突然地落脱一两张来,后来成群地飞下一大批来,好像谁从高楼上丢下来的东西。枝头渐渐地虚空了,露出树后面的房屋来、终于只剩几根枝条,回复了春初的面目。这几天它们空手站在我的窗前,好像曾经娶妻生子而家破人亡了的光棍,样子怪可怜的!我想起了古人的诗:"高高山头树,风吹叶落去。一去数千里,何当还故处?"现在倘要搜集它们的一切落叶来,使它们一齐变绿,重还故枝,回复夏日的光景,即使仗了世间一切支配者的势力,尽了世间一切机械的效能,也是不可能的事了!回黄转绿世间多,但象征悲哀的莫如落叶,尤其是梧桐的落叶落花也曾令人悲哀。但花的寿命短促,犹如婴儿初生即死,我们虽也怜惜他,但因对他关系未久,回忆不多，因之悲哀也不深。叶的寿命比花长得多，尤其是梧桐的叶，自初生至落尽，占有大半年之久，况且这般繁茂，这般盛大！眼前高厚浓重的几堆大绿，一朝化为乌有！"无常"的象征，莫大于此了！

但它们的主人，恐怕没有感到这种悲哀。因为他们虽然种植了它们，所有了它们，但都没有看见上述的种种光景。他们只是坐在窗下瞧瞧它们的根干，站在阶前仰望它们的枝叶，为它们扫扫落叶而已，何从看见它们的容貌呢？何从感到它们的象征呢？可知自然是不能被占有的。可知艺术也是不能被占有的。

廿四〔1935〕年十一月廿八日夜作，曾载《宇宙风》

山中避雨[1]

前天同了两女孩到西湖山中游玩,天忽下雨。我们仓皇奔走,看见前方有一小庙,庙门口有三家村,其中一家是开小茶店而带卖香烛的。我们趋之如归。茶店虽小,茶也要一角钱一壶。但在这时候,即使两角钱一壶,我们也不嫌贵了。

茶越冲越淡,雨越落越大。最初因游山遇雨,觉得扫兴;这时候山中阻雨的一种寂寥而深沉的趣味牵引了我的感兴,反觉得比晴天游山趣味更好。所谓"山色空濛雨亦奇",我于此体会了这种境界的好处。然而两个女孩子不解这种趣味,她们坐在这小茶店里躲雨,只是怨天尤人,苦闷万状。我无法把我所体验的境界为她们说明,也不愿使她们"大人化"而体验我所感的趣味。

茶博士坐在门口拉胡琴。除雨声外,这是我们当时所闻的唯一的声音。拉的是《梅花三弄》,虽然声音摸得不大正确,拍子还拉得不错。这好像是因为顾客稀少,他坐在门口拉这曲胡琴来代替收音机作广告的。可惜他拉了一会就罢,使我们所闻的只是嘈杂而冗长的雨声。为了安慰两个女孩子,我就去向茶

---

[1] 本篇原载 1935 年《新中华》第 3 卷第 10 期,原题《民众乐器》,署名:子恺。

博士借胡琴。"你的胡琴借我弄弄好不好？"他很客气地把胡琴递给我。

我借了胡琴回茶店，两个女孩很欢喜。"你会拉的？你会拉的？"我就拉给她们看。手法虽生，音阶还摸得准。因为我小时候曾经请我家邻近的柴主人[1]阿庆教过《梅花三弄》，又请对面弄内一个裁缝司务大汉教过胡琴上的工尺。阿庆的教法很特别，他只是拉《梅花三弄》给你听，却不教你工尺的曲谱。他拉得很熟，但他不知工尺。我对他的拉奏望洋兴叹，始终学他不来。后来知道大汉识字，就请教他。他把小工调、正工调的音阶位置写了一张纸给我，我的胡琴拉奏由此入门。现在所以能够摸出正确的音阶者，一半由于以前略有摸 violin〔小提琴〕的经验，一半仍是根基于大汉的教授的。在山中小茶店里的雨窗下，我用胡琴从容地（因为快了要拉错）拉了种种西洋小曲。两女孩和着了歌唱，好像是西湖上卖唱的，引得三家村里的人都来看。一个女孩唱着《渔光曲》，要我用胡琴去和她。我和着她拉，三家村里的青年们也齐唱起来，一时把这苦雨荒山闹得十分温暖。我曾经吃过七八年音乐教师饭，曾经用 piano〔钢琴〕伴奏过混声四部合唱，曾经弹过 Beethoven〔贝多芬〕的 sonata〔奏鸣曲〕。但是有生以来，没有尝过今日般的音乐的趣味。

两部空黄包车拉过，被我们雇定了。我付了茶钱，还了胡琴，辞别三家村的青年们，坐上车子。油布遮盖我面前，看

---

[1] 柴主人，在作者家乡指替农民称柴并介绍顾主、从中收取少量佣金的人。

不见雨景。我回味刚才的经验，觉得胡琴这种乐器很有意思。piano 笨重如棺材，violin 要数十百元一具，制造虽精，世间有几人能够享用呢？胡琴只要两三角钱一把，虽然音域没有 violin 之广，也尽够演奏寻常小曲。虽然音色不比 violin 优美，装配得法，其发音也还可听。这种乐器在我国民间很流行，剃头店里有之，裁缝店里有之，江北船上有之，三家村里有之。倘能多造几个简易而高尚的胡琴曲，使像《渔光曲》一般流行于民间，其艺术陶冶的效果，恐比学校的音乐课广大得多呢。我离去三家村时，村里的青年们都送我上车，表示惜别。我也觉得有些儿依依。（曾经搪塞他们说："下星期再来！"其实恐怕我此生不会再到这三家村里去吃茶且拉胡琴了。）若没有胡琴的因缘，三家村里的青年对于我这路人有何惜别之情，而我又有何依依于这些萍水相逢的人呢？古语云："乐以教和。"我做了七八年音乐教师没有实证过这句话，不料这天在这荒村中实证了。

廿四〔1935〕年秋日作，曾载《新中华》

纳凉闲话 [1]

昨夜天热,坐在楼窗口挥扇,听见下面的廊上有人在那里纳凉闲话。更深夜静,字字听得清楚,而且听了不会忘记。现在追记在这里:

甲:"天气真热!晚上,还是九十一度!"

乙:"不会九十一度的!恐怕你的寒暑表用火柴烧过了?"

丙:"前年我们办公室里有一个同事,他真的擦了一根火柴,把寒暑表底下的水银球烧一烧,使水银升到九十度以上,就借此要求局长停止办公。局长果然答允了。后来……"

甲:"其实你们何必要求停止办公?办公,无非闲坐,闲谈,吸烟;停止办公,回家去也不过闲坐,闲谈,吸烟。"

乙:"回家去倒要给妻子打差使,抱小孩,还是在办公室里写意呢。"

丙:"写意也说不到。到底不像在家里的自由自在。况且没事闲坐,就吸香烟,要一支,勒一支,把香烟瘾头弄得蛮大,一个月的香烟费真不小呢。"

甲:"我说现在的香烟,支头太长。其实普通人吸烟,吸了

---

[1] 本篇原载 1935 年 8 月 5 日《太白》第 2 卷第 10 期。

半支已够。后半支，大都是浪费的。你看他们丢下来的香烟蒂头，都是长长的。有的吸了三分之二，丢了三分之一。这不是浪费吗？我看，香烟应该改短一半。那么瘾头小的人吸一支已够，一匣可抵两匣之用。瘾头大的人不妨连吸几支。日本的香烟就是这样……"

乙："这话很对！尤其是我们做教师的人，嫌香烟太长。在休息的十分钟里，一支香烟总是吸不了。吸到半支，上课钟已打出，烟瘾也差不多了。丢了这半支，觉得可惜。用茶杯压隐[1]了，第二次烧着来吸，味道很不好；有时焦头点不着，却烧着了烟支的中部，烧得乌烟瘴气，无法再吸，终于丢了这半支。"

甲："这有一个方法，我也是吃教师饭的朋友告诉我的，不妨传授给你：你点着后半支香烟时，不可衔在口里用力抽吸。须得同点香一样，先把焦头烧红，养一养灰，然后再吸。吸时就同一气吸下来的一样，不觉得它是第二次再点的了。这赛过做文章里的承上启下，一气呵成。"

丙："你真是个文人，三句不离本行。怪不得文坛要兴发起来，阿猫阿狗都是著作家了。现在的杂志真多呢！我是连杂志名字都记不得许多，哪有工夫阅读？就是有工夫也没有许多钱来订阅。"

乙："我只订了一份××杂志。每次寄到来，看见包纸上不贴邮票，这是怎么样的？大概他们是因为寄出的份数多了，向

---

[1] 隐，江南一带方言，意即：熄，灭。

邮局总付的？"

丙："当然啰！份数多了，贴贴邮票和打打邮印的手续多麻烦！乐得大家省了。"

甲："现在的邮票真奇怪：一分邮票总是四分改成的。好好的四分邮票，都加印'暂作一分'四个红字，当作一分用。"

乙："钞票假如也好改，我要去买'暂作十元'四个铅字来，印在我的一元钞票上，把它们当作十元钞票用呢。"

丙："改钞票犯罪的，造假钞不是要杀头的吗？"

乙："唉！讲起杀头，我现在还害怕！前天上午我在马路上走，看见许多兵马簇拥了一个人去杀头。那人坐在黄包车里，手脚都绑牢，口里正在说些什么。你道这样子多可怕！"

甲："我想那拉黄包车的更加难过呢。教我做了黄包车夫，我一定不要做生意，哪怕他给我十块钱。"

乙："也是现成话。当真做了黄包车夫，给你一块钱也拉了。一块钱！拉一天还拉不到呢。"

丙："你不要说，黄包车夫的进账真不小呢。生意好，运气好起来，一天拉二三块钱不希奇。他们比我们做办事员的好得多呢。"

乙："你也不要同黄包车夫吃醋！他们到底苦，体力消耗得厉害。听说拉车只拉一个少壮时，上了四五十岁就拉不动。而且因过劳而早死的也有。"

甲："富人遭绑匪撕票，不是死得更苦吗？我看，做人，穷富都苦。都要死在钱财手里。古语云，'人为财死，鸟为食亡。'"

丙:"鸟为食亡,也不见得。我们局长养了七八只鸟,天天在喂蛋黄米给它们吃呢。我们做人实在不及做这种鸟写意。"

乙:"他养的什么鸟?"

丙:"竹叶青,黄头子,芙蓉……都是叫得很好听的。我坐在办公室的窗口,正听得着鸟声,听了要打盹。"

甲:"听说你们的局长太太是音乐学校毕业的,唱得好歌。你听见过吗?"

丙:"什么音乐学校?一个女戏子呀!我只见过一次,十足摩登。"

甲:"摩登这两个字原来意思很好,到了中国就坏化了。"

乙:"无论什么东西,到了中国就坏化。譬如鸦片,原来在外国是一种救人的药,到了中国就变成害人的毒物。吸了废事失业,吞了还可以自杀。"

甲:"自杀也不关鸦片事。前天我到药房买'来沙尔',他们说不卖,要医生证明才肯卖,说道这是防止自杀。真可笑!触电也可以自杀,跳河也可以自杀,何不把电灯一律取消,把河一概填塞?"

丙:"来沙尔是什么用的?"

甲:"这是滴在洗脸水,洗浴水里的。气味像臭药水,夏天用了爽快,而且有消毒效果。我是年年用惯的。今年却买不到。"

乙:"叫我哥哥给你证明好了。"

甲:"那很好。听说你哥哥和嫂嫂已经离婚了,曾在报上登过声明?"

乙："是呀！我的嫂子实在太那个，……况且她有狐臭。"

丙："狐臭究竟怎样来的？可以医的吗？"

乙："医不好的！这种病的确讨厌。尤其是在这两月夏天，遇着患这病的人非远而避之不可。"

甲："听说杨贵妃也是患狐臭的。不知唐明皇怎么会宠爱她？"

丙："也许后人传讹。也许她的姿色的确不差，掩过了这缺陷。你看梅兰芳扮的贵妃醉酒，多么动人！"

乙："梅兰芳正在俄国出风头呢！俄国人怎么会看得懂中国的旧戏，而那样地称赞他？我想……"

甲：打个呵欠，换一种语调说："喂！我们今晚为什么讲到了梅兰芳？"

在这句话之下，三人都笑起来。于是大家跳出了"纳凉闲话"的圈子，来追溯刚才的话头。从"梅兰芳"起，一直追溯到甲开场说的"天气真热！"好似一串链条，连续不断。因此我听了也不会忘记，能给他们记录如上。

廿四〔1935〕年夏日作，曾载《太白》

记音乐研究会中所见之一 [1]

为了我要看胡适之先生的《敬告日本国民》及室伏高信对他的通信,有一位朋友把最近几期《独立评论》寄送我。我看过了要看的之后,翻阅其他,发现该刊第一七八号中有一篇署名向愚的《东京帝大学生生活》。其中有这样的几段:"上课的时候并不打钟或摇铃,时间到了,大家进课堂等候。先生普通是过了规定的上课时间二十分钟上下才进课堂来的。先生没有进来之前,学生安静的等候着;先生将要来了,脱下雨衣、大氅和帽子,扣好了扣子;先生进来了,起立致敬。学科除了必要时用原文课本外,什么讲义也没有。先生讲,学生笔记。教授们都是留学过德国和英美诸邦的,讲述的时候,日语、德语和英语掺杂在一块儿,学生们过去在高等学校(大学预科)时代已经受了德语和英语的训练了,所以毫无困难的埋头把先生所讲的东西笔记下来。两小时的功课是连下去的,先生认为到了该结束的时候了,也就结束了,并不等到规定的下课时间之到来。下课的时候,学生仍是起立致敬,一种尊敬师长的空气

---

[1] 本篇原载 1936 年 2 月 1 日《宇宙风》第 10 期,当时提名为《记东京某音乐会中所见》。在 1957 年版《缘缘堂随笔》中有删改。

笼罩了全课堂。""上课的时候,并没有查堂或点名的事情,而从没有看见过学生缺课。因为他们深切的明了他们目前所为的是何事。""学生进图书馆时要将学生证交给坐在二门门口的看守者看,同时把帽子脱下来。千百个人静悄悄的或是整理课堂的笔记,或是看自己带来的先生的专门著作(帝大教授每一个人都有他的有系统的专门著作),或由图书馆借下来的书籍,整天的工夫或半天的工夫,一双眼睛注视在书籍上面,没有倦容。他们这种勤学苦干的精神,令人觉得明治维新到今日不过几十年,把一个国家弄到这种田地,并非偶然。"

我读了这几段颇有所感,忆起了我所不能忘却的,十五年前在东京某音乐研究会中的所见。

日本学生的勤学苦干的精神,真是可以使人叹佩的。而我在某音乐研究会中所见的医科老学生的勤学苦干的精神,尤可使我叹佩到不能忘却。他的相貌和态度,他的说话和行为,我到现在还能清楚详细地回忆起来。

那一年的春天,我到东京一个私办的音乐研究会去报名,入提琴(violin)科。缴了每月五元的学费,拿到一张会员证。会的规则,每天下午自一时至六时之间,皆可凭会员证入会研究,迟早却随便。他们原是适应有正业的人的业余研究而创办的。但所谓研究,其实只有头二十分钟受先生指导,其余的时间只是自己在练习室里熟练。我因为住的是旅馆,练起提琴来恐怕邻室的人嫌烦恼,不如就在研究会中练习,来得放心,所以每天一点钟就去,直到五六点钟方才出会。会址只有两楼两底和一个扶梯入口。楼上是提琴科,楼下是洋琴科〔钢琴〕。扶梯入口处放一只桌子，桌子旁边坐着一个事务员兼门房的人，我的会费交此人收领；每天到会时，也请此人检验会员证，然后上楼。楼上两间房间中，外间很大，是练习室。壁上挂着许多提琴，（大概是五块钱一只的起码货），不曾自备乐器的人可以自由借用，四周地上立着许多谱台，会员也可自由使用。此外并无一物。因为地上是席子，休息时尽可在地上坐卧。内间很小，但又用板壁划分为二，是两位教师住的房间，但每间里面只有一个桌子、两个椅子和两个谱台。教师从下午一时起至六时，即来到室内，等候学生轮流进去请教。（轮流的次序，以名牌为凭。我们一到会，先从事务员受得一张名牌。拿了名牌上楼，依照到会先后，顺次挂在内室门口的名牌板上，先生开始授业时，即依名牌的次序顺次受教。）教师一男一女，男教师教已有研究的老学生，女教师教初学提琴的新学生。我是初学提琴的新学生，当然受业于女先生的门下。有生以来，向女先生受教，这是最初次，又是最后次。我最初感到一种无名的不快。但受教了几天以后，就释然了。因为那位女先生的态度极诚恳，教法极良好，技术又极高明，只得使人心悦诚服。我因为没事，到会最早，往往第一个受课。因为外面还没有人到，先生教的很从容，除详细指导奏法外，这位女先生常常和我谈谈个人的事和中国的事。她是东京音乐学校的初年级主任教师，上午在该校授课，下午到这里授课。她对中国音乐很景仰，有一次对我说，"中国音乐是神圣的，可惜失传了。"

上面所叙述的，是我当时的环境，也是我们那位医科老学生的环境。我入会后的数星期，新来一个会员。其人身躯短小，脸上表出着多数日本人所共有的特色：浓眉，黑瞳，青颊，糙脸皮，外加鼻尖下一朵浓胡子。他的脸上少有笑颜，态度谨严，举止稳重，他大约是三十几岁的中年人了。他每天要到二点多钟，方始急急忙忙地上楼来。把名牌一挂，就开始练习。他所占的练习位置，与我相邻。因此他一来就同我招呼。他见我是先进，每天把提琴托我校弦。因为他自己还没有置备提琴，每天借用会里的乐器；而会里的乐器，弦线都是没有校正的。我同他相邻站着练习，他的练习我都能清楚听到。他的手法很生硬：左手摸音全然不当，以致音程完全不正。右手擦弓非常笨拙，以致发音非常难听。最初几天我也不怪，因为初学提琴，总不免一时难于入门的。过了好几时，有一次，我故意停止了自己的练习，听听他的练习看，想知道他练到第几课了（我们所用的练习本是相同的）。但听了好久，总听不出来。我疑心他所用的练习本与我所用的不同。不然，难道他迟来反比我先进，已经练到我所没有练过的地方了？于是我乘势休息，把我的琴搁在谱台旁，闲步到他身边去，偷看他的乐谱。原来他所用的书同我的并不两样。而展开着的还只是开头某页；他所热心地练习着的，正是很浅易的某一课。我的心中有些儿惊异：这种练习课都是我所熟弹过的，应该一听就可以知道是某课。何以他所弹的我竟一句也听不懂，好像完全不是这册书里的乐曲呢？于是我用了侦察的兴味，偷看他的眼睛所注视的谱表，又偷看他的左手指所摸的弦线。久而久之，方才知道他所弹的确是这一课的乐曲，只因左手摸的太不精确，故音程不正；右手拉的太生硬，故发音嘈杂；外加拍子全然不讲，于是乐曲中的音符犹如一盘散沙，全不入调。怪不得我听了莫名其妙。我看出了：他是一个全然没有音程观念，没有手指技巧，没有拍子观念，又没有乐谱知识，而冒昧地入这研究会，冤枉地站在这里练习的人。我确定了这观察后最初的冲动，是想立刻夺了他手中的乐器，谆谆地忠告他说："你拉的完全不对！你是完全没有音乐先天的人！你不配学提琴！你还是趁早退出去罢！"然而我没有如此做。于是这冲动就一变而为怜悯。我从他背后看看他的骨瘦棱棱的项颈，带着灰白的头发，伛偻的背部，和痉挛的两臂，又听听他那不成腔调的演奏，"Kawaisoda！〔可怜！〕"这一句日本语不期地浮出了我的脑际。

当我正在怜悯他的时候，另一个日本人的会员也走近来，和我一同站在他背后参观他的演奏。这个人参观了一会儿，哑然地笑出，旋转头来对我使个眼色，便昂然地走了开去。他的笑和眼色，分明地表示着他也已看到了我所看到的情形，仿佛是在对我说："这样的人也会来学提琴的！你看奇不奇？"这个人大概不知道我是外国人的。不然，他已忘怀于国际界限了。于是我对于我身边这个可怜的练习者，也忘怀了国际的界限，觉得不能袖手旁观了。我因有替他校弦的历史，就老实不客气地装作先进者，用手扣他的肩膀，说道："你的拍子弹错了！"他旋转头来一看，停止了弹奏，谦虚感谢地对我说道："这东西很难弹呢！我实在要命了！请你替我校正校正！"就把琴递给我。我为他指出拍子错误的地方来，弹一遍给他听了，然后把琴交还他。于是他热心地学习，向我提出了种种疑问——程度都是很幼稚的,但态度却是很认真的。例如关于音程的摸不正确,他问我"各指的距离有否一定的尺寸?""可否在弦线上用墨划个记号?"诸如此类,都认真得可笑。然而我对他的友谊的指导,在他极少有利益。因为指导过后,听他弹奏起来,比前好得有限。指导的地方改正了些,未经指导的地方仍是错误。这可见他不是根本理解,乃是局部硬学,其结果仍旧是可怜的。

从此之后,他对我的交谊深进了一步。这一天五点过后,大家将要散出,坐在席上吸烟的时候,他就同我谈起平生来。这时候我方才知道他是离东京很远的乡下人,是某医科学校的学生。为了平生缺乏艺术的修养,因此利用课余的时间,来这里选习提琴。他告诉我,他将来还想到德国去,德国是音乐很发达的地方,所以他决心研究音乐。说到"决心"两字,他的态度十分认真,把头点一点,表示他是一个有志者。我觉得这是日本青年所特有的毅力与真率的表示,在中国是见不到的。中国青年因怕倒楣,说话就调皮。即使想到德国去,事前一定不说,或者偏说"不去"。即使抱了研究音乐的决心,也不肯向人宣布,或者反说"我一定学不好的"。他们以为说"不去"而"去"了,说"一定学不好"而"果然学好"了,是"有面子"的,"光荣"的,"巧"的。这原是出于自爱之心的,不能说它是恶德;但弄巧成拙,"虚伪""懦怯"往往也从这里产生。与其如此,倒不如这位日本医科老学生的天真可爱了。闲话少说,我当时听了这位医科老学生的自白,在心中窃笑他的不自量力。便问:"你为甚么选习提琴呢?听说德国洋琴音乐最发达，而且洋琴比提琴容易入门。你何不选习洋琴呢？"我这话的重心，在于"而且"以下的数语。但他似乎听不懂，答道："提琴音色优美，而且提带便利。听说这是西洋乐器中价值最高的一种，我非选择它不可。"我再没有话好说，只有"Sodesuka？ Sayonara！〔原来如此？那么再会！〕"这一天我们分别时，我心中认定他是一个可怜的无自觉的妄人。

然而他后来的言行，渐渐地把我对他的观念改良起来，直到使我钦佩他为止。第二天下午，他去受课的时候，我正在休息时间。被一种"冷酷"的，或者可说是"幸灾乐祸"的好奇心所迫，我就跟进去听。女先生的教室有两扇短的自关门，像我国菜馆里所常见的。我站在门外可以看见他和女先生的脚的行动，又听到他们的谈话。但见这位医科老学生走进之后，不请授课，却放下提琴，恭敬地站着，向女先生谈话起来。他们的谈话大致如此：

"先生：你看我有没有学会提琴的希望？"

"嗳？——你当然有的！"

"昨天那位同学告诉我，我的音程，拍子，和手法都很不对。先生看究竟如何？"

"你的练习的确还在初步。但是初学这乐器，总有相当困难，你来这里不到一月呢！虽然进步不能算快，但也不算最慢。只要认真练习，不灰心，一定有成功的希望。拍子的正确，是音乐学习上最根本的要件。你可以这样去练习……"

以后女先生所讲的都是关于音乐学习法的话，医科学生热心地谛听。随后女先生拿起提琴，用她那穿着草鞋的脚在楼板上用力按拍,实际地教导这医科学生拍子的练习法。这时候我就退出,自去练琴了。

自此以后,我的邻席的练习非常勤苦。我们普通的规则,练习廿分钟,休息十分钟,同绘画研究会里的模特儿一样。但当大家休息的时候,这位医科老学生独不休息。于是他的琴声单独地响着,给大家清清楚楚地听到。他的拍子和音程固然比前正确了一半,但是还有一半仍是不正确的,引得休息的人大家默笑。然而他完全不顾,旁若无人地只管练习。

我在这研究所练习,一共六个月,弹完了练习书第三册而退出。医科学生比我迟二三个星期入会,但当我退出的时候,他还没有弹完第一册。然而他的练习已经渐上轨道,拍子和音程固然相当地正确了,拉的手法也相当地纯熟了。这时候我心中真心地赞美"苦学万能!"这个可怜的不自量力的妄人,我最初曾经断定他是永远不能入音乐之门的。不料他的毅力的奋斗果然帮他入了音乐之门。以后造就虽然不可知,过去的进步已成确凿的事实了。我退出研究会的时候,他对我热诚地惜别,又谢我对他的屡次的指导。他说:"全靠你的友谊的指导,我的音乐进步了些,虽然进步得很慢。"我对他的毅力十分钦佩,但是没有话可说。现在我想:我国古人教人习字时须坐得端正,有"非是要字好,只此是学"的话。这位提琴练习者的音乐的造就,可想见其一定不大;然而他的精神的确可佩,可说是"非是要乐好,只此是学"了。现在我又想:西洋寓言中有龟兔赛跑之说,我当时总算比他富有音乐的先天,得到三与一之比的成绩。但照他的毅力,十五年来,恐防已经像他所决心地留学德意志,学成了医学与提琴的专家而"归朝",已达到"有志者事竟成"的地步,亦未可知。而我归国后就为生活所逼,放弃提琴,至今已十五寒暑未曾重温旧业,眼见得今生不会再有从提琴上获得感兴的日子了。那么我们的提琴练习就像龟兔赛跑,他是那胜利的乌龟,我是那失败的兔子,可胜叹哉!

想起了上述的所见,我觉得《独立评论》那篇文章中"他们这种勤学苦干的精神,令人觉得明治维新到今日不过几十年,把一个国家弄到这种田地,并非偶然"的话,并非偶然。

胡适之先生《敬告日本国民》中有云:"日本国民在过去六十年中的伟大成绩,不但是日本民族的光荣,无疑的也是人类史上的一桩'灵迹'。任何人读日本国维新以来六十年的光荣历史,无不感觉惊叹兴奋的。"我想,这个"灵迹",大约是我在东京某音乐研究会中所见的医科老学生及向愚先生所述的帝大学生之类的人所合力造成的。但我的所见,已是十五年前的旧事,不足为凭了。据向愚先生所说,现在东京帝大学生的思想"萎靡不振,令人太失望了"。又帝大的文学部心理学科讲师户幡太郎说,现代日本学生的思想,已由"唯物史观"转向到"就职史观"了。唯物史观不论是否,总是一种人生观。就职史观就是只求有饭吃,不讲人生观了。这是何等的萎靡不振!若果如此,那种毅力和勤学苦干的精神,今后对日本"非徒无益,而又害之"了。

廿五〔1936〕年一月九日作,曾载《宇宙风》

记音乐研究会中所见之二 [1]

整理旧书，偶然检出一册手抄的乐谱来。暗黄的封面已经半旧，蓝墨水的颜色已变成深黑。我对这册书似乎曾经有过密切的关系。翻看内容，都是附着洋琴〔钢琴〕伴奏的怀娥铃〔小提琴〕曲谱。从曲题的文字上，可以显然认识它是我自己的手笔。但是什么时候，为了什么，在什么地方抄写这册乐谱的？一时自己也记不起来。翻到末页，看见底封面的里面横斜地写着三行英诗，也是我自己的笔迹。其文曰：

What is in your heart let no one know;
When your friend becomes your foe,
Then will the world your secret know. [2]

读下去音调很熟，意味也很自然，好像是曾经熟读而受它感动过的。对卷沉思了一会，字里行间忽然隐约地现出一副毛发

---

[1] 本篇原载 1936 年 3 月 1 日《宇宙风》第 12 期，原名《林先生》。
[2] 英文，意即："你心里想的，别让人知道，当你的朋友变成你的敌人时，你的秘密就被世界上的人知道了。"

蓬松的林先生的脸面来。别的回想也就跟了它浮到我的脑际。

　　林先生是十六七年[1]前我在东京时的音乐先生。他的名字叫什么，我已忘记，但记得我叫他 Hayashi（林）先生。他住在东京最热闹的电车站之一的春日町的附近的一条小弄里。他的音乐私人教授的招牌上画着指路箭，挂在从春日町望去可以看见的地方。我到东京后，先在某音乐研究会中练习了几个月怀娥铃。技术上了轨道之后，嫌那研究会中的先生所教的基本练习书太枯燥，想换一个私人教授的地方去，点品学些怀娥铃独奏的短曲——尤其是夜曲之类的抒情曲，因为我当时酷嗜这种音乐。有一天，我在春日町望见了这块招牌，就依路箭所示，转进铺着不规则形的石块的小弄，寻到他家里去索章程。他的家的表面，只有一扇开着的门，门内装着一部扶梯，扶梯上头有隐约的琴声，却不见一个人影。我入门，只得喊声 gomen（对不起），跨上扶梯去。走完扶梯，吃了一惊。那扶梯所导入的长方形房间中，四周有许多人围着一张长方形矮桌，在靠墙脚的席地上正襟危坐。矮桌上放着一只形似香炉的香烟灰缸，此外别无他物。这印象现在我想起了还觉得诧异，好似谁从庙里搬了许多罗汉像来，用香炉供养在家里。我对他们说："请给我一份章程。"一时无人接应，后来坐在门口的一人向矮桌子底下摸了一张纸，默默地递给我。我接受了走下扶梯时，但闻内室琴声乍起，悠扬婉转，一直护送我到门外铺着不规则形的石块的小路上。

---

[1] 十六七年，应为：约十五年。

第二天早上，我去报名，一个穿和服的毛发蓬松的男子出来接应。后来我知道他就是音乐教师林先生。林先生教的洋琴〔钢琴〕（piano）、提琴（violin）与大提琴（cello）三科，学费相当的贵，每人每月六元，每星期受课三次。他先问我有否学过音乐。知道我已有些基本练习经验，然后许我入学。我选习的是提琴科，而且指定要学提琴的小曲。他教我买一册 Light Opera Melodies（轻歌剧旋律），就从这一天教起，每日下午三四点钟来学。这一天下午，我带了新书和提琴到课，所见的情形与昨日相同。这时候我才知道：扶梯室内的许多罗汉像，都是坐着等候顺次受教的学生，而林先生这个塾中，除了他一人以外，是没有家族、仆人或办事员的。于是我也依来到的先后，挨次坐着静候轮番。教室就在隔壁，先生在教室中按叫人铃，我们中就有一人进去受教。这人课毕退出，即下楼归家。第二次叫人铃响时，第二人继续进去受教。每人的教授时间久暂不一，平均每人要一刻钟。但我坐着等候轮番，并不觉得十分心焦。因为琴声可以分明地听见，而学生大概都有相当程度，所教奏的乐曲不是浅近枯燥的基本练习，都是富有趣味的名曲。若是提琴或大提琴，林先生必用美丽的洋琴伴奏来帮助他学习。这在我们旁听者，不但有兴味，又有借镜、观摩的利益。因这原故，扶梯上等待室中的人，大家像罗汉像一般的正襟危坐，绝无喧扰。有些人，课毕后还不肯返家，依旧坐在等待室中，专为旁听。

林先生的教法，严格而有趣味。对于没有弹熟旧课的人，绝对不教新课，只是给他一番勉励和几点指示，然后教他把已经弹熟的乐曲演奏一遍，自己用伴奏附和，圆满地奏毕一曲，然后放他回去。学习者为求进步，自会用功起来，每次把旧课练得烂熟，然后去受课。于是林先生兴味蓬勃，伴奏时手舞足蹈；同时那毛发蓬松的颜面又随了曲趣而装出种种的表情来，以助长音乐的气势。故虽曰教授，所演奏的音乐都很圆熟，有如音乐会中的所闻，无怪学习者都愿意逗留在等待室旁听了。先生的技术非常纯熟：自己一面弹着复杂的伴奏，一面还要周详地顾到学习者，时时用嘴巴、眼色或态度来当作记号，预先通知学习者难关的来到，缺陷的校正，和演奏上种种注意点。所以学习者的课业即使练得未曾十分纯熟，得了林先生的帮助自会顺水推船；倘然已经练得十分纯熟，得了先生的伴奏而演习便有浓厚的兴味。我还记得：当年在东京时最大的乐事，是练熟了乐曲而去请林先生伴奏。

有一次，为了要听同学某君的受课，我课毕不还家，逗留在等待室中。直到全体退出，我方动身。不期林先生开门出来，见我早已受课而最后退出，惊奇地问："你为什么到现在才回家？"我直告所以，并且说爱听先生的伴奏。他留住我，和我闲谈起来。讲了许多音乐上的话之后，又问我中国的情形和我个人的情形。他不断地吸纸烟，不断地想出话题来问我。我知道他现在是结束了一天的教授工作，正在要求一个人同他闲谈，以资休息而解沉闷。我也问起他个人的情形，他很愿意告诉我。由此我知道他是一个孤寂的独身者，曾经在本国音乐学校毕业，又到德国研究。回国后就在这条东京的小弄里开设个人教授，十年于兹。每天自上午九时至下午五时，不绝地教人或伴人奏乐，生活很是呆板而辛苦。他自己说："我是以音乐为生活的。"说着，伸出两只手给我看。手指尖上的皮厚得可怕，好似粘着十张螺钿。我曾经听同学的人说，这位先生生活很古怪，除音乐外，别无嗜好。平日足不出户，也无朋友来访。日出而作，日入而息；除了以教授糊口之外，无求于世，世亦无求于他。这时候我从他手指尖上的十张螺钿看到他那细长的手，筋肉强硬的臂，由于长年的提琴担负而左高右低了的肩，以及他那不事修饰的衣服，毛发蓬松的颜面，几乎不能相信教课时那种美丽的音乐，是这个身体所作出来的。我便想象，他的身体好比一架巧妙的音乐演奏的机器，表面虽因年代长久而污旧，里面的发条、齿轮、螺旋等机件都很齐全、坚强而灵便，是世间上无论何种真的机器所不及的。又想：人间制作音乐艺术，原是为了心灵的陶冶，趣味的增加，生活的装饰。这位先生却屏除了一切世俗的荣乐，而把全生涯供献于这种艺术。一年四季，一天到晚，伏在这条小弄里的小楼中为这种艺术做苦工，为别人的生活造幸福。若非有特殊的精神生活，安能乐此不倦？于是我觉得这个毛发蓬松的人可敬，这双粘着螺钿的手可爱。看他的年纪已进五十，推想他这种生活的延长，至多也不过数十年罢了。我私自扼腕：可惜这种特殊的精神，这种纯熟的技术，托根在不久行将衰朽的肉体上，不能长存于世间。因此便问："先生自编的伴奏谱，可曾出版行世？"他说："不愿意出版。但你喜欢时可借去抄。"这一天告别时我就借得了数曲，拿回去抄在一册暗黄色硬面的乐谱练习簿上。

此后我为欲借乐谱和质疑，屡屡最后退出。而林先生心照不宣，课毕时把门推开，探头出来望望看。见我留着，照例笑着点点头，拿着一支点着的香烟，出来和我闲谈。这种机会积多起来，使我相信林先生确是一个孤独而古怪的人。我从五时一直坐到天黑，从未看见有人来访，也从未听说他自己要出门。只有隔壁的一个老太婆，是他的房东兼短工，难得来供给一壶开水，或是替他买一包香烟。稔熟之后，他有时引我走进他的卧室——他家一共只有三间房间，扶梯顶上是等待室，隔壁是教室，再隔壁是他的卧室，——我看见室内除了几架音乐书谱及一小桌、数蒲团以外，只有壁间挂着两幅壁饰：直的一幅是乐圣贝多芬（Beethoven）像；横的一幅是用毛笔写的三行英诗，就是前面所揭的三句，笔致是篆文的，而字是英文的。诗的文句很神秘，当时我便记在心头，归家后把它们写在乐谱的底封面里。我觉得这三句诗与林先生的生活很调和。以后每逢去上音乐课，每逢见了林先生，每逢见了这册书，甚至每逢经过春日町，心里必暗诵起这三句诗来。直到我辞别林先生，离开东京为止，这三句诗常在我的心头响着。

我归国后即疏远音乐技术，十六七年长把这册乐谱填塞在旧书箧底。这诗句的观念与林先生的印象，也在这十六七年中渐渐淡薄，几乎褪尽。这回因整理旧书而重寻旧事，好比把一张退色的照片用线条来重描一遍。虽然失却了照相原来的写实风，却另得了一种画意与诗趣。

廿五〔1936〕年二月十一日作，曾载《宇宙风》

记乡村小学所见[1]

最近我因某种机会，在一位当乡村小学校长的朋友家里住了数天，目见耳闻该校种种状况，无不感动。就把所见闻的记录出来，以供关心教育事业的参考。

这学校的校舍是会馆里面的三间祠堂屋，房租可以不出。其进出须得通过会馆的停柩所。数十具大大、小小、新新、旧旧的棺材，分列两行，中间留一条路。好像两排卫队，天天站在那里迎送五六十个小学生和三个先生的来去。学校的收入，除官家津贴每学期七八十元之外，还有五六十个学生的学费。虽然有一半以上的人不缴学费，但也有四分之一以上的人缴费，每人都缴大洋一元。故这学校每学期的收入一共也有百元左右，若以十年而论，其收入就有二千元之谱。

我的朋友家里有些薄田可以糊口，原不靠教书吃饭。他自己做校长，又兼教师。另外请一位本地老先生做专任教师。此人驼背，每天早晨拿着长烟管和铜茶壶鞠躬如也地到校，中午又鞠躬如也地回家吃饭。吃过了再到校，直到四点多钟再回

---

[1] 本篇原载 1935 年 4 月 1 日《论语》第 62 期。当时题名为《俭德学校》，后稍加删改，并改为今名。

家。全校取复式教授,共分二班。校长专任一班,驼背先生专任一班。两人都每天自早晨到晚快,尽瘁地教授;而驼背先生尤可谓鞠躬尽瘁。还有一位教唱歌体操的小先生,是一个十五岁的青年,新从本地高小毕业出来,就荣任该校的插班教师,每星期来三个半天。我数月前来此,还看见他挟了报纸做的书包进高小读书;这回就看见他站在该校的黑板前教书了,后生可畏!

小先生虽然也是该校的教师之一人,但在薪水支配上只算是小半个。校长同他约定,每学期致送薪敬大洋十元。其余的由驼背先生和校长二人四六分派。这支配很公平:校长有创办之功,又有对外之劳,理应得六成。驼背先生每天鞠躬尽瘁,理应与校长共存同荣。小先生究竟每星期只来三个半天,虽限定十元,但县税及学费减少时对他没有影响,可说是"坐得"的。其余二人虽不坐得,但只要县税与学费不减少,以十年而论,校长先生所得有千元之谱,驼背先生所得也有六百元左右。因为该校除了每天限定的几个粉笔头之外,全无别的杂用,其消耗节俭之至,差不多全部收入是薪水。

但这节俭是近来励行的。听说在几年前,该校也有各项杂用开支。例如草纸,向来是由学校供给的。但因孩子们"食多屎多",不断地登坑,或者并无大便,故意约伴登坑;浪费草纸。每月学校开支的草纸费也要一元左右。现在改令学生自备草纸来校登坑,则不但每月一元左右的草纸费可以从俭,每月两三坑粪的外快收入仍旧可以不减。又如饮料,先前由学校买茶叶泡茶,后来为注重卫生而提倡节俭,改用白开水。但在米珠薪桂的年头，白开水也要柴烧，每日也须浪费几个铜板的柴钱，所以现在索性把饮料一项取消了。据校长先生说，这不仅为节俭，也是注重卫生。因为那班学生课余无赖，只管捧着茶杯饮水，饮料过多而无益，也有害于卫生。全校都是走读生，大可让他们在家里饮了茶来校，不但学校可以节省工本，学生饮茶有定时定量，也是好处。故以上两项节省，都是省得有益的。不能省的只有粉笔，几册纸簿，和改写字卷子用的洋蓝和洋红。粉笔一星期限定用几枝，且在办公桌旁贴一张纸条，上写"粉笔用后请带回"。这又不但为节省粉笔，同时防止学生在门窗板壁上漫涂，也可收得清洁和卫生之益。至于纸簿，全校每学期所费不过几角钱。这几角钱的生意规定归某纸店，算帐时规定赠送洋红洋蓝各一包。每包可以泡水一大瓶，尽够一学期中批改书法和算术之用。除此以外，全无别项杂用开支。校工当然不需要，偶有扫除工作，驼背先生和年长的学生都能兼任。驼背先生的旱烟袋里缺乏了粮草，或者铜壶里缺乏了开水的时候，规定由两个学生奔走当差——一个是老烟店里的儿子，一个是小茶店里的儿子。三个铜板老烟，常比普通六个铜板一包的更大。泡开水出了一千铜板之后，可泡了十几回之后再出。即使不出也不妨，因为驼背先生原是这小茶店的老主顾，每天规定去吃两次茶的。

说起了驼背先生的吃茶，我非把他的私人生活描一轮廓不可。前面说过，我的朋友家里略有薄田可以糊口，并不专靠做校长吃饭。但做校长也是"乐得"的。因为在家里也要吃饭，做校长的收入可算是外快，况且名利双收。小先生家里开豆腐店，生意还过得去。他的父亲和祖父都是本作的工人，向来一字不识。到了小先生这一代，家里忽而书香起来。就这一点，已使小先生的父亲和祖父十分光荣而满足。莫说校长每学期送他十元，就是叫他每月倒贴几元，豆腐店老板也是高兴的。故校长和小先生都不靠学校吃饭。靠学校吃饭的是驼背先生。他先前是秀才，曾经在家里坐私塾。校长先生兴办这学校时，他率领部下归并于学校。他是这学校的柱石功臣，所以校长先生不当他普通教师看待，而视同股东，同他订下四六分派的条件，永与共存同荣。驼背先生家里有一妻一子二女。房子是自己的。不须出租钱。其余一家五口的衣食，全在学校经费开支所余的四成上开花。这四成在过去每年有百元左右，现在只得七八十元。在都会里大进大出的人听了这话要替他的生活担心。其实他的生活比你们舒服得多：除了一家五个吃饱穿暖以外，驼背先生还可吸老烟，而且每天规定到小茶店吃两次茶。十余年来他家里还颇有些儿积蓄。常有乡下人以三分息向他想法五块十块的借洋。这是什么道理呢？无他，他有非常精明而巧妙的节俭方法，以致于此。我没有参观过他的家庭生活的状况，但看见两天提了洋瓷[1]饭篮送午饭到校的他的女儿，身上布衣光鲜，脸孔吃得团团的，便可想见他的家庭生活的全部。我没有聆教过他的治家格言，但从他的表现于外的生活习惯上，可以想象他的俭德的精明与巧妙。就吸烟而说，他一向叫他的学生，烟店的小老板去买，已经比别人便宜一半；而吸的

---

[1] 洋瓷，即搪瓷。

时候又异常节省。一管老烟，在他可做两管吃。其法，吸了几口之后，让他在烟斗中熄灭，并不敲出。第二课下课时，方才敲它出来。把它翻一个身，再装进烟斗中。人们从表面看去，只见又是黄黄的一管老烟，并不知道底下的半管是灰烬了。于是他把烟斗塞进火钵里，又是吞云吐雾地吸一管烟。这回吸完了须得敲出，而敲出来的才是真正的烟灰了。我们吸香烟，有时吸了半支烟瘾已过，还是无益地吸完它，可谓浪费。俭德者就会摘去火头，把下半支留着再吸一顿。但这是吸香烟中所常见的节俭法。吸老烟也可用这方法，我在驼背先生处是第一次看到，这真可谓俭德的模范了。我曾经鉴赏过他的"宝筒"，那根竹紫得发黑，那咬嘴上牙印凿凿，那烟斗的口上已经敲得磨平一半，仿佛几何画中斜切一部分的圆堍。古色古香，令人爱不忍释。可想见这是十年以上的古董了。我在鉴赏中为之神往，不知这烟管曾经消费了若干老烟，曾经敲过若干次数，以至于形成今日的状态。

次就吃茶而说，驼背先生虽曰每天早晚上茶馆两次，其实所费的只有一碗茶的价钱，铜元六枚。他早上与太阳一同起身。起身就到小茶店里，洗面，吃茶。吃到早饭模样，他把茶碗盖翻向天，回家吃早饭去。茶堂倌白会将他的茶碗拿去搁在碗架上特定的地方，等他晚间来时再拿出来冲给他吃。这办法叫做"摆一摆"，就是一碗茶做两次吃。仿佛一稿两投的办法。驼背先生教了一天书，晚饭后风雨无阻地再来这小茶店，继续享用摆一摆的那碗茶。据他说，摆过后的茶比原泡更好。谚云："烟头茶尾"，这正是茶尾，而且浸过一天，茶汁统统浸出，其味更浓。黄昏这一碗茶,他吃得非常从容,大约从六点到九点,要坐三个钟头。那碗茶要冲了十多次,直到冲得与开水无甚分别了的时候,他把最后冲的一碗倒进随身带来的铜茶壶中,随身带回家去。明天早晨先冲了一壶,倒进另一把瓷器茶壶中。然后再冲一壶,随身带进学校去。

每天茶钱六个铜板,读者为他打算起来,或将代他可惜,不是每月茶钱要一千八百文,每年要两万多文吗?然而这是便宜的。一则,他家里可以省去洗面的毛巾,除家人合用一个经年不破的"高丽布手巾[1]"以外,驼背先生自己简直不消耗毛巾,每天由茶店供给。二则,他家里可以通年不买茶叶。就这笔收入已经抵得过茶钱。况且又可省油灯,晚上驼背先生上茶店了,家里的人都早睡,用不着点火。而驼背先生偶然看书,写作,都可借光于茶店。非但借光,连笔墨都不须自备,只管借用帐桌上的。再况且有的时候,也有曾经托他写过信,或者要向他借五块钱的人,慷慨解囊,替他会钞。这时候驼背先生也很客气,定要自己摸出钱包来付钞。但他的钱包防裹很紧;藏在衬里衫的袋里,袋口上又用"别针"锁住;包的是一层报纸和一层布,布外面又用绳子扎好。等到他伸手进去除了"别针",摸出钱包,打开绳子,摊开布包,而露出中坚的报纸时,茶堂倌早已把别人替他代付的铜板投进竹管里了。

这不过是我所知道的驼背先生的俭德的一斑。其余的俭

---

[1] 高丽布手巾,一种用棉纱织成、布面呈凹凸形的长方形手巾,一般作抹布用,旧时节约者常作洗面巾用。

德，可惜我不知道，无法赞颂。但看了以上的数点，也可想见其生活的全般了。

语云："名师出高徒。"在这样的俭德学校里受这样的俭德先生的教诲的学生，自然多能身体力行这种俭德。我听朋友的儿子的报告，觉得内中小茶店里的儿子最为模范的俭德家。那小孩今年十一岁，列入三年级。他以一身兼任三职：学校的学生，家里的工人，和店里的学徒。每逢他母亲有事或有病了，他就请假，在家里帮父亲烧饭，抱小弟弟。或者抱了小弟弟来读书。又每逢市上热闹的时节，他也请假，在店里帮父亲管茶炉，卷煤头纸[1]。学费他是不缴的，请假不算损失。据朋友家的儿子说，他在校读书，学用品所费最省，一学期用不到二只角子，他的所有一切教科书不是新的，都是以廉价向上级同学转购来的。上级的同学自然也是俭德者，读过的旧书保存着不会生出钱来，不如卖了。然而货物是旧了的，其价也须打个一折几扣，每本最多只卖三四个铜板。有的人更会打算，连上学期的札记簿也出卖。茶店小老板便是专收旧书的人。在放假时以极廉价收买数套。除自己用了一套以外，将别的转卖给同级友，从中博取蝇头之利，以所得的利息买纸，——这不得不出重价去买新的。既出了重价，用时自然特别节省。他的纸要作四次的用度，第一次是用铅笔写，第二次用淡蓝水的钢笔写，第三次用毛笔写的，最后拿回店里去包铜板。这种经济的办法，自从被他发明以后，已经风行全校。驼背先生虽有时

---

[1] 卷成的煤头纸，一般供抽水烟时引火之用。

因字迹模糊,摇两摇头,但也不加禁止,因为这是与他自己的教育主张相符的。茶店小老板的节俭,实比先生更为进步,有"出蓝"之誉。他自从一年级时代买了一锭"文章一石"[1]之后,至今没有买过墨。需墨的时候,向前后左右的邻席同学"借"用。借的回数太多时,不妨走远些,向适当的别人借用。这样,便似"罗汉斋观音",他可在数年内尽不买墨。据朋友的儿子说,这是驼背先生不赞许的;而且有几个同学近来也悟到了这"借"字的性状,渐渐对他表示拒绝。这固然不甚合理,但也无非是俭德极度进步后的一种变相,情犹可原也。

但有人看了原稿,说我这篇文章取材欠精,因为现今的中国,尚有比这更俭约的学校和家庭存在着。我承认他的话是对的。上述的原不过是我最近见闻的记录罢了。

廿四〔1935〕年三月十四日作于石门湾,曾载《论语》

---

[1] "文章一石"为一种墨上所写之字,这里指这种墨。

大　人[1]

自来佛法难对俗人讲。后秦释僧肇论物不迁，开头说："谈真则逆俗，顺俗则违真。逆俗则言淡而无味，违真则迷性而莫返。故中人未分于存亡，下士抚掌而弗顾。"僧肇的时代，正当我国佛教空气非常浓重的时候。秦主苻坚为了求鸠摩罗什，命大将军吕光率铁甲兵十万伐龟兹。后秦主嗣兴也为了求鸠摩罗什，大举伐凉，灭了凉国而夺得鸠摩罗什来，供养他在宫中，请他翻译佛经。当时朝廷何等提倡佛教，盖可想见。上好之，下必有甚者，当时民间何等崇奉佛法，亦可想见。然而不拘何等提倡，何等崇奉，佛法之理还是不可说。故此论开头就说"中人未分于存亡，下士抚掌而弗顾。"这两句话原出老子："中士闻道，若存若亡。下士闻道大笑之。"老子之道尚且如此，而况于佛法乎。

佛法所以难被理解的原因，自来都从人的主观的赋秉方面说。谓上根利智的人，方可与言；若中根下根的人，则因所秉智慧薄弱，故听了或者茫然不解，或者认为荒诞而抚掌大笑。但我读经，每到若存若亡的时候，除自叹赋秉贫弱外，又常向

---

[1] 本篇原载 1936 年 6 月 1 日《宇宙风》第 2 卷第 18 期，署名：子恺。

客观方面，抱怨自然与人的比例支配得不良，致使中根以下的人慑于自然的空威，因而顺俗违真，迷性莫返。

自然与人的比例支配的不良在于何处呢？一言以蔽之：大小相差太远。在这大小悬殊的对比之下，中根以下的人就胁于对方势力的强大，不得不确认世间为牢不可破的真实，而笑佛说"虚空"为虚空了。

人生时间的太短，是使俗众迷真莫返的第一原因。有史至今，已是人生的百倍。而况史前还有不可限量的太古，今后还有不可想象的未来呢？我们回观过去，但见汗牛充栋地陈列着记载史实的书，每部都是古人费了毕生的日月而著成的。我们倘要研究，从童年到白首也研究不尽。提纲择要地浏览，但见书中记载着传统数千年的王朝，持续数百年的战争，还有累代帝王合力造成的长城，运河，金字塔，与大寺院。这些陈迹确凿地罗列在我们的眼前，绝非虚构。我们眺望未来，但见现代文明负着伟大的使命，安排着野心的计划，准备着无限的展开。对目前的繁华而推测千年后的世界，二千年后的世界，三千年后的世界，令人不堪设想。而我之一生所能参与于其间的，只是区区数十年的日月！因此人生有"朝露""大梦""电光石火""白驹过隙"之叹。你倘告诉一般人说：古今就是许多一生的集合，一生就是整个古今的代表，古今不过是许多一生的反复，一生具足着古今的性能，他抚掌大笑而不顾。因为比例相差太远，他没有这么远大的眼光，不能见到你所说的话。

人身所占空间太小，是使俗众迷真莫返的又一原因。天高无限，地广无际，而人身不过七尺。坐在亭子间里，这七尺之躯似乎也够大了。一旦走出门外，低垣也比你的头高，小屋也比你的身体大。粉墙高似青天，危楼上干云霄。相形之下，人身便似蝼蚁，不得不情怯气馁了。古来帝王利用这作用，竭万夫之力，建造高大的宫殿，使自己所住的房子比百姓的身体高数十倍，使百姓见了心生畏敬，不敢抬头。埃及的帝王，死后还要建造比人身高数百倍的坟墓，使百姓在他的坟墓前自惭形小，不敢弹动他的王袢。然而这也只能在七尺之躯面前逞威。你倘离开城市，走入大自然的怀里，但见高山峨峨，层出不穷，大水洋洋，流泛无极。这里一个小丘比宫殿还大，一个浪头比金字塔还高。吾人的七尺之躯，对此高山只能仰止，望此大水惟有兴叹。倘再仰起头来看看，更要使你吃惊：天之高也，星辰之远也，苍茫无极，不可以道里计。前之高山大水，在这下面又相形见小了。于是人生有"沧海一粟"之叹。在沧海与一粟的悬殊比例之下，一粟就退避三舍，觉得这渺小的自己毫不足道，而那广大的沧海正是根深蒂固的真实的存在。你倘告诉他说：沧海是你的倍数，你是沧海的因数，你身中具足着沧海的性状呀！但他抚掌大笑而不顾。因为比例相差太远，他没有这么远大的眼光，不能见到你所说的话。

　　人心的智力大小，是使俗众迷真莫返的又一原因。过去的历史很长，遗下来的文献太多。十年窗下的钻研，所钻到的还只是一部分。廿四史已经读不胜读了，四库全书更浩如渊海，单读目录也费许多时光。这里面记载着的都是人生的事，都是前人留告后人的话。这里面蕴藏着种种广博的知识，种种高深的学理。能够用毕生的心力来探得一种，其人已算是聪明好学之士了。人世的范围很大，要研究的事也太多。天文，地理，动物，植物，矿学，物理，化学，医药，美术，工业，机械，政治，经济，法律，……没有一样不是人生所应该知道的事，又没有一样不是毕生的心力所研究不尽的。能够用毕生的心力来贯通了某一种的一部分，其人已可顶戴学士、硕士、博士或专家的荣名了。加之世间各国方言各异，而交通方便；为了生活的要求，一国的人非学他国的语言文字不可。若欲广博地应付或研究，更非兼习数国的语言文字不可。各国的语言文字，各有其构造，各有其习性。学通一国的语言文字，虽上智者也不能速成；中人大都需要数年；下愚学了数年还只略识之无。中学的课程中，英文为必修课，每天教学一小时。shall〔（我）将〕与will〔（你，他）将〕，to be〔是〕与to have〔有〕，纠缠不清地缠了六年，高中毕业生中还有许多人看不懂英文报。英文只是求学工具之一种耳！但人生里有几个六年呢？于是人生就叹"学无止境"。又说"生也有涯，知也无涯"。明者知道"以有涯攻无涯"之路不通，能从书本里抬起头来观望世间，思索人生的根蒂。但昧者没有这眼光，他们但见世间的学问太多，人的心力太小；在这大小悬殊的比例之下，但觉自己的心何等浅陋而贫乏，世间的学问何等广大而丰富；具有如此广大丰富的学问的世间，定是根深蒂固的真实的存在。你倘告诉他说：万种世智犹如大树王的枝叶，你的心才是大树王的根蒂呀！万种学问犹如大江河的支流，你的心才是大江河的源泉呀！世间一切都在你的心中呀！但他抚掌大笑而不顾。因世知太多，障蔽了他的眼光，他不能见到你所说的话。

人生的物力太小，是使俗众迷真莫返的又一原因。人间的建设，照理，田园是为人食而种的，房屋是为人住而造的，百工是为人用而兴的，交通是为人行而办的，学校是为人学而设的，医院是为人病而设的。但在事实，能完全享受这些建设的人很少。有病不得医者有之，有子不得学者有之，有身而不得衣食住行者有之。勉强维持最低的衣食住行而渡世者，占大多数。他们但得工作一天，换得三餐一觉，已应感天谢地，不许更有奢望于人世。他们偶入都市，观于富人之家，朱栏长廊，画栋雕梁，锦衣玉食，宝马香车，而自己的物力曾不能办到他的一个车轮。他们偶入京城，观于王者之居，千雉严城，九重宫阙，前列卫队，后曳罗绮。而自己的物力曾不能办到他后宫中的一只丝袜。他们也曾看报，知道某家喜庆的费用几万，某月化妆品的输入几十万，某项公债的数目几百万，某年战争的损失几千万，某国军事的设备几万万。而自己毕生的收入曾不及这种数目的零头。少数拥有物力的富贵的俗众，其力比较起世间的物力来又相形见小，因而其心也不餍足，仍在叹羡世间的富贵。于是一切俗众，皆叹羡世间，而确信其为真实的存在了。自来弃俗出家的人，半是穷极无聊，走投无路之辈。因此佛教向被俗众视为失意者的避难所。而衣食住行，名利恭敬，成了一切俗众生活的南针。茶馆，酒店中，红头赤颈地谈判着的，没有一个不是关于衣食住行的问题。办公室，会议厅中，冠冕堂皇地讨论着的，没有一件不是关于名利恭敬的事。但这是无足怪的。因为世间物力与个人物力的比例，相差太远。在这悬殊的比例之下，他们但觉自己何等贫乏，世间何等充实，哪有胆量来否定世间的真实的存在呢？你倘告诉他说：衣食住行之外，你还有更切身的问题没有顾着呢！名利恭敬之外，你还有更重大的问题没有顾着呢！但他抚掌大笑而不顾。因为物欲太盛，迷住了他的心窍。他不能相信你的话。

人生幸而有了无上的智慧。又不幸而得了这样短促的生命，这样藐小的身躯，这样薄弱的心力，与这样贫乏的物力，致使中人以下的俗众，慑于客观世间的强大，而俯首听命，迷真莫返。假如自然能改良其支配，使人的生命再长一点，人的身躯再大一点，人的心力再强一点，人的物力再富一点，使人处世如乘火车，如搭轮船，那么人与世的比例相差不会这么远，就容易看到时间空间的真相，而不复为世知物欲之所迷了。

但世间自有少数超越自然力的人，不待自然改良其支配，自能看到人生宇宙的真相。他们的寿命不一定比别人长，也许比别人更短，但能与无始无终相抗衡。他们的身躯不一定比别人大，也许比别人更小，但能与天地宇宙相比肩。他们的知识不一定比别人多，也许比别人更少，然而世事的根源无所不知。他们的物力不一定比别人富，也许比别人更贫，然而物欲不能迷他的性。这样的人可称之为"大人"。因为他自能于无形中将身心放大，而以浩劫为须臾，以天地为室庐，其住世就同乘火车，搭轮船一样。

只因其大无形，俗众不得而见。故虽有大人，往往为俗众所非笑。但这也不足怪。像老子云："下士闻道大笑之，不笑不足以为道。"

廿五〔1936〕年四月廿一日作，曾载《宇宙风》

手　指[1]

已故日本艺术论者上田敏的艺术论中，曾经说过这样的话："五根手指中，无名指最美。初听这话不易相信，手指头有甚么美丑呢？但仔细观察一下，就可看见无名指在五指中，形状最为秀美。……"大意如此，原文已不记得了。

我从前读到他这一段话时，觉得很有兴趣。这位艺术论者的感觉真锐敏，趣味真丰富！五根手指也要细细观察而加以美术的批评。但也只对他的感觉与趣味发生兴味，却未能同情于他的无名指最美说。当时我也为此伸出自己的手来仔细看了一会。不知是我的视觉生得不好，还是我的手指生得不好之故，始终看不出无名指的美处。注视了长久，反而觉得恶心起来：那些手指都好像某种蛇虫，而无名指尤其蜿蜒可怕。假如我的视觉与手指没有毛病，上田氏所谓最美，大概就是指这一点罢？

这会我偶然看看自己的手，想起了上田氏的话。我知道了上田氏的所谓"美"是唯美的美。借他们的国语说，是 onnarashii（女相的）的美，不是 otokorashii（男相的）的美。

---

[1] 本篇原载 1936 年 5 月 1 日《宇宙风》第 2 卷第 16 期，署名：子恺。

在绘画上说，这是"拉费尔〔拉斐尔〕前派"（Pre-Raphaelists）一流的优美，不是赛尚痕〔塞尚〕（Cézanne）以后的健美。在美术潮流上说，这是世纪末的颓废的美，不是新时代感觉的力强的美。

但我仍是佩服上田先生的感觉的锐敏与趣味的丰富，因为他这句话指示了我对于手指的鉴赏。我们除残废者外，大家随时随地随身带着十根手指，永不离身，也可谓相亲相近了；然而难得有人鉴赏它们，批评它们。这也不能不说是一种疏忽！仔细鉴赏起来，一只手上的五根手指，实在各有不同的姿态，各具不同的性格。现在我想为它们逐一写照：

大指在五指中，是形状最难看的一人。他自惭形秽，常常退居下方，不与其他四者同列。他的身体矮而胖，他的头大而肥，他的构造简单，人家都有两个关节，他只有一个。因此他的姿态丑陋，粗俗，愚蠢而野蛮，有时看了可怕。记得我小时候，我乡有一个捉狗屎[1]的疯子，名叫顾德金的，看见了我们小孩子，便举起手来，捏一个拳，把大指矗立在上面，而向我们弯动大指的关节。这好像一支手枪正要向我们射发，又好像一件怪物正在向我们点头，我们见了最害怕，立刻逃回家中，依在母亲身旁。屡屡如此，后来母亲就利用"顾德金来了"一句话来作为阻止我们恶戏的法宝了。为有这一段故事，我现在看了大指的姿态愈觉可怕。但不论姿态，想想他的生活看，实在不可怕而可敬。他在五指中是工作最吃苦的工人。凡是享乐

---

[1] 捉狗屎，作者家乡话，意即捡狗屎（作肥料）。

的生活，都由别人去做，轮不着他。例如吃香烟，总由中指食指持烟，他只得伏在里面摸摸香烟屁股；又如拉胡琴，总由其他四指按弦，却叫他相帮扶住琴身；又如弹风琴弹洋琴〔钢琴〕，在十八世纪以前也只用其他四指；后来德国音乐家巴哈〔巴赫〕（Sebastian Bach）总算提拔他，请他也来弹琴；然而按键的机会他总比别人少。又凡是讨好的生活，也都由别人去做，轮不着他。例如招呼人都由其他四人上前点头，他只得呆呆地站在一旁；又如搔痒，也由其他四人上前卖力，他只得退在后面。反之，凡是遇着吃力的工作，其他四人就都退避，让他上前去应付。例如水要喷出来，叫他死力抵住；血要流出来，叫他拚命捺住；重东西要翻倒去，叫他用劲扳住；要吃果物了，叫他细细剥皮；要读书了，叫他翻书页；要进门了，叫他揿电铃；天黑了，叫他开电灯；医生打针的时候还要叫他用力把药水注射到血管里去。种种苦工都归他做，他决不辞劳。其他四人除了享乐的讨好的事用他不着外，稍微吃力一点的生活就都要他帮忙，他的地位恰好站在他们的对面，对无论哪个都肯帮忙。他人没有了他的助力，事业都不成功。在这点上看来，他又是五指中最重要，最力强的分子。位列第一而名之曰"大"，曰"巨"，曰"拇"，诚属无愧。日本人称此指曰"亲指"（oyayubi），又用为"丈夫"的记号；英国人称"受人节制"曰"under one's thumb"。其重要与力强于此尽可想见。用人群作比，我想把大拇指比方农人。

难看，吃苦，重要，力强，都比大拇指稍差，而最常与大拇指合作的，是食指。这根手指在形式上虽与中指、无名指、小指这三个有闲阶级同列,地位看似比劳苦阶级的大拇指高得多,其实他的生活介乎两阶级之间,比大拇指舒服得有限,比其他三指吃力得多!这在他的姿态上就可看出。除了大拇指以外,他最苍老,头团团的,皮肤硬硬的,指爪厚厚的,周身的姿态远不及其他三指的窈窕,都是直直落落的强硬的曲线。有的食指两旁简直成了直线而且从头至尾一样粗细,犹似一段香肠。因为他实在是个劳动者。他的工作虽不比大拇指的吃力,却比大拇指的复杂。拿笔的时候,全靠他推动笔杆,拇指扶着,中指衬着,写出种种复杂的字来。取物的时候,他出力最多,拇指来助,中指等难得来衬。遇到龌龊的,危险的事,都要他独个人上前去试探或冒险。秽物、毒物、烈物,他接触的机会最多;刀伤、烫伤、轧伤、咬伤,他消受的机会最多。难怪他的形骸要苍老了。他的气力虽不及大拇指那么强,然而他具有大拇指所没有的"机敏"。故各种重要工作都少他不得。指挥方向必须请他,打自动电话必须请他,扳枪机也必须请他。此外打算盘,捻螺旋解纽扣等,虽有大拇指相助,终是要他主干的。总之,手的动作,差不多少他不来,凡事必须请他上前作主。故英人称此指为 fore finger,又称之为 index,我想把食指比方工人。

五指中地位最优,相貌最堂皇的,无如中指。他住在中央,左右都有屏藩。他的身体最高,在形式上是众指中的首领人物。他的两个贴身左右无名指与食指,大小长短均仿佛好像关公左右的关平与周苍,一文一武,片刻不离地护卫着。他的身体夹在这两人中间,永远不受外物冲撞,故皮肤秀嫩,颜色红润，曲线优美，处处显示着养尊处优的幸福，名义又最好听，大家称他为"中"，日本人更敬重他，又尊称之为"高高指"（taka taka yubi）。但讲到能力，他其实是徒有其形，徒美其名，徒尸其位，而很少用处的人。每逢做事，名义上他总是参加的，实际上他总不出力，譬如攫取一物，他因为身体最长，往往最先碰到物，好像取得这物是他一人的功劳。其实，他一碰到之后就退在一旁，让大拇指和食指这两个人去出力搬运，他只在旁略为扶衬而已。又如推却一物，他因为身体最长，往往与物最先接触，好像推却这物是他一人的功劳。其实，他一接触之后就退在一旁，让大拇指和食指这两个人去出力推开，他只在旁略为助热而已。《左传》"阖庐伤将指"句下注云："将指，足大指也。言其将领诸指。足之用力大指居多。手之取物中指为长。故足以大指为将，手以中指为将。"可见中指在众手指中，好比兵士中的一个将官，令兵士们上前杀战，而自己退在后面。名义上他也参加战争，实际他不必出力。我想把中指比方官吏。

　　无名指和小指，真的两个宝贝！姿态的优美无过于他们。前者的优美是女性的，后者的优美是儿童的。他们的皮肤都很白嫩，体态都很秀丽。样子都很可爱。然而，能力的薄弱也无过于他们了。无名指本身的用处，只有研脂粉，醮药末，戴指戒。日本人称他为"红差指"（benisashi yubi），是说研磨胭脂用的指头。又称他为"药指"（kusuri yubi），就是说有时靠他研研药末，或者醮些药末来敷在患处。英国人称他为 ring finger，就是为他爱戴指戒的原故。至于小指的本身的用处，更加藐小，只是挖挖耳朵，扒扒鼻涕而已。他们也有被重用的时候，在丝竹管弦上，他们的能力不让于别人。当一个戴金刚钻指戒的女人要在交际社会中显示她的美丽与富有的时候，常用"兰花手指"撮了香烟或酒杯来敬呈她所爱慕的人。这两根手指正是这朵"兰花"中最优美的两瓣。除了这等享乐的光荣的事以外，遇到工作，他们只是其他三指的无力的附庸。我想把无名指比方纨绔儿，把小指比方弱者。

故我不能同情于上田氏的无名指最美说，认为他的所谓美是唯美，是优美，是颓废的美。同时我也无心别唱一说，在五指中另定一根最美的手指。我只觉五指的姿态与性格，有如上之差异，却并无爱憎于其间。我觉得手指的全体，同人群的全体一样。五根手指倘能一致团结，成为一个拳头以抵抗外侮，那就根根有效用，根根有力量，不复有善恶强弱之分了。

廿五〔1936〕年三月卅一日作，曾载《宇宙风》

西 湖 船[1]

　　二十年来，西湖船的形式变了四次，我小时在杭州读书，曾经傍着西湖住过五年。毕业后供职上海，春秋佳日也常来游。现在蛰居家乡，离杭很近，更常到杭州小住。因此我亲眼看见西湖船的逐渐变形。每次坐到船里，必有一番感想。但每次上了岸就忘记，不再提起。今天又坐了西湖船回来，心绪殊恶，就拿起笔来，把感想记录一下。西湖船的形式，二十年来变了四次，但是愈变愈坏。

　　西湖船的基本形式，是有白篷的两头尖的扁舟。这至今还是不变。常变的是船舱里的客人的座位。二十年前，西湖船的座位是一条藤穿的长方形木框。背后有同样藤穿的长方形木框，当作靠背。这些木框涂着赭黄的油漆，与船身为同色或同类色，分明地表出它是这船的装置的一部分。木框上的藤，穿成冰梅花纹样。每一小孔都通风，一望而知为软软的座垫与靠背，因此坐下去心地是很好的。靠背对座垫的角度，比九十度稍大——大约一百度。既不像旧式厅堂上的太师椅子那么竖得笔直，使人坐了腰痛；也不像醉翁椅子那么放得

---

[1] 本篇原载 1936 年 3 月 16 日《宇宙风》第 2 卷第 13 期，署名：子恺。

平坦，使人坐了起不身来。靠背的木框，像括弧般微微向内弯曲，恰好切合坐者的背部的曲线。因此坐下去身体是很舒服的。原来游玩这件事体，说它近于旅行，又不愿像旅行那么肯吃苦；说不得它类似休养，又不愿像休养那么贪懒惰。故西湖船的原始的（姑且以我所见为主，假定二十年前的为原始的）形式，我认为是最合格的游船形式。倘然座位再简陋，换了木板条，游人坐下去就嫌吃力；倘然座位再舒服，索性换了醉翁椅，游人躺下去又嫌萎靡，不适于观赏山水了。只有那种藤穿的木框，使游人坐下去软软的，靠上去又软软的，而身体姿势又像坐在普通凳子上一般，可以自由转侧，可以左顾右盼。何况他们的形状，质料与颜色，又与船的全部十分调和，先给游人以恰好的心情呢！二十年前，当我正在求学的时候，西湖里的船统是这种形式的。早春晚秋，船价很便宜，学生的经济力也颇能胜任。每逢星期日，出三四毛钱雇一只船，载着二三同学，数册书，一壶茶，几包花生米与几个馒头，便可悠游湖中，尽一日之长。尤其是那时候的摇船人，生活很充裕，样子很写意，一面打桨，一面还有心情对我们闲谈自己的家庭，西湖的掌故，以及种种笑话。此情此景，现在回想了不但可以神往，还可以凭着追忆而写几幅画，吟几首诗呢。因为那种船的座位好，坐船的人姿势也好；摇船人写意，坐船人更加写意，随时随地可以吟诗入画。"野航恰受两三人"。"恰受"两字的状态，在这种船上最充分地表出着。

我离杭后，某年春，到杭游西湖，忽然发现有许多船的座位变了形式。藤式木框被撤去，改用了长的藤椅子，后面也有靠背，两旁又有靠手，不过全体是藤编的。这种藤椅子，坐的地方比以前的加阔，靠边背也比以前的加高，价值上去固然比以前的舒服，但在形式上，殊不及以前的好看。为了船身全是木的，椅子全是藤的，二者配合不甚调和。在人家屋里，木的几桌旁边也常配着藤椅子，并不觉得很不调和。这是屋与船情形不同之故。屋子的场面大，其所要求的统一不甚严格。船的局面小，一望在目，全体浑成一个单位。其样式与质料，当然要求严格的统一。故在广大的房间里，木的几桌旁边放了藤椅子，不觉得十分异样，但在小小的一叶扁舟中放了藤椅，望去似觉这是临时暂置性质的东西，对于船身毫无有机的关系。此外还有一种更大的不快：摇船人为了这两张藤椅子的设备费浩大，常向游客诉苦，希望多给船钱。有的自己告白：为了同业竞争厉害，不得已，当了衣服置备这两只藤椅的。我们回头一看，见他果然穿一件破旧的夹衣，当着料峭的东风，坐在船头上很狭窄的尖角里，为了我们的赏心悦目劳动着。我们的衣服与他的衣服，我们的座位与他的座位，我们的生活与他的生活。同在一叶扁舟之中，相距咫尺之间，两两对比之下，怎不令人心情不快？即使我们力能多给他船钱，这种不快已在游湖时生受了。当时我想：这种藤椅虽然表面光洁平广，使游客的身体感到舒服；但其质料样式缺乏统一性，使游客的眼睛感到不舒服；其来源由于营业竞争的压迫，使游的心情感到更大的不快。得不偿失，西湖船从此变坏了！

其后某年春，我又到杭州游西湖。忽然看见许多西湖船的座位，又变了样式。前此的长藤椅已被撤去，改用了躺藤椅，其表面就同普通人家最常见的躺藤椅一样，这变化比前又进一步，即不但全变了椅的质料，又变了椅的角度。坐船的人若想靠背，非得仰躺下来，把眼睛看着船篷。船篷看厌了，或是想同对面的人谈谈，须得两臂使个劲道，支撑起来，四周悬空地危坐着，让藤靠背像尾巴一般拖在后面。这料想是船家营业竞争愈趋厉害，于是苦心窥察游客贪舒服的心理而创制的。他们看见游湖来的富绅，贵客，公子，小姐，大都脚不着地，手不着物，一味贪图安逸。他们为营生起见，就委曲迎合这种游客的心理，索性在船里放两把躺藤椅，让他们在湖面上躺来躺去，像浮尸一般。我在这里看见了世纪末的痼疾的影迹：十九世纪末的颓废主义的精神，得了近代科学与物质文明的助力，在所谓文明人之间长养了一种贪闲好逸的风习。起居饮食用器什物，处处力求便利；名曰增加工作能率，暗中难免泪没了耐劳习苦的美德，而助长了贪闲好逸的恶习。西湖上自从那种用躺藤椅的游船出现之后，不拘它们在游湖的实用上何等不适宜，在游船的形式上何等不美观，世间自有许多人欢迎它们，使它们风行一时。这不是颓废精神的遗毒所使然吗？正当的游玩，是辛苦的慰安，是工作的预备。这决不是放逸，更不是养病。但那种西湖船载了仰天躺着的游客而来，我初见时认真当作载来的是一船病人呢。

最近某年春，我又到杭州游西湖，忽然看见许多西湖船的座位又变了形式。前此的藤躺椅已被撤去，改用了沙发。厚得

"木老老"[1]的两块弹簧垫，有的装着雪白的或淡黄的布套；有的装着紫酱色的皮，皮面上划着斜方形的格子，好像头等火车中的座位。沙发这种东西，不必真坐，看看已够舒服之至了。但在健康人，也许真坐不及看看的舒服。它那脸皮半软半硬，对人迎合得十分周到，体贴得无微不至，有时使人肉麻。它那些弹簧能屈能伸，似抵抗又不抵抗，有时使人难过。这又好似一个陷阱，翻了进去一时爬不起来。故我只有十分疲劳或者生病的时候，懂得沙发的好处；若在健康时，我常觉得看别人坐比自己坐更舒服。但西湖船里装沙发，情形就与室内不同。在实用上说，当然是舒服的：坐上去感觉很温软，与西湖春景给人的感觉相一致。靠背的角度又不像躺藤椅那么大，坐着闲看闲谈也很自然。然而倘把西湖船当作一件工艺品而审察它的形式，这配合就不免唐突。因为这些船身还是旧式的，还是二十年前装藤穿木框的船身，只有座位的部分奇迹地换了新式的弹簧坐垫，使人看了发生"时代错误"之感。若以弹簧坐垫为标准，则船身的形式应该还要造得精密，材料应该还选得细致，油漆应该还要配得美观，船篷应该还要张得整齐，摇船人的脸孔应该还要有血气，不应该如此憔悴；摇船人的衣服应该还要楚楚，不应该教他穿得叫化子一般褴褛。我今天就坐了这样的一只西湖船回来，在船中起了上述的种种感想，上岸后不能忘却。现在就把它们记录在这里。总之西湖船的形式，二十年来，变了四次。但是愈变愈坏，变坏的主要原

---

[1] "木老老"，杭州方言，意即"很""十分"。

因，是游客的座位愈变愈舒服，愈变愈奢华；而船身愈变愈旧，摇船人的脸孔愈变愈憔悴，摇船人的衣服愈变愈褴褛。因此形成了许多不调和的可悲的现象，点缀在西湖的骀荡春光之下，明山秀水之中。

廿五〔1936〕年二月廿七日作，曾载《宇宙风》

钱江看潮记 [1]

阴历八月十八,我客居杭州。这一天恰好是星期日,寓中来了两位亲友,和两个例假返寓的儿女。上午,天色阴而不雨,凉而不寒。有一个人说起今天是潮辰,大家兴致勃勃起来,提议到海宁看潮。但是我左足趾上患着湿毒,行步维艰还在其次;鞋根拔不起来,拖了鞋子出门,违背新生活运动,将受警察干涉。但为此使众人扫兴,我也不愿意。于是大家商议,修改办法:借了一只大鞋子给我左足穿了,又改变看潮的地点为钱塘江边,三廊庙。我们明知道钱塘江边潮水不及海宁的大,真是"没啥看头"的。但凡事轮到自己去做时,无论如何总要想出它一点好处来,一以鼓励勇气,一以安慰人心。就有人说:"今年潮水比往年大,钱塘江潮也很可观。""今天的报上说,昨天江边车站的铁栏都被潮水冲去,二十几个人爬在铁栏上看潮,一时淹没,幸为房屋所阻,不致与波臣为伍,但有四人头破血流。"听了这样的话,大家觉得江干不亚于海宁,此行一定不虚。我就伴了我的两位亲友,带了我的女儿和一个小孩子,一行六人,就于上午十时动身赴江边。我两脚穿了一大一小的鞋子跟在他们后面。

我们乘公共汽车到三廊庙,还只十一点钟。我们乘义渡过

---

[1] 本篇原载 1935 年 10 月 1 日《论语》第 73 期。

江,去看看杭江路的车站,果有乱石板木狼藉于地,说是昨日的潮水所致的。钱江两岸两个码头实在太长,加起来恐有一里路。回来的时候,我的脚吃不消,就坐了人力车。坐在车中看自己的两脚,好像是两个人的。倘照样画起来,见者一定要说是画错的,但一路也无人注意,只是我自己心虚,偶然逢到有人看我的脚,我便疑心他在笑我。碰着认识的人,谈话之中还要自己先把鞋的特殊的原因告诉他。他原来没有注意我的脚,听我的话却知道了。善于为自己辩护的人,欲掩其短,往往反把短处暴露了。

我在江心的渡船中遥望北岸,看见码头近旁有一座楼,高而多窗,前无障碍。我选定这是看潮最好的地点。看它的模样,不是私人房屋,大约是茶馆酒店之类,可以容我们去坐的。为了脚痛,为了口渴,为了肚饥,又为了贪看潮的眼福,我遥望这座楼觉得异常玲珑,犹似仙境一般美丽。我们跳上码头,已是十二点光景。走尽了码头,果然看见这座楼上挂着茶楼的招牌,我们欣然登楼。走上扶梯,看见列着明窗净几,全部江景被收在窗中,果然一好去处。茶客寥寥,我们六人就占据了临窗的一排椅子。我回头喊堂倌:"一红一绿!"堂倌却空手走过来,笑嘻嘻地对我说:"先生,今天是买座位的,每位小洋四角。"我的亲友们听了这话都立起身来,表示要走。但儿女们不闻不问,只管凭窗眺望江景,指东话西,有说有笑,正是得其所哉。我也留恋这地方,但我的亲友们以为座价太贵,同堂倌讲价,结果三个小孩子"马马虎虎",我们六个人一共出了一块钱。[1] 先付了

---

[1] 当时角币有大洋小洋之分,一块钱相当于小洋十二角。

钱,方才大家放心坐下。托堂倌叫了六碗面,又买了些果子,权当午饭。大家正肚饥,吃得很快。吃饱之后,看见窗外的江景比前更美丽了。

我们来得太早,潮水要三点钟才到呢。到了一点半钟,我们才看见别人陆续上楼来。有的嫌座价贵,回了下去。有的望望江景,迟疑一下,坐下了。到了两点半钟,楼上的座位已满,嘈杂异常,非复吃面时可比了。我们的座位幸而在窗口,背着嘈杂面江而坐,仿佛身在泾渭界上,另有一种感觉。三点钟快到,楼上已无立锥之地。后来者无座位,不吃茶,亦不出钱。我们的背后挤了许多人。回头一看,只见观者如堵。有男有女,有老有少,更有被抱着的孩子。有的坐在桌上,有的立在凳上,有的竟立在桌上。他们所看的,是照旧的一条钱塘江。久之,久之,眼睛看得酸了,腿站得痛了,潮水还是不来。大家倦起来,有的垂头,有的坐下。忽然人丛中一个尖锐的呼声:"来了!来了!"大家立刻把脖子伸长,但钱塘江还是照旧。原来是一个母亲因为孩子挤得哭了,在那里哄他。

江水真是太无情了。大家越是引颈等候,它的架子越是十足。这仿佛有的火车站里的卖票人,又仿佛有的邮政局收挂号信的,窗栏外许多人等候他,他只管悠然地吸烟。

三点二十分光景,潮水真的来了!楼内的人万头攒动,像运动会中决胜点旁的观者。我也除去墨镜,向江口注视。但见一条同桌上的香烟一样粗细的白线,从江口慢慢向这方面延长来。延了好久,达到西兴方面,白线就模糊了。再过了好久,楼前的江水渐渐地涨起来。浸没了码头的脚。楼下的江岸上略起些波浪,有时打动了一块石头,有时淹没了一条沙堤。以后浪就平静起来,水也就渐渐退却。看潮就看好了。楼中的人,好像已经获得了什么,各自纷纷散去。我同我亲友也想带了孩子们下楼,但一个小孩子不肯走,惊异地责问我:"还要看潮哩!"大家笑着告诉他:"潮水已经看过了!"他不信,几乎哭了。多方劝慰,方才收泪下楼。

我实在十分同情于这小孩子的话。我当离座时,也有"还要看潮哩!"似的感觉。似觉今天的目的尚未达到。我从未为看潮而看潮。今天特地为看潮而来,不意所见的潮如此而已,真觉大失所望。但又疑心自己的感觉不对。若果潮不足观,何以茶楼之中,江岸之上,观者动万,归途阻塞呢?以问我的亲友,一人云:"我们这些人不是为看潮来的,都是为潮神贺生辰来的呀!"这话有理,原来我们都是被"八月十八"这空名所召集的。怪不得潮水毫没看头。回想我在茶楼中所见,除旧有的一片江景外毫无可述的美景。只有一种光景不能忘却:当波浪淹没沙堤时,有一群人正站在沙堤上看潮。浪来时,大家仓皇奔回,半身浸入水中,举手大哭,幸而大人转身去救,未遭没顶。这光景大类一幅水灾图。看了这图,使人想起最近黄河长江流域各处的水灾,败兴而归。

廿三〔1934〕年中秋日作,曾载《宇宙风》[1]

---

[1] 查《宇宙风》,未见此文。

初冬浴日漫感 [1]

离开故居一两个月，一旦归来，坐到南窗下的书桌旁时第一感到异样的，是小半书桌的太阳光。原来夏已去，秋正尽，初冬方到，窗外的太阳已随分南倾了。

把椅子靠在窗缘上，背着窗坐了看书，太阳光笼罩了我的上半身。它非但不像一两月前地使我讨厌，反使我觉得暖烘烘地快适。这一切生命之母的太阳似乎正在把一种祛病延年，起死回生的乳汁，通过了他的光线而流注到我的体中来。

我掩卷瞑想：我吃惊于自己的感觉，为甚么忽然这样变了？前日之所恶变成了今日之所欢；前日之所弃变成了今日之所求；前日之仇变成了今日之恩。张眼望见了弃置在高阁上的扇子，又吃一惊。前日之所欢变成了今日之所恶；前日之所求变成了今日之所弃；前日之恩变成了今日之仇。

忽又自笑："夏日可畏，冬日可爱"，以及"团扇弃捐"，乃古之名言，夫人皆知，又何足吃惊？于是我的理智屈服了。但是我的感觉仍不屈服，觉得当此炎凉递变的交代期上，自有一种异样的感觉，足以使我吃惊。这仿佛是太阳已经落山而天

---

[1] 本篇原载 1935 年 11 月《中学生》第 59 号。

还没有全黑的傍晚时光：我们还可以感到昼，同时已可以感到夜。又好比一脚已跨上船而一脚尚在岸上的登舟时光：我们还可以感到陆，同时已可以感到水。我们在夜里固皆知道有昼，在船上固皆知道有陆，但只是"知道"而已，不是"实感"。我久被初冬的日光笼罩在南窗下，身上发出汗来，渐渐润湿了衬衣。当此之时，浴日的"实感"与挥扇的"实感"在我身中混成一气，这不是可吃惊的经验么？

于是我索性抛书，躺在墙角的藤椅里，用了这种混成的实感而环视室中，觉得有许多东西大变了相。有的东西变好了：像这个房间，在夏天常嫌其太小，洞开了一切窗门，还不够，几乎想拆去墙壁才好。但现在忽然大起来，大得很！不久将要用屏帏把它隔小来了。又如案上这把热水壶，以前曾被茶缸驱逐到碗橱的角里，现在又像纪念碑似的矗立在眼前了。棉被从前在伏日里晒的时候，大家讨嫌它既笨且厚，现在铺在床里，忽然使人悦目，样子也薄起来了。沙发椅子曾经想卖掉，现在幸而没有人买去。从前曾经想替黑猫脱下皮袍子，现在却羡慕它了。反之，有的东西变坏了：像风，从前人遇到了它都称"快哉！"欢迎它进来。现在渐渐拒绝它，不久要像防贼一样严防它入室了。又如竹榻，以前曾为众人所宝，极一时之荣。现在已无人问津，形容枯槁，毫无生气了。壁上一张汽水广告画。角上画着一大瓶汽水，和一只泛溢着白泡沫的玻璃杯，下面画着海水浴图。以前望见汽水图口角生津，看了海水浴图恨不得自己做了画中人，现在这幅画几乎使人打寒噤了。裸体的洋囡囡跌坐在窗口的小书架上，以前觉得它太写意，现在看它可怜起来。希腊古代名雕的石膏模型 Venus〔维纳斯〕立像,把裙子褪在大腿边,高高地独立在凌空的花盆架上。我在夏天看见她的脸孔是带笑的,这几天望去忽觉其容有戚,好像在悲叹她自己失却了两只手臂,无法拉起裙子来御寒。

其实,物何尝变相?是我自己的感觉变叛了。感觉何以能变叛?是自然教它的。自然的命令何其严重:夏天不由你不爱风,冬天不由你不爱日。自然的命令又何其滑稽:在夏天定要你赞颂冬天所诅咒的,在冬天定要你诅咒夏天所赞颂的!

人生也有冬夏。童年如夏,成年如冬;或少壮如夏,老大如冬。在人生的冬夏,自然也常教人的感觉变叛,其命令也有这般严重,又这般滑稽。

廿四〔1935〕年双十节晚于石门湾,曾载《中学生》

无常之恸[1]

无常之恸,大概是宗教启信的出发点吧。一切慷慨的,忍苦的,慈悲的,舍身的,宗教的行为,皆建筑在这一点心上。故佛教的要旨,被包括在这个十六字偈内:"诸行无常,是生灭法。生灭灭已,寂灭为乐。"这里下二句是佛教所特有的人生观与宇宙观,不足为一般人道;上两句却是可使谁都承认的一般公理,就是宗教启信的出发点的"无常之恸"。这种感情特强起来,会把人拉进宗教信仰中。但与宗教无缘的人,即使反宗教的人,其感情中也常有这种分子在那里活动着,不过强弱不同耳。

在醉心名利的人,如多数的官僚,商人,大概这点感情最弱。他们仿佛被荣誉及黄金蒙住了眼,急急忙忙地拉到鬼国里,在途中毫无认识自身的能力与余暇了。反之,在文艺者,尤其是诗人,尤其是中国的诗人,更尤其是中国古代的诗人,大概这点感情最强,引起他们这种感情的,大概是最能暗示生灭相的自然状态,例如春花,秋月,以及衰荣的种种变化。他们见了这些小小的变化,便会想起自然的意图,宇宙的秘密,

---

[1] 本篇原载 1936 年 1 月 16 日《宇宙风》第 1 卷第 9 期。

以及人生的根柢，因而兴起无常之恸。在他们的读者——至少在我一个读者——往往觉到这些部分最可感动，最易共鸣。因为在人生的一切叹愿——如惜别，伤逝，失恋，坎坷等——中，没有比无常更普遍地为人人所共感的了。

《法华经》偈云："诸法从本来，常示寂灭相。春至百花开，黄莺啼柳上。"这几句包括了一切诗人的无常之叹的动机。原来春花是最雄辩地表出无常相的东西。看花而感到绝对的喜悦的，只有醉生梦死之徒，感觉迟钝的痴人，不然，佯狂的乐天家。凡富有人性而认真的人，谁能对于这些昙花感到真心的满足？谁能不在这些泡影里照见自身的姿态呢？《古诗十九首》中有云："伤彼蕙兰花，含英扬光辉。过时而不采，将随秋草萎。"大概是借花叹惜人生无常之滥觞。后人续弹此调者甚多。最普通传诵的，如：

"劝君莫惜金缕衣，劝君惜取少年时。花开堪折直须折，莫待无花空折枝！"（李锜妾）

"今年花似去年好，去年人到今年老。始知人老不如花，可惜落花君莫扫！（下略）"（岑参）

"一月主人笑几回？相逢相值且衔杯！眼看春色如流水，今日残花昨日开！"（崔惠童）

"梁园日暮乱飞鸦，极目萧条三两家。庭树不知人去尽，春来还发旧时花。"（岑参）

"越王宫里似花人，越水溪头采白蘋。白蘋未尽人先尽，谁见江南春复春？"（阙名）

慨惜花的易谢，妒羡花的再生，大概是此类诗中最普通的两种情怀。像"春风欲劝座中人，一片落红当眼堕。""年年岁岁花相似，岁岁年年人不同。"便是用一两句话明快地道破这种情怀的好例。

最明显地表示春色，最力强地牵惹人心的杨柳，自来为引人感伤的名物。桓温的话是一个很好的证例："昔年移植，依依汉南。今看摇落，凄怆江潭。树犹如此，人何以堪？"在纸上读了这几句文句，已觉恻然于怀；何况亲眼看见其依依与凄怆的光景呢？唐人诗中，借杨柳或类似的树木为兴感之由，而慨叹人事无常的，不乏其例，亦不乏动人之力。像：

"江风霏霏江草齐，六朝如梦鸟空啼。无情最是台城柳，依旧烟笼十里堤。"（韦庄）

"炀帝行宫汴水滨，数株残柳不胜春。晚来风起花如雪，飞入宫墙不见人。"（刘禹锡）

"梁苑隋堤事已空，万条犹舞旧春风。那堪更想千年后，谁见杨花入汉宫？"（韩琮）

"入郭登桥出郭船，红楼日日柳年年。君王忍把平陈业，只换雷塘数亩田？"（罗隐，《炀帝陵》）

"三十年前此院游，木兰花发院新修。如今再到经行处，树老无花僧白头。"（王播）

"汾阳旧宅今为寺，犹有当时歌舞楼。四十年来车马散，古槐深巷暮蝉愁。"（张籍）

"门前不改旧山河,破虏曾经马伏波。今日独经歌舞地,古槐疏冷夕阳多。"(赵嘏)

凡自然美皆能牵引有心人的感伤,不独花柳而已。花柳以外,最富于此种牵引力的,我想是月。因月兴感的好诗之多,不胜屈指。把记得起的几首写在这里:

"山围故国周遭在,潮打空城寂寞回。淮水东边旧时月,夜深还过女墙来。"(刘禹锡,《石头城》)
"辇遮回磴绝鸣銮,云树深深碧殿寒。明月自来还自去,更无人倚玉栏杆。"(崔橹,《华清宫》)
"旧苑荒台杨柳新,菱歌清唱不胜春。只今唯有西江月,曾照吴王宫里人。"(李白,《苏台》)
"暮云收尽溢清寒,银汉无声转玉盘。此生此夜不长好,明月明年何处看?"(杜牧之,《中秋》)
"独上江楼思渺然,月光如水水如天。同来望月人何在?风景依稀似去年。"(赵嘏,《江楼书怀》)

由花柳兴感的,有以花柳自况之心,此心常转变为对花柳的怜惜与同情。由月兴感的,则完全出于妒羡之心,为了它终古如斯地高悬碧空,而用冷眼对下界的衰荣生灭作壁上观。但月的感人之力,一半也是夜的环境所助成的。夜的黑暗能把外物的诱惑遮住,使人专心于内省,耽于内省的人,往往慨念无常,心生悲感。更怎禁一个神秘幽玄的月亮的挑拨呢?故月明人静之夜，只要是敏感者，即使其生活毫无忧患而十分幸福，也会兴起惆怅。正如唐人诗所云："小院无人夜，烟斜月转明。清宵易惆怅，不必有离情。"

与万古常新的不朽的日月相比较，下界一切生灭，在敏感者的眼中都是可悲哀的状态。何况日月也不见得是不朽的东西呢？人类的理想中，不幸而有了"永远"这个幻象，因此在人生中平添了无穷的感慨。所谓"往事不堪回首"的一种情怀，在诗人——尤其是中国古代诗人——的笔上随时随处地流露着。有人反对这种态度，说是逃避现实，是无病呻吟，是老生常谈。不错，有不少的旧诗作者，曾经逃避现实而躲入过去的憧憬中或酒天地中；有不少的皮毛诗人曾经学了几句老生常谈而无病呻吟。然而真从无常之恸中发出来的感怀的佳作，其艺术的价值永远不朽——除非人生是永远朽的。会朽的人，对于眼前的衰荣兴废岂能漠然无所感动？"笙歌归院落，灯火下楼台。"这一点小暂的衰歇之象，已足使履霜坚冰的敏感者兴起无穷之慨；已足使顿悟的智慧者痛悟无常呢！这里我又想起的有四首好诗：

"寥落故行宫，宫花寂寞红。白头宫女在，闲坐说玄宗。"

"朱雀桥边野草花，乌衣巷口夕阳斜。旧时王谢堂前燕，飞入寻常百姓家。"

"越王勾践破吴归，战士还家尽锦衣。宫女如花满春殿，只今唯有鹧鸪飞。"

"伤心欲问南朝事,唯见江流去不回。日暮东风春草绿,鹧鸪飞上越王台。"

这些都是极通常的诗,我幼时曾经无心地在私塾学童的无心的口上听熟过。现在它们却用了一种新的力而再现于我的心头。人们常说平凡中寓有至理。我现在觉得常见的诗中含有好诗。

其实"人生无常",本身是一个平凡的至理。"回黄转绿世间多,后来新妇变为婆。"这些回转与变化,因为太多了,故看作当然时便当然而不足怪。但看作惊奇时,又无一不可惊奇。关于"人生无常"的话,我们在古人的书中常常读到,在今人的口上又常常听到。倘然你无心地读,无心地听,这些话都是陈腐不堪的老生常谈。但倘然你有心地读,有心地听,它们就没有一字不深深地刺入你的心中。古诗中有着许多痛快地咏叹"人生无常"的话。《古诗十九首》中就有了不少:

"人生寄一世,奄忽若飙尘。何不策高足,先据要路津?"

"浩浩阴阳移,年命如朝露。人生忽如寄,寿无金石固。万岁更相送,圣贤莫能度。"

"青青陵上柏,磊磊涧中石。人生天地间,忽如远行客。"

"人生非金石,焉能长寿考?奄忽随物化,荣名以为宝。"

此外我能想起的也很多：

"对酒当歌，人生几何？譬如朝露，去日苦多。"（魏武帝）

"惊风飘白日，光景驰西流。盛时不可再，百年忽我遒。生存华屋处，零落归山丘。"（曹植）

"置酒高堂，悲歌临觞。人寿几何？逝如朝霜。时无重至，华不再阳。"（陆机）

"欢乐极兮哀情多，少壮几时兮奈老何！"（汉武帝）

"采采荣木，结根于兹。晨耀其华，夕已丧之。人生若寄，憔悴有时。静言孔念，中心怅而。"（陶潜）

"朝为媚少年，夕暮成丑老。自非王子晋，谁能常美好？"（阮籍）

"君不见黄河之水天上来，奔流到海不复回？君不见高堂明镜悲白发，朝如青丝暮成雪？"（李白）

"白日何短短，百年苦易满。苍穹浩茫茫，万劫太极长。麻姑垂两鬓，一半已成霜。天公见玉女，大笑亿千场。吾欲揽六龙，回车挂扶桑。北斗酌美酒，劝龙各一觞。富贵非所愿，为人驻颜光。"（李白）

"美人为黄土，况乃粉黛假。当时侍金舆，故物独石马。忧来藉草坐，浩歌泪盈把。冉冉征途间，谁

是长年者？"（杜甫）

"青山临黄河，下有长安道。世上名利人，相逢不知老。"（孟郊）

这些话，何等雄辩地向人说明"人生无常"之理！但在世间，"相逢不知老"的人毕竟太多，因此这些话都成了空言。现世宗教的衰颓，其原因大概在此。现世缺乏慷慨的，忍苦的，慈悲的，舍身的行为，其原因恐怕也在于此。

廿四〔1935〕年十二月廿六日，曾载《宇宙风》

新年怀旧 [1]

我似觉有二十多年不逢着"新年"了。因为近二十多年来，我所逢着的新年，大都不像"新年"。每逢年底，我未尝不热心地盼待"新年"的来到；但到了新年，往往大失所望，觉得这不是我所盼待的"新年"。我所盼待的"新年"似乎另外存在着，将来总有一天会来到的。再过半个月，新年又将来临。料想它又是不像"新年"的，也无心盼待了。且回想过去吧。

我所认为像"新年"的新年，只有二十多年前，我幼时所逢到的几个"新年"。近二十多年来，我每逢新年，全靠对它们的回忆，在心中勉强造出些"新年"似的情趣来，聊以自慰。回忆的力一年一年地薄弱起来。现在若不记录一些，恐怕将来的新年，连这点聊以自慰的空欢也没有了。

当阳历还被看作"洋历"，阴历独裁地支配着时间的时代，新年真是一个极盛大的欢乐时节！一切空气温暖而和平，一切人公然地嬉戏。没有一个人不穿新衣服，没有一个人不是新剃头。尤其是我，正当童年时代，不知众苦，但有一切乐。我的新年的欢乐，始于新年的 eve〔前夕〕。

---

[1] 本篇原载 1936 年 1 月 1 日《宇宙风》第 1 卷第 8 期。

大年夜的夜饭,我故意不吃饱。留些肚皮,用以享受夜间游乐中的小食,半夜里的暖锅,和后半夜的接灶圆子。吃过夜饭,店里的柜台上就点着一对红蜡烛,一只风灯。红蜡烛是岁烛,风灯是供给往来的收帐人看帐目用的。从黄昏起,直至黎明,街上携着灯笼收帐的人络绎不绝。来我们店里收帐的人,最初上门来,约在黄昏时,谈了些寒暄,把帐簿展开来看一看,大约有多少,假如看见管帐先生不拿出钱来,他们会很客气地说一声"等一会儿再算",就告辞。第二次来,约在半夜时。这会拿过算盘来,确实地决算一下,打了一个折扣,再在算盘上摸脱了零头,得到一个该付的实数。倘我们的管帐先生因为自己的店帐没有收齐,回报他们说,"再等一会儿付款",收帐的人也会很客气地满口答允,提了灯笼又去了。第三次来时,约在后半夜。有的收清帐款,有的反而把旧欠放弃不收,说道"带点老亲"。于是大家说着"开年会",很客气地相别。我们的收帐员,也提了灯笼,向别家去演同样的把戏,直到后半夜或黎明方才收清。这在我这样的孩子们看来,真是一年一度的难得的热闹。平日天一黑就关门。这一天通夜开放,灯火满街。我们但见一班灯笼进,一班灯笼出,店堂里充满着笑语和客气话。心中着实希望着帐款不要立刻付清,因此延长一点夜的闹热。在前半夜,我常常跟了我们店里的收帐员,向各店收帐。每次不过是看一看数目,难得收到钱。但遍访各店,在我是一种趣味。他们有的在那里请年菩萨,有的在那里准备过新年。还有的已经把年夜当作新年,在那里掷骰子,欢呼声充满了店堂的里面。有的认识我是小老板,还要拿本店的本产货的食物送给我吃，表示亲善。我吃饱了东西回到家里，里面别是一番热闹：堂前点着岁烛和保险灯。灶间里拥着大批人看放谷花。放的人一手把糯米谷撒进镬子里去，一手拿着一把稻草不绝地在镬子底上撩动。那些糯米谷得了热气，起初"拍，拍"地爆响，后来米脱出了谷皮，渐渐膨胀起来，终于放得像朵朵梅花一样。这些梅花在环视者的欢呼声中出了镬子，就被拿到厅上的桌子上去挑选。保险灯光下的八仙桌，中央堆了一大堆谷花，四周围着张开笑口的男女老幼许多人。你一堆，我一堆，大家竞把砻糠剔去，拣出纯白的谷花来，放在一只竹篮里，预备新年里泡糖茶请客人吃。我也参加在这人丛中；但我的任务不是拣而是吃。那白而肥的谷花，又香又燥，比炒米更松，比蛋片更脆，又是一年中难得尝到的异味。等到拣好了谷花，端出暖锅来吃半夜饭的时候，我的肚子已经装饱，只为着吃后的"毛草纸揩嘴"的兴味，勉强凑在桌上。所谓"毛草纸揩嘴"，是每年年夜例行的一种习惯。吃过年夜饭，家里的母亲乘孩子们不备拿出预先准备着的老毛草纸向孩子们口上揩抹。其意思是把嘴当作屁眼，这一年里即使有不吉利的话出口，也等于放屁，不会影响事实。但孩子们何尝懂得这番苦心？我们只是对于这种恶戏发生兴味，便模仿母亲，到毛厕间里去拿张草纸来，公然地向同辈，甚至长辈的嘴上去乱擦。被擦者决不忿怒，只是掩口而笑，或者笑着逃走。于是我们擎起草纸，向后面追赶。不期正在追赶的时候，自己的嘴却被第三者用草纸揩过了。于是满堂哄起热闹的笑声。

夜半过后在时序上已经是新年了；但在习惯上，这五六个小时还算是旧年。我们于后半夜结伴出门，各种商店统统开着，街上行人不绝，收帐的还是提着灯笼幢幢来往。但在一方面，烧头香的善男信女，已经携着香烛向寺庙巡礼了。我们跟着收帐的，跟着烧香的，向全镇乱跑。直到肚子跑饿，天将向晓，然后回到家里来吃了接灶圆子，怀着了明朝的大欢乐的希望而酣然就睡。

元旦日，起身大家迟。吃过谷花糖茶，白日的乐事，是带了去年底预先积存着的零用钱，压岁钱，和客人们给的糕饼钱，约伴到街上去吃烧卖。我上街的本意不在吃烧卖，却在花纸儿和玩具上。我记得，似乎每年有几张新鲜的花纸儿给我到手。拿回家来摊在八仙桌上，引得老幼人人笑口皆开。晏晏地吃过了隔年烧好的菜和饭，下午的兴事是敲年锣鼓。镇上备有锣鼓的人家不很多，但是各坊都有一二处。我家也有一副，是我的欢喜及时行乐的祖母所置备的。平日深藏在后楼，每逢新年，拿到店堂里来供人演奏。元旦的下午，大街小巷，鼓乐之声遥遥相应。现在回想，这种鼓乐最宜用为太平盛世的点缀。丝竹管弦之音固然幽雅，但其性质宜于少数人的清赏，非大众的。最富有大众性的乐器，莫如打乐（打击乐器）。俗语云："锣鼓响，脚底痒。"因为这是最富有对大众的号召力的乐器。打乐之中，除大锣鼓外，还有小锣，班鼓，檀板，大铙钹，小铙钹等，都是不能演奏旋律的乐器。因此奏法也很简单，只是同样的节奏的反复，不过在轻重缓急之中加以变化而已。像我，十来岁的孩子，略略受人指导也能自由地参加新年的鼓乐演奏。一切音乐学习，无如这种打乐之容易速成者。这大概也是完成其大众性的一种条件吧。这种浩荡的音节,都是暗示昂奋的,华丽的,盛大的。在近处听这种音节时,听者的心会忙着和它共鸣,无暇顾到他事。好静的人所以讨厌打乐,也是为此。从远处听这种音节,似觉远方举行着热闹的盛会,不由你的心不向往。好群的人所以要脚底痒者,也正是为此。试想:我们二个数百户的小镇同时响出好几处的浩荡的鼓乐来,云中的仙人听到了,也不得不羡慕我们这班盛世黎民的欢乐呢。

  新年的晚上,我们又可从花炮享受种种的眼福。最好看的是放万花筒。这往往是大人们发起而孩子们热烈赞成的。大人们一到新年,似乎袋里有的都是闲钱。逸兴到时,斥两百文购大万花筒三个,摆在河岸一齐放将起来。河水反照着,映成六株开满银花的火树,这般光景真像美丽的梦境。东岸上放万花筒,西岸上的豪侠少年岂肯袖手旁观呢?势必响应在对岸上也放起一套来。继续起来的就变花样。或者高高地放几十个流星到天空中,更引起远处的响应,或者放无数雪炮,隔河作战。闪光满目,欢呼之声盈耳,火药的香气弥漫在夜天的空气中。当这时候,全镇的男女老幼,大家一致兴奋地追求欢乐,似乎他们都是以游戏为职业的。独有爆竹业的人,工作特别多忙。一新年中,全镇上此项消费为数不小呢:送灶过年,接灶,接财神,安灶……每次斋神,每家总要放四个斤炮,数百鞭炮。此外万花筒,流星,雪炮等观赏的消耗,更无限制。我的邻家是业爆竹的。我幼时对于爆竹店,比其余一切地方都亲近。自年关附近至新年完了,差不多每天要访问爆竹店一次。这原是孩子们的通好,不过我特别热心。我曾把鞭炮拆散来,改制成无数的小万花筒,其法将底下的泥挖出,将头上的引火线拔下来插入泥孔中,倒置在水槽边上燃放起来,宛如新年夜河岸上的光景。虽然简陋,但神游其中,不妨想象得比河岸上的光景更加壮丽。这种火的游戏只限于新年内举行,平日是不被许可的。因此火药气与新年,在我的感觉上有不可分离的联关。到现在,偶尔闻到火药气时,我还能立刻联想到新年及儿时的欢乐呢。

　　二十多年来,我或为负笈,或为糊口,频频离开故乡。上述的种种新年的点缀,在这二十多年间无形无迹地渐渐消灭起来。等到最近数年前我重归故乡息足的时候,万事皆非昔比,新年已不像"新年"了。第一,经济衰落与农村破产凋敝了全镇的商业。使商店难于立足,不敢放帐,年夜里早已没有携了灯笼幢幢往来收帐的必要了。第二,阴历与阳历的并存扰乱了新年的定标,模糊了新年的存在。阳历新年多数人没有娱乐的勇气,阴历新年又失了娱乐的正当性,于是索性废止娱乐。我们可说每年得逢两度新年,但也可说一度也没有逢,似乎新年也被废止了。第三,多数的人生活局促,衣食且不给,遑论新年与娱乐?故现在的除夜,大家早早关门睡觉,几与平日无异。现在的新年,难得再闻鼓乐之声。现在的爆竹店,只卖几个迷信的实用上所不可缺的鞭炮,早已失去了娱乐品商店的性质。况且战乱频仍,这种迷信的实用有时也被禁,爆竹商的存在亦已岌岌乎了。

　　我们的新年,因了阴阳历的并存而不明确,复因了民生的疾苦而无生气,实在是我们的生活趣味上的一大缺憾!我不希望开倒车回复二十多年前的儿时,但希望每年有个像"新年"的新年,以调剂一年来工作的辛苦,恢复一年来工作的疲劳。我想这像"新年"的新年一定存在着,将来总有一天会来到的。

廿四〔1935〕年十二月十三日作,曾载《宇宙风》

音　语 [1]

音乐上有"音语"（Music Language）这个名词。其意是说：高低长短强弱不同的诸音所造成的音乐，虽然不能具体地告诉人一番说话，但能因其构造形式而在人心中惹起一种感情，仿佛告诉人一番说话。这种微妙的作用叫做"音语"。作曲者必须熟达音语，方能创作。鉴赏者也必须具有理解音语的敏感，方能圆满其鉴赏。

举最浅近的实例说：譬如 Do Mi Sol Do 一句，四个音历时相等而逐渐向上，又保住互相调和的关系，能在听者心中引起正大，光明，堂皇，威严，兴奋，得意，繁荣，超然等感觉。仿佛鼓励他一番或告诉他一件喜事。反之，Do Sol Mi Do 便在听者心中引起和平，谦逊，柔弱，慈悲，退省，消沉，失意，衰颓等感觉。仿佛安慰他一番，或告诉他一种哀情。——但音语毕竟是只能用听觉感受，而不能言宣的。被我这样具体地说明了，反不确切。况且上面所举的真是极简单的例。乐曲中含意复杂的音语，更非言语所能翻译的了。

虽然不能用言语翻译，但可以日常生活中种种经验来旁证

---

[1] 本篇原载 1935 年 9 月《创作月刊》创刊号。

音语的存在。德国音乐家奥芬罢哈〔奥芬巴赫〕（Offenbach）嫌其仆人拂拭衣服的声音不合拍子，曾把仆人斥逐。日本某文人曾赞美豆腐担的叫卖声，谓其悠扬之音，在深巷人家白昼长闲中，为一种最美丽的点缀。那时候日本有人提倡以机器制豆腐，每日由豆腐总厂派脚踏车分送豆腐于市内人家。这位注重生活趣味而嫌恶机械化生活的文人就起而反对，委曲描写日本旧有的豆腐担在生活感情方面的美妙的趣味，而惋惜这种趣味的丧亡。现代都市对于音太不关念了。我每初入都市，常觉头痛脑胀。推求其故，知其为嘈杂之音所致。嘈杂之音中最可厌的，莫如汽车的汽笛。有的如怒鸣，有的如号哭，有的如狗叫，有的如放屁。立在马路上等电车的时候，耳鼓几被聒破！我常想，这是市街美的一大破坏者，当局人倘能稍留意于声音美的方面，应该设法改良这种汽笛的音。在杭州时闻有一汽车，其汽笛的鸣声奏一主和弦，如 Sol Do Mi Sol，觉得很不讨厌。可惜很少，似乎只有一辆。

　　我在写字的时候，曾感到声音的一种微妙的作用，也可以拿来旁证音语。我为人写大字，喜择一静室，室内最好只留知我习性的一二人为助手或旁观者，不欢喜有许多人同室。为的是他们要在我正在写字的时候发出种种声音，话声，笑声，步声，以及物件移动之声。而这种声音的气势常与笔的运动的气势相冲突，使笔的运动受阻碍，因而写字往往失败。譬如正在写一个字，半途有人咳嗽，或笑起来，或向别人提出一问。这种突发的，或昂奋的，或不安定的声音，有一种影响达于我的心情，由心情传到我的右手的筋觉，通过了笔杆而影响于所写的字。又如正在写一行字,半途有人突然起立出外,或推门入室。他们的动作气势也会影响到我的手头。故我常想,写字最好能有适当的时间,适当的地方,及适当的对手。这对手必须理解字的构造,又懂得我的癖性。他不妨说话,动作,做声;但求他的言行的气势与态度,和我的写字的活动相符合。譬如写到很长的一直的时候,即使我的对手在旁大叫一声,非但无碍,反而有助于我。然而我的生活烦忙,百事草草,以上的话不过是一种愿望,原非定要有此时地及对手方可写字。不得已时,在什么地方都为人写字,不拘好恶,写给他算了。

美国有一种专供习字用的蓄音片〔唱片〕。当学生练习书法时,把这蓄音片开奏,一种特殊的节奏与音律,能暗助习字者的手的活动。可知我的写字习惯并非一种不近人情的奇癖,我想,写中国字也许没有适当的蓄音片可用。因为中文与西文构造不同。他们的字是符号凑成,写的时候其动作能合于一定的节奏;我们的文字构造各异,每个字像一幅画,恐怕没有适当的音乐可以适合写字的动作。有之,只能为每个特设一种音乐,未免太麻烦了。

廿四〔1935〕年五月廿五日作于石门湾,曾载《创作月刊》

"带点笑容"[1]

请照相馆里的人照相,他将要开镜头的时候,往往要命令你:"带点笑容!"

爱好美术的朋友 X 君最嫌恶这一点,因此永不请教照相馆。但他不能永不需要照相,因此不惜巨价自己购置一副照相机。然而他的生活太忙,他的技术太拙,学了好久照相,难得有几张成功的作品。为了某种需要,他终于不得不上照相馆去。我预料有一幕滑稽剧要开演了,果然:

X 君站在镜头面前,照相者供献他一个摩登花样的矮柱,好像一只茶几,教他左手搁在这矮柱上,右手叉腰,说道:"这样写意!"X 君眉头一皱,双手拒绝他,说:"这个不要,我只要这样站着好了!"他心中已经大约动了三分怒气。照相者扫兴地收回了矮柱,退回镜头边来,对他一相,又走上前去劝告他:"稍微偏向一点儿,不要立正"X 君不动。照相者大概以为他听不懂,伸手捉住他的两肩,用力一旋,好像雕刻家弄他的塑像似的,把 X 君的身体向外旋转约二十度。他的两手一放,X 君的身体好像有弹簧的,立刻回复原状。二人意见将要发生

---

[1] 本篇原载 1936 年 8 月 1 日《宇宙风》第 2 卷第 22 期。

冲突，我从中出来调解："偏一点儿也好，不过不必偏得这样多。"X君听了我的话，把身体旋转了约十度。但我知道他心中的怒气已经动了五六分了。

照相者的头在黑布底下钻了好久，走到X君身边，先用两手整理他的衣襟，拉他的衣袖，又蹲下去搬动他的两脚。最后立起身来用两手的中指点住他的颧颧，旋动他的头颅；用左手的食指点住他的后脑，教他把头俯下；又用右手的食指点住他的下巴，教他把头仰起。X君的怒气大约已经增至八九分。他不耐烦地嚷起来："好了，好了！快些给我照吧！"我也从旁帮着说："不必太仔细，随便给他照一个，自然一点倒好看。"照相者说着"好，好"走回镜旁，再相了一番，伸手搭住镜头，对X君喊："眼睛看着这里！带点儿笑容！"看见X君不奉行他的第二条命令，又重申一遍："带点笑容！"X君的怒气终于增到了十分，破口大骂起来："什么叫做带点笑容！我又不是来卖笑的！混帐！我不照了！"他两手一挥，红着脸孔走出了立脚点，皱着眉头对我苦笑。照相者就同他相骂起来：

"什么？我要你照得好看，你反说我混帐！"

"你懂得什么好看不好看？混帐东西！"

"我要同你品品道理看！你板着脸孔，我请你带点笑容，这不是好意？到茶店里品道理我也不怕！"

"我不受你的好意。这是我的照相，我欢喜怎样便怎样，不要你管！"

"照得好看不好看，和我们照相馆名誉有关，我不得不管！"

听到了这句话，X君的怒气增到十二分；"放屁！你也会巧立名目来拘束别人的自由？……"二人几乎动武了。我上前劝解，拉了愤愤不平的X君走出照相馆。一出滑稽剧于是闭幕。

我陪着X君走出照相馆时，心中也非常疑怪。为什么照相一定要"带点笑容"呢？回头向他们的样子窗里一瞥，这疑怪开始消解，原来他们所摄的照相，都作演剧式的姿态，没有一幅是自然的。女的都带些花旦的姿态，男的都带些小生，老生，甚至丑角的姿态。美术上所谓自然的 pose〔姿势〕，在照相馆里很难找到。人物肖像上所谓妥帖的构图，在这些样子窗里尤无其例。推想到这些照相馆里来请求照相的人，大都不讲什么自然的 pose，与妥帖的构图。女的但求自己的姿态可爱，教她装个俏眼儿也不吝惜；男的但求自己的神气活现，命令他"带点笑容"当然愿意的了。我们的X君戴了美术的眼镜，抱了造象的希望，到这种地方去找求自然的 pose 与妥帖的构图，犹如缘木求鱼，当然是要失望的。

但是这幕滑稽剧的演出，其原因不仅在于美术与非美术的冲突上，还有更深的原因隐伏在X君的胸中。他是一个不善逢迎，不苟言笑的人。他这种性格，今天就在那个照相馆中的镜头前面现形出来。他的反抗照相者的命令，其意识中仿佛在说："我不愿作一切违背衷心的非义的言行！我不欲强作笑颜来逢迎任何人！我的脸孔天生成这样！这是我之所以为我！"故在他看来，照相者劝他"带点笑容"，仿佛是强迫他变志，失节，装出笑颜来谄媚世人，在他是认为奇耻大辱的。然而照相馆里的人哪能顾到这一点？他的劝人"带点笑容"，确是出于

"好意"。因为他们营商的人，大都以多数顾客的要求为要求，以多数顾客的好恶为好恶，他们自己对于照相根本没有什么要求，也没有什么好恶。故 X 君若有所愤怒，也不必对他们发，应该发在多数的顾客身上。因为多数顾客喜欢在镜头面前作娇态，装神气，因此养成了这样的照相店员。

我并不主张照相时应该板脸孔，也不一定嫌恶装笑脸的照相。但觉照相者强迫镜头前的人"带点笑容"，是可笑，可耻，又可悲的事。因此我不得不由此想象：现今的世间，像 X 君的人极少，而与 X 君性格相反的人极多。那么真如 X 君出照相馆时所说："现今的世间，要进照相馆也不得不'带点笑容'了！"

廿五〔1936〕年夏日作，曾载《宇宙风》

清　晨 [1]

　　吃过早粥，走出堂前，在阶沿石上立了一会。阳光从东墙头上斜斜地射进来，照明了西墙头的一角。这一角傍着一大丛暗绿的芭蕉，显得异常光明。它的反光照耀全庭，使花坛里的千年红、鸡冠花和最后的蔷薇，都带了柔和的黄光。光滑的水门汀受了这反光，好像一片混浊的泥水。我立在阶沿石上，就仿佛立在河岸上了。

　　一条瘦而憔悴的黄狗，用头抵开了门，走进庭中来。它走到我的面前，立定了，俯下去嗅嗅我的脚，又仰起头来看我的脸。这眼色分明带着一种请求之情。我回身向内，想从余剩的早食中分一碗白米粥给它吃。忽然想起邻近有吃粞粥及糠饭的人，又踌躇地转身向了外。那狗似乎知道我的心事的，越发在我面前低昂盘旋，且嗅且看，又发出一种"呜呜"的声音。这声音仿佛在说，"狗也是天之生物！狗也要活！"我正踌躇，李妈出来收早粥，看见了狗便说："这狗要饿杀快 [2] 了！宝官 [3]，

---

[1] 本篇原载 1936 年 4 月 10 日《新少年》第 1 卷第 7 期。

[2] 饿杀快，江南一带方言，意即快饿死。

[3] 作者家乡一带对小主人称×官。

来厨房里拿些镬焦给它吃吃吧。"我的问题就被代为解决。不久宝官拿了一小箩镬焦出来,先放一撮在水门汀上。那狗拼命地吃,好像防人来抢似的。她一撮一撮喂它,好像防它停食似的。

我在庭中散步了好久,回到堂前,看见狗正在吃最后的一撮。我站在阶沿石上看它吃。我觉得眼梢头有一件小的东西正在移动。俯身一看,离开狗头一二尺处,有一群蚂蚁,正在扛抬狗所遗落的镬焦。许多蚂蚁围绕在一块镬焦的四周,扛了它向西行,好像一朵会走的黑瓣白心的菊花。它们的后面,有几个空手的蚂蚁跑着,好像是护卫;它们的前面有无数空手的蚂蚁引导着,好像是先锋。这列队约有二丈多长,从狗头旁边直达阶沿石缝的洞口——它们的家里。我蹲在阶沿上,目送这朵会走的菊花。一面呼唤正在浇花的宝官,叫她来共赏。她放下了浇花壶,走来蹲在水门汀上,比我更热心地观赏起来,我叫她留心管着那只狗,防恐它再吃得不够,走过来舔食了这朵菊花。她等狗吃完,把它驱逐出门,就安心地来看蚂蚁的清晨的工作了。

这块镬焦很大,作椭圆形,看来是由三四粒饭合成的。它们扛了一会,停下来,好像休息一下,然后扛了再走。扛手也时有变换。我看见一个蚂蚁从众扛手中脱身而出,径向前去。我怪他卸责,目送它走。看见另一个蚂蚁从对方走来。它们二人在交臂时急急地亲了一个吻,然后各自前去。后者跑到菊花旁边,就挤进去,参加扛抬的工作,好像是前者请来的替工。我又看见一个蚂蚁贴身在一个扛手的背后,好像在咬它。

过了一会，那被咬者退了出来，自向前跑，那咬者便挤进去代它扛抬了。我看了这些小动物的生活，不禁摇头太息，心中起了浓烈的感兴。我忘却了一切，埋头于蚂蚁的观察中。我自己仿佛已经化了一个蚂蚁，也在参加这扛抬粮食的工作了。我一望它们的前途，着实地担心起来。为的是离开它们一二尺的前方，有两根晒衣竹竿横卧在水门汀上，阻住它们的去路。先锋的蚂蚁空着手爬过，已觉周折，这笨重的粮食如何扛过这两重畸形的山呢？忽然觉悟了我自己是人，何不用人力去助它们一下呢？我就叫宝官把竹竿拿开。并且嘱咐她轻轻地，不要惊动了蚂蚁。她拿开了第二根时，菊花已经移行到第一根旁边而且已在努力上山了。我便叫她住手，且来观看。这真是畸形的山，山脚凹进，山腰凸出。扛抬粮食上山，非常吃力！后面的扛手站住不动，前面的扛手把后脚爬上山腰，然后死命地把粮食抬起来，使它架空。于是山腰的人死命地拖，地上的人死命地送。结果连物带人拖上山去。我和宝官一直叫着"杭育，杭育，"帮它们着力，到这时候不期地同喊一声"好啊！"各抽一口大气。

下山的时候，又是一番挣扎；但比上山容易得多。前面的扛手先把身体挂了下来，后面的扛手自然被粮食的重量拖下，跌到地上。另有两人扛了一粒小饭粒从后面跟来。刚爬上山，又跌了下去。来了一个帮手，三人抬过山头。前面的菊花形的大群已去得很远了。

菊花形的大群走了一大程平地，前面又遇到了障碍。这是一个不可超越的峭壁，而且壁的四周都是水，深可没顶。宝官抱歉地自责起来:"唉!我怎么把这把浇花壶放在它们的运粮大道上!不幸而这又是漏的!"继而认真地担忧了:"它们迷了路怎么办呢?"继而狂喜地提议:"赶快把壶拿开,给它们架一爿桥吧。"她正在寻找桥梁的材木,那三个扛抬的一组早已追过大群,先到水边,绕着水走去了。不久大群也到水边,跟了它们绕行,我唤回了宝官,依旧用眼睛帮它们扛抬。我们计算绕水所多走的路程,约有三尺光景!而且海岸线曲折多端,转弯抹角,非常吃力,这点辛劳明明是宝官无心地赠给它们的!我们所惊奇者:蚂蚁似乎个个带着指南针。任凭转几个弯,任凭横走,逆行,它们决不失向。迤逦盘旋了好久,终于绕到了水的对岸。现在离它们的家只有四五尺,而且都是平地了。我的心便从蚂蚁的世界中醒回来。我站起身来,挺一挺腰。我想等它们扛进洞时,再蹲下去看。暂时站在阶沿石上同宝官谈些话。

"这也是一种生物,它们也要活。人类的生活实在不及……"我正想说下去,外面走进我们店里的染匠司务来。他提着早餐的饭篮,要送进灶间去。当他通过我们的前面时,他正在和宝官说什么话。我和宝官听他说话,暂时忘记了蚂蚁的事。等到我注意到的时候,他的左脚正落在这大群蚂蚁的上面,好像飞来峰一般。我急忙捉住他的臂,提他的身体,连喊"踏不得!踏不得!"他吓得不知所以,像化石一般,顶着脚尖,一动也不动。我用力搬开他的腿。看见他的脚踵底下,一朵白心黑瓣的菊花无恙地在那里移行。宝官用手拍拍自己的心,说道"还好还好,险险乎!"染匠司务俯下去看了一看,起来也用手拍拍自己的心,说道"还好还好,险险乎!"他放下了饭篮,和我们一同观赏了一会,赞叹了一会。当他提了饭篮走进屋里去的时候,又说一声"还好还好,险险乎!"

我对宝官说:"这染匠司务不是戒杀者,他欢喜吃肉,而且会杀鸡。但我看他对于这大群蚂蚁的'险险乎',真心地着急;对于它们的'还好还好',真心地庆幸。这是人性中最可贵的'同情'的发现。人要杀蚂蚁,既不犯法,又不费力,更无人来替它们报仇。然而看了它们的求生的天性,奋斗团结的精神,和努力,挣扎的苦心,谁能不起同情之心,而对于眼前的小动物加以爱护呢?我们并不要禁杀蚂蚁,我们并不想繁殖蚂蚁的种族。但是,倘有看了上述的状态,而能无端地故意地歼灭它们的人,其人定是丧心病狂之流,失却了人性的东西。我们所惜的并非蚂蚁的生命,而是人类的同情心。"宝官也举出一个实例来。说她记得幼时有一天,也看见过今日般的状态。大家正在观赏的时候,有某恶童持热水壶来,冲将下去。大家被他吓走,没有人敢回顾。我听了毛发悚然。推想这是水灾而兼炮烙,又好比油锅地狱!推想这孩子倘做了支配者,其杀人亦复如是!古来桀纣之类的暴徒,大约是由这种恶童变成的吧!

扛抬粮食的蚂蚁经过了长途的跋涉,出了染匠司务脚底的险,现在居然达到了家门口。我们又蹲下去看。然而如何搬进家里,我又替它们担起心来。因为它们的门洞开在两块阶沿石缝的上端,离平地约有半尺之高。从水门汀上扛抬到门口,全是断崖削壁!以前的先锋,现在大部分集中在门口,等候粮食从削壁上搬运上来。其一部分参加搬运之役。挤不进去的,附在别人后面，好像是在拉别人的身体，间接拉上粮食来。大块而沉重的粮食时时摇动，似欲翻落。我们为它们捏两把汗。将近门口，忽然一个失手，竟带了许多扛抬者，砰然下坠。我们同情之余，几欲伸手代为拾起，甚至欲到灶间里去抓一把饭粒来塞进洞门里。但是我们没有实行。因为教它们依赖，出于姑息；当它们豢物，近于侮辱。蚂蚁知道了，定要拒绝我们。你看，它们重整旗鼓，再告奋勇。不久，居然把这件重大的粮食扛上削壁，搬进洞门里了。

朝阳已经照到芭蕉树上。时钟打九下。正是我们开始工作的时光了。宝官自去读书，我也带了这些感兴，走进我的书室去。

廿四〔1935〕年十月六日在石门湾，曾载《新少年》

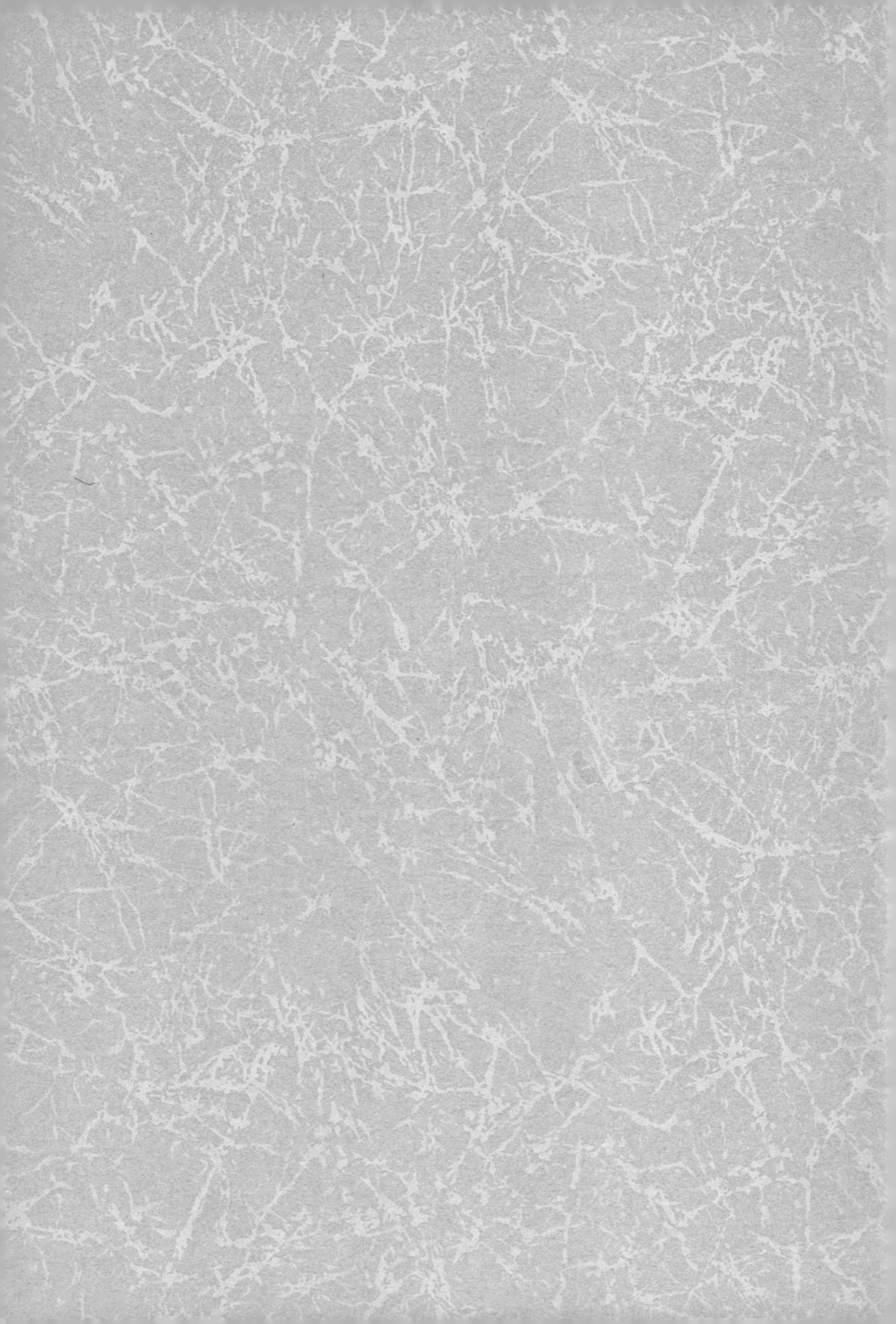